本书系国家社科基金重大项目"社会主义文学经验和改革开放时代的中国文学研究（19ZDA277）"的阶段性成果

新时代文学批评丛书

吴义勤 主编

文学何以中国
——新时代小说论集

桫椤 著

山东文艺出版社

图书在版编目（CIP）数据

文学何以中国：新时代小说论集 / 桫椤著 . -- 济南：
山东文艺出版社，2024.3
（新时代文学批评丛书 / 吴义勤主编）
ISBN 978-7-5329-7151-0

Ⅰ.①文… Ⅱ.①桫… Ⅲ.①小说评论—中国—
当代—文集 Ⅳ.① I207.42-53

中国国家版本馆 CIP 数据核字（2024）第 066528 号

文学何以中国——新时代小说论集
WENXUE HEYI ZHONGGUO—XINSHIDAI XIAOSHUO LUNJI

桫 椤 著

主管单位	山东出版传媒股份有限公司
出版发行	山东文艺出版社
社　　址	山东省济南市英雄山路 189 号
邮　　编	250002
网　　址	www.sdwypress.com
读者服务	0531-82098776（总编室）
	0531-82098775（市场营销部）
电子邮箱	sdwy@sdpress.com.cn
印　　刷	山东华立印务有限公司
开　　本	710 毫米 ×1000 毫米　1/16
印　　张	17.25
字　　数	210 千
版　　次	2024 年 3 月第 1 版
印　　次	2024 年 3 月第 1 次印刷
书　　号	ISBN 978-7-5329-7151-0
定　　价	69.00 元

版权专有，侵权必究。如有图书质量问题，请与出版社联系调换。

开辟文学批评的新时代
——"新时代文学批评丛书"总序

吴义勤

党的十八大以来，中国特色社会主义进入新时代，中国文学也翻开了崭新的一页。置身新时代新征程，面对丰富的史诗性伟大实践，广大作家胸怀"国之大者"，牢记初心使命，深入生活，扎根人民，与时代共振，与人民共情，用心用情用功书写新时代的中国故事，展现中国人民昂扬的精神风貌，谱写了新时代文学的辉煌篇章。

文学批评与文学创作是文学发展的车之两轮、鸟之两翼，一个时代的文学发展既需要广大作家的笔耕不辍、创新创造，也需要批评家的积极呼应、理论引领。在新时代文学不断攀登高峰的历史进程中，新时代文学批评也发挥了至关重要的作用，取得了丰硕的发展成果，形成了独特的新时代文学批评景观。习近平总书记高度重视文学批评工作，近年来就繁荣新时代文学批评发表了一系列重要讲话，做出了一系列重要指示批示。我们策划这套"新时代文学批评丛书"，就是要全面学习贯彻落实总书记关于文学批评的讲话与指示批示精神，一方面旨在呈现新时代文学批评的基本样貌、发展成果，另一方面也希望从中获得推动文学批评发展的经验和启示，为推动新时代文学理论批评建设和新时代文学繁荣提供有益的镜鉴。

本丛书遴选的作者都是长期持续坚守在新时代文学批评现场并卓有成就的优秀批评家。从年龄结构上，他们涵盖了"60后""70后""80后"，这也是当下文学批评的主力军；从批评对象的文学门类上，覆盖了小说、诗歌、散文等多个当下最具影响力的艺术门类，可以说是对新时代文学的全面阐释和研究。通过这套批评丛书，读者一方面可以深入了解新时代文学批评的丰富实践，同时可以通过文学批评了解新时代文学发展的基本风貌和历史特征。

在内容上，本丛书侧重于遴选研究新时代文学的评论文章，以对新时代十年来具有代表性的作家作品、有广泛影响的新文学现象、引人关注的文学热点事件以及文学发展中存在的症候性问题为主要研究对象，是对围绕新时代文学展开的文学批评成果的一次全面梳理和集中展示。我们希望以出版批评丛书的方式，深入总结文学批评发展的历史经验，同时吸引更多研究力量来增强对新时代文学研究的力度和深度。

本丛书的出版要感谢山东出版传媒股份有限公司副总经理李运才、山东文艺出版社社长徐迪南，他们提供了非常多的支持和帮助，也提出了许多富有建设性的意见和建议。新世纪之初，我曾和山东文艺出版社共同策划出版了一套"e批评丛书"，在学术界产生了良好的反响。今年，又再次在山东文艺出版社出版这套"新时代文学批评丛书"，可谓是一种极为特殊也极为难得的缘分，也体现了山东文艺出版社多年来一直积极参与、支持中国当代文学批评事业发展的出版精神。在此，我代表丛书编委会向山东文艺出版社表示衷心的感谢并致以崇高的敬意。

两套丛书虽然出版时间不同，但在内容上又有着一种延续性和整体性。"e批评丛书"着力呈现的是二十世纪九十年代文学批评的发展成果，也是当时年轻的"60后"批评家的一次集体亮相。"新时代文学批评丛书"更侧重于展现新世纪尤其是新时代以来的文学批评成果，参与作者既包括了"e 批评丛书"中的部分作者，又吸纳了"70 后""80 后"等新生批评力量。两套丛书虽然侧重点不同，但形成了一种巧妙的呼应，构成了一种互补关系，具有了批评史意义上的"整体性"，某种意义上，它们就是一种特殊形态的近三十年来中国文学批评的发展史。

当然，对于新时代文学批评成果的总结展示并不意味着我们回避当下文学批评存在的问题。新时代以来，随着时代语境和文学生态的不断变化，文学批评面临着更为复杂严峻的形势和挑战，文学批评如何更好地发挥作用，真正成为助推文学发展的"磨刀石"和"利器"？这是所有文学批评者面临的共同课题和任务。出版这套丛书，我们一方面意在梳理总结这一时段文学批评发展的成果和经验，同时也希望能够从中析出当下文学批评发展存在的一些问题，以史为镜，为未来更好地推动中国文学批评发展，更好地发挥文学批评引导创作、推出精品、提高审美、引领风尚的作用提供启示和帮助。

新征程是充满光荣与梦想的远征，新时代文学正在我们面前浩浩荡荡地展开，作为文学发展的重要一翼，中国文学批评也正在砥砺前行，积极开辟一个文学批评的新时代。

是为序。

文学何以中国
——新时代小说论集

目　录

001　对　话

002　地气之上还有可仰望的星空
　　　　——对话张抗抗

037　灵魂是个慢性子
　　　　——对话刘醒龙

061　观　点

062　新时空感与文学的新尺度

072　文学何以中国
　　　　——城与乡：想象中国的方法

078　小说与事件：从"合法"到"非法"

083　当代乡村书写中的农民生活问题

089　讲故事的启发：日常经验的拒斥与内化

093　文本为王
　　　　——小说批评中的文本与观念问题

| 099 | **长篇小说评论** |

| 100 | 谁向中流是主人 |
| | ——评刘醒龙《黄冈秘卷》 |

| 119 | 山河之隐、俗世之私与灵魂之藏 |
| | ——评迟子建《群山之巅》 |

| 128 | 生命因为仁慈和坚韧而神圣 |
| | ——评胡学文《有生》 |

| 141 | 沉默的闪电，或"70后"的有限性 |
| | ——评徐则臣《耶路撒冷》 |

| 150 | 美好的东西立地而生 |
| | ——评冉正万《天眼》 |

| 167 | 怎样烧造或毁坏众神之像 |
| | ——评叶炜的"乡土中国三部曲" |

| 179 | 用种庄稼的方式书写乡村 |
| | ——评付秀莹《陌上》 |

| 193 | 猫与妖鸟：超越道德的悲忏 |
| | ——评张好好《禾木》 |

| 205 | 革命湍流中的痴情人 |
| | ——评陶纯《浪漫沧桑》 |

| 215 | 私人化叙事中的先锋蜕变 |
| | ——评夏商《标本师》 |

224 在小山河里见家国
　　——评王跃文《家山》

228 灶王作为"新人"与先锋写作的"降维"
　　——评李浩《灶王传奇》

232 以人的转变为脱贫攻坚赋义
　　——评温燕霞《琵琶围》

237 **中短篇小说评论**

238 在生活深处寻找现实的可能性
　　——略论胡学文的中篇小说

250 说出只有自己才能听到的话
　　——评王祥夫《等待父亲》

254 画像即叙事
　　——评刘建东《无法完成的画像》

258 立在街心,就立住了人心
　　——评王方晨《大块伫立》

261 关于自我与社会的冷峻寓言
　　——评三位青年作者的三个短篇小说

对话

地气之上还有可仰望的星空
——对话张抗抗

张抗抗，1950年出生于杭州市，1969年赴北大荒农场"上山下乡"，在农场劳动、工作八年。1977年考入黑龙江省艺术学校编剧专业，1979年调入黑龙江省作家协会，从事专业文学创作至今。现为一级作家、黑龙江省作家协会名誉主席；曾任第七、八、九届中国作家协会副主席，中国作家协会作家权益保障委员会副主任，第十届、十一届、十二届全国政协委员。2009年被聘为国务院参事。代表作：长篇小说《隐形伴侣》《赤彤丹朱》《情爱画廊》《作女》《张抗抗自选集》等。曾获全国优秀短篇小说奖、优秀中篇小说奖、第二届鲁迅文学奖等。多部作品被翻译成英、法、德、日、俄文，并在海外出版。

一、作家本是公民

桫椤：首先感谢您在百忙之中给我请教的机会。前几天联系您的时候，您正在湖南吉首调研，那是全国政协委员的活动吗？通过您的这些工作，我们看到一位作家对社会和人民的责任担当。大多数作家埋头书斋的时间比较多，我想知道，您从事这些社会工作是否需要有身份上的某种转换？在时间的分配上，诸多的社会工作是否也会影响您的创作？

张抗抗：5月我去湖南几天，是作为国务院参事调研，每年都会外出调研两次。这两年我们文化小组选择了"全民阅读"这个课题，研究部分城镇的实体书店和图书馆状况,向政府提出可供参考的意见和建议。国务院参事室每个月还有两次集中活动和其他会议,每年投入的时间加起来,可量化的也有二十天左右。作为连续三届的全国政协委员,每年参加"两会",会前需要进行提案准备,休会期间还有提案办理单位间的沟通,总共要占去大半个月的时间。我担任全国政协委员十五年,提交近百个提案,其中有一部分被接受,虽然解决了一些问题,获得过优秀提案奖,算是办复成功率比较高的,但作用有限。作为一个写作者,文学创作毫无疑问是我的主业,每年的时间总长度就那么多,减少了那么多写作时间和读书时间,当然很是心疼。作家担任社会职务是以牺牲自己的学习写作时间为代价的,作家最重要的发言方式是写作,循序渐进地对人和社会发生影响。但是作家同时也是公民,负有一定的社会责任,我需要转换的不是身份,而是尽可能管理好自己的时间,把履职作为学习与观察,用这些机会尽可能多地了解那些自己不熟悉的事物。世间万物各有得失,自有内在的平衡关系,十五年的政协委员和八年的国务院参事经历,是另一种平台和场域,给予我更宽阔的视野和别样体验,有付出必然会有收获。

桫椤: 您连续担任了第七、八、九届中国作家协会副主席,对于当代文学、文化现象多有建言。作为国务院参事,您推动了《中华人民共和国著作权法》第三次修改工作的启动。在"两会"期间您接受媒体采访时,内容涉及全民阅读、提高稿酬个人所得税起征标准、对国产文艺片的扶持、呼吁政府减免实体书店税收和房租等诸多提案。您对实体书店日渐衰落的现状尤为关注,还就这个题材写作了中篇小说《把灯光调亮》,发表在2016年第10期《上海文学》上,在今年获得了《小说选刊》的年度大奖。这是一部向书业人致敬的小说,同时也传递出您对我们民族文化素养的深切担忧。我由此感觉到,社会世俗化的程度在加剧,传统意义上的文化影响力在减弱是一个不争的事实。您怎样看待这个问题?

张抗抗: "调亮"的反面是很多东西正在快速黯淡下去。21世纪以来,中国进入了信息社会,如今手机和平板电脑已基本普及,高科技工具化时代毕竟为我们带来快捷方便的学习和工作方式,好像没有人能够阻挡这个时代的到来。我常常觉得空气中充满了信息波,吸一口气好像都有很多条信息钻进了鼻腔。从博客到微博再到微信，人人都被信息绑架了，也不知道会被劫持去哪里。前些年的博客时期，博文还以分析和观点吸引受众，到了微信时代，点击、转发成为一切，人们知道得越来越多，却没人肯用脑子想事情了。除了专业必需外，很少有人能够完整地阅读一本纯文学作品或是文史类读物。以前我总是强调，不能一概笼统地抵触电子产品，用什么工具阅读不重要，重要的是阅读的内容。微信可以传播很多重要的人文信息，手机也可以输入很多经典作品。但如果手机和网络大多是快速生成的低营养读物，每个人的时间都被轻松的娱乐（包括游戏）所占有，传统文化一点点被所谓的现代生活方式蚕食消解，而真正的现代精神，例如独立思考、尊严与宽容并没有建立起来，这个民族怎么会进步呢？也许有人抱怨，是这个碎片化的时代把我们的阅读碎片化了。其实不然，每个人的日常生活原本就由时间的碎片组成，需要我们去缝合连接。大多数人都有双休日，一年中多次小长假，是我们自己缺乏自控能力，把生命任意挥霍在无意义的信息上。如今我们应该做的是，尽力构建完整的现代公共文化服务体系，让实体书店、书吧、图书馆更多地覆盖所有人群，为全社会提供各种阅读的便利，使得文化成为民众的自觉需求。什么时候浙江省所有的阅读站点都能看到《江南》杂志就好了。

杪椤：您是中国作家协会作家权益保障委员会副主任、中国文字著作权保护协会的副会长，您连续多年关于提高稿酬个人所得税起征标准的建议，得到作家们的欢迎。虽然到目前尚未解决，毕竟体现了作家对著作权保护的自觉意识。提起版权保护，在网络时代，信息传播方便快捷，文学作品被抄袭、盗版等现象时有发生，您认为有什么好办法来遏制这些现象？

张抗抗：关于提高稿酬个人所得税起征标准的建议，其实最早来自中国作家协会作家权益保障委员会。前天我们刚刚召开了会议，讨论今年下半年维权工作的重点。近年来，盗版侵权已经从纸本书更多转向了网络。那些正规文学网站上每天推送的原创新作品，常常上传后几分钟就被链接到盗版网站上了，这令网络作家叫苦不迭。我们这些用"传统"方式写作的作家，作品未经授权就被随意"刊登"在网上，也是常有的事情，汪洋大海一般的网络网站，发现都难，何谈制止。所以现在出版社和作家签署的合同，其中都有一条，要求作家同时向出版社授予"信息网络传播权""数字产品出版、销售权""游戏改编权"，也就是想方设法堵住漏洞，为维权修筑防护堤坝。然而所谓网络，本身就是由"漏洞百出"的网眼构成，它是一个开放性的系统，复制模式可以产生无限大的空间，堵漏十分艰难。中国作家协会的权保会是一个专为作家维权服务的机构，由省、市作协的维权办公室、文学网站代表、知识产权专家、律师等人组成，及时研究侵权的新动态和维权的新路径、新方法。所谓"道高一尺，魔高一丈"，科技时代产生的新问题，很多都需要用更先进的科技手段去"杀灭"。我们期待并呼吁著作权法的修改，加大网络侵权的打击惩罚力度，用法律武器维护作家和作品的正当权益。我们也呼唤网站的行业自律，只有大家都遵纪守法、互相制约，共同创造一个健康的文学生态环境，"个人权利"才会成为可能，这也是所有作家最大的公共利益。

桫椤：您还关注到原创小说IP改编和网络文学精品化的问题，网络文学方兴未艾，商业机制起到很重要的推动作用，一些"大神"级的网络作家获得了丰厚的利益回报，有些组织和媒体还发布"作家富豪榜"之类的榜单。网络"大神"们的收入相对于严肃文学作家获得的稿费和版税，简直是天壤之别。您怎样看待这个问题？

张抗抗：网络上的连载小说，靠读者点击率计算收入，加上电影、电视连续剧，还有游戏的IP改编，这个商业模式推出后逐渐成熟。这两年，最受欢迎的网络"大神"级作家，已经可以达到年度总收入几千万甚至近亿元，这个数字确实很惊人，以传统方式写作所获得的版税和稿费，就算是比较畅销的作家，也仅是衣食无忧，小有积余，但和网络作家比，收入完全不在一个等级上。纯文学或是主流文学，逐渐被商业化的消遣性读物所代替，作家群体逐渐被冷落，整体性地感到失落，心理不平衡很正常，可以理解。再加上市场经济条件下，个人利益诉求有了明显的变化，不要说和网络作家比，就是体制内的"共同利益场"也在不断分解，图书的销量再高，如果没有转让版权改编成大型电视剧，收入依然微薄。

我认为这个问题需要从三个方面来说，一是全世界的市场经济国家都是以消费者的实际需求来决定价格的。需求越多，供给者所获的酬劳就会越高,这是价格规律。网络小说的读者需求量如此之大,作者每天上传6000字到8000字的作品,天天如此,长年不断,辛苦经营维持自己的读者群,才积累成那个庞大的"白金"收入数额,这需要作者付出巨大的体力和劳动量,还需要作者有极其丰富的想象力和知识积累。网络写作并没有门槛和限制,谁如果不服气,可以去试一试,反正我知道自己的能力不及,也没有兴趣。二是我们当然应该质疑这个文化产业的商业模式,是否有利于滋养国民文化素质。这个模式是怎样"以市场的名义"(或可说是"以金钱的名义")被纵容、培育起来的?如果一个民族大部分人都沉迷于武侠、奇幻、言情、玄幻、穿越的网络小说,而对那些优秀的经典文学作品不屑一顾,那这个民族的审美趣味与阅读口味肯定是有问题的,至少是一个不爱用脑子的民族。三是传统作家的写作态度,如果写作对自己而言只是一种纯粹的精神活动,个人对经济利益并无所求,那么就不必艳羡网络作家的丰厚稿酬。人各有志,文各有才,才各有天。面对黑洞般巨大无限的网络世界,或坚守、或易辙,完全取决于个人选择。

桫椤:您有没有读过网络小说?如果读过,有没有自己喜欢的类型呢?

张抗抗:20世纪90年代中后期,我就已经在"新浪读书"上读过安妮宝贝和慕容雪村的作品,那是中国最早的网络小说代表作,后来我担任过"网易"的网络小说的评委,侯小强创办"盛大文学"时,我鼓励支持他把"盛大"办成一个高质量、高品位的网络小说平台。侯小强对中国网络文学的发展有很大贡献,当年他给我介绍一些网络文学作品,也向我推荐了当年明月和唐家三少这样优秀的网络作家。侯小强希望我帮助这些青年作者加入中国作家协会,后来我是他们入会的介绍人之一。2016年中国作家协会第九次全国代表大会上,唐家三少当选为主席团委员,逐渐进入"主流"。但我对网络写作最初的好感,来自它对传统文学体制的反叛,我欣赏文字中那种无拘无束、自由自在的纯真气味。网络文学初萌阶段,作者只是为了表达自己的内心而写作,只求读者的呼应,很少有功利诉求。网络为每一个热爱文学的人发表作品提供了可能,人人都可成为写作者,那是网络写作最具魅力的时期。后来它被纳入了商业的轨道,成为大众的热门消费品,对此我颇感遗憾,此后便很少浏览网络小说了。但我知道有些文学网站例如阅文集团的起点、中文在线的17K、纵横中文网,还有女性文学网站晋江,影响力很大,每年都有一些不错的作品。但网络小说实在太长了,据说三十万字都被称为"短篇小说",我实在没时间看。

桫椤: 现在网络小说的读者很多,根据中国互联网信息中心提供的数据,截至2016年年底,网络小说的读者超过了3亿。您觉得在未来网络文学会取代严肃文学成为主流文学吗?

张抗抗: 我们今天的生活节奏就像眼前正在飞快跳动的屏幕。浙江省作协是全国最早成立网络作家协会的,记得有一年我在杭州参加"悦读盛典"颁奖礼,夏烈拿着一个大本子,请到会的作家为浙江网络作家协会题词签名,我颇感惊诧,一时都不知道自己该写一句什么祝贺的话。中国作家协会已成立了网络文学创作委员会,据说还要成立网络文学创作中心。网络文学已经从最初的"被动边缘化"进入了"自我主流化",至少已经是主流的一部分。其实网络文学在未来是否会取代严肃文学而成为主流文学并不重要,网络是文化的一种传播手段,织网是为打鱼,但人不要被网缠住了。我倒是认为,网络文学与所谓的严肃文学的边界会越来越模糊,网络文学只是一种文学产品的运载方式,具有阶段性,而严肃文学越来越多地被互联网系统吸入并传播,未来的趋势是它们将会在网上二分天下甚至逐渐融合,我们当然应该把好东西送到网上去,读者则可各取所需。但是这个世界变化太快,未来的事情谁知道呢?也许将来人工智能的机器人写作会成为主流。

桫椤: 在我们的传统观念里,文学是耻于和经济利益挂钩的,但在当下,文学显然在某种程度上受到了市场的冲击。您是经历过时代大变革的前辈作家,是历史的亲历者和见证人,您的作品中对文学、对心灵和精神的坚守一直令后辈景仰。我想请教的是,在商业消费时代,您觉得文学对现实生活最重要的作用是什么?

张抗抗: 其实在人类文明史上,文学一直具有抒情、娱乐、叙事、教化等多种功能,但这些功能始终是虚的。文学在虚构的"现实"中揭示更为真实的生活本相。进入商业消费时代，文学的娱乐功能被过度开发并强化。但仍然有很多人不会满足于"被娱乐"，而是渴望从文学中获得精神的慰藉，在幽暗的迷途中寻找远处微弱的亮光。在我看来，文学对于现实生活最重要的作用，就是"无用"。消费时代"有用"的东西已经太多了，人们习惯对什么事情都要问一声"有用吗"，这很可怕。文学一旦"有用"了，就有成为工具的嫌疑。在这个世界上，我们最好保留一些"没有用"的事情。在某种意义上，"没有用"比"有用"更重要。文学就是这样一种虚实无定的精神产品。

二、知青年代是一座界碑

桫椤： "文革"中去北大荒下乡，我想这可能是您生命中最重要的转折。您最初好像并没有直接去北大荒，而是先在杭州本地插过几个月的队。请问您后来为什么下决心离开杭州？

张抗抗： 我在1950年出生，1963年考入浙江省重点中学杭州第一中学，1966年初中毕业。我的文学爱好始于我的少年时期，在很大程度上是受到了我父母的影响。"文革"中我父母由于"历史问题"都被审查，我担惊受怕地带着妹妹生活，在校园和社会上晃荡了三年。"上山下乡"的潮流到来的时候，我带着文学的梦想和浪漫情怀，去想象另一个陌生的世界。1968年年底，杭州知青开始报名去黑龙江省的同江、抚远、萝北等边境地区，但是那时我的家庭出身让我没有资格去"反修前线"，只有那些政治上可靠的学生才可以去。我又不可能留在城里，无路可走之下，1968年春节后，舅舅帮我联系了德清外婆家不远的陆家湾大队，那是一个富庶美丽的江南鱼米之乡。我还带去了两个同班女生邱燕君和李梅，陆家湾是全县的先进大队，书记是一个非常能干务实的中年人，对我们知青也很好，队上有集体的灶头可以蒸饭，下工回来不会饿肚子。外婆家就在镇上，她经常叫了小船来给我们送好菜，像黄鳝烧肉、笋烧肉什么的。大队认为我们几个杭州女知青干不了什么重活，春天来了就安排我们在蚕种场采桑叶。但我反觉得这种田园生活太平静了，气闷、没意思。也许心里有文学梦的人，脑筋都不太"正常"，加上青春期莫名的烦恼，就会做出一些"出格"的事情。到了1969年5月,黑龙江省中部地区的五大农场,全部对浙江知青开放,省农场管理局到杭州来"招工",在各个学校里贴出了白纸黑字抄写的情况介绍,让大家了解每个农场的土地面积和气候等,欢迎"老三届"知青报名,不受家庭出身的限制。1969年5月的一个夜晚,当我得到这个消息以后,就立即赶往杭州一探究竟。那个钟点已经没有班车了,那晚的月亮很圆很亮,我独自一人步行了18里地去县城,走到县城后,第二天早上坐早班长途汽车回到杭州,赶紧去学校报名处。那不是被迫,是完全自愿的。记得在那里准备报名的同学人头攒动,互相讨论哪个农场的交通方便、农场是种小麦还是种水稻什么的。同学们都在说革命理想、保卫边疆什么的,但我心里私藏了一个文学梦。我最终选择了去黑龙江,毅然离开了外婆家生活安逸的江南水乡,这跟我的文学理想有很大关系。上火车那天清晨,站台上哭声一片,车上车下的人都在哭着告别。可我却特别兴奋,一滴眼泪都没有。那时虽然我的母亲还在牛棚里,但我心里充满了对北大荒的憧憬,根本顾不上她的处境,此事成为我终身的遗憾。

桫椤:您在东北这八年里,是在鹤立河农场吗?就始终在这一个地方吗?主要从事什么样的工作和劳动?

张抗抗:是的。在鹤立河农场,我在菜园队、瓦厂、科研班干过多种杂活。当时大多数知青都在混日子,收工以后女孩子织毛衣,男生打扑克喝老酒,可我不愿意虚度年华,内心有一个与命运抗争的声音。所以我全部的业余时间都用在读书和写作上。连队宿舍经常停电,为了读书,我自己买蜡烛、做小油灯。1972年10月,我在上海《解放日报》上发表了第一篇作品,尽管只是一个千字的小小说,却给予我极大的写作自信。后来,我又在上海《文汇报》上发表了长散文。尽管当时的物质生活很艰苦,但一旦有了精神追求,心里就不会觉得空荡荡的,我知道自己在努力,我记下了一段有趣的故事,我读到了一个好句子,就觉得自己这一天没有白过,我就没有浪费青春。我心里揣着一个小秘密——我要写作!但凡拥有文学情怀的人,通常比较敏感,善于观察并感受生活中那些与众不同的事物,记录大自然春去秋来的种种细微变化,还有知青们的生活细节、人情冷暖，等等。那时没人能知道几年后中国会发生那么大的变化，将会开始一个拨乱反正的新时期。其实下乡几年以后，很多知青开始积极活动，为自己寻找新的出路。但我当时对这些都不为所动，我有了自己的兴趣爱好，我哪儿也不去，就待在这个地方"钻木取火"。当我沉浸在阅读和写作中，无论是苦难还是苦恼，都被文学化解了。1973年，我开始酝酿一部知青长篇小说，我身边带着一个小小的笔记本，可以放在口袋里的那种。劳动休息的间歇，我躲在没人的角落，记下想好的一部分小说提纲，休息十五分钟，往往只能写几行字。这样积少成多，到了年底，小说提纲有了雏形。那时恰好我被调去场部宣传队写文娱节目，过了半年也没写出什么优秀的节目。到了1974年春天，我的小说构思基本成型，回家探亲去做一个甲状腺结节手术，术后的假期，我开始在家里写长篇初稿，写完后投送到上海文艺出版社，得到了出版社的肯定，在任大霖、谢泉铭、陈向明编辑的帮助下进行了修改，1975年出版了长篇小说《分界线》。当时我的政治理念被时代所左右，一心想在文学中寻求安慰，不可能超越意识形态的控制，但内心对于真善美的渴望，与冷酷的外部世界是抵触和矛盾的。我不喜欢伪善的现实，言行却又不得不服从它。后来出版社为我向农场请了创作假，让我帮出版社阅读知青来稿，编辑一本知青多人散文集。1976年夏季，这个工作结束了，我回到农场。那时兵团建制已经取消，鹤立河与原兵团十六团合并为新华农场。新华农场领导把我安排在宣传科搞通讯报道，经常下连队跑来跑去，有了更多接触农业生产和各分场知青的机会。但我不擅长写通讯，写的稿件很少被《合江日报》和《农垦报》采用，不是一个称职的报道员。干了一年，1977年6月，我去哈尔滨上学了。所以，如果扣除我在杭州和上海的两年，我在鹤立河农场足足待了六年。

桫椤：北大荒插队知青中后来走出了一大批作家、艺术家，您是其中一位，还有梁晓声、肖复兴、陆星儿、濮存昕、姜昆等，您与他们中的一些人在当时有过交集吗？

张抗抗：我们都是同时代的人，知道今天的"成功"来之不易，自然是惺惺相惜，对彼此的作品和成就都很尊重。其中我和梁晓声联系较多，他身上有一种质朴而执着的正义感，未泯的天真令人欣赏。他至今都不用电脑写作，因为他的手稿很干净，不需要修改也就不用誊抄，不像我的稿子总是改得乱七八糟，所以我接受电脑较早，使用电脑最积极。梁晓声发言也和写作一样，逻辑思维能力很强。他对知青和"文革"有清醒的批判，我和他对一些大事的看法比较相近。那部遭人诟病的《知青》电视剧，在拍摄中被改得面目全非，人们对梁晓声有很多误解，他的苦恼无从诉说。陆星儿当年也是有才华的青年作家，和我一样也是在"文革"中开始发表作品，我觉得她的作品很饱满。1977年她参加高考，就住在我读书的黑龙江省艺校的同班同学宿舍里，后来她考上了中央戏剧学院，我很羡慕。20世纪80年代我到北京定居后，和她也有来往，她为人厚道、心性善良，后来回了上海，我们联系就少了。遗憾的是她生病后我没有机会探望她，她英年早逝太可惜，否则还会有更好的作品问世。梁晓声、姜昆和濮存昕都是全国政协委员，我们每年三月份见面，常常一起参加韩美林的活动。姜昆所在的十六团，土地就挨着我们鹤立河农场，夏天我们在大田铲地，能够望见十六团的农田上空洒药的飞机（兵团那时候就比较先进，已经用飞机洒农药了）。冬天兵团司令部举行会演，我们宣传队集体去佳木斯观摩，肯定还看过姜昆宣传队的节目，当时觉得他们的水平好专业啊。后来兵团建制取消了，与农场一起划归省农垦局，十六团和我们鹤立河合并成为新华农场，我就算是和姜昆一个农场了。濮存昕就更有故事了，他当时也是兵团宣传队的骨干，1976年我的长篇小说《分界线》出版后，他想把小说改成话剧，就写信给我，打算到我们农场谈一谈改编的想法，信封的落款是"十五团宣传队"。但我不记得是否给他回过信，也不记得他是否来过新华农场。他这封信很奇怪地被我保存下来，当时濮存昕还不是名演员呢。很多年后我偶然翻到这封信很惊讶，把信复印了寄给他。这一代知青人才的艺术天分，早在青年时代就萌发了，北大荒是他们最早展示才华的舞台。前些年濮存昕每次有新戏上演，都会在北京人民艺术剧院传达室给我留票。他身上有一种儒雅的书卷气，那是在多年的文化氛围中养成的，所以他擅长塑造各种复杂的舞台形象，他饰演的哈姆雷特、李白、大将军寇流兰，呈现出人物丰富的内心，有气势更有层次，像濮存昕这样既有才华又有社会责任感、公德私德俱佳的演员，我很钦佩。

桫椤：现在回想起北大荒的知青生活，您首先会想到哪些给您留下深刻记忆的事？

张抗抗：我曾经写过一篇散文《最美的是北大荒》，里面写下的大多是美好的记忆。北大荒的夏天，草甸子里那么多的野花，我的心情一下子就灿烂了。从地平线尽头漫上来的云彩，层层叠叠变化无穷，令人着迷，我经常傻傻地坐在地头看云，痴迷陶醉。有时候傍晚下了工，到小河边洗衣服，岸边是各种野花，河水很清，小鱼小虾在水里生动地游来游去。月亮圆了的日子，月光亮晃晃地照在冬天的雪地上，空气冰冷而透明，月光在雪地上的反光，刺得人睁不开眼睛。那时候知青都穿棉胶鞋，里面有毛袜子和毡垫。棉胶鞋很笨重，踩在新鲜的雪地上，发出咔哧咔哧的声音……很多美的瞬间会让自己感动，那一刻就会觉得生活还值得过下去。一个人只要没有失去发现并感受美的能力，心灵就不会枯竭。那时我虽然已经有了朦胧的文学追求，但是没有具体的目标，不敢指望写作来改变自己的命运。当时我的父母都有"历史问题"，我没出路，只是希望通过写作排遣孤独，为这种看不到前途的生活增加一点亮光。我现在都能清晰地记得，当我在大豆地长垄上铲草的时候，一步步往天边走，北大荒的土地望不到尽头，几乎令人绝望，但一想到写作和书，心里就有一股一股的泉水在涌动，一会儿暖一会儿凉，我现在都能感觉到那种冲动的时刻有多么迷人。我一边手脚不停地干活，一边在想着一篇短篇小说或是一篇散文，又或是书中一个好句子，心里似乎有一阵阵冲动，脚底就有了力气。就是这样的激情，支撑我度过了那样艰难的岁月。1973年冬天，我随瓦厂的知青在鹤北林业局的一个林场的山沟里待了三个多月，白天踏雪上山清理杂树，也叫"清林"，坡上雪深没膝，阳光在山顶上抹了一层金色，锋利的小斧子溅起雪沫。工间休息，我用厚厚的棉手套拂去大原木上的积雪，坐在木头楞上，听小雪沙沙落在松树的针叶上，那是我第一次听见下雪的声音，汗水捂湿的口罩在寒风中冻成了一块硬坨……下工后天黑了，晚饭后在帐篷一角，点亮我自己买的蜡烛，在烛光下读书、写信、写笔记……那一个原始森林里的冬季，是我知青年代最难忘的日子。每天清晨出工，我都会在雪地上辨别那些银链般的小脚印，猜测着昨夜是哪些小动物来过……几年以后我们陆续离开了北大荒，离开了我们曾经流泪和流汗、痛苦与欢乐交织的土地，但在我们心中留下了对它千丝万缕的眷恋。尽管后来我去过祖国和世界上许许多多美丽的地方，但在我的心灵深处，将永远固执地认定北大荒是最美的地方。也许是因为这种美是属于我们自己的——它属于我们苦难生活的一部分。

桫椤： 您是考入黑龙江省艺术学校才离开北大荒的吗？当时选择学编剧，是出于急切改变知青命运的想法，还是因为前期已经有了一些创作成就而选择了自己喜欢的专业？"上山下乡"运动结束后，您父母当时都在杭州，您为什么没有选择回南方？是什么原因促使您留在了黑龙江？

张抗抗： 1975年，我出版了《分界线》，一个默默无闻的南方知青，忽然出版了一部长篇小说，在当时也算个事儿。黑龙江省文化局听说后，创作评论办公室就很想把我调到省里去培养。但知青是农业户口，更没有城镇的工作编制，顶多只能借调。黑龙江省文化局局长延泽民是个爱文学更爱文学人才的老干部，他找到了一个办法，在省艺术学校办个编剧专业，招收基层那些有写作基础的青年业余作者，就可以把知青人才都集中起来培养了。省文化局的老师还特地到我们农场来"招生"，那时大学招生还没有恢复，我当然不能错过这个读书学习的好机会，几经周折，终于在1977年6月，离开了生活八年的农场，到哈尔滨上学。文学伴随着我度过了知青整整八年时间，是文学让我没有虚度青春年华。然而那年秋天突然恢复高考，我真是亦喜亦悲，因我是省文化局千辛万苦招来的，不能中途辍学重新报考大学，只能就此与大学别过。入学后，很快迎来了1978年的思想解放运动，还有知青大返城。等我于1979年从艺术学校毕业时，黑龙江省文联和作协都已恢复了，领导分别找我谈话，提出了一个诱人的条件：假如我能放弃回杭州而留在哈尔滨，那么省文化局将会安排我去省作家协会从事专业文学创作，也就是当专业作家。我为此又兴奋又犹豫不决，离开家乡已经整整十年了，我当然想回杭州工作，但是如果留在哈尔滨成为专业作家，就可以实现我多年的写作梦想。我和父母反复书信商量，他们明确表示要以文学事业为重，无论在南方还是在北方都可以写作。他们是我从事文学的最坚决的支持者，就这样，我成了黑龙江省作协最年轻的专业作家，那年我刚满29岁。毕业后，我很快写出了短篇小说《夏》、中篇小说《淡淡的晨雾》《北极光》等作品，与新时期文学共同成长。我因渴望从事专业创作而放弃了回到故乡杭州，我至今并未后悔自己当年的选择。

枊桫：您在有关《隐形伴侣》创作的文章中谈及当代心理小说的自审意识，您说："《隐形伴侣》绝不是一部反映'文革'十年的作品，也无意再现北大荒的知青生活，更不想探讨爱情与婚姻的道德观念。尽管我的小说在取材上涉及以上几个方面，但我更希望它是一个大容量和高密度的载体，在通往广阔的宇宙空间的进程中完成对自身的超越。"在有关知青生活的书写中，您实现了自己的目标吗？在知青文学这个角度上，您觉得您的写作与同代作家最大的区别在哪里？

张抗抗：我的写作大致上可分为这么几个阶段：第一阶段是70年代知青写作自学期；第二阶段是新时期文学，回归文学的真实性，表现人的自我意识觉醒和人的尊严，开始学习吸收现代主义创作方法，例如《隐形伴侣》；第三阶段是90年代中国改革开放后的市场经济时代，在关注现实、关注女性的同时追问历史，试图揭示历史的真相，挖掘人性与当代人的困惑。例如《赤彤丹朱》《情爱画廊》《残忍》《第四世界》等；第四阶段是21世纪以后，题材和表现手法变得更加丰富，例如《作女》《芝麻》《请带我走》《干涸》等，以及我今年刚刚完成的长篇小说。在我整个创作中，其实有关知青题材的作品占比并不多，知青生活并非我唯一的创作来源，我不认为自己是一个专事知青文学的作家。我间断性地写过的那些知青生活的中短篇小说，只是借用了知青生活这块乡间宅基地，在上面盖了自己的房子。关于知青小说，有很多作家的作品比我更宏大更专一，比如说郭小东、梁晓声、邓贤、叶辛，我特别欣赏王松的《双驴记》。他们每个人的作品也都有所不同，我和他们大体上的区别，可能是对这段历史的认识着眼点不同，我不认为小说仅仅只是讲述故事，我更看重故事之外那些"形而上"的东西。所以目前为止我所有的知青小说，几乎都在叩问知青自身，寻找那段历史与人性弱点之间的关系。这方面的代表作是中篇小说《永不言悔》《残忍》《请带我走》。我对自己为数不多的知青小说，虽然有很多不满意，但自认为还是有很多艺术创新和一定思想深度的。我并没有为自己设置目标，所以谈不上抵达和完成，还会继续探索。

桫椤：有一句诗是"国家不幸诗家幸"，北大荒插队为您以及有着相同经历的作家提供了丰富的生活经验。您认同"知青作家"这样一个标签吗？知青生活给您带来的最大影响是什么？您觉得这种影响和您现在的生活还有关系吗？

张抗抗：我不太认同"知青作家"这个标签。知青只是我们曾经的一个身份，我们早已融入了社会的知识阶层。当年的知青写作，也早已超越了知青生活，进入更广阔的社会领域。改革开放已经近四十年了，老知青的后半生（当然也包括那个年代过来的所有人），一直在"脱胎换骨"之中，要从"老知青"的思维模式、语言、行为方式，转变为一个正常社会的公民意识和身份认同。这个转换是很艰难的，直到现在，我们还常常会从某些人的日常用语里，看到"文革"的影子。知青"上山下乡"运动对知青的个人成长有一定的积极作用，它锻炼了人格，锻炼了意志和毅力，锻炼了体魄，知青为贫瘠落后的乡村和农场带去了文化和知识，这是"种瓜得豆"的收获。北大荒八年，我懂得了春天耕地播种、夏天除草打药、秋天收获准备过冬柴草、冬天烧炕生炉子取暖。家家都要种菜园子喂鸡养猪，四季轮回人情冷暖，一样样都是非常具体的。我从小在城市长大，对农村生活一点概念都没有，如今我略知农事，也要感谢北大荒生活。我刚去北大荒的时候，什么都不会做，也不敢和人多说话，不善人际交往。可是家在两千多公里之外，没有人会来替你解决问题，我必须学会适应北大荒的气候，学会独自面对困难，哪怕是磨镰刀、打绑腿、烤鞋垫，都得一样样学会自己做。北大荒这八年，对我性格成长是决定性的，我渐渐地变得坚强起来，性格也逐渐开朗。80 年代我在北京安家后，这三十多年接触的大多是北方人，受到他们那种达观爽快的性情影响，变得越来越像北方人了。知青生活虽然只有八年时间，但在我们这代人身上都留下了不可磨灭的痕迹和印记，我也不例外。比如我特别珍惜纸张，每次收到的文件打印稿，总是要把空白的背面使用过后才肯扔掉。因为在农场的时候，纸张获得不易，所以所有的字都写得很小很密，我直到现在也不敢浪费每一张纸。对食物和水也同样珍惜，这仅仅是一些小的生活习惯。如果说大的方面，就是知青生活和那个时代，永远都像一座界碑立在我面前，让我随时随地提醒自己是怎样走过来的。

三、我是一条河

桫椤：我读过您母亲的一篇文章——《小抗抗的故事》，里面专门记述您小时候的事，有这样细心的父母，您真是非常幸福和幸运。您现在读那些文章是什么感觉？

张抗抗：如今重读我父母年轻时每天随手记下的那些小故事，很温馨很温暖也很珍贵。我的父母在无意间留下了一篇有关我的"纪实文学"，我无法否认其中所有的细节。就连我自己也会觉得惊讶，原来"小抗抗"是那个样子的，她曾经很乖很可爱，有时候也会干"坏事"。那是原初的、最真实的"我"。我在字句的每一道缝隙里寻找蛛丝马迹，希望知道我的生命从何时何处被播下了文学的种子。然而，岁月的距离将时间变成空间，我从远处看"我"，我已成为"他者"。

桫椤：父母记述您"从1957年至今（1993年），不停地写作"，按照年龄算起来，您从七岁就开始写作了，第一篇作品发表在《少年文艺》上。那么小就喜欢上了写作，主要是受父母的影响吗？

张抗抗：七岁有点夸张了。我第一次发表习作，是在1961年小学五年级。题目叫"五彩的墙壁"，写我怎样用五彩的颜料去修补被我妹妹张婴音发脾气踢坏的墙壁，上海《少年文艺》编辑认为"很有生活气息"。这篇作文是我母亲辅导的，她喜欢生活中那些细微的美好事物。母亲青年时代在上海，写过一些文笔优美的儿童文学作品，还出版过一本小册子，但后来就停笔了，可惜了她天生的文学才华。她和我父亲在家里常常讨论文学，那时我还小，什么也听不懂。记得有一次我们三个人晚餐后去散步，他们一路上都在说"典型"，我听起来就像是"点心"，以为他们马上要去买点心了。可是一直回到家里，什么点心也没见到，我终于忍不住提醒"点心"，他们哈哈大笑起来给我解释，我才模模糊糊明白了另外有一种"典型"。这种潜移默化的家庭文学氛围对于我当然是有益的。进了中学后,我参加了杭州一中的"鲁迅文学兴趣小组",初三还遇上了很好的语文老师。我父母那一代进步知识分子,在四五十年代曾经特别崇仰俄国文学,我很早就开始读普希金和屠格涅夫,所以我的中国古典文学根基较为薄弱,这种状况或许是好坏参半。好的一面,较少受到中国传统文化中那些糟粕的影响,比如愚忠、权谋、欺诈、算计等不好的一面;坏的一面,那些最优秀的古典文学著作,比如《山海经》《诗经》,我至今还只是零碎地读了一部分,这是"老三届"在文化结构上的短板,以至于我常常觉得自己大半生一边在传播文化,一边在努力补习文化。直到"文革"中,家里那些俄国文学作品都被我父亲封存了,我才开始一首首背诵唐诗宋词。去北大荒下乡后,每次回杭州探亲,我母亲都会想办法偷偷帮我借欧美的经典文学作品。她是一个对新鲜事物充满好奇的人,有一年我们在湖州做客,她在大年初一带着我们去宜兴看善卷洞,结果错过了回湖州的班车,饿着肚子在一个小旅馆住了一夜。有一次她听说杭州移栽了南美的橄榄树,带着我坐公交车去寻找传说中的橄榄树,还竟然被她找到了。我们坐在土埂上欣赏那些又瘦又小、一点都不好看的橄榄树,又累又渴,而我母亲却无比开心满足。我父亲是搞新闻工作的,头脑清晰、观察敏锐、性格顽强,我似乎继承了他的性格基因。文学不是手把手"教"出来的,正如你所说,是在家庭氛围中无形影响出来的。

桫椤:回望童年的阅读记忆,您印象最深的一本书是什么?您是如何接触到这本书的?当时的阅读情境和感触是怎样的?您觉得童年时期的阅读对人一生的成长有什么影响?

张抗抗:我童年阅读中印象最深、对我影响最大一本书是《鲁滨逊漂流记》,鲁滨逊的奇幻漂流和冒险,使我读得入迷入魔。原来独自一个人在远离人迹的荒岛上也能创造奇迹,从此我对个人的胆识无比崇仰。向往大海、森林和远方,知道了自己的生活之外,还有另一个未知的世界。我特别钦佩鲁滨逊的勇敢、顽强、智慧,懂得了一个人只要有克服困难的勇气和力量,在任何情况下都不放弃,就能生存并获救。我童年的阅读经历,特别符合儿童的成长规律,读物内容由浅入深,按年龄依次递进。幼儿园时期听大人讲故事,看图画书,上了小学一年级识字以后,就慢慢开始自己看东西，包括连环画。最早的一本儿童读物，是苏联的《一年级小学生》，书很薄，封面头像是一个大眼睛的卷发小姑娘，她手里拿着一支笔，仰头听讲很专心。我现在还记得那个女孩的名字叫玛露霞。到了寒暑假，父母会给我买书，大多是童话类的。严文井、张天翼、冰心、任大星、任大霖等儿童文学老作家的作品，我对《宝葫芦的秘密》《唐小西在"下一次开船港"》都有很深的印象。再大一点就开始看《安徒生童话》《格林童话》，我最喜欢《安徒生童话》里的《海的女儿》《拇指姑娘》《丑小鸭》，《格林童话》里的《小红帽》《灰姑娘》……整个假期翻来覆去地看，故事都能背出来了。大约在小学五年级，我就能看苏联的翻译童书《丘克和盖克》《铁木尔和他的伙伴们》，还有维·比安基的《森林报》。凡是当时翻译出版的童话故事，我基本都读过。童话伴随我的童年，童话滋养我长大。除了童话，我还喜欢那些幻想型的儿童读物。到了小学高年级以及上了初中后，我最痴迷凡尔纳的科幻小说，如《海底两万里》《八十天环游地球》《格兰特船长的儿女》等。进了初中后，我开始读《西游记》，喜欢孙悟空的叛逆，天马行空的想象力常常让我神思飞扬。暑假里除了出去看儿童电影专场，没有更多娱乐活动。杭州夏天很热，我们把凉席铺在地上，妈妈为我买来或借来的儿童读物，一摞摞摊开在席子上，我就和书一起午睡。一个孩子的重要成长期就那么几年，最初输入的营养是一生健康的底子。如果过早熟读《三国演义》《水浒传》，我想那个孩子长大后，也许会比较复杂世故，擅长钩心斗角吧。我一直主张童年读童书，一个人在什么年龄段就应该读什么样的书。过早"越界"有副作用，会把童心读"老"了。童年少年还是多一些科普知识和情感审美教育，除了那些超年龄的"天才儿童"之外，家长最好不要种植"反季节蔬菜"。

桫椤：我觉得您的父母很伟大，他们投入那么大的精力关心自己的孩子，包括写下关于孩子们的文字，非常令人敬佩。看得出来，家庭一直是您文学创作中的重要财富，像《赤彤丹朱》《隐形伴侣》这些小说中，都有家史的影子。您的大量散文作品中，也有很多篇章写到了父母和家人。您从自己家庭中汲取的最重要的营养是什么？

张抗抗：《赤彤丹朱》这部长篇，以"女儿"的视角，用不同于传统小说的叙述方式和文体结构，讲述了"我"的父辈，一对"红色恋人"在长达半个世纪的时间里，从参加"革命"到被"革命"拒斥的坎坷经历。在中国丰富的语言文字中，每一种颜色的色性、色素和色调，都可用特定的单字来加以区别。比如"赤"字，意指略带暗色的红；"彤"指透出亮丽光泽的红；"丹"是艳红，蓬勃而热烈，但色泽稍稍浅淡；"朱"是大红、正红，在中国文化系谱中，是皇权、豪门的象征。将四个不同的红字有机排列，便成为一幅悲壮而恐怖的历史景观；四个红色的汉字垂叠交错，彼此挤压，奏出一首哀婉凄凉的红色变奏曲。小说采取了叙述者在出生前及出生后，与被叙述的"母亲"合为一体的新奇构思，以表现更为真切同步的生命体验，写出了历史烙刻在"我"身上的那个样子。故事背景在20世纪20年代的江南水乡、上海、浙西天目山，以及新中国成立后的杭州等地展开，直至1979年结束。内容涉及对抗战、牺牲、爱情、背叛、阶级、"文革"、家族、血缘、人性、真相等诸多词汇的解构与颠覆。我并无意记述家史，正如《隐形伴侣》一样，只是对素材和人物原型的部分借用。那些惨痛而凄楚的记忆，不是属于我个人的"家史"，早已超越了家族的意义，而被赋予思想意义及审美价值，是重新解读历史的一块模板。作品中人物原型生死之别的离奇情节，使得当年为爱情而死的抗日战士"魂魄"归来，发生了"故事以外的故事"，后被拍成电视专题片。几年后我续写的散文《雾天日》《苏醒中的母亲》等，则是完全真实的，倾注了我对母亲的个人情感。我从家庭中吸取的"营养"，是"真善美"这些人体所需最基本的蛋白质、维生素和矿物质，多余的"脂肪"较少，所以我一直比较瘦。

桫椤：我看到您在文章中提到对芥川龙之介、巴别尔的小说和哈·阿乌德尔斯卡的剧本等的阅读。在您的写作之路上，您受到过古今中外哪些经典作品的影响？它们又怎样影响了您的创作？

张抗抗："文革"结束以后，经典书籍逐渐解禁，优秀的世界文学作品令人眼花缭乱。很快先锋文学和现代主义文学潮流开始进入，一直持续了整个80年代。那时候我对现代派文学很有兴趣，加缪、萨特、乔伊斯、卡夫卡、马尔克斯、略萨等文学大家的作品都读过，阅读范围很广。到

20世纪90年代以后，读书进入常态，好书越来越多，包括中国当代作家的作品。青年时代的阅读对一个人的"侵蚀性"是最强的，一个作家最初接触了某一类文学，可能会不自觉地陷在那种语境里，小说结构、行文句式都会变成自己终身无法去除的胎记和烙印。巴别尔的《骑兵军》短篇集迟至21世纪才出版，我读了前后的序、跋以及他的生平介绍，对这位被"掩埋"几十年的苏联作家心生敬仰之情。《盐》《我的第一只鹅》《一匹马的故事》，冲击力很强，我觉得巴别尔小说的构思很奇特，文字紧密让人看得透不过气，一段话需要来回"扫描"好几遍。我在读他的《歌谣》时，突然发现，巴别尔打动读者的并非是他的"坚硬"或"强硬"，而恰恰是他的文本背后潜藏的"软弱"。用地球来比喻，地壳的表面是泥土，而后是岩石，岩石坚硬而厚重，包裹了整个地球。但是通过岩石层，钻透地壳到达地层深处，地心的岩浆就像生鸡蛋的蛋黄一样，是液态的、流动的。地面上的人看不到地心的岩浆，但是它存在着，它滚烫、沸腾，在某个时刻会从被岩层封锁的地壳中猛然喷发出来。巴别尔始终在用文字，同他性格中的胆怯和优柔寡断进行搏斗。这种状态，有点像女性面对整个"强硬"的男性社会的那种心情——你必须得不断地战胜自己。巴别尔"颠覆"了原有的"现实主义方法"，创造了"另一种现实"，成为文学的一个异数或是传统现实主义的"叛徒"。我觉得像巴别尔那样的作家，即使没有经历战争，他的作品也会是与众不同的。因为他的灵魂始终动荡不安，作品中所流露出的他对哥萨克的钦佩与厌恶这两种矛盾的心情所构成的极度紧张感，对"现实"与"自我"的质疑，使他的写作与一切的现成秩序都可能发生潜在的心理冲突。很难假设《骑兵军》中的那种"力度"，除了记述战争之外，是否能找到更合适的载体来加以发挥并达到那样的极致。因为文学作品的基本素材——故事本身的"质地"——软硬、疏密、浓淡、险夷等，就已经决定了小说对"力量"的承受程度。有些故事先天就注定是无法"受力"的。所以，从作家的选材便可大致窥见写作者的精神取向。为什么有些作家只对庸常的琐碎生活感兴趣，而有的作家总是钻到历史的深洞里，试图把某种"稀有矿石"掏出来。并不是布琼尼的骑兵军成就了巴别尔，而是巴别尔成就了《骑兵军》。因为巴别尔不是被迫或是无意中撞上了骑兵军的一切，那匹"马"是他自己跨上去的。从这个意义上说，一个写作的人，他选择了什么，就会成为什么。还有其他很多经典作品，限于篇幅就暂时不谈了吧。

桫椤： 您总是有着既能洞察现实但又颇具前瞻性的敏锐目光，比如初期小说中的启蒙意识、人道主义特征，以及后来的女性叙事。"文革"之后，您很快就捕捉到青年人精神世界的变化。《夏》里那个不符合"三角形"标准的"多边形"岑朗，《北极光》里一心想看见"北极光"的芩芩，最早的长篇小说《分界线》中也有这样的人物，他们是一代人追问人生价值、向往美好生活的写照，也呈现出当时的"时代精神"。从书写"反思"和"伤痕"，到讨论人生的选择和对理想的追寻，这是一个从"破旧"到"立新"的过程，这一转变是否也意味着您自己在精神上和创作上的双重转折？

张抗抗： 我的童年少年，成长环境是明朗和阳光的，尽管那是一个压抑沉闷的时代，但是父母为我选择的书本里，那些人文主义的光芒对我进行了最早的启蒙教育。我写过一篇文章谈我读书的经历，叫《阅读的暗流》，回顾了"文革"中如何想方设法寻找那些不允许公开阅读的书。大致的轨迹，是从俄罗斯文学逐渐进入了法国文学，然后是霍桑、杰克·伦敦、马克·吐温那个时代的美国文学，与英国、德国文学相互交叉。说来好笑，我在小兴安岭山沟里住帐篷的那个冬天，不知从哪里得到残缺不全的半本《浮士德》，费劲地啃了一个冬天也没读懂。《巴黎圣母院》《九三年》都是当年令我极度震撼的书，其中的人性之美、宽恕至爱的人道主义精神，与我们周围冷酷的现实世界，形成了极大的反差。心里由此生出很多疑问，虽然当时意识不到它们究竟撬动了我心灵的哪个暗角，但是真善美的种子一旦播下，迟早是会发芽的。疑问积累到了相当的数量，它会在不断的"反刍"中，最终成为体内爆发的能量。正如你所说，从"破旧"到"立新"过程的"双重转折"，我完成得并不艰难，可以说水到渠成。《夏》中的岑朗、《北极光》里的芩芩，其实一直就躲藏在我心里，她们所追问的人生价值，就是我内心对真理的向往。如今，我从事文学写作已近五十年，经历了"文革"前后到改革开放，再到商品经济时代，然后是高科技社会，在如此激荡起伏的时代风云社会变革中，我作品中追求自由和独立的精神气质，是一以贯之、恒定不变的。

枇杷：1979年您调入黑龙江作协，成为一名专业作家，此后的经历和创作读者就很熟悉了。追寻您的脚步，从祖籍广东新会到出生地杭州，再到黑龙江，最后到北京生活，从最南到最北的迁徙，除了直接反映在您的作品中，我想对您的精神世界也有很大影响。语言就是一个例子，您好像不大会说广东话。我看您接受电视台采访的视频，谈吐间有着优雅的南方味道，但在创作中能看出您很熟悉北京话了。您在《逝去的书信》一文中，回忆北大荒时的生活，说帐篷门口的雪被人踩得"倍儿硬"，"倍儿硬"这显然是一个北京方言。这些不同地域的文化对您的创作产生着怎样的影响？

张抗抗：我说过自己是个"跨地域"的作家，也是一个故乡在远方的"无根"作家。不像莫言、贾平凹、刘震云，拥有自己的"根据地"——东北高密乡、陕南商州、河南延津。"根据地"是源源不断的深井，是挖掘不完的矿井，矗立某处，一开机即可钻井喷油。我不是井，我只是一条河，一条从广东发源、流经江南、流向东北平原，最后辗转回到北京的"运河"。中国当代文学一直到"寻根文学"那个阶段，才开始重新重视、探讨"地域性"的地缘文化因素对作家作品的生成和影响。不同的地理和气候环境产生的文学作品，除了方言俚语之外，真正差异在于内在的气韵，气韵的运行不是通过故事，而是通过文字语言来体现。南方温暖富足，空间相对狭隘，没有巨大的气候压力和紧迫感，情感细腻温婉，语言也因此变得甜腻而琐碎。而北方的旷达与寒冷，使得人们渴望热切的交流和畅快淋漓的宣泄，故语言粗犷豪放，具有天然的幽默品格。20世纪50年代曾有一度语言"大一统"的时期，南北不分的年代就像"男女都一样"。近年来，南北文学的差别逐渐加大，有了更多"只能属于那个地方"的作品。然而，即便是那些地域差别极大的作品，人性的本质不会有根本区别。所以，我这条载着各式人物、载着自己载不动的忧思的运河，几十年缓缓流过很多地方，水流经过之处，水线嵌留在岸上。河水继续兜兜转转往前，岸边四时不同的风光景色总是吸引我的视线，使我无法停下来成为一个湖泊、一汪池塘或一口井。我只好安慰自己定下心来做一条宽阔平缓的运河了。由于运河一路补充汇入的水源，水质有点浑浊不清，就像我的口音。

南方人说我已经是个北佬，而北方人总是很快就发现我不是永定河、潮白河，而是来自杭州的运河。梁梧你的眼尖，"倍儿硬"显然是我不自觉运用的北京方言。几十年历练下来，如今我基本可以做到，写江南的故事，就使用带有江南情致的句式，比如《赤彤丹朱》《把灯光调亮》等。而在书写北方人物的时候，我就会使用北方的语气和腔调，例如《作女》《北京的金山上》等。而《情爱画廊》这类"双城故事"，则两种语言交替。这种切换对于我已经驾轻就熟。在我刚完成的长篇新作里，将有更多展现，可谓来去自如、游刃有余。南北方兼具的"跨地域"写作，带给我莫大的创作乐趣和语言快感。

四、抒写现代女性的智慧和创造力

梁梧：《情爱画廊》是新时期以来最重要的爱情小说之一，里面的女主人公秦水虹对纯粹的爱情审美式的追求让人心动，多年之后，我仍然记得初读时的感觉。这部作品创作于20世纪90年代中期，当时正值传统社会价值观念裂变最为剧烈的时期，好像当时爱情叙事也多写因金钱、权势而导致的婚变，《情爱画廊》为什么选择了这种反向处理感情的方式？

张抗抗：《情爱画廊》是1996年出版的，这部书的写作其实是"突发性"的。20世纪90年代的市场经济冲击力，就把传统文化中有关情爱的禁忌冲出了一个缺口，多年的"禁区"一下子打开了，出现了一大批涉及性爱的小说。然而，几千年的皇权社会和男权社会延续下来的传统，深植于我们的日常意识和文人的审美趣味里。传统文化对男作家的影响太深厚，他们对女人有一种心理上的优越感，无法摆脱那种把女性作为赏玩对象的控制者心态，这种观念浸润在一部分男作家们的骨髓里，他们自己意识不到。就算是以立法的形式给予男女平等，但男女在心理情感上仍然是不平等的。我对男作家没有偏见，我是对中国文化中的性别倾向和审美趣味有看法。此前我对爱情小说并没有多大兴趣，而是受到了当时那种情形的"刺激"，创作冲动活生生被"激发"起来了。我写《情爱画廊》的另一个原因是，90年代中期，市场经济已渐成气候，图书市场也在发育壮大，出版付酬方式开始有了版税，一些畅销书作家可以依靠版税养活自己，有了"自由撰稿人"这个概念,而不是只有领工资的专业作家一条路可走了。我很想尝试一下,我们这些一直被"豢养"的体制内作家,究竟能不能靠版税来养活自己。《情爱画廊》可以试一试市场的号召力,探讨与读者的关系。这部小说和我以往作品最大的不同,就在于小说故事和人物,是独立于意识形态之外的,它超越了这个"政治化"的时代,成为"新经济"时代的一种象征。我们即将进入千辛万苦、千呼万唤而来的自由经济时代,每一个人都不可能把自己排除在外。作家总不能一边在观念上鼓吹商品经济,一边心安理得地享受着计划经济体制的种种好处。我只是做了一次比较勇敢的尝试而已。书中有关绘画的素材积累已久,所以当1994年写完《赤彤丹朱》之后,我很快转入这部书的创作,故事结构和人物确定了之后,几乎是一气呵成,写完后累得大病一场,合同都是在医院里签的。出版后在读者中引起的热烈反响和争议,也是我没有意料到的。《情爱画廊》在市场的表现很出色很成功,成为我介入市场的一次勇敢实验和实践。这部小说出版后,也遭到了尖锐的批评,焦点就在于如我这般"思考问题"的严肃作家,怎么可以去写"通俗小说"?很少有人明白,这部书恰恰是我"思考问题"的结果。

　　如今回头去看,会觉得当年那些为我痛心疾首的人,多少有点幼稚有点"滞后"。我至今依然坚守着严肃文学的品格,并没有因此而"堕落"。倒是今天的作家们,都已经适应了商品经济时代,学会了计算自己作品的版税、关注市场的销售量了。该书出版已整整二十年,去年由当代中国出版社出版了《情爱画廊》的精装本纪念版。其实我本人最想说的是,在这部作品中,我用绘画的方式来连缀故事、刻画人物,那些绘画语言具有一种可容纳丰富想象、文字难以到达的可视性"参与"。"画廊"建成之后,才有了爱与美的载体。从这个意义上说,我相信这部小说是独一无二的。

　　桫椤:无论是《赤彤丹朱》还是《情爱画廊》,您的创作在视点的转换中始终没有改变对人性的关注。这些有关人生问题的小说,让我看到您对"五四"以来文学传统的继承与发展。您的目光始终聚焦在"人"身上,一直在探讨人的本体性,具有启蒙主义色彩和基调。《情爱画廊》里的女性形象有超越传统角色的意识,她们没有一个有恶的人性,都是善良的,无论是水虹还是舒丽,甚至那个阿秀,她们彼此都小心翼翼地处理与家庭成员、与情感"竞争对手"之间的关系,不想伤害任何人。这也反映出您的内心深处具有超拔脱俗的大爱。

张抗抗:20世纪90年代,开始进入了市场经济时代,也进入了一个不相信爱情的物质时代,空气中所有的信息都在刷新也在毁坏我们原有的价值观念。经济和商业的浪潮,在冲垮了文学中"性"的禁区的同时,也带来了污浊和低俗的性文化。我写《情爱画廊》这种唯美唯爱的作品,正是因为我不能容忍人的精神萎靡,希望保存一些"劫后余生"的爱情理想主义。而一部作品若是不"矫枉过正",是很难产生冲击力的。优秀的文学作品不是描写那些已经发生的事,而是书写那些应该发生的事——这是现实主义作家和理想主义作家的区别。所以我有意营造了一个温馨的氛围,在一个俗套的"三角关系"中,剑走偏锋逆向思维,就是不往俗套的你死我活的撕扯、阴谋诡计的"宫斗"那个死角钻。被纯真情感点燃的男人和女人,每个人都是清澈坦诚的,相互都是友好善意的,真正的冲突并不是发生在男人与女人、女人与女人之间,而是发生在自己内心深处,每个人都愿意以真情挚爱战胜自己的软弱与虚伪。只有在这样的叙述语境中,才能传递出大美大善和对情感自由的追求。我很高兴你注意到了这一点。我当然知道现实生活中人际关系的险恶,不可能像《情爱画廊》中所写的那样,但我希望告诉人们:我们应该拥有如此美好的生活,未来社会男人和女人之间的关系就应该是这样的。我只不过带领读者在《情爱画廊》中提前过了一把瘾。

秒裂:您曾说女性的解放真正的障碍在于女性自身,到了《作女》《情爱画廊》里,对真爱的追寻换成了女性在职业选择、自我价值和生活方式中的觉醒。"作"这个字实在是太棒了,现在我们说"不'作'就不会死"。小说里的卓尔、陶桃等女性简直就是我们生活中活生生的存在,我周围就有这样的人。是什么因素促使您写出了这样一群人?

张抗抗:《作女》是一部描写当代都市生活的女性小说。进入21世纪的自由经济时代,城市女性的境遇发生了深刻变化。物质的极大丰富给女性带来了更多的发展机会,同时也使女性面临着来自外部世界以及女性自身的严峻挑战。商品经济的大背景下,逐渐凸显出来许多新的现象。《作女》的产生也挺有意思的。在我生活过的那一条长长的地理线上,从出生地江浙地区,到我下过乡的东北,还有我这三十多年居住的北京,这些地区的民间方言口语中,都有"作"这个字。我对"作"字发生了强烈的兴趣,我发现在我们今天的生活中,能"作"、会"作"的女人越来越多了。我周围有很多女性朋友,都特别能"折腾",她们都有很多精彩的故事,每个人"作"的方式不尽相同,但精神实质是一样的,就是不再被动地接受命运的安排,而希望由自己来选择生活。因为这是中国本土女性在争取自由的成长过程中,带有普遍性的行为特征。女人是感性的,力气也不够,所以只能以"作"的方式来反抗。20世纪90年代中后期到进入21世纪,市场经济的迅速发展,给予女性新的自由空间。经济的自由必然会带来一定的社会自由,中国女性的生活方式也随之发生了激烈变化:女性不再满足于因循守旧,女性希望自己变得更像女人,女人需要充分释放自己的智慧和能量……商品时代为女人提供了"喜新厌旧"、创造自己新生活的一切机会。当我找到了"作"这个以往约定俗成的方言,反其意而用,以对"作"的重新诠释来为"作"平反。在我的描述中,"折腾"是一种寻找自我的渴望,是不断地放弃和新的开始,更是女性生命力和创造力的释放过程。描写女性生活的小说,很容易被淹没在那些一般化的言情或苦难诉说之中。而文学要做的事情,是把作品这个肉质丰满、汁液丰盈的果实,让读者在阅读的过程中一点点剥开来,最后看到里面那个坚硬的核,也就是一粒成熟的种子,文学就是要把这粒种子播撒在人的心里,让它自己去发芽。我希望自己能够抓住这个时代表面有违常规但实际上具有方向性、成长性的那些事物。所以当我找到"作女"这个理念的时候非常兴奋,这个"作"字,恰恰就是我在生活中采到的种子,然后把它培育成《作女》这个果实,最后交给读者去品尝。这是我迄今为止集中表现女性生活的一部小说,可以说是一部真正意义上的女性小说。如今"作女"已经成了一个固定的语词。

桫椤:在《作女》中,卓尔这个女性不肯接受男性的施舍,一定要通过自己的努力来实现自身的价值。其实您笔下的女性大多有着明显的主体意识，对生活充满热情，不肯屈服于现实的命运，像《作女》中的大部分女性，还有《情爱画廊》中的水虹、舒丽，《永不忏悔》里的"香榧子"、二嫂等，甚至《钟点人》中的来弟，都是理想主义者的形象。她们顽强、坚毅，但又不乏宽容、善良、温婉的女性特质。这些女性形象启示读者，女性要以主体意识面对生活和自身，而不是一味去做"女汉子"与男性争高低。女性毕竟有女性的特点，在男权社会里，好像对女性太求全责备了。我想您小说中的这些形象非常值得重新认识。

张抗抗：是的。小说的主人公卓尔这个单身女人，从更积极的意义上讲，是一个带有冒险色彩、具有生命活力和创造力的女性形象。中国的女性解放，在新中国成立以后，是以父权赐予女性权利、以立法的形式完成初级阶段的。但是在这种条件下获得的解放，缺少一种女性自发的自觉的要求。我就是想写出一种中国本土自然逐渐产生的自由诉求，写出当代女性"自我解放"这棵幼苗究竟是怎么生长起来的。西方发达国家的女性就已经过了"作"的时期，女人怎么"作"都不足为奇了；而今天的中国现状是商品的不断更新换代和市场的残酷竞争，整个社会都在"作"，这也是诱发女人"作欲"的一个社会条件。中国传统文化中讲三纲五常，君为臣纲，父为子纲，夫为妻纲，那是男权社会的产物。进入现代社会，表面上看起来纲常已经被淡化了，但是传统观念的深厚积淀，实际上已经成为一部分女性的自觉和集体无意识。比如说在家庭里，母亲年轻时所经历的新文化运动时期、抗战时期、新中国成立初期，要求女性成为进步的新女性。她曾经是很"作"的，但她根据自己的经验，知道女人的"作"要付出很大的代价，所以她反对自己的女儿去"作"。而经历过那种抹杀性别差异，"男女都一样"口号下的女人男性化的极端时代，今天的女人一方面渴望自己变成更具女人味、温柔贤良的"淑女"，一方面却是残酷的就业和职位拼搏，还有情感变异带来的竞争，使得女人不得不变成"女汉子"。《作女》正是要写出女性内心深处的这种矛盾，探讨女性源于青春和时间产生的焦虑，再由此产生的那种"作性"被释放的亢奋与"作欲"被压抑的无奈。我在小学中学都是好学生，太乖了，所以到了青春期，曾经狠狠地叛逆过一次，后遗症至今仍在。但我够不上"作女"的档次，"作女"不是什么人都能当的。如果仅仅为了改变生存条件而折腾，不是我要表现的那种"作女"。"作女"的核心,是女人在与自己较劲,是一场一生一世的持久战争。

桫椤: 您曾说在1985年之前,中国没有成型的女性文学,您是怎样做出这个判断的?

张抗抗: 如果我没有记错,1985年我随中国作家代表团去德国参加"地平线艺术节",我在会上做了题为"我们需要两个世界"的发言,在发言中提到过这句话。今天看来,更确切的表述应当是"没有成熟的女性主义文学";这个"1985年以前"也不够准确——我当时的意思大概是指自中华人民共和国成立后一直到80年代吧。因为在20世纪的新文化运动之后直到三四十年代,中国已经产生了许多优秀的女作家,表达了自己刚刚开始觉醒的女性意识,那是民国时期的"女性文学"。而"女性主义文学"的定义就要严格得多,在革命后实际已经被女性解放运动遮蔽了。西方女权主义起源较早,其中一个重要主张就是女性的政治权利。到了21世纪的今天,全世界范围内产生了那么多杰出的女总统、女总理,我们几乎望尘莫及。中国和西方的国情和时代背景不一样,中华人民共和国成立以后,首先以立法的形式解决了男女的权利平等问题,然后是同工同酬、妇女生育的产假等福利待遇。这与马克思主义、社会主义理想中的女性解放是一致的。政府在体制上建立起了基本的男女平等制度,在一定程度上缓解、消除了西方女权主义激烈争取的那些目标。但是,由于当时中国生产力发展水平落后,农村妇女还处于"嫁汉穿衣吃饭"的阶段,经济没有独立,谈不上人格的独立。中国在几千年的男权社会统治之下,女性对于自我、性别与性的认知度,还处于一个很低的水平上,谈何参政议政?我在90年代初写过一篇《梁山"好汉"与女人》的短文,批评中国"四大名著"之一的《水浒传》中对女性的歧视和贬低。《水浒传》这部书里几乎没有一个女性是"好人",代表了中国男性对女性的基本态度;即使如《梁山伯与祝英台》《西厢记》中的女性,对封建礼教有些许微弱的反抗,那与西方文学的《卡门》《苔丝》《飘》中那些勇敢追求个人幸福的女性形象,完全不在同一层面上。歌德曾在诗歌中发出"永恒的女性,引领我们向上",他对女性的高度赞叹与尊重,与我们的文化相距何等遥远?"时代不同了,男女都一样"的激进口号,更是从一个极端走向另一个极端:取消性别差异,把女人等同于男人,只强调人的共同性,缺乏性别的差异性。在我们的青年时代,都接受了"男女"应该"一样"的教育,我们这一代人在成长的过程中,所接受的性别教育是很可怜的。就我本人而言,在成年之前,性知识几乎等于零。一直到80年代中后期,女权主义思潮进入中国后,对我逐渐产生了影响,才开始质疑这个"一样"有很多问题。90年代商品经济的竞争机制逐渐形成以后,随着"人"的问题逐步得到缓解,女性意识开始凸显。对此,著名女性主义学者李小江教授曾经帮我厘清了思路,使我对"女性文学"有了较为自觉的认识。今天的中国女性仍然需要不断寻求自我解放,因为我们的文化土壤不仅缺钙,还重金属超标。如今我可以认同《作女》是"女性文学"这种说法了,而中国当代文学已经有了比《作女》更成熟更优秀的"女性文学",比如王安忆的《天香》。但我仍然不认为《作女》是"女性主义小说",因为我没有"主义"。

五、地气之上还有可仰望的星空

桫椤:您笔下的人物身上,"极左"思潮的伤害不止于人物命运,您较早看到了历史的荒谬和人性的复杂。比如《隐形伴侣》中的陈旭和肖潇的遭遇,本来肖潇并不认同陈旭通过欺骗对抗现实的方式,但是到最后肖潇发现自己也正在走陈旭的路,用谎言换取生存的权利;还有如《白罂粟》中的"二劳改"司徒恭的遭遇。《永不忏悔》中也是这样,您在其中说"历史不会把所有的责任都承担起来的",对苦难的"反思"深入到给人性带来的"伤痕"上。您如何考虑这个问题?在您看来,历史、时代与人性是一种怎样的关系?

张抗抗:历史、时代和人性的关系,始终处于多种纠缠不清的矛盾之中。这个题目有点大,我只能以自己的反思来回答你。首先,为什么会有《隐形伴侣》这部作品?以我本人在"文革"中的经历,我始终处于一种受害者的处境,我没有做过损人利己的坏事,却遭受了种种伤害和打击。在很长一段时间内,我都认为自己没有什么可忏悔的。我心里很难产生类似陀思妥耶夫斯基和托尔斯泰的作品中那种以作者本人为忏悔主体的罪感和耻感。然而，当我认真检讨自己在"文革"中写作长篇处女作《分界线》的经历，我发现自己写作的初衷，虽然仅仅是出自一个文学青年渴望成长成功的愿望，但我无法否认一个令人痛苦的事实，即每一个曾经服从与迎合了那个时代思潮的个体，其实都是那个旧体制不自觉、不同程度的合作者和共谋者。在这个意义上，"忏悔"不再是宗教的"专利"，它对于我们每个人都极为沉重、极其必要。在以前我读到的知青文学作品中，"忏悔意识"仅仅是一种隐现的、模糊的表象，是勉强和被动的。虽然我较早开始自我审视并反思知青自身，我仍然不认为自己拥有了自觉的"忏悔意识"。与那些颂扬知青英雄主义和理想主义的主流知青文学不同，我在1980年发表的短篇小说《白罂粟》，已经涉及"文革"中知青唯阶级论、不惜残害他人生命的暴力倾向，这个小说在当时被认为是宣扬资产阶级人性论。我发表于20世纪80年代的短篇《牡丹园》《火的精灵》，都曾描述了知青对自己在"文革"的表现懊丧悔恨的心情。1986年出版的长篇小说《隐形伴侣》，借助知青生活和人物，我对人的"潜意识"进行了探讨，其中隐含的对自身的批评检审，是潜在的另一主题。90年代前期发表的中篇小说《永不忏悔》（港台版题为《永不言悔》），曾被一些粗心的批评家误读。那部作品试图解答困扰知青已久的一个心结：即使我愿意忏悔，但谁有资格做我的忏悔神父？即使我曾有错，但神父才是真正有罪的。（神父是真理的化身，是神的意志的代言者，更是教会权力的象征。）所以，我"不忏悔"只是出于对强权的不满和抗议。那是认识的第二个阶段。发表于20世纪90年代的中篇小说《沙暴》和1997年发表的中篇小说《残忍》《何以解忧》，可以看作检讨"人与自然"及"他人"关系的第三阶段。知青曾以革命的名义对自然环境的破坏、对生命尊严的践踏，使得"忏悔"的主体重新折回知青自身。2003年发表的中篇小说《请带我走》，较为鲜明自觉地表现了那一代知青"忏悔意识"的苏醒。那个故事有部分真实的原型，在我心里存储多年无法释怀。我好像无意中以小说的形式，为知青这一代人中那些真正应该忏悔而至今没有勇气付诸行动的人，"越俎代庖"做了这件事情。

桫椤： 随着中国社会的现代化转型，文学对中国的想象也在发生变化。

您的创作在这个角度上显然是有前瞻性的，您并没有沉浸在知青生活中不能自拔，也没有把历史当作包袱，而是很快将视角转向日常经验，较多地通过知识分子的生活状态，明晰地呈现了城市的社会伦理和精神世界。而像《塔》《黄罂粟》《钟点人》等作品，在构思上、写法上都很讲究，有新鲜感和先锋意识。从这一点上看，您作品的形式和内容总是不断地在进行自我突破，内在气韵常常具有某种超越性，您自己怎么看这个问题？您好像在不断探索文体形式与主题表达的契合方式，从《隐形伴侣》通过意识流、梦境、幻觉等手法来表现人的自审意识，到《斜厦》《银河》《第四世界》的现实叙事与寓言的情境交替，在很大程度上改变了文本的面貌。您是怎样做到这一点的？

张抗抗：很高兴你注意到我作品的整体架构和细部特征。不敢妄说"先锋"，实验性是较早自觉具备的。在写作上，我倒是真有点儿"作"的——这个"作"的意思，就是不满足现状、不自我重复、不流俗、不从众，每一部作品，都有新鲜的东西给予读者。从 20 世纪 80 年代早期的传统现实主义到中期的实验文本，再到 90 年代的市场探索，然后进入 21 世纪后的长篇创作，我在探寻新文本、新构思、"有意味的形式"上，几乎从未停滞。比如 2000 年发表于《收获》的中篇小说《集体记忆》，当真实的历史一次次从遮掩的尘埃中被口述者讲述出来，"对话"成为"假象"的出路，而主人公在虚实无定的寻找过程中，却发现他对历史真相越发迷惑了。再如 2005 年的短篇小说《干涸》虽然仍是一个取材于知青生活的老故事，只是在这个忧伤的故事中，那些被我们忽略的水井与水桶，被托付了生命的全部热量。苦难中的爱情，在寒冷而干涸的土地上生长，缺少足够的水分滋润；人生的陷阱处处密布，等待着失足坠落或是自投罗网。那只俄式的小桶"畏得罗"（音译），只是一个象征，盛着心里残存的微茫希望，照亮黑暗中的自己，支撑着荒凉的岁月，但注定了没有结果，最后变成一种幻觉。故事读到最后，读者也许才恍然大悟，祝排长的那只"畏得罗"，其实根本就不存在，那是他在极度的孤寂与苦闷、渴望与绝望之中，为自己的梦想能够延续下去而找的一个理由，是那个年代的人情愿以青春和生命去换取的一丝假设的温情与慰藉。我试图用一根白桦杆子的长度，去丈量生活的深度，即便尚未探到水井的底部，至少也拒绝粉饰。虽是浅尝辄止，但毕竟打捞起一份真实的残酷，使人警醒和省悟。那一只亦真亦假的"畏得罗"桶，如同精灵水妖一般，变得略有几分奇异色彩。这些点点滴滴的文本探索，写得很辛苦也少有人识，但作品每有新意，我心宽慰。

桫椤：尽管小说来自虚构，但看您的作品，感觉它们都"事出有因"。进入您的小说，恍然有阅读"非虚构"作品的真实感。您讲的那个《故事以外的故事》，一位读者将《非红》中的人物与自己亲属的经历对照起来，由此借您的小说还原了真实的人物。虽然这是一个罕见的例子，但它反映了您的小说有着扎实的现实依据和丰富的生活来源。我由此想到，您发表于 90 年代末期的中篇小说《工作人》，写一个在城里打工的青年对文学和未来生活的向往，后来《工作人》与《钟点人》《寄居人》构成一个系列三部曲。还有您近年的中篇小说《芝麻》和《北京的金山上》，内容都是描写底层生活的。如今提倡"关注底层""文学走进人民"，但您其实很早就开始关注了。我不太理解的是，如您这样一位以华丽激情的文字，写出《情爱画廊》《作女》那般时尚华美的都市女性生活小说的女作家，何以有兴趣关注并驾驭底层小人物的状态？何以能用朴素地道的底层语言，描述他们的日常生活和内心生活？对此您是怎样积累又是怎样完成的呢？

张抗抗：谢谢你读我的作品如此之多又如此认真。先解答你后半部分的问题吧。我觉得你把我想象得太"高高在上"了，我是知青出身，具有对底层的"习惯性"关注和同情。但因我对底层的书写都是自发性的，只服从自己内心的呼唤，所以我的关注常常不在"点儿"上，很容易被主流评论界忽略。我写《工作人》的时候，根本还没有"底层"这个概念，写生态与人的《沙暴》时间更早，完全没人理会和注意。《芝麻》发表于 2003 年，有很多选刊转载了。可见作品太超前了，有时候反而会不被理解，当然也可能是我写得不够好。总之我不是那种讨巧的作家，而是我行我素的那种。我认为，文学走进人民，也就是人民走进文学，文学中的"人民"不是一个政治概念，而是一个个鲜明具体的个体。每一个写作者其实无时无刻不在生活中，只是各人看到和撷取的内容不同。我们每天都和周围的人发生着各式各样的联系，甚至是矛盾冲突，怎么会脱离生活呢？难道一定非要到某地某处去"体验"出来的事情，才算是生活吗？那不就变成"生活在别处"了吗？清洁工、绿化工、电工、卖菜的、卖水果的、修钟表的、送快递的……随时随地都有可能和你的生活发生交集，除非你是一个生活在"网上"的与世隔绝的人。所以，关注"底层"写作，于我是自然而然的事情，我只想说一点体会，描写自己生活之外的陌生人群，除了准确传神的生活细节，还得学会使用他们的语言，这不是一件容易的事。我读到一些很有名的作品，故事不错，人物也很生动，却在通篇口语化的叙事语言中，夹杂了一些书面语，这显然是作者自己的感受，而不是小说人物的感受，这样就成了一锅夹生饭，或是像吃饭硌到了一粒沙子，读者不得不把饭团吐出来。这是"底层"写作的禁忌，我不能说自己做得没毛病，但我知道语言会暴露作者与底层生活的"无缝对接"能力。

我再来回答你的前半个问题。《赤彤丹朱》以"我"的视角来重新认识父辈，梳理并反思历史，或多或少有一些我家庭人物的原型素材，然后进行重组和文学修饰，但这并非传记，就像我的《隐形伴侣》，也不能看成我的传记。虽然历史背景大体真实，但已经按照作品的需要进行了很多改造。《赤彤丹朱》出版前，分成三个部分"非红""非梦""非黑"，发表在三家杂志上，《小说月报》转载了《非红》，其中有一章写到抗战时期我母亲的战友贾起牺牲在天目山，这个有关记忆、悔恨和友情的故事基本上是真实的。贾起与青岛的家人离散多年，没想到他的家人竟然读到了这个小说，写信向我询问……后来我母亲和健在的老同志为贾起的牺牲经过写了证言，贾起被青岛民政局追认为烈士，遗物存放于青岛革命烈士纪念馆，我还专门去祭奠过贾起舅舅。后来就有了《故事以外的故事》这个小说创作的"副产品"，此为特例不足仿效。

桫椤： 反思"文革"的作品，您写过像《白罂粟》《淡淡的晨雾》《隐形伴侣》《赤彤丹朱》这样的小说，让读者看到您是一位深具历史感的作家。反映新时期的社会变革，您写过《夏》《北极光》等，直到后来《情爱画廊》和《作女》的问世，您在作品中用两性关系探幽女性的心理和精神世界，写出了时代的进步。但在您的中后期创作中，重点似乎以关注女性的精神生活为主，尽管有例如《残忍》《请带我走》这样的深度知青小说，但总体感觉您作品的批判性较原先减弱了。恕我冒昧地问一句，您是有意识地在创作中消解历史吗？听说您刚刚完成了一部新的大长篇，能给我们"剧透"一下吗？

张抗抗：我很愿意回答这个问题，我相信这也是很多读者和批评家所关心的。然而，"历史"是一个多么浩大的题目啊，我显然没有力量去关注人类史、世界史、军事史，等等。写完《作女》以后，从2006年开始，除了日常工作，我的全部精力都投入到一部新的长篇，这恰恰是一部有关"历史"的鸿篇巨制，也是我一生中最重要的一部作品。十多年前，我的兴趣转移到了对中国"改革史"的研究，由改革开放最初十年，往前倒推至"文革"史、新中国成立史、民国史，再追至先秦思想史、文化史……由古及今，弄清楚了我多年疑惑的一些问题。但历史不是文学，文学更不等同于历史，要把梳理过的远史和近史融入自己笔下的小说，成为一部有思想价值的文学作品，那是何等艰难、艰辛的创造性劳动。这十年来，我一直在做这件事情，试图用文学表达自己对历史的思考，通过描述并还原80年代那些被长期遮蔽的故事，反思为什么会有80年代那样一个蓬勃的启蒙年代？80年代给后人留下了什么？这是一部思想型的小众作品，今年6月刚刚把这部三卷本的长篇清样看完，也不知道何时能够出版。所以我直到现在才有时间接受你的访谈。你的提问使我有机会告诉读者，我不但没有"消解"历史，而是始终在以我的方式解读历史。我不赞成把严肃文学视为"不接地气"，地气之上还有可仰望的星空。这十年我很辛苦也很充实，这是我通过写作为自己的心灵"修行"的一个过程。

杪椤：非常期待您的长篇，祝愿您的新作早日出版。除了小说，您还有数量庞大的散文作品，最新出版的书《回忆找到我》就是一本散文旧作精选。我觉得您的散文最大的特点是语言优美和擅长思辨，毫无藻饰地表达真情实感。在您的散文作品中，散文的内在技术规范或许使您对生活的表达顺理成章。当下的散文缺少系统的理论体系，我想请教您对当下散文创作的看法。

张抗抗：相比小说创作需要遵循的某些规律，散文则自由得多，可以直抒胸臆地表达自己的情感与所闻所见所想。在小说中作者常常是隐身的，也可以说小说是经过"化妆"的，但散文不是，散文素颜直面，是一个里外真实无邪的"我"。若是说小说必须"客观"（甚至有人提倡"零度写作"），但散文是"主观"的，需要燃烧的热情，还有属于自己的声音。我没有学习过散文的系统理论，只是率性而为，尽可能去伪饰、诉真情，也许比别人多一点点思辨色彩，当然散文的文笔应该精美而讲究一些。有关散文的话题，这次就不展开讲了，我们的访谈已经够长了，我已经开始怀疑读者是否有耐心把这篇文章看完。

杪椤： 现在是一个碎片化的、缺乏同一性的时代，从社会角度看这是进步，自由、开放程度在增加，人本意义上的个人的意志得以呈现。但是这也导致年轻一代作家自身缺乏历史的定位，您能否谈谈在文学创作中如何把握时代的特征？您的小说书写当下的、常态化的生活经验，把庸常的生活高度文学化，您怎样建构起文学与生活的价值对应？这对年轻作家有重要的指导意义。

张抗抗： 如今已经没有谁能"指导"谁了，每个人都是一个"自媒体"，随时可发布自己的见解。至于如何把握时代的特征，建构文学与生活的价值对应，我觉得即使有时候对应不上，也不必勉强。才能自有高低，只要能够遵从自己心里真实的声音，独立思考，不唯上不媚俗就好。当下的文学作品，生活的"肉身"即故事和人物的形体、肤质、毛发、内脏，已足够饱满鲜活细腻，但是由于先天性缺钙，骨质及骨髓发育不全，文学对社会、人性、自然，仍然缺乏某种"骨性的支撑"，缺乏对生活独特的发现与剖析，缺乏超越当下的永久性精神持守。商业时代对文学的消费性需求，并不能成为浮躁的理由，西方社会高度物质化，优秀的文学作品依然坚守良知，给人以精神和灵魂的撞击与启示。尤其是严肃文学写作，需要内心有一种强大的坚守寂寞的定力。写作是脑力劳动，更是体力劳动，尤其是长篇小说，需要连贯的思维和情绪，每天要在电脑前坐好几个小时，几乎就是"重体力劳动"了。我写长篇这十年，除了必要的履职，几乎"自我封闭"，就像是在手机的静音状态，我戒掉了自己所有的爱好，比如旅行、出国访问、看美术展览、看戏剧演出、看电影，没人相信我已有十多年没有看过电视连续剧了。这种近乎"自虐"的行为，是因为长篇创作本身的内在动力和吸引力，比其他所有的"享受"都有意思。写作过程的乐趣，超过了对写作结果的期盼。回顾自己大半生的写作，尽管作品还有很多不尽人意之处，但可庆幸的是，我始终不懈地在追求自己理想中的文学品质与思想内涵。

桫椤：在准备这次访谈的过程中，我一直试图找到一套汇集您已发表的主要作品的文集，但目前看到的有1996年的《张抗抗自选集》，还有作家出版社2009年出版的三部长篇合集，似乎都不能反映您的创作全貌。很多作家都出版了自己的文集，有的还是非常年轻的作家，您有没有这个计划呢？

张抗抗：迄今为止，我已经创作并出版了近百种中短篇小说集、散文集、长篇单行本、自选集，也获得多项国家级大奖以及文学刊物奖，但一直没有时间编选我全部作品的文集。前些年，我觉得自己还不算太老，不断有新作出版，出版文集尚早，就没有提上日程。后来总有出版社来联系催促，就觉得应该纳入我的计划了。但由于长篇一改再改，延宕十年之久，也是我先前没有料到的，所以编选文集的事情根本排不进去。几十年的写作，几百万字的作品，需要一一筛选、校订、勘误，那是一个何等浩大的计划，需要很多时间才能完成，就只能一拖再拖。这部长篇消耗了我太多气力，对我的身体有很大损伤，需要慢慢休养调理。估计还需要两三年之后，我才能腾出手做这件事情。你想，一个埋头写作、对编选自己的文集都可以忽略的人，还有什么比写作更让她入迷的呢？

（2017年7月）

灵魂是个慢性子
——对话刘醒龙

刘醒龙,生于古城黄州,中国作家协会全委会委员,中国作家协会小说委员会副主任,湖北省博物馆荣誉馆员。曾任武汉市文联专业作家、《芳草》文学杂志主编。代表作有中篇小说《凤凰琴》《秋风醉了》等。出版长篇小说有《威风凛凛》《一棵树的爱情史》等,长篇散文《一滴水有多深》及散文集多部,以及长诗《用胸膛行走的高原》等。长篇小说《圣天门口》获第二届中国小说学会长篇小说大奖、第一届中国当代文学学院奖,长篇小说《蟠虺》获《人民文学》年度优秀长篇小说奖,长篇小说《天行者》获第八届茅盾文学奖,中篇小说《挑担茶叶上北京》获第一届鲁迅文学奖。

一、仁是比宗教更具意义的文化

桫椤: 跟您多次见面,这样一本正经地做访谈还是第一次,首先感谢您给我这个机会!尽管是《江南》的约稿,但我想我们可以借《江南》的"地盘",开篇先谈谈您主持的《芳草》杂志。您是《芳草》的当家人,除了自己的创作和其他作家的稿件,您还要面对各种文学以外的事情,想请您谈谈办刊的感受。

刘醒龙: 办刊物对我来说并不陌生,离开工厂以后,我就在县文化馆办过一份全县仅有的油印刊物。曾给孩子谈过这事,孩子不明白什么叫油印刊物，更不知道什么叫刻钢板。本质上油印刊物与现在的微信公众号差不多，但那时候想在这本油印刊物上发表作品还是相当难的。在文化馆几年，我将油印刊物努力改成了铅印小报。之后我被调到上一级的黄冈地区群艺馆工作，第一件事就是将停刊几年的《赤壁》恢复起来，而且从早先的一年一本，变成实实在在的季刊。再往后当了十几年专业作家，天马行空，独来独往惯了，突然要领头主编《芳草》，别人都替我担心，自己却心中有数。那一阵自己刚写完《圣天门口》，正处在调整期，我对那些要我出任主编的人说，你们这是看我四处闲逛不顺眼，不知道前几年我写得多么辛苦。反过来我建议让能写畅销书的作家当主编，办的杂志或许也能卖得好。在那个片面强调走市场的时间段，这一点对于杂志的生存是非常重要的。他们反复找我面谈，前五次我咬紧牙关不漏一点口风，第六次时，与我面谈的那位说，别的不说，我们这么好的朋友关系，算我求你帮个忙，再不答应我们没法向市委交代。说话的那位极爱喂养鸽子，"非典"防治最紧张时，到处捕杀家禽野鸟，相关人员几次找上门来，他硬是顶着，别说杀光那一大群鸽子，连一根鸽子毛也不让人拔。我们去他家玩时，他却亲手宰了几只鸽子煨汤给我们喝。有着这样的友谊，我无法不松口。上午答应的事，中午他们就找我谈方案，不给我一丁点反悔的机会。既然答应了，那就得有自己的一套行事风格与准则，我的底线就是一句话：无论是主管人还是非主管人，不要与我谈杂志发行量。

市里的领导也很开明，真的依着我不提这事，但在谈笑之间说了另一个标准，《芳草》如果能在五年之内将铁凝的小说约来就算成功了。2011年7月30日中午，我正在逛手机店，铁凝打电话来，说自己刚刚完成一个短篇，投稿给《芳草》！铁凝的小说刊发后，我对那位领导说，他也开心地笑起来。这时我当主编正好五年。

桫椤：从恢复《赤壁》到主持《芳草》，您觉得您个人的文学观念和艺术追求对办刊有着怎样的影响？或者说，刊物在哪些方面体现着您的"个人风格"？我看到《芳草》发稿对中西部作家有些偏爱，这也算是杂志独有的办刊风格之一了，这有什么特殊原因吗？

刘醒龙：在铁凝主席主动投稿之前，《芳草》刊发的短篇小说《放生羊》

（次仁罗布）、中篇小说《前面就是麦季》（李骏虎），在第五届鲁迅文学奖评奖中双双获奖。说起来，这也是《芳草》的传统，从当年发表的《女大学生宿舍》（喻杉）至今，一直坚持发掘青年文学才俊。

前段时间，《文艺报》在近五年来中国文学工作巡礼系列报道中，有一段文字专门谈及《芳草》。时至今日，由作家、诗人或评论家出任文学杂志主编已成为期刊界主流。关于文学杂志一直以来都说主编即风格，真正能兑现这话的情形并不多，这中间原因很多，最关键的还是主编个人的担当能力，能不能发现症结、明白方向。很多情况是众所周知的，最大的问题是怕不怕碰得头破血流。当然我在《芳草》能做到的别人不一定能做到，毕竟我不是职业主编，没有后顾之忧，大不了就继续当一个纯粹作家。作家任主编，会使杂志本身获得社会上的一份额外尊重。如果要说个人风格，这一点是最突出的。将活跃在第一线的作家的思索与实践，第一时间、零距离地变成主编的思索与实践，同样在第一时间，同样用零距离，成为杂志的思索与实践。至于说《芳草》关注中西部作家，是因为他们身上有着纯正的中国文学血统，用敬语叙事，用贤良品人，极少受嬉皮、颓废、小市民等风气的影响，我看重这些，所以《芳草》刊发他们的作品多一些。

所谓主编即风格，大约就是说主编的某种艺术偏爱。比如，像叶舟这类才子型的作家，跨界写出非常精彩的歌剧剧本，我读过后，觉得不发表太可惜，于是专门为他辟了一个"新才子书"栏目。之后，甫跃辉寄来一个话剧剧本，也放在这个栏目里，效果非常好。还有像次仁罗布的长篇小说《祭语风中》、刘继明的长篇小说《人境》，几乎是用整期版面隆重推出。一般的杂志很难这么做，我们却做了。如果说这是一种风格，也就是说，真正的风格是不遗余力地推出好作品。

作家当主编在某些时候会自动获得一点"任性"的特权，这是专职主编很难做到的。也是这些原因，在文学期刊界中，偶尔有某位主编逮着机会酸我一下。这没有什么了不起，人生很短暂，顾不上去讨厌别人。我该怎么做还会怎么做，正如我写小说，别人说别的人，我写我的。有句话说，我不为别人活，只为自己活。办文学杂志，关键是为文学而活。

说到影响，当主编办杂志受影响最大的是自己的创作。十年间我只写了《天行者》《蟠虺》两部长篇小说，如果不是办杂志，像贾平凹那样每年创作一部长篇小说，稍使点劲也能做得到。至少那几部写了七八万字的长篇半成品是可以写完的。

桫椤：您提到的那篇文章我也读到了，刊在2016年11月23日的《文艺报》上，即《不断壮大高品质文学阵地——作协五年工作巡礼系列报道之八》。文中总结了五年来作协系统文学期刊的办刊成绩，表示坚守高品质文学阵地，不断推出富有思想内涵和艺术价值的优秀作品是中国作协及各地作协所属报刊社始终坚持的文学理想。在总结中国作协主办的文学期刊《人民文学》《诗刊》《中国作家》及地方名刊代表《收获》的办刊情况之后，文章说："《芳草》在刊发内地优秀作品的同时，将触角伸向中西部地区，推出了阿来的《空山》、次仁罗布的《放生羊》等高质量作品。"在这样一篇对全国文学期刊进行总括性的文章中，中国作协能对《芳草》取得之成绩进行此般翔实的介绍，是权威、主流视野对《芳草》多年来放眼全国、关注边地文学的价值与方位的鼓励与肯定。《芳草》的成绩有目共睹，但是我一直有一个疑问，在《人民文学》《收获》等刊物纷纷布局互联网，推出官方网站、网上投稿平台、微信公众号的时候，《芳草》似乎在网上有些沉默，您对此是怎样考虑的？

刘醒龙：这是一个纯技术性问题，没有外界猜想得那么复杂，更不是抵制互联网。我们申请过微信公众号，还交了三百元认证费，因为缺少一些必需的文件，人家不退钱也不给办事。这件事也印证了人都有软肋，就算是超人，也有弱点和盲点。杂志的弱点与盲点，当主编的也应当清楚明白才行。《芳草》身处武汉，相对于《人民文学》得天独厚的权威性，《收获》出身名门的高贵气质，就不要想着与人家媲美了，老老实实地做些自己有能力做的事。比如选稿子，与其争抢当红作家的平常作品，不如去到一些小地方，发掘那些处在引而未发的作家的新作力作。

标准是文学最奇妙的地方，文学杂志的标准同样是奇妙的。我欣赏并钦佩某些主编同行，无论外界如何评议，都坚称自己杂志是最好的。我不会这样想，我会天天提醒自己，提醒杂志社同事，一百年后，《芳草》也不可能超过《人民文学》《收获》《上海文学》。自己说自己是最好的，只应当看作是对执着坚守文学杂志的自我激励，绝对不能以为自己真的就是天下第一。

去年8月，杂志社接到一个电话，对方自称是省委督察室的，有省委书记的批示要传真过来。副主编哨兵接完电话后，打电话给我，他用诗人的直觉判断这是诈骗，建议不必理会。我同意了，过后一想，杂志这些年接到的诈骗电话不少，都是用宣传口某个领导的名义推销高价出版物，从未有这种口气的。于是又让哨兵换个电话回拨过去，看看对方到底是干什么的，没想到对方真是省委督察室的，然后真的发来了传真件。省委书记在一个内部信息上圈批，对《芳草》入选中文核心期刊表示祝贺。在那份信息上，主要说熊召政写的话剧《司马迁》在京上演情况，杂志的事在倒数第二行，放在刊博会筹备情况里，只写了一句话，但省委书记注意到了。这几天在开省政协会，放了一百本《芳草》在酒店大堂，这一期做的是湖北小说专辑，不到五分钟就抢光了，不管认识的还是不认识的，聊起来都很关心本地区有无新进作家。可见文学杂志影响力还在，关键是实实在在去做，指望凭一张铁嘴到处去炒作，终归是不靠谱的。

办杂志简单地说，有两种选择方向。一种选择是追踪伟大作家的伟大作品，一种选择是发现并推出文学基本人口的基本作品。能在文学基本人口的基本作品中发现并推出伟大作家与伟大作品，对文学杂志来说，才是幸福与光荣。

桫椤： 除了作家、杂志主编这些身份，您还是一位书法家，去年举办了自己的书法展。每次拿到《芳草》杂志，我也总会先读一遍扉页上您手写的卷首语，既要读内容，也要欣赏您的书法。您习书多少年了？能否谈一谈这方面的经历？

刘醒龙： 我家里有一把小木椅，上面用毛笔写着我的名字，那是小学启蒙时，爷爷手把手教我写的。爷爷当年上过两年私塾，毛笔字写得还可以，但是他不敢称自己写的字是书法。小时候爷爷对我要求最多的就是写毛笔字，读《三字经》。到现在别的情景都忘了，就只记得有一次爷爷趁我不注意时，从背后伸手猛地抽走我手里的毛笔，弄得我满手都是墨汁，还要挨老人家的数落，说我握笔用力不够。古人练书法时，有在手心里握着一只鸡蛋的，爷爷舍不得鸡蛋，只往我握笔的手心里塞过乒乓球。我现在写字,别人看着都累,说是太用力了。就因为只要一握毛笔,就觉得爷爷在身后站着,准备偷袭我手里的毛笔。其实在我心里,我并不爱写毛笔字,不是不爱写字,而是不爱用砚台磨墨。磨墨时手上用力重了不行,轻了也不行,好不容易磨出一砚台墨水来,几笔就写光了,又得重新磨。当年是写毛笔字,如今是用毛笔写文章,哪怕只有两个字的"温醇",只有三个字的俗语"小背叛",只有四个字的小说题名"秋风醉了",在我写来都是文章。世上只有写文章写出书法的先例,至今未见练书法练就一手好文章的个案。最近媒体纷纷做大国工匠新闻,写不出文章的就不算真的书法,而只能是写字匠。

桫椤:由您对书法的兴趣,我想到您对传统文化的重视,像《蟠虺》里透射出来的君子之风这样的文化品格,以及像《圣天门口》这样的书写。《圣天门口》里面有那么多对立的矛盾势力,您从未用过"敌人"一词,而且也一直在反对"杀人"。看得出来,您特别欣赏儒家伦理里面的"仁"的精神,我听过您在河北师范大学的一次讲座,记得题目就叫《文学:仁者无敌》。您怎样看待中国传统文化对您的影响?

刘醒龙:文学的最高境界是创造,最基本的要素是传承,仁者无敌,仁至义尽,中国的文化传统靠着这些耳熟能详的概念,不知不觉地潜入我们的血统里,这些东西是无法选择的,是宿命也是优势,是制约也是源起。仁是中国文化的瑰宝,是我们祖先对世界的莫大贡献。仁是比宗教更具意义的文化,仁可以是打通宗教与俗务的理想途径,宗教常常伴随着暴力与血腥,仁是真实可感的,永远具备现实意义,也永远不会过时,是世界文明中唯一不会产生负面作用的。

桫椤:除了"仁",您还强调家国情怀,您曾说过"仁可安国"。去年您到南沙,在琛航岛上就完成了散文《我有南海四千里》的写作,这篇文章借助网络流传甚广,我看您最新出版的散文集也用这篇文章做书名。我感觉到您对民族和人民有一种自觉的职责,您自己怎么看待这个问题?

刘醒龙:在家国情怀面前用不着"强调"二字,这本来就是做人做事的基本。南海那儿太不容易了,别人只去一次,就是去十次、二十次,也会有太多感慨，说小了会微不足道，说轻了会觉得肤浅，看上去是深思熟虑，实际上是脱口而出，这种时候直截了当的表达才是最靠得住的。小时候听爷爷讲得最多的是忠良，后来总听父亲讲爱国爱党。我向来信赖质朴的东西，质朴的东西看得清楚明白，没有弯弯绕。天下最质朴的人莫过于爷爷奶奶、父亲母亲，长辈亲人以对晚辈的理解和期望作为出发点，说的都是一些大实话。现在我也成了爷爷，也时常说一些做爷爷的人必须说的大实话。世界是这样，特朗普说的话只有用美国利益去衡量才会是大实话，杜特尔特说的话只有用菲律宾的利益去衡量才是大实话。人一生也差不多，当孙子的只有说当孙子的话才是实话，当儿子的只说当儿子的话才是实话，所以，当爷爷的一定要说那些只有当爷爷的人才会说的实话。到了一定年纪，纵然内心不老，看着同龄人的满脸沟壑，加上满头沧桑，就该实事求是地对人生的后半部分进行确认。

二、灵魂是世界上最慢的慢性子

桫椤：《圣天门口》里有一章特别让我震撼，您写农村各种各样的手艺，铁匠、榨油匠、篾匠、剃匠、木匠等，不但写到每一种技艺的详细操作过程，而且连民俗里面有关的禁忌都写得很清楚。看您的履历，您的祖籍是团风县，但是出生在黄州城里，基本上没有在农村生活过，您怎样获得这样精细的有关传统乡土文明的知识和经验的？不全是采风得来的吧？

刘醒龙：我出生在黄州城里，城市生活却是从三十几岁时才开始的。在骨子里，我对乡村的熟悉超过许多自称为农民儿子的人。有太多乡村孩子读完高中就离开了乡村，我没有上大学，读完高中后还在乡村里待着。我在乡村没有自己的房屋、田地，也没有自己的花草树木、棉花、小麦、水稻等，因为没有这样那样物质的东西，才会将非物质的文化牢牢地记在心里。

桫椤：看来您是跨越了形式上的限制而直接抵达了乡村生活的精神层面。您中学毕业以前的生活是怎样的？我不太了解您的家庭，在您个人的精神成长中,家庭给了您怎样的影响?

刘醒龙:按现在的说法,小时候我也是留守儿童。父亲虽然是当地的区长、区委书记和局长,却一年到头在村子里蹲点,基本上只有腊月三十吃年夜饭时才能见上一面。父亲的故事,父亲的传说,大部分是从别人那里听来的。母亲在供销社当售货员,与另一个女人共同负责一座商店,白天营业,晚上值守,根本顾不上自己的儿女。她的一群儿女,是跟着爷爷长大的。就个人性格和文学品格来说,小时候与爷爷一起生活的经历,肯定起着重要作用。包括我先天性过敏体质,就是爷爷隔代遗传的。爷爷是经历过九死一生的人,当年他从黄冈乡下到汉口替人家织布,在上工路上被几个看他不顺眼的日本士兵毒打一顿后,倒在六渡桥街边一整天,直到天黑时,被同乡发现才送回黄冈家中。所有人都认为我爷爷必死无疑,爷爷在床上躺了整整一年后,竟然神奇地活了过来。我家没有任何家训,爷爷不爱多说话,父亲也一向惜字如金。爷爷留给我们一种不惜任何代价也要忍受痛苦的品格。爷爷八十八岁那年辞世,弥留之际,他用最后一点力气动了动手指。只有父亲懂得,他问爷爷是不是想戴上寿帽。爷爷眼皮动了一下,父亲将寿帽戴在爷爷的头上,爷爷的眼角里流出一颗泪珠后,在家人的目送中平静地走了。是父亲低声吩咐我们跪在爷爷的床前磕头,我们还不敢相信爷爷真的离我们而去了。我是个急性子,这些年来,特别是近两三年遇到许多事,只要一想到爷爷,就觉得没什么不能承受的。就像囫囵吞下一坨没煮熟的牛筋肉那样,只要忍上三天,那些看上去不可忍受的东西,都可以消化。

杪椤:您的父亲曾在乡镇工作,像《威风凛凛》《挑担茶叶上北京》和《圣天门口》这些对新旧小镇生活或基层生活情态的描写,包括《天行者》以一个小山村做背景,是否曾受到过父亲的启发?

刘醒龙:天下没有不受父亲影响的男孩,也没有不受母亲影响的女孩。父亲当年对我最大的期望是当一名优秀的工人。我在工厂的确干得不错,上班干活受表扬,下班做的事也受表扬,进厂才半年就被评为先进生产者,这让父亲很是高兴。得知我在业余时间开始写小说后,父亲没有像母亲那样公开表示反对,而是用不发一语的沉默作为表态。母亲的反对是从爱护层面，她心疼儿子太瘦，不忍见到我下班后，将业余时间完全用于写作，担心儿子的身体会被拖垮。直到我在《青年作家》上发表短篇小说《我的雪婆婆的黑森林》时，父亲才用他的方式正式表态。父亲悄然读过那篇小说，在上面用笔标记出七十几处记号，并说出他的担心，如黑森林、黑太阳等词的运用，如果回到十几年前我肯定会因此被打成右派。父亲的结论是，还是当工人好，谁也不会把你怎么样。我没有听父亲的，正是受到父亲性格的影响。几年后，父亲再次对我的作品表态，这一次他是写信给我，谈《凤凰琴》，父亲在称呼我的乳名后，由衷地说了一句：不愧为老农民的后代！父亲难得说这种话，他说的老农民，在我的理解里应当是指乡村和农村，因为父亲算不上农民，爷爷将自己的织布手艺传授给父亲后，只读了一年半私塾的父亲，就开始了像爷爷那样从乡下到汉口为雇主家织布的生涯。父亲到汉口不久就找到共产党地下组织，在永清街一带活动，革命成了他的职业，织布变成一种合法的掩护。

小说如何写也有命定因素。从小小年纪开始，就不得不听爷爷有意无意地讲自己在林家大塆著名的林家当雇工织布的故事。老家离林家大塆只有十里远，爷爷在林家待了八年，直到平型关大捷后，传闻日本鬼子要血洗林家大塆，林家人举家南迁，爷爷才终止了这段雇工日子。20世纪50年代，林家人从北京捎信给爷爷，希望爷爷去北京做事。爷爷最终没有答应去，与爷爷同在林家当雇工的另一位去了，几年后以副营职干部从部队转业回来。爷爷常说，自己若去，肯定会是正营职的。因为爷爷有一肚子好故事，在林家当雇工时，一向最受欢迎。也是因为这些故事，爷爷懂得用最朴素的方式拒绝那些可能带来虚荣的东西。从小装在胸怀的这些事，用独一无二的方式持续发酵，理直气壮地影响了我的文学情怀。

桫椤：从爷爷到父亲，您的家族史令人肃然起敬，这也就不难解释您笔下的人物为什么总是深受历史环境的影响。我不免由此想到您本人，您作品里写到的一些苦难场景，您有过亲身经历吗？

刘醒龙：时至今日，令我想起来就会毛骨悚然的是一件并未发生的事。进工厂当工人的第一天，师傅让我去砂轮那里打磨一只毛坯件。做完后，关上砂轮机电源半天了还不见砂轮机停下来，我想着伸手去捏住那砂轮，但在右手即将触碰砂轮的前一秒，似乎有只无形的手拉了我一下。如果没有这一下，我的整个右手巴掌肯定会被"秒杀"。这件事让我做了许多次噩梦，前些时又梦见过类似情形，想必它已成为自己的某种神经元、某种成分结构特别的荷尔蒙。对文学来说，这才是影响深远的苦难。

桫椤： 您在20世纪70年代初从中学毕业进入工厂工作，这应该是您人生中的重要转折，这个转折放在现在的社会环境下，您有什么感触？

刘醒龙： 熟悉乡村，又当过工人，这是生活对一个作家的莫大恩泽。与赏赐不同，恩泽之下更有责任和承担，经历多了，获得多了，肩上扛着的东西就变重，那种"小团圆"的意念就有苍白之嫌。

桫椤： 我想一个不了解您人生经历的读者，看完《生命是劳动与仁慈》就知道您曾经在工厂工作过，您对阀门厂生产过程的熟悉程度，准确到用车床制作阀门的技术参数，这不是可以想象出来的，只能靠亲身的体验。您觉得工厂生活对您的人生最大的影响是什么？

刘醒龙： 十年工厂生活，每半年按完成生产定额、产品质量、安全无事故等实打实的标准评比一次，我拿到二十张先进生产者奖状。这习惯用在写小说上，每个句子，每个人物，都像那些紧固在车床卡盘上的金属零件，从粗加工到精加工，每个步骤都不敢马虎。《咬文嚼字》杂志曾"咬过"十二位获茅盾文学奖的长篇小说，结果《天行者》的错别率最低。这与我当工人时情形相同，加工零件的废品率虽然与技术水平密切相关，更重要的是劳动态度。写小说和主编杂志也有劳动态度问题，很多人都不相信我会亲自看稿选稿，更不相信我会天天到编辑部坐班，但我确实是这么做的，这也是工厂生活对我的影响。

桫椤： 从乡村到工厂，从深重的家族史到您的个人史，我深切感受到三代人生命里的坚守。您说没有家训，只不过是没有总结成条文说出来或者写在纸上，其实是有一种强大的无形的家风存在的。像我这样的"70后"对此是有认同感的，但是以后的年轻人却未必能够理解。看得出来，当您面对父亲评价您"不愧为老农民的后代"时，您是有一种自豪感的。

而在当下的时代，传统的影响力在削弱，新的生活方式正在形成，人人显然不能脱离时代而存在，您怎样看待这种新旧的变化？

刘醒龙：所谓英雄不问出处，并不表示可以对英雄的出处视而不见。有些事将长度拉开后再看，并不如经历时感觉得那样迅猛与剧烈。我们正在经历的，大多还是有规律可循，是向着理想的方向，是为着实现大多数人的梦想，只要肯付出、敢承担、善学习，就不会被时代彻底抛弃。但从20世纪60年代到80年代，那些年间的变化，完全不只是简简单单的新旧变化，简直是天翻地覆、天崩地裂一样的变化。还有20世初至40年代末，我们都没有经历的，也绝对不是历史教科书读来那么快捷。即便是"五四"新文化运动那样轰轰烈烈地要打倒"孔家店"，"文革"要扫除一切牛鬼蛇神，传统表面上像是割裂了，实际上传统仍旧无所不在。传统是人类为了生存得更好而逐渐积累起来的生活智慧，人类如果放弃自身的传统，离毁灭也就剩下半步了。年轻人对传统处处不屑，长辈往往对这样的不屑报以微微一笑，千万不要以为那是无可奈何花落去，善良的长者都是从年轻慢慢走过来的，懂得这里面存在着每个人都会重复一次的时间差。

作家对这些变化，要有高度的敏感，同时也要有更高强度的独立个性与自由品质。一个总在随波逐流的人成不了真正的作家，从屈原、李白、杜甫、苏东坡、曹雪芹，到鲁郭茅巴老曹，如果看不清楚这样一条中国文学传统命脉的本质，只泡在眼前的浮光掠影里，写点文字养家糊口是可以的，却不可能成为历史所能铭记的真正意义上的文学。

我相信一点，人的灵魂是不会使用智能手机的，也不会坐地铁高铁，更不会跟着潮流亦步亦趋。人的灵魂是这个世界上最慢的慢性子，只有人也慢下来，才有机会挽起灵魂之手，与灵魂一起前行。

三、青涩时做青涩事是人生幸事

桫椤：有资料介绍说，您上高中时数学全班第一。在"学好数理化，走遍天下都不怕"的年代，是什么力量促使您喜欢上了文学？您对文学的兴趣应该在中学之前就有了，这种兴趣是天生的还是有别的原因？您觉得走上文学之路有没有必然性？

刘醒龙：我上高中时语文成绩也在前三之列。高中一年级时，有一次老师带同学们去县城旁边的北汤河大队采访大队支部书记，别人老老实实按要求写记叙文，我也不知是哪根筋搭反了，居然写了一篇被自己说成是"小说"的文字，一时间传遍全校，连高二的学兄学姐都跑来要看我写的"小说"。上高二后，换了一位叫管家新的班主任，管老师爱写那种长句子的诗，还经常向《湖北日报》投稿。多年之后我曾想管老师若是还在写诗，无论如何也要找朋友帮忙发表一二，实现管老师曾经的文学梦。听说管老师回蕲春县转行当领导干部，早就不写诗了，心里还失落了一阵子。管老师是我见到的第一个"诗人"，毕业典礼后，他给我们高二（2）班的班长、副班长、学习委员、文体委员和劳动委员等五个同学各赠送了一本书，别人是农业技术与思想教育方面的书，唯独送给我这个文体委员的是一本烫金封面的诗集《手托千山送高炉》，让女同学们很妒忌，说管老师偏心。凡事皆有因果，几年后，我在车间里上夜班，被小吊车漏电所伤，县医院的医生得知我触电的电压为三百八十伏，说我命大，给我开了三天病休。在集体宿舍躺了三天，也想了三天，或许是强大的电流击穿了阻隔文学与我的屏障，我觉得自己应该努力做点与众不同的事。我想到会写诗的管老师，但我选择的是小说。

事实上，这之前还发生了一件事情。那天下午四点半下班，洗干净后，我与同伴一起到街上闲逛，碰见一位高中同学，他骑着一辆凤凰牌自行车迎面而来。听到我叫他的名字，他扭头扫了一眼，连刹车都没捏一把，便扬长而去。在学校时，这位同桌被老师当众嘲讽到学校来的任务就是抄刘醒龙的作业，而且还有本事抄错。抄作业抄错怪不得这位同学，是我在使坏。我受不了他抄我的作业，得到和我一样的分数，就故意将一两道题写错，待他抄过之后再改正过来，为此这位同桌还曾威胁要揍我。当然，他是在说笑。在整个鄂东，即便是"文革"最疯狂的时候，整个社会也保有对文明与礼仪一定程度的尊崇，这也是老师们敢于当众嘲讽根正苗红的学习成绩却一塌糊涂的学生的一种保障。那时县和人民公社之间还设有区一级行政机构，这位同桌毕业后，先当大队干部，接下来便以火箭速度直接升任区委副书记，骑上了可以媲美宝马、奔驰的凤凰牌自行车。

这两件事，一个从精神上对我狠狠刺激，一个从肉体上直接警示，很多年后，想起当年这些，我深感夜幕如漆这句话太有意义了，人对环境的适应能力常常超出人们自身的想象。这种适应其实更是环境会通过呼吸、饮食以及情爱，让太多的人觉得自己摸到看到听到的已经是生活的全部真相。被同一块石头绊倒两次的人一定是笨蛋，我也算是被石头绊倒过两次，所幸不是同一块石头，第一块石头让我愤世嫉俗，第二块石头让我脱胎换骨，我将这两块石头搬起来扔到小河里，让它们成为不用脱鞋也能过河的垫脚石。

桫椤：您还有没有印象，您的文学自觉发生在什么时候？有什么具体事件吗？

刘醒龙：自觉也是有阶段的，刚开始开汽车时，遇到紧急情况，需要本能的自觉反应时，能做到的就是猛踩一脚刹车，其余的什么也做不了。老司机有所不同，踩刹车也会视现场情况而定，该踩到底的坚决踩到底，不用踩到底的就来几下点刹，还会适度转一下方向盘。更高水平的司机，甚至能提前预判，控制好车速选择安全车道，将凶险化于无形。刚开始写小说时，从爷爷那传承下来的那些传说，总是不由自主地跳到笔下。几年后，现实生活中一些不请自来的东西，开始将我死死地按在写字台上，让人欲罢不能。到了十几年前，有一次去湖北省博物馆，见到那只曾侯乙尊盘，心里突然冒出一个念头，这可以当小说来写。此后这念头一直固执地浮在脑海里，无论如何也忘不掉，十几年后，这念头终于变成长篇小说《蟠虺》。

文学的自觉可以是自然天成的一件事，也可以是一件将自己带到云里雾里去的高深启迪。只要是通过作品来做很好的表现，都是可取的。

文学也是个慢性子，一首诗或者一部小说摆在那里，每天都有机会与之相逢，但常常要到很久之后才会让人恍然大悟。比如李清照写项羽的那四句共二十个字的诗，中国人几乎没有不知道的，作为千古绝唱，它一直呈现在每个人面前，但它很少将自己的真相告诉别人，实实在在是个千百年的慢性子。

慢性子好，慢性子才更容易出现自觉。有些人总将文学与新闻相混淆，这两年听到最荒唐的一句话是说，中国当代文学全部加起来也不如一份

《南方周末》。新闻是急性子，能顶上一百天就不错了，文学这个慢性子是要顶上至少一百年、一千年的。

桫椤： 在处女作《黑蝴蝶！黑蝴蝶……》发表之前，您还记得您写过其他作品吗？《派饭》是一个，其他的呢？尽管它们没有被发表。

刘醒龙： 当然有，留存的未曾发表的小说手稿大约有十来篇，但都不在我手里。因为生活变故，当年的手稿在一段时间曾被遗憾地认为完全销毁了。直到 2011 年元旦，黄州东坡赤壁的朋友帮忙请一位据称是中南地区最好的刻工来家里刻一块石刻，陪同那刻工的一位青年收藏家透露，他手里有我的手稿。我大吃一惊，因为他说的那手稿，正是自己以为被销毁的手稿之一。如此我才知道，真的算是幸运了，那些手稿当初已到了废品回收站，幸好有人发现了。手稿都在，只是分散在一些收藏家手里，他们也很想知道这些手稿的写作年份。当然，他们也想确认这些手稿的价值。所以，我一直没有松口，没有对外说明这些手稿的具体细节。我是想收回这些手稿，特别是最早的那几篇，又不想人家充分利用市场经济手段哄抬物价。所以，请原谅这事暂时要回避一下。

桫椤： 据说处女作之前的作品是因为您不同意修改才不能发表的，那时是 80 年代初，文学最神圣、最炙手可热的时候，一篇作品甚至能改变一个人的命运。当时您尚未踏足文坛，就反对按编辑的意思改自己的稿子，这是需要勇气的，就是现在这样的作家也不多见，您当时是怎么想的？

刘醒龙： 我总觉得青涩是一种奇美。前不久，北京一位自己也开始写作的退休编辑，问我对他投稿到《芳草》的一部作品的意见。我花了很大力气才将自己想说的话说出来。说出来后，心里很痛快，也很开心，这快乐也有青涩成分。人在本行当中，总说大实话是没办法混的。青涩时有什么说什么，成熟后是说什么有什么。能在青涩时做青涩的事，是人生一大幸事。青涩时没有敢说敢干过，往后再提所谓敢说敢干，往往带着审时度势的机会主义姿态。青涩的敢说敢干是真的勇敢，青涩时缩手缩脚，年过五十才想起来要放开手脚，老来忽发少年狂，往往是被身后的功利所驱使，说话的口气越大，说明下的赌注越大，也就越不能当成率性的真情流露。

桫椤：您的这个"固执"的做法导致编辑都有点怕您了，在《圣天门口》的出版过程中，编辑害怕您不同意修改而影响作品出版，于是自行做主删改了部分内容，等书出版了您才发现，生米煮成熟饭，您也没法了——当然编辑也是您非常要好的朋友，所以才敢这么"大胆"。

刘醒龙：编辑怕作家的事情是不会发生的。去年有家出版社出版我的散文集时，那年轻的编辑问也不问就将开篇的一段话"篡改"得让我恨不得烧了那书。虽然没有真的烧那本散文集，我却没勇气再一页页地翻下去，害怕见到更加无理的"篡改"。请理解我用"篡改"二字，不如此不能表达自己的心情，也无法体现那些劣质的改动。

通常情况下，作家与编辑的合作还是很愉快的。即便是像《圣天门口》第一版那样的删改，我也觉得是在可以理解的范围之内。对作品的修改还是与作家充分沟通为上策，完全不沟通而擅自主张总还是要留下缺憾的。比如早期的一组系列小说，几家杂志不约而同地将《大别山之迷》改为《大别山之谜》，后来收文集时，非常费劲地说明，评论家写文章也都要额外写上一些文字。与国内外各个杂志、出版社打交道，最温馨的是中国青年出版社，一直严格按照国家有关规定，但凡用过的书稿，两年后一定会准时退稿。所以，我手头上才保有《凤凰琴》的原稿。最遗憾的是某杂志，发表我的一部有代表性的小说时，删去一大段当年被认为有些敏感的文字，虽然将原稿退了回来，收集子时想将那段文字补上去才发现当初编辑为图省事，将那几页生生撕下扔掉了。现在用电脑写作，情况大不同了。发表时删得再厉害，回头收集子时，仍然可以用原来的电子文档。技术的进步，可以弥补这种缺遗。

桫椤：有一个故事说，您最初从阀门厂被借调到县文化馆，处女作发表之后却受到压制，导致您主动要求返回阀门厂工作。而在《圣天门口》的后记中，您也曾说："《圣天门口》初版后，文坛上的气氛有些不正常。相关际遇，现在看来，都是某些别有用心之人生造出来的，想来不能不为其悲哀。"您的这种"遭遇"是否和您耿直的性格有关？现在您怎么看自己经历过的这些"磨难"？

刘醒龙：这些事其实可以不必管，一个人一生中哪有不会遇到烦心事的时候。经历了，过来了，对人来说不仅是一种丰富，还是机遇。人与人不同，人与人的想法也要有所不同。现在看来当初在县文化馆的那些事真不叫事。当时也是个性使然，自己不想再忍受，丢下一句话就回到阀门厂。当了一个月办公室主任后，一位关系极好的朋友被破格提拔为厂长。那个年代改革风潮激荡，朋友是有名的改革派，相比我更是有过之而无不及。厂里那些看不惯我们的人总在一起，准备给我们一个下马威时，根本没有料到，新厂长上任的第一件事是免去我的办公室主任职务。那些人一下子不知所措，先前紧张的气氛也缓和下来。他们做梦也没想到，这个主意是我想到并主动提出来的，宣布之前，除了我俩谁也不知道。又过了一个月，峰回路转，我被正式调入县文化馆。

一个人的心路历程会悄然潜入自己的作品中。我的作品总是尽可能用仁善作为底气，正是因为我所经历的生活，总在给我以一些意料之外又在情理之中的呈现。这样的事不只是"吃亏是福"那么简单，更复杂和更重要的是能使自己变得比同行者更强大也更明白。

2005年《圣天门口》出版后，有关方面原本要我担任单位的领导职务，都开始走程序了，后来又不了了之。2009年《天行者》出版，随后获第八届茅盾文学奖，上面又重提旧事，这一次走得更远，都报到市委组织部了，那时我刚刚被评为武汉市和湖北省优秀共产党员，组织部门偏偏不肯批复我的任职。一般人遇上这些事，肯定连上访的念头都有，但我到底还是想得通，第一次如果当了小官，可能就没有《天行者》的写作，勉强写了也会不如人意。第二次小乌纱帽都碰到额头上了，如果真的落在头顶上，肯定不会有自己花费近两年时间写作的长篇小说《蟠虺》。由入世而出世，由捆绑到解脱，只有亲身经历了，才能感受其中美妙。

性格问题本不是问题，如果有人想起你，将你当成问题了，那才是问题。

桫椤：您曾经在文章中回忆与姜天民、苗振亚、刘益善等师友的关系，您觉得到目前为止在您的文学生涯中，哪些人对您的影响最大？他们怎样影响了您的文学之路？

刘醒龙：与人相处时，能从对方身上看到与众不同的长处，那也表示自己在这些方面有所收获。比如早期我一直觉得爷爷对我的影响是至关重要的，后来才发现父亲对我的影响丝毫不亚于爷爷，越到后来越是明显。文学需要最大限度地依赖直觉，文学不是靠纯哲理性可以解决的，也不是科学技术所能控制的，文学直觉能力的来源，一个是文化传统，一个是生命血统。有人质疑陈忠实等早先总是说马尔克斯对自己的影响，后来改口只字不提马尔克斯了。这既是陈忠实的问题，也不是陈忠实的问题。文化传统下的生命血统和生命血统下的文化传统，是人类始终想摆脱又始终摆不脱的终极问题。对陈忠实来说，不再认为马尔克斯对自己产生过影响，是一次文学性的飞跃。

四、文学必须坚守但不能太任性

桫椤：作家最好的作品常常在写他最熟悉的生活，但是在您的创作中几乎没有陌生领域，写工厂、写农村、写历史、写教育、写战争和考古等，而且对每一种题材都得心应手，您是怎样做到这一点的？

刘醒龙：一部作品的起因，一方面是兴趣，另一方面还是兴趣。兴趣是天使，没有兴趣的写作无异于魔鬼，样子丑恶，性情邪恶，让人厌恶。当工人时，我对车工技术的钻研达到了那家县办小厂所能达到的顶级水平，因为我有兴趣，所以才有可能当了十年工人，拿到二十张先进生产者奖状。对乡村也是如此，直到现在，我仍然坚持将城市里的公园看作是乡村与城市的相互渗透，以及城市对乡村的不可分割。自己从未见过历史，但爷爷他们见过，想起爷爷就是历史，哪个当孙子的会没兴趣？兴趣是最好的才华，也是最靠得住的才华。没有兴趣的才华，就像鲜花插在牛粪上。

桫椤：我们多次提到《圣天门口》，这部百科全书式的、史诗性的作品倾注了您的大量心血，您曾潜心为此"闭关"六年。虽然《天行者》已经成为您的代表作，但我个人认为，《圣天门口》才是您"最爱的孩子"。从您个人的文学抱负来讲，这部作品是不是在某种程度上实现了您自己的愿望？

刘醒龙：这部小说对我来说是最有血缘关系的，开始写这部小说时，女儿还在她妈妈的肚子里，到写成时，女儿都能够从电脑桌下钻进我的怀里，大声念着电脑上刚刚敲出来的句子。说《圣天门口》是与女儿一同诞生的双胞胎也是可以的。任何一部作品，只要具备某种特殊性，其意义自然不同凡响。近代中国，以1949年为分水岭，或写这之前，或写这以后，将其间打通，从清末民初写到"文革"运动的强弩之末，到目前为止，《圣天门口》还是唯一一部。写这样的长篇小说必须具备一定史诗的底气。中国作家一定不要忌讳这个词，更不能贬损这个词的意义。一个国家、一个民族的文学，如果没有几部史诗性作品，仅凭大批判或小团圆，是会被世界当成笑话来阅读的。

桫椤：《圣天门口》里始终贯穿着一种大历史观，即人类社会的基本道义对政治的超越，这与您倡导的"仁可安国""仁者无敌"是一脉相承的。在这部小说中您是否觉得窥破了历史变迁的"天机"？

刘醒龙：天机不可泄露，这话至少有一半是真理。真正的天机不是由人来破解的，而是引诱人们上前参悟。中华文化五千年绵延不绝，那些想用宗教种种作为文脉，却忘了时下流行的宗教在有五千年教龄的历史老师面前，只不过是学生辈。《圣天门口》的写作，让我体察到有一种文化精神是高于宗教的，比如仁者无敌和仁至义尽中的"仁"。天下宗教，都有过血腥的杀戮史，其残忍程度不亚于任何一次世界大战。中华文化中的"仁"大不一样，"仁"作为文化思想与精神，在人们的政治、经济、文化和军事活动中，不会有一丝阴暗，也不会有一丝暴力。中华文化之所以延续至今仍生机勃勃，正在于这一个"仁"字。历史如果真有天机，中华文化中的仁者之仁，仁之仁者，既是精髓，也是钥匙；既是本质，也是方法。

桫椤：除了历史观的超越性，您的多部小说中还体现着另一种超越，即人性对道德的超越，您从不用那种虚伪的道德标准来评判和定位人物。很明显的例子是对"性"的书写，《圣天门口》《生命是劳动与仁慈》《天行者》这些小说中，两性之间的关系都是从角色最基本的情感和人性出发，尽管可能是婚外的、不符合正常伦理关系的，却并不令读者生厌，反而生出对人物的同情和怜惜之感，比如像《天行者》里孙四海和王小兰之间的关系。在这个问题上，您有没有考虑过这种写法与传统道德之间的矛盾？

刘醒龙： 有人说我的文学基本思想是保守主义的，是呼唤回归传统伦理道德的。这让人觉得很奇怪，如果连我都是保守主义，那只有外星人才是非保守主义了。阅读作品最忌讳按自己的思路来设计别人的文本，然后硬性地将文本中的一两句用来描写作品人物的话重新设计成文本的全部。这有点像蓄意安排的某种埋伏，尽管如此蓄意没有一丝一毫的恶意，对文本来说，所产生的效果如同一场谋杀。

千万不要低估作家的智商和情商。作家不说话时，往往是情商在起作用，而将智商暂时搁置一边。不说话不等于没有话，更不等于无力反驳。在市场经济背景下，人家辛辛苦苦为谁的作品写上近万字评论，从作者那里得不到好处不说，作者还在那里横挑鼻子竖挑眼地不满意，下次肯定再也没有人搭理其作品了。所以，作家在很多时间只是将智商封存起来，完完全全地用自己的情商来与万事万物打交道。

在小说中，重要的是人物是否站得起来，站起来后是否屹立不倒。在小说中，凡是针对与人物相关的命运与生存的描写是合情合理的，是解释得通的，所写人物就具有了不受作家操控的独立生命。传统伦理道德仍是当下文学人口最基本的评判标准与法则。这并不等于说，我写了这样一本特征明显的书，一切就理所当然地指向特征明显的候选人所处的特征明显的人文立场。在这样的时间节点里写出传统中的非传统，又在非传统中写出传统，正是文学的巨大作用，是对人文世界进行的独特标记。

传统是一种用起来十分靠得住的力量。相比这种稳定性很强的能量，那些对传统发起挑战的力量，总是代表着人对未来浪漫的理想。缺少了这样浪漫的理想，文学将会死无葬身之地。

就《天行者》中孙四海与王小兰的婚外情爱来说，作为作者我当然是第一个对他们表示同情和遗憾、表示爱和痛的人。反过来，这种不正常的婚外情是正常的传统道德的补充部分。有些传统腐朽了，就要有所行动将其反对掉，这也是传统一直在暗中进行的自我调整。传统如果不是这样不断地面对现实进行针对性调整，传统早就不称为传统了。所以，我还是很喜欢传统这一概念的,没有传统,人将是湖上飘飞的柳絮,但传统绝不是一池死水,应当是本身具有调节功能的湖水。

桫椤：说到《天行者》,这部作品写民办教师群体,我曾经在教育系统工作多年,多次接待过民办教师上访,并具体参与审核民办教师转公的档案资料,有了这个前提再看《天行者》,我更能体会小说中的力量,特别是您准确地切入了这个群体的心灵世界。我想知道的是,当时有什么机缘促使您创作这个作品?

刘醒龙：伟大的小说是一把放大镜,总是用来提醒世界,如何将卑微者的生命价值,显得丝毫不比那些大人物差,甚至远远超越那些大人物。民办教师群体就是这样的,他们是这个世界上最不被记起的卑微者,却干着连他们自己都不清楚的伟大事业。一个民办教师并不突出,将所有民办教师放到一起时,再虚伪的历史也不好意思将他们扒到一边,当作没看见。

当工人时还不觉得,离开工厂的时间越长,越觉得厂里那些毫不起眼的车工和铸造工,是一群与民办教师差不多的人,文学对他们的描写与对民办教师的描写在意义上是同等的,都是对生命的叹为观止。写《天行者》中的民办教师时,心里常常想到的是这样一群工友,想到武汉的大街巷里那些让人瞧不上眼的清洁工,想到各地公共汽车上那些常常被人骂得狗血淋头的司乘人员,如此等等。民办教师只是一种文学的缘起,相比来说,对民办教师我更熟悉一些,否则有可能将这部小说写成关于清洁工的或者公交车上的司乘人员的故事。近一阵开始不厌其烦地提及的"工匠精神",本质上也就是"天行者",也就是民办教师精神。

桫椤：前面谈到您对中国传统文化精神的重视,而在小说创作中,您也十分注重从中国古典文学传统中发掘资源,比如《圣天门口》中不乏志怪小说、传奇小说技法的影子,还有贯穿始终的口语说唱,而我们的现当代小说更强调吸收和消化西方现代小说艺术,您怎样取得这二者之间的平衡?

刘醒龙：中国小说一定必须是中国的小说。白话文运动之后,中国文学对自身经典的传承做得十分不够,所谓文本意识背后的文学精神与文学理论，来一阵，去一阵，无一不是为西方现代主义摇旗呐喊。中国人不可能凭短短几年的文学教育就深入西方人文的骨髓，所理解的更多只是技法一类。短期来看，这对中国文学的发展是有帮助的；长期来看，中国文学想要普遍受到世界尊敬，还得依靠自身源远流长的经验。从翻译过来的一些外国文学作品来看，我不否认有好作品，但与当代中国文学一流作品相比，大体上差不多，甚至还有某种差距。也可能是翻译水平参差不齐的缘故，有相当部分翻译进来的文学作品真的不怎么样，不值得硬性贴上那些溢美之词。一些说得天花乱坠的外国作品，名不副实的原因是出版商的纯商业营销。

明白个中原委就不难找到平衡感，心理上的平衡一定要从心理上找，明白《红楼梦》要胜过人世间绝大部分文学经典，那就通过《红楼梦》来解决中国作家面临的文学问题，毕竟《红楼梦》写的是我们耳熟能详的人和事，理解和接受都要容易一些。我个人经验是，每隔三五年就空出一段时间将《红楼梦》重读一遍。如此不仅能找到中国文学与西方文学的平衡点，还能找到古典的贵族精神与当下的世俗风格的平衡点。

桫椤：您小说中的叙事动力常常在两类人物的对立冲突中产生，一类是理想主义者，《生命是劳动与仁慈》中的高天白，《天行者》中的余校长、孙四海等，《圣天门口》中的梅外婆、董重里，《蟠虺》中的曾本之，等等；而另一类是俗世中的"普通人"，比如《天行者》中的村长余实，《圣天门口》中的马鹞子、常守义，还有《生命是劳动与仁慈》中的"贪官"。与当下那些纯粹的批判现实的书写不同，您的小说在保护世道人心方面更胜一筹，我也在作品中体会到您的良苦用心。网络时代，文艺的娱乐消费功能凸显出来，审美教育功能在弱化，您怎样看待这种变化？

刘醒龙：文学存在是为了保存理想主义火种的。世界越残暴，生活越冷酷，需要文学的人也就越多。这一直是不争的事实。作家的写作，首先是保证自己不会失去那颗善良之心，那些对外部世界的作用，都是因为自己需要，然后才想到别人也许同样需要。你说我的小说在保护世道人心，在我看来根本就是让自己的内心享有一片按自己意愿打造的天地空间。"二战"以后，世界上年年月月都有战乱在发生，相比那场波及全人类的血腥苦难，大部分人的日子还是越过越舒适，越过越慵懒，越来越自以为是。把娱乐看作是一种精神生活本来也不错，错的只是一天到晚只想着娱乐。凡事物极必反，当娱乐成为一种不正常的精神症候时，哪怕拥有更加便捷的互联网，人们也会主动做出行为上的相应调整。那些不会调整的人，将会变成娱乐性动物，会被排挤到生物链的最底端。

桫椤：您已经是公认的"新现实主义、新乡土小说的代表性作家"，对于这个评价，您自己怎么看？

刘醒龙：乡土、现实以及乡土的现实是我真正关心的。一个人做到了某种代表，也就是他在某些方面开始不合群了。如果大家都是一模一样，就没办法让谁来代表谁了。作为既没有红头文件，也没有相关待遇的代表，我对自己定下的准则是，要写就得写出与天下人完全不一样的作品。一个努力将自己与同行彻底区分开来的作家，竟然成了同行的代表，这样的代表当不当都是一种说辞，当不得真，也当不得假。无论真假都要落实到白纸黑字的作品上。

作家最要小心的是那些游离在作品之外的虚妄。好比占山为王，一个人无端地被他人推上高山之巅，感觉到一览众山小，但山上没有水，没有食物，没有人与之对话，甚至没有一条用来行走的小路。这样的高处不胜寒是会饿死人冻死人的。聪明的人对各方面的话听听就好，点个头表示知道了，然后转过身去继续做些实实在在的事。

桫椤：您有没有关注过网络小说？您能否简单评价一下网络文学？

刘醒龙：目前阶段互联网上的那些作品，命中注定无法达到高水准。指望整天泡在互联网上的那些十几岁、二十几岁后生写出惊世骇俗的大作品，是不现实的。这些人在学校时本来就没打算好好读书，底子薄，最关心的又是打赏的人有多少。更令人担忧的是，相比十年前那批互联网写手，现在流行的数量大了许多，所写的作品水准却下降得更厉害。十年前，互联网上的写手还会对自己作品的不足心存愧疚。十年后，只要打赏的人足够，哪怕作品是天下最垃圾的，他们也不在乎，这种心态如果没有普遍性改变，迟早会落得像"知音体"那样被人耻笑。

腊月二十六，我在合肥参观李鸿章故居，正要掏钱买二十元一张的门票，忽然发现旁边有告示，说六十岁以上的老人可以免票。我拿出身份证一试，还真的是这么回事。头一回享受老人待遇，心里有种怪怪的感觉。我们这代作家正在老去，趁着还没有糊涂时，出于责任而说一些当爷爷的必须要说的话。文学必须坚守，但不能太任性。小时候将老虎看成是大猫，是天真可爱，成年后还是坚持说老虎是大猫的，不是矫情就是无知。婴儿时期，可以在洗澡盆里游泳，长大以后还能将洗澡盆当游泳池吗？

从甲骨文开始，到青铜铭刻，再到各种简帛、木刻水印，再从现代印刷跳跃到互联网，人类的进步过去是将文学置于文明进程顶端，将来也不会改变而使文学成为一种粗俗赚钱手艺。一个爱玩文字的人，用什么样的玩法是其天赋自由，别人无权干预。这种看上去挺美的事，背后藏着最残酷的现实：一个人很难被别人淘汰，在别人的竞争性方式面前人会自动产生应激反应。那些被淘汰的人，往往是自己淘汰自己的。

桫椤： 现在很多作家都瞄准影视改编去写小说，而更年轻一些的网络作家也通过网络小说来赚钱。您从不流俗，您觉得您对文学的坚守，其意义何在？

刘醒龙： 赚钱没错，写小说更没错，为了赚钱而写小说也不是错，错的是那些披着小说羊皮的垃圾文字狼。我从没有拒绝过俗，当年也曾想方设法买一辆凤凰自行车，也曾排长队买麦当劳，也曾因有机会去一趟美国而亢奋，也曾拿到头一笔外币稿费而向同行炫耀。但是我很快明白，自己买车只不过是为了出行舒适方便，去国外看看也是因为开开眼界会让自己的家国情怀变得实在、有目标。人是不可能免俗的，在俗世中历练并坚守品格的文学最靠得住。作家也是一日三餐要吃五谷杂粮的大活人，男作家一定是某个养老金领取者的孙子或儿子，女作家一定是某个见了美女就会多看几眼的男人的妻子或情人。作家不是从空气中吸取营养的外星人，作家一定要有不仅能与地球人交流，还能与外星人交流的特殊心灵。

物理学最新研究成果说，宇宙是由正常物质、暗物质和暗能量组成的。在人类所处的世界中，世俗是物质的，非世俗的文学等是暗物质。人类在目前阶段无法感知暗物质，只能用数学方式来推算暗物质的存在。作为暗物质的文学，所幸还能被人类所知所感，不管有没有人在坚守，真正的文学都是暗物质一样的存在。

桫椤：您是首届"鲁奖"获得者，也获得了"茅奖"，已是功成名就。在您看来，您最满意的作品是哪一部？为什么？

刘醒龙：2016年花了很大精力来整理先前发表过的绝大部分作品，有出版社要出一套二十七卷本的《刘醒龙文集》，我将要入文集的作品都看了一遍，一些曾令我偏爱的作品，又重新回到记忆中。总的来说，对长篇小说满意的多一些，如最早的《威风凛凛》等。硬要说一部，反而不会是《蟠虺》《天行者》和《圣天门口》等长篇小说，而是中篇小说《暮时课诵》。我留恋写这部作品时的状态，在办公室坐着，窗外不远处就是东坡赤壁，心情舒缓，情绪适度，全部文字包括标点符号，都像风过柳林、雨打荷叶一般，有情有义，有奇有妙。《暮时课诵》还没写完，我就说过，这辈子再也写不出这样的作品了。当我们说满意时，何尝不是为了某种纪念。

桫椤：二十七卷本的文集，这令我这样的"粉丝"非常兴奋，我也非常期待文集的出版。最后一个问题，我想包括我在内的读者朋友都非常关注，在《蟠虺》之后，您的下一个长篇将会是什么？想请您谈一下近期的创作计划。

刘醒龙：到目前为止，还不清楚作为暗物质的文学会赐给我何种作品。我能想象到它一定是一部长篇小说，因为这早已是我的文学方向。在动笔之前，我先要完成2016年没有完成的行走任务。2016年夏天我从三峡开始，一直走到崇明岛外的长江入海口。2017年春夏，要走完长江上游的金沙江段和青藏高原上的长江源。这件事足以媲美任何一部大作品，这一阵我一直在做体能储备及地理常识的准备，暂时没将下一部长篇小说想得太细。作为万里长江行走的计划倒是有，到时候会完成一部长篇散文。

（2017年2月）

观点

新时空感与文学的新尺度

作为人类主体意识最主要的审美表现形式之一,文学产生在人与客观世界的交往过程中,并以社会存在为基础,又全面而深刻地反映了主体意识。一部文学作品侧重反映现实的状况,还是侧重表达主体的感受,可看作是区分现实主义还是浪漫主义的重要标准。当然,在文学视角上,没有所谓纯粹的、客观的现实存在,被文学观察到的社会生活中的一切现象都打上了主体的烙印;现实只有经过主体的审美观照才能进入文学中,成为被呈现出来的新的现实。因此,人对现实生活的感受对于文学创作至关重要,甚至在传统范畴中,真实感是衡量文学作品优劣的重要标准。20世纪80年代以来的中国文学迎来"黄金时代",是改革开放后中国人日渐丰富的情感体验的真实写照,但这种体验没有离开社会生活这一客观基础。而近三十年来,互联网技术的普及和提升营造出了虚拟化的现实生活,人类进入虚拟生存时代。①在虚拟生存体验中,对时间和空间变化的新异感知出现新的变化,这在一定程度上影响了社会文化观念的建构,文学世界因此产生了意想不到的变化。

一、时空感与文学叙事

进入叙事世界,任何作品从文本内部世界的构成层面上都呈现为时间与空间相结合的"时空体"。巴赫金说:"我们所理解的时空体,是形式

---

① 黎杨全:《中国网络文学与虚拟生存体验》,中国社会科学出版社2021年版,第18页。

兼内容的一个文学范畴。在文学中的艺术时空体里，空间和时间标志融合在一个被认识了的具体的整体中。"① 这在小说中表现最明显，古往今来小说中的情节讲述的都是发生在某个时间段内一定空间中的故事。现实主义创作被总结为"在典型环境中创造典型人物"，其中的典型环境就是经典时空观下人类活动的空间，是我们在线性的时间和均质的空间属性下，对发生在某一具体时段和地域的社会生活现象的观察和描述。可以说，现实主义创作手法很重要的叙事规范，是对客观规律的尊重，如伴随时间流逝所发生的自然界的日升月落、季节更替，生命的聚散离合、生老病死，人性的幽明善恶，社会的贫富乱治等，对这些内容的表现几乎系泊着文学的全部意义。中国传统小说大部分是现实主义写作，从总体上是顺序叙事，即大致按照人物行动的时空顺序线性推进故事，如《西游记》描写唐僧取经的经历，以时间推移的方式从出发写到历经磨难取经成功又返回大唐；《水浒传》记述的是众好汉从五湖四海聚义梁山，再到被招安后星消云散的全过程。西方意识流之类的现代派写作手法则是打乱了叙事的时空序列，以思想意识的跳动为叙事的顺序，如福克纳《喧哗与骚动》中的"昆丁的部分"和"班吉的部分"，频繁发生着场景的转移，使大量历时性的事件出现共时性的存在。科幻文学则多是以现代科技建立起来的时空观为基础的叙事，例如阿西莫夫《永恒的终结》中展现出的人对时间和空间的新探索和新认知等。

　　文学作品之所以历经不同时代后仍然能够被读者读懂，是因为其中反映了能够被后代人解读的生活经验，其中对时空的认知和感受是基础。大部分读者都觉得意识流小说难懂，就因为作者头脑中意识的流动所导致的时空序列的交叉叠置，对于读者来说是陌生的和难以把握的。时空观首先作为人类的公共经验决定着社会的集体观念，然后才影响到了文学叙事。"人类社会的公共性首先是以时间和空间的绝对公共性为前提而被考量和设计的。"② 尽管爱因斯坦发现相对论已经一百多年了，但我们的时空观

---

① 王先霈、王又平主编：《文学理论批评术语汇释》，高等教育出版社2006年版，第240页。
② 王玉玊：《"量子力学"与"流动的现代性"——当代流行文艺中的"价值相对论"》，《探索与争鸣》2021年第2期。

仍然建基于牛顿力学。由于在人类生活中可凭身体观感的世界里物质是第一性的，相对论理论对于普通人日常的具体生活并不发生直接影响，因此人对现实世界的感知仍然是传统时空观在起决定作用，这也使得现实主义创作在文学史上无法被任何思潮所遮蔽和取代。

时空感参与文学的内部构建不只在叙事的纬度上，还影响到价值的传递，即时空是有着道德力量的，如我们常说的"历史将会证明"，就是寄希望于时间。线性的时间方向使生活成为历时性的，事物因此有了发生、高潮和衰落的过程性发展。在这一逻辑中，个人和社会整体产生了随着时空的推移会让事件变得越来越好的愿景，这使时间具有了成长性，"均质的空间与线性的时间、基于牛顿经典力学的时空观，这同样是现代性信念的重要根基"，"线性发展的时间也带来了关于永恒的进步、无限发展的光明许诺，人们携手共进，走向同一个未来"。[①] 这种观念古已有之，《礼记》说："君子曰终，小人曰死。""对于君子而言，人的一生并非是享乐的过程，而是一个成就'德'的过程。'成德'是人生最重要的使命，能否'成德'是个体生命成败的关键。至于实际生命时间的长短，自然可以不必考量。这样一来，时间的长度量变成了道德的强度量。"[②] 这个原理也是文学作品故事情节中"大团圆"结局的叙事依据，它让读者感觉到时空的流逝和个人的努力结合在一起能够改变现实的状态。我们常用《窦娥冤》来说明这一叙事模式，即意味着时间能让人看清事情的真相，冤案就能昭雪，这也成为后世诸多通俗小说直到现在的网络小说的主要叙事套路。同时，中国人重视传统文化，传统伦理观念的形成与稳定的时空感有关，与数千年农耕社会发展缓慢、生活变化相对静止密切相关，"我们很可以相信，以农为生的人，世代定居是常态，迁移是变态"[③]，这样一来，局限于同村、同族人群的熟人社会以及以差序格局为主的乡村伦理道德才得以形成。

---

① 王玉玊：《"量子力学"与"流动的现代性"——当代流行文艺中的"价值相对论"》，《探索与争鸣》2021年第2期。
② 格非：《文学的邀约》，清华大学出版社2010年版，第141页。
③ 费孝通：《乡土中国　生育制度》，北京大学出版社1998年版，第7页。

艺术作品表现为时间与空间的结合，主体对时空的感受影响到了文学自身的发展，巴赫金进一步解释时空体时说："在人类发展的某一历史阶段，人们往往是学会把握当时所认识到的时间和空间的一些方面；为了反映和从艺术上加工已经把握了的现实的某些方面，各种体裁形成了相应的方法。时间在这里（指文学艺术领域）浓缩、凝聚，变成艺术上可见的东西；空间则趋向紧张，被卷入时间、情节、历史的运动之中。时间的标志要展现在空间里，而空间则要通过时间来理解和衡量。这种不同系列的交叉和不同标志的融合，正是艺术时空体的特征所在。"① 由此我们得知，文学的内部和外部特征是在特定的时空感觉之中建立起来的。

二、技术和网络时代的新时空

改革开放后，经济和科技的发展改变了中国传统的社会结构和大众生活方式，社会整体状况表现为传统与现代的复杂融合；特别是由于互联网的大规模建设和迭代升级，使社会快速进入网络时代且日臻完善，尼葛洛庞蒂在四十多年前写就的著作《数字化生存》中预言过的许多情形得到验证，如电子数据传输取代传统信息交流方式、民族国家的价值观被电子社区的价值观所改变等；同时，受到席卷全球的大众文化潮流的影响，中国社会形成新的文化生态，建立在传统基础上的主流价值观念也受到冲击。这些力量相互作用，使中国文学所寄身的社会存在发生根本性改变；甚至由于网络空间的扩展和人工智能技术的应用，在某些方面改变了以物理世界为基础的现实世界的时空属性，中国人的时空感发生了系统性变化，使以现实主义为主潮的中国文学受到了挑战，从根本上影响了文学表达。

现实时空距离发生变化。在当下中国人的生活中，交通和通信技术的发展重构了社会伦理关系。我们的国家幅员辽阔，人与人之间、不同地域之间的交往和沟通一直不便。至少在 19 世纪末和 20 世纪初之前的数千年

---

① 王先霈、王又平主编：《文学理论批评术语汇释》，高等教育出版社 2006 年版，第 240 页。

间，原始交通状况区隔了大部分地区，任何人、物资和信息的交流都困难重重。时空阻隔无形中延长了时间、拉远了空间距离，在人的心理上造成了相对时空的漫长和遥远，古代文学作品中表现分离焦虑的作品不胜枚举，从军、为官、经商、赶考等活动，由于时间的长久和空间距离的长远而对亲情、友情、爱情都是极大的考验，使很多生离的情况有了死别的味道。孟浩然的诗作《送杜十四之江南》中说："荆吴相接水为乡，君去春江正淼茫。日暮征帆何处泊，天涯一望断人肠。"杜晃离开荆楚到东吴去，大概是从现在的湖北江陵一带到江苏去，两地"接水为乡"的交通尚算是便利，但渺茫的航程、不知系泊何处的舟楫使旅程犹如去往天涯海角，离愁别绪有了断肠之痛。诗中固然有夸张的修辞表达，但分别后遥远的时空距离无疑加重了离别的情绪。而如今的中国，这种状况已然不见，飞速发展的交通和通信网络已经全面改变了中国人的交往方式，一方面由于交通便捷压缩了地域之间的通行时间，现实中的面对面很容易实现；另一方面由于通信网络的发达使人与人之间的沟通变得极为便利，甚至可以随时随地视频聊天，既能闻其声又能见其人，极大地缩短了心理时空距离。过去由"关山难越""音空信渺"的时空阻隔所带来的心理期待、想象和情感郁积，在方便快捷的交流中得到了释放和消解，改变了情感的发生和表达方式，但也同时压制了文学想象的空间。

  互联网形成新时空，社会生活被"赛博化"。互联网的普及使人类社会步入信息时代，由计算机建立起来的网络世界成为一个新空间。我们曾经一度认为网络世界是虚拟的，但随着 5G 和人工智能技术的发展，网络已经连通了现实生活，形成了新的空间属性："网络空间不但创造了远程虚拟的在场方式，而且，随着移动传播技术的发展，实现了虚拟空间和真实空间的转换，一种新的空间形式——赛博空间诞生了。这种复合型空间既非真实也非虚拟，或者说既是真实的也是虚拟的，这是人类历史上继真实空间、想象空间之后出现的第三种空间形态，是一种全新意义的空间。"[①] 赛博空间的诞生不仅使虚拟的网络世界现实化，也使现实世界"超现实化"："进入高科技的电子文化时期之后，现实空间与赛博（cyber，虚拟的）

[①] 孙玮:《媒介化生存：文明转型与新型人类的诞生》,《探索与争鸣》2020 年第 6 期。

空间的兼容，延长了人们的中枢神经，产生了大量共享的信息资源，从根本上改变了我们的现实，使世界带有超现实的色彩。"网络作为另一重生存空间，至少在三个方面重塑了人类的时空感：一是网络使信息的传播时间和距离缩短到了可以忽略不计的长度，传播速率的提升基本上实现了文字和图像信息瞬时即达。二是时间的线性特征被消解，空间的生产性特征凸显，在大数据和云存储技术下，随时取用的信息和可以回放的场景、可以被任意拼合的内容仿佛使时间可倒流、错置和重来，"在数字媒介的虚拟性面前，'一次永远性'被改写了，事情可以重来，线性变成了非线性，变成了时间的混合与拼贴"①；线上线下形成两个空间，网上的不同平台之间也形成不同空间，且这些空间皆是按照一定的需求建立起来的网络空间，是列斐伏尔空间理论的精妙体现，即空间是"人类生产实践的产物，空间是被生产出来的，空间是一种社会关系，空间是一种历史建构"②。三是时空呈现可跨越性，伴随鼠标的移动，人可以主体身份或虚拟身份自由出入现实生活和不同网络空间中。这些时空特征在游戏的重置设计上表现最典型。

现实和虚拟的时空交织使人类身处的世界全面"赛博化"，"不存在一个赛博空间等着我们去进入与退出，而是我们的日常生活本身被赛博化了"。由此形成出了新的时空观念和身体感觉，不仅全球化和人类命运共同体意识下的"地球村"体验更加牢固，甚至还出现了"元宇宙"这样"真实"的"虚拟世界"。以此为前提，我们需要重新审视文学中的时空表达。

三、重刻文学尺度

从本质上说，文学是人类的精神活动，"它们处理的都是一个虚构的

---

① 黎杨全：《中国网络文学与虚拟生存体验》，中国社会科学出版社2021年版，第151页。

② 宋伟：《批判与解构：从马克思到后现代的思想谱系》，人民出版社2014年版，第372页。

世界、想象的世界。小说、诗歌或戏剧中所陈述的，从字面上说都不是真实的；它们不是逻辑上的命题"①。但自"五四"新文化运动以后，中国文学步入"新文学"时代，由于肩负着启蒙人民与救亡家国的双重使命，以社会生活为主要内容的客观现实世界成为文学创作中最重要的空间要素，"反映论"在文学中一统天下，直接促成了现实主义创作思潮、精神和方法的主流化。进入新时期，受到西方现代主义和后现代主义思潮的影响，朦胧诗和先锋小说、先锋戏剧等对现实的理解和表现发生了根本性变化，例如有批评者就曾认为朦胧诗表现了"反现实主义"的性质，"脱离现实，脱离生活，脱离时代，脱离人民"，这反向证明了在创作思潮的嬗变中，客观世界在文学创作中的地位发生了改变。但随后到来的"新写实"小说则延续了以往的传统，虽然被认为是以一种"开放性和包容性"的姿态面向现实，给现实主义带来了新的美学特质，但其在很大程度上只是指放弃了对经典现实主义"典型化"和宏大叙事的追求，并没有改变现实世界在文学作品中的本来面目，线性的和均质化的时空仍然是构成世界的基本结构。可以说，按照牛顿力学原理运行的物质世界作为叙事表达的规定性和限制性存在，在一定程度上束缚了文学的想象力和表达方式。

真正的变革来自在严肃文学看来"不入流"的通俗文学，被主流排斥的通俗文学传统在港台得到继承和发展。以琼瑶和金庸为代表，当代通俗小说写作重构了新的时空观，曾经强大无比的现实主义传统所赖以奠基的客观现实世界，开始具有了按照人的主体意志发生改变的可能性。以金庸为例，他的武侠小说不从当下的生活现场取材，而将时间推回到历史中，通过想象在历史中虚构出传奇的武侠世界，其笔下的人物和环境设定很多扭曲了客观规律，无论是身负"降龙十八掌"的萧峰，还是练就"葵花宝典"的东方不败，每一个武功高强的主角都突破了人作为生物体的能力局限。在空间处理上，金庸常设定一些带有魔力的洞窟或地理空间所在，为人物获得武功秘籍、实现能力提升创造条件。例如《倚天屠龙记》中的张无忌意外跌落山洞，在白猿腹中得到了《九阳真经》，不仅将沉积

---

① 〔美〕韦勒克、沃伦：《文学理论》，江苏教育出版社2005年版，第11页。

体内多年的寒毒去尽，内力更得到了高度提升；《天龙八部》中的段誉坠落悬崖，误入神仙姐姐的洞中，却得遇北冥神功和凌波微步秘籍。这样的情节几成套路，由于这类洞窟是独立于外部世界的，等同于存在于现实中的"平行世界"。金庸凭借精巧的叙事创造出高度的艺术真实性，但仔细分析，它们只能是改变了现实世界的客观属性才得以成立的。

进入21世纪，受到媒介技术的影响，文学的传播和接受方式发生了革命性变化，这种改变由外而内影响到文学的创作和表达。其中，文学的雅俗界限变得模糊是可见的现象之一，一个例证是类型创作正蔓延到严肃文学中，最典型的当属科幻小说。科幻小说一直被当作通俗文学中的类型化作品，但近年来一些纯文学作家涉足科幻小说领域，在创作方法上带有鲜明的融合特征，作品既有通俗文学的趣味性、传奇性等特征，也在语言、修辞、主题等方面富有文学性。科幻小说中的世界设定首先要引入新的时空规律改变现实世界，王十月的长篇小说《如果末日无期》由五个相互关联的故事构成，所关注的主要是未来时间里的空间问题，第一个故事讲述人类被代码化，我们不过生存在一个虚拟的计算机空间里；第五个则讲述太阳和月亮都已经没有了光亮，只有人类站在末日的废墟上，讨论了因为生命永恒而导致时间失去意义的问题。王威廉的科幻小说集《野未来》中的《地图里的祖父》《分离》等讨论的都是进入异时空的人类的生命与情感问题等。

从金庸的武侠小说到当代的科幻小说，都是通过扭曲文学世界里的物理时空来创设不同于客观世界的自然环境，从而建构出新的故事和主题。可以说，无论是历史叙事还是未来叙事，都是一种不同于传统现实主义的"超现实"写作。

新时空感的建立也与严肃文学中的时空变化存在隐秘的关联。以李洱的《应物兄》和徐则臣的《北上》为例，作为近年来中国长篇小说创作中的重要作品，两部小说已经彻底告别了传统现实主义的线性叙事方式，时间和空间可被任意措置。有研究者在分析《应物兄》的情节后指出，小说"在时间主轴之外演绎一个个精彩的异空间"，"存在于小说主轴时间之外的异空间，使小说叙事呈现出对瞬息万变的当下的强大的表现力，对纵深历史的自由把控力，使小说保持了开放的状态，叙事获得了充分自由"。①《北上》中的时空处在不停摇摆的状态，表现为南方和北方以及不同年份之间的交叉切换，导致"时空板块不断切换、不断来回穿插，有详有略，又有内在的节奏感"。尽管时空结合才能确定一个人所在的现实点位，但由于时间流逝的不易感触性，时间对人的影响往往通过空间来显现，因此空间体验才是我们生存体验的内在形式。由上述作品中的时空叙事可知，在当下的文学写作中，形成"线性"的那个时间序列的约束性作用在下降，空间的地位得到抬升，促使文学叙事发生了总体性变化，开创了现实主义写作的新方向。

新时空感最充分体现在网络文学中。网络释放了巨大的文学生产力，尤其对人类想象力的激发和解放是前所未有的，其中很重要的基础性贡献就是创造出了新的时空秩序。在架空、玄幻、都市和仙侠等网络作品中，时间和空间属性摆脱了牛顿经典力学定律，依据量子力学、相对论等设计出了时空穿越、异域旅行、平行世界，以及超自然的人体异能、量子意识等情节结构。最常见的属穿越情节，在《极品家丁》《宰执天下》《回到明朝当王爷》等作品中，主角从所处的时代穿越到另外的时代开始新的人生体验，穿越的方法有生病、跌倒、做梦、车祸乃至一念之中等；穿越的方向有朝向未来的，有朝向过去的，也有朝向平行位面的，不一而足；具体穿越的方式有身穿（即身体穿越到新时空，但是意识仍然停留在原空间）、魂穿（灵魂穿越后附体在新时空中的人身上，仍然保留了原有的意识）和身魂俱穿等。网络小说出现角色可以任意跨越时空的世界观有两个原因不容忽视，一是与网络小说篇幅较长有关，描写人类在单一空间的活动已不足以支撑起文本的庞大体量，需要展开"新地图"来延展人物活动空间，即所谓"篇幅不够，平行宇宙"；二是与故事情节设定有关，通过时空穿越可以解决人物命运中不可调和的矛盾，网络上即有"遇事不决，量子力学；解释不通，穿越时空"之说。认真分析，这些时空穿越的方法完全不符合客观逻辑，但读者和作者之间达成了共识，新时空感已经在网络文学中被普遍化，它几乎成为判断网络文学叙事特质的显著标志。

---

① 宗培玉：《异空间、知识叙事和鱼在水中的分身——论〈应物兄〉的长篇叙事艺术》，《文艺论坛》2019年第3期。

作为构成人类生活世界的坐标系，时空观决定着人对世界的基本认知和生存感受。通过文学作品中时间和空间的结构性变化折射出的新时空体验，映射出的是文学面对现实生活时的姿态和立场。在传统观念中，世界的结构和属性是不可改变的，尤其在经典现实主义作品中，现实的社会生活作为重要边界为文学表达"立法"，创作只能在这一框架中建立叙事和发现意义。新时空感则表示了现实在文学想象中的可变性，世界本身成为一个"超文本"，文学对现实的呈现不是对既定秩序的表达，而是建构起了可能性并展开艺术化的探究，而且这种可能性是无限的。这一变化体现的虽然是文学自身的变化，却是在社会观念变革基础上形成的，无疑是社会思想活跃、活力增强的重要文化征候。

文学何以中国
——城与乡：想象中国的方法

"想象中国的方法"这个说法，从王德威的同题著作于1998年在大陆印行以来，就在理论界不断被提及和重述，最近，"《当代作家评论》30年文选"丛书中的《文学谈话录 想象中国的方法》就使用了同样的书名。王德威的书在网络书店中的价格已比定价高出十倍。但是，时至今日，关于"想象中国的方法"的进步却远不如该书的价格翻升得那么快。在王著中被喻为"叙事、想象及小说之必要"的"国魂的召唤、国体的凝聚、国格的塑造，乃至国史的编纂"[1]，我们并未在王德威之后看到有任何新的进展。在那之后，中国文学出现"井喷"，但是我们看到"喷发"的石油混杂在被时代和市场裹挟下四处乱溅的泥浆之中。关于上述的使命仍然是盲人摸象，甚至有着以木代林的片面与偏激。

一、古典的传统

事实上，关于中国的想象的展开，小说并不是唯一的工具，在历史学和考古学上也在不断进行。最近一个由考古学造成的公共事件，是围绕山西襄汾陶寺遗址考古发掘的社会化讨论。考古学家利用器物证据建构起了一个想象中的远古中国的模型。而关于远古中国的想象，在河南偃师二里

---

[1] 王德威：《想象中国的方法：历史·小说·叙事》（序言），生活·读书·新知三联书店1998年版，第1页。

头遗址的发掘中也得到重新建立。二里头考古队许宏队长就用《何以中国》这样的书名来阐释关于最早的中国形象的形成和发展。无一例外，关于历史上早期中国的想象，是基于王权的出现和国家的建立来作为预设前提的，因而这些考古发掘的证据集中指向一个潜在的命题："中国"的建立是以宫殿的建设和围绕在它周围的城市的形成为标志的。

回到文学中，所谓乡村叙事，在文学传统中一直不占有优势。有关传统中国的想象，是建基于城市而寓寄于乡村的想象。《诗经》中大量的农事比兴，其最初的记录者是拥有书写权力的精英学者，或者王权的使者。自汉魏以降，官场士人只把情怀和理想寄托在乡村，乡野成为被想象的对象而不是在乡者的自认；而宋元以来的市情小说，无论是"三言两拍"还是"四大名著"，它们的叙事主体背景基本上放置在城市，乡村只不过是穿插其中的场景，《金瓶梅》《红楼梦》两部文学价值最高的古代小说全部都是城市生活的讲述。现代意义上的所谓乡村小说或乡土小说，迟至鲁迅才为其拓荒；而所谓农村小说，更是在1940年代解放区文学之后才兴盛起来的小说类型。由此可见，当下不成熟的城市叙事，事实上在传统之中已经是被解决了的问题，《金瓶梅》《红楼梦》毋庸置疑是成功的城市想象，放置在世界文学史上也毫不逊色。

事实上，形成这种文学传统的原因，在于城市作为文明集散地而对乡村具有天然的吸引力。1940年代以来，在意识形态的引导之下，乡村成为国家政权的主要基础，农民而非市民成为社会的先进人物，中国乡土小说和农村小说获得与传统相反的发展机会，由此而形成现当代文学史中完备的农村叙事体系。与此相对的是，城市叙事变成"末流"，一切关于城市先进生活的描写被当作"小资产阶级情调"而被贬斥。以至于城镇化加速之后，我们的城市文学先天不足，关于城市的叙事成了"陈奂生入城"，对城乡二元对立矛盾的书写成为主体；而在作家离开农村之后，他们的目光也移向城里，即便书写农村也是城里人眼里的农村，从而导致了乡村叙事的衰败。《出梁庄记》中的梁庄农民"他们对故乡已经陌生，对城市未曾熟悉"，这句话也同样适用于作家。整体上，文学之眼看到的是，乡村传统受到现代性的侵蚀之后价值体系发生异变，而城市被重视的时间之短也不足以建构起稳固的城市生活伦理，因而我们的文学创作陷入了一种在城与在乡、乡变与城变的彷徨和游移之中，也形成了小说在今天的大致面貌。

但是，我们以国家的巨大变化为借口所进行的文学选择就一定是正确的吗？面对由多元价值而来的文化观念的混乱，以及由多变的秩序而带来的现实的混乱，我怀有这个疑问由来已久。或许，无论现实主义是一种文学观念还是一种创作技巧，文学对生活的表达都难以让小说离开国家的变化。将现实对小说的影响倒过来说，则回应今天这个论坛的主题：文学何以中国？

二、文学愧对城乡

我们的文学当然要看到国家与民族的变化，但是，文学怎样对待这些变化？文学要关注的应该是什么？文学在这不断的变化中应当做些什么？可发一问。

今年（本文写于2015年）是抗日战争胜利七十周年，自七十年前胜利之后，伟大的国家再没有给予外族全面入侵的机会，社会的变化全部是内部的自毁和重建。我们信奉一条真理：在中国，一切都在变，唯一不变的就是变化。所以，我们的文学养成了一个投机取巧的、最保险的选择，就是书写人人都感受得到的变化。毋庸举例，面对所谓现代性入侵后形成的新时代、新生活，众多的小说文本孜孜以求的是城乡传统价值的衰落、饱含民族道德观念的公序良俗的坍塌，以及民间传统伦理的颓败。我们曾经对文学过度屈从于某些外在的力量反感不已，但是，我们却用实践表示了对屈从行为的欢呼。面对国家和民族的崛起，唱衰中国的论调一直存在，不幸的是，文学也成为唱衰中国的力量之一，因为在文学的想象中，批判成为它的唯一取向，文学过多地着眼于国家的千变万化、浮华嘈杂、荒诞不经，以及表现人心的浮躁和骄奢淫逸。

文学当然要对当下的现实保有抵抗性或反对性力量，从而保持它应有的价值品质。但是我们认同了国家的变化，过多地书写了变量，却忘记了那些构成国家和民族独特性的常量，或者说，我们书写的常量常常遭遇被变化的境地，而轻慢了在变化中对独特性本身的坚守。这说明一个问题，即我们以他者的姿态看待国家和民族，大多数时候没有保持自我的国家和民族身份认同。这是文学的危险。文学大谈保留着传统基因的乡村的衰败，看到的是乡村环境的恶化或者农民物质生活条件的改善，却不能探查隐秘的乡村伦理和亘古以来就有的道德观念的延续。一个例子是，乡规民约下的农民思维和情感方式在外力作用下真的发生了剧烈变化吗？怕不尽然。我们一直在用拆迁、征地所形成的矛盾来证明农村的衰落，但是可否想过，征地、拆迁并非农村地区普遍的矛盾，变化中的新闻事件在我们的头脑中起到了以偏概全的影响。另一个例子是，提到民间，提到传统，我们仍然固执地认为他们只存在于乡村并且即将衰亡，而否认城市传统的存在，认为城市是孤立的，与乡村毫无关系，从而导致城市文学的书写专注于陌生化社会里的偶发性事件，成为脱离了文化体系和道德传统的机械论书写。

除了农村的、传统的衰败和人面对现实的不适应，除了城市的慌乱、人性的复杂、人与人之间的疏离之外，我们就没有别的可写了吗？我深以为新时期的文学是愧对中国的。我们的文学过多地行使了批判的功能，但是批判力并不能代替想象力。过去有一个论调，说文学是发现问题的，不是解决问题的。窃以为这句话是偏颇的，文学不仅要揭露伤疤——尽管我们有伤疤，文学还要做止疼药和创可贴，还要让伤口重新生出漂亮的肌肤，要在叙事中重建社会的理想图景。

因此，文学如何面对当下，的确是一个需要重视而且没有解决好的问题。随着网络文学的出现，中国文学的体量庞大到无以计数，但是，有多少能够被历史记载？文学与历史、现实的关系是复杂的，文学要关注人的灵魂与精神在人类史上的境遇，而绝非单纯现实的状况。像《第七天》之类的作品折射出来的是，文学面对历史时缺乏高度。在前不久，北京市政府东迁通州的决定公布，这个源自梁思成半个世纪前的建议成为现实，当年梁思成对时任北京市市长的彭真说过一句话："50年后，历史将证明你是错误的，我是对的。"梁思成的预见性来自对历史规律的把握。而我们当下的小说，其赖以生发的思想和故事又有多少敢说在50年后依然站得住脚？而能够肯定的是，那些已经在我们伟大的民族中绵延千载的文化和精神已在文学中无迹可寻，这难道不悲哀吗？

三、用文学还原一个完整的中国

"十七年"时期的作品后来被证明文学与政治的媾和是一种不可忽略掉的弱点,但是不容置疑的是,那一代作家对生活本质的把握超越了后来的很多作家。农村题材的创作在《山乡巨变》《创业史》等作品中取得巨大成就的原因,主要在于作家对农村生活和农耕文明的了解,甚至他们本身就是农民,他们对中国农村有着体感的和完整的认知。而对于战争题材的书写,很多书写者自己就是参加战斗的一员。

就乡村叙事来说,新时期的文学创作完全与上述作家背道而驰。我们所看到的农村题材的作品,许多是作家"想象"的结果。有些作家曾经有过农村生活经验,但是彼时的乡村只成了当下的"乡愁"寄予之所,饱满的怀乡式的想象已经完全不是当下客观的农村现实。即便我们熟悉农村的物质生活,却对农民的精神生活和内心世界不甚了解,写作完全是在一种隔靴搔痒的状态中进行。现在我们提"三贴近",已然将作家与生活对立起来,因为作家与生活的关系不是"贴近"就能行的,只有融入才能真切感受到生活的真实。

城市想象也不例外。我们几乎没有认真思考过现代意识下城市对于人的意义,只把城市当作寄身之所。这一方面与我们的城市化进程有关,城市的增加和膨胀来自农村人口的进入,就像《炸裂志》中的那个村庄,眨眼间变为超级大都市。"农村包围城市"之后,在文学中,张爱玲的上海在王安忆的《长恨歌》、金宇澄的《繁花》出现之前早已消失殆尽,老舍的北京并未在王朔和冯唐那里得到继承,书写和叙事在瓦解城市整体上的贵族和精英身份的同时,也完成了它自身的祛魅。这就是为什么我们大部分关于城市的写作充满乖戾、嚣张、阴暗和不安的原因。前述的"纯文学"作品更多地强调作者置身事外的批判功能,而一些大众文学作品反倒做出了想象的尝试。由网络而变为实体书的长篇作品《凝暮颜》,算是一部通俗文学作品,回想对中国城乡传统的文学想象,这部作品一直在我脑海中出现,古与今、时与势,那种传统中国的氤氲已得《红楼梦》的意蕴,而且拿捏得恰到好处;而《烽烟尽处》(酒徒)、《黄金瞳》(打眼）等网络作品也在用优秀的书写讲述对中国传统、历史和现实的想象。这些例证足以说明这种关于想象的尝试并非不可能，只在作家的自觉与不自觉之中。

的确，我们的国家是巨大的，生活是复杂的。于是我们的写作成了庖丁解牛，各自以娴熟的技法解构这个硕大的存在。每一部作品都是一个针眼大的小孔，透过这个小孔看到的是已经被狭窄的孔径扭曲和变形了的国家。庖丁解牛能够还原为一头完整的牛，但是我们的文学作品拼接起来，得到的却是一个无法理解、无法欣赏、无法定义的表面上的国家。文学在当下，它是技术主义者的天下，与人本身的创造和思想缺乏必要的关联。奇技必是淫巧，我们用奇技淫巧取悦市场和自己，自然流露的完整反映人、社会、时代和国家的品格、心灵、精神和魂魄的写作少之又少。

如同老北京城被拆毁，再坚固的物质都可能被裂解。我们看到的当下城市与乡村的物质现状，很快就将换成另一副模样。留住当下，不是文学的使命，而应当将之交给影像。文学要远观，要俯瞰，也要仰视，要以形象的书写，深刻地关注到支配这种变化的原因而不是表象，要感受到深埋于城市和乡村之下的地脉的流动，以及潜藏于人间的黏滞住时间和历史的坚守。考古学和历史学关于远古中国的想象为什么变得异常艰难？原因在于人类关于远古的记忆出现了"断片"，文学握有人类历史发展的鲜活证据，假如那时有精当的文学记忆，则人类诞生以来的恒久的图景并非不可修复。

我们当下的文学，与时代结合太紧密了，以至于完全被时代裹挟；文学跑得太快了，以至于逃脱了历史。在我看来，文学不应该是激进的，而应该是保守的。我赞同谢有顺的说法——小说是活着的历史，愿我们的文学想象，能够还原一个完整的中国，至少还原当下生活的来龙去脉。

小说与事件：从"合法"到"非法"

作为表达现实之种种，王十月的《人罪》、薛忆沩的《空巢》、余一鸣的《种桃种李种春风》和余华的《第七天》等小说作品引起读者和评论界的关注。之所以有这样的反响，据评论家和新闻媒体说，是因为这些作品直接从社会新闻事件入手或者从中得到启发，切入了社会生活现场，与读者贴近，反映了当下时代的复杂性。比如，张新颖教授在评价《第七天》时说，网友之所以会认为余华只是在做新闻剪报，是因为余华写的是我们已经视而不见的日常生活，太真实，触及了我们这个时代一些我们远远没有讲清楚、不愿意讲的东西。而报纸则这样介绍《空巢》："《空巢》讲述的是独居老人遭受电话诈骗的事情。这是薛忆沩首次尝试以社会新闻作为小说题材，故事源于他母亲的亲身遭遇。中国的社会现实之复杂，常有人感慨超过了小说所能虚构的程度。"

这些评价概括了作品的现实主义特征。但是，在报道胡传吉和薛忆沩关于《空巢》的对谈时，新闻媒体直接使用了这样一个标题——《空巢》：社会事件如何升华为小说艺术[①]。这个标题给人造成一种错觉，即仿佛这是一个新问题。其实，这是一个十分老套的话题，只不过是新闻媒体用来宣传的噱头。这个问题有两个层面的意思：其一是小说怎样表达当下的现实生活；其二是当下的时代怎样进入小说。云山雾罩，本质只不过就是小说与现实的关系。社会生活是文艺创作的源头活水，小说家关注社会现实，从现实中汲取营养，本就是应当应分之事，并不存在什么稀奇之处。

---

① 《〈空巢〉：社会事件如何升华为小说艺术》，《南方都市报》2014年8月17日。

小说从现实中来，利用社会事件写小说，本就是小说史的常态。美国作家德莱塞写《欲望三部曲》，依据的是垄断资本家查尔斯·耶斯基这个原型，而他的故事全部来自德莱塞在芝加哥当记者时搜集的关于耶斯基的报道；《美国悲剧》则更是以一个真实的案件为基础。这些作品的创作时间，大体在19世纪末至20世纪20年代前后。西方小说中像这样的例子不胜枚举。

现在我们谈论的"五四"以来新文学语境下的小说，正是借鉴西方现代小说艺术发展的成果。而西方的小说经历了从史诗到传奇，从罗曼司到长篇小说等诸形式的变化，这些变化的根本动力，毫无疑问是历代艺术家自觉创新的结果，我们看到像笛福、巴尔扎克、福楼拜、普鲁斯特等这些大师在其中的创造性贡献，但是，小说家进行艺术创新的自觉，则是他们在创作中处理社会现实时产生的动力。当人类社会生活日渐丰富而复杂，原有的艺术形式已经无法处理时代，作家们笔下因循而至的小说结构必然要变革。西方社会现代化进程远远比中国起步早、历程长，小说对社会的反映也经历了缓慢的适应过程，因而西方的文体变化是微变的循序渐进，没有像中国从文言到白话那样断崖式的突进——显然，中国文体的突变，既有陈独秀、胡适、鲁迅这些文化先知们的自觉，但根本原因还是社会从封闭到开放、从封建到自由剧变的结果。因此，透过小说对社会的反映，我们可以看到社会事件升华为小说艺术的过程，反映出的是社会形态的变迁。纵观中国现当代小说的艺术进步，对此是极好的证明。

中国现代小说一诞生就秉承了古典小说的现实主义传统，在形式上借鉴了西方小说，但是在主题上针对的完全是中国的社会现实，社会事件更是最直接的灵感来源。鲁迅1919年发表的小说《药》中隐喻1907年的秋瑾被杀事件；现代文学史上第一部长篇小说《子夜》里的公债交易、蒋冯大战等均是当时的社会事件，该作品被瞿秋白誉为"应用真正的社会科学"创作的小说。现实主义传统到无产阶级文学出现之后，特别是《在延安文艺座谈会上的讲话》发表之后，得到了超常的发扬。因为意识形态的充分介入，甚至这种传统被合法化为唯一正确的创作路线，因此，从解放区文学开始一直到"文革"结束，我们的文学创作奉此为圭臬。在这一时间段内的小说，对于社会的反映，绝大部分都是利用社会事件，换言之，是社会事件升华成了这些小说。赵树理的《小二黑结婚》创作于 1943 年，取材于当年作者在农村搞调研时听到的一对追求自由恋爱的青年男女，由于受到双方父母等的阻挠，以致男青年被人打死的社会故事；《太阳照在桑干河上》完成于 1948 年，写的是 1946 年华北农村的"土改"斗争。

　　这些作品的创作时间和作为素材的社会事件的发生时间相差无几，也就是说，这些作品当时全部是对当下生活的反映。而放眼望去，1980 年代之前的现当代小说，尤其是带有鲜明意识形态特征的革命现实主义小说，几乎全部是利用社会事件写成的——从"三红一创"到《金光大道》，鲜有例外。而那时的小说家，从未对从社会事件中汲取创作灵感的理想产生动摇，他们置身于时代的洪流中，他们看到了事件所代表的社会倾向，他们运用社会意识形态的方法判定事件的进步与腐朽。或许现在看来，他们所反映的时代对当下的年轻一代是陌生的，但作品的创作年代和事件发生的背景时间相隔并不久远，对那些作者来讲，他们所赖以书写的就是时隔不久的"社会事件"。那样宏大的题材和叙事选择，固然有作家的艺术功力在，但也是那个伟大的时代催生了这些作品。在那时，将社会事件升华为小说艺术，不存在任何犹疑，因为作家在彼时彼地别无选择。我们因此也可以从作品中看到，这一时期的小说叙事，封闭式的线性结构成为一种固定模式，小说家要写的是那个时代人物命运的必然和生活情势的必然。小说对这种必然性的书写，是时代发展的客观规律作用于小说的结果，是意识形态影响的结果，是历史的必然性。地主的命运就是要被打倒，革命者就是要胜利，日本鬼子就是要被赶出中国，不存在可以任凭小说家在创作中进行主观改造的余地。

　　在对作品和作家的评价过程中，历史虚无主义从来不缺乏市场。对 1980 年代之前的中国现当代小说家而言，超出历史情境评价他们的创作和观念，将是对他们的莫大伤害，因为鲜有人能够超越他所处的时代。除了在那些无关痛痒的问题上，历史在大多数时候不能成全一个作家的逆之而动。1970 年代末，中国社会渐渐从固化、封闭走向活跃、开放，直到意识形态由无产阶级思想的大一统变为多元思潮并存的格局。反映到文学中，以"伤痕文学""反思文学""寻根文学""改革文学"开始的变革，渐渐将文学从革命话语体系中解放出来，带有实验色彩的"先锋文学"以及现代主义、后现代主义文学交相辉映,形成了真正意义上"百花齐放"的新局面。1980年代特别是21世纪以来的小说,在叙事和主题上最大的变化是开始了由过去书写必然性到探索和追问可能性的转变,小说家对社会现实的观照,不再受制于意识形态的操控,不再有大一统的"合法"标准,而从各自不同的角度去理解和反思现实,运用多声部、多视角、开放性的叙事脉络和结局,探索现实发展的多种可能性,作家的主体性得到了充分发挥。

小说从表现人生命运的必然性到探索生活的可能性,是文学的民主和进步,而其背后则是社会变迁的时代大潮。每一部小说作品都在书写这个时代,书写人在这个时代里的精神世界和角色感。面对复杂的、活跃的现实世界,小说家要有比书写充满惰性的必然性更好的文学观念和技巧,要有对当下现实的丰富认知和对时代发展趋势的准确研判,才能够在表达可能性方面写出更好的作品。《人罪》源于城管与小贩的冲突,作者既写了社会的问题,又在人物身上倾注了复杂的忏悔和救赎的感情,从一个社会事件升华为对人类灵魂的拷问,故事的结局则在现实和人性的可能性向度上预留了广阔的空间。《空巢》通过电信诈骗这样一个在当下司空见惯的骗局,揭示出世界和人生欺骗与被骗的常态,完成了灵魂意义上的自我拯救。《种桃种李种春风》着眼于两代人从必然性到可能性的命运转折,通过母亲与儿子的遭遇展开对社会的深刻批判。将这些作品放置在当下现实的文学观念中,它们是好小说,它们写出了时代和人性的复杂性和可能性。但是,它们并非是无可挑剔的小说范本。显而易见,我们看完这些作品,依然感觉它们是那些新闻事件的变体,是沿着新闻事件的影响展开的,这些小说的隐含价值甚至没有超出社会新闻事件的影响力。因此,说它们是好小说,也只在现实主义创作传统中增加了一个例证,仍然没有抵达它们在文学本质上应有的高度。相对于前三部作品,《第七天》更是集中了大量社会事件,成为一个"新闻串串烧"的综艺节目,它因此也被评论家判定为"无效的文本"[①],给著名作家余华的威名也带来了损伤。余华在用重述当下事件的方式力图再现社会的荒诞,但他的文本不能给读者以开放

[①] 金赫楠:《〈第七天〉:盛名之下的无效文本》,《文学报》2013年10月10日。

的阅读体验，反倒让读者在一个封闭的空间里迷路，他走入了客观事件构成的必然圈套。别雷说，象征主义和现实主义结合才是未来文学的发展方向，但是小说家的创作不能只以现实来象征现实，以客观象征客观，那必将重蹈二元论的覆辙，或者步自然主义的后尘，作家的立场就会发生现实诱导下的偏离，从而丧失文学意义上的自觉和自主。从现实到小说，《第七天》是一个教训。

自"先锋"以降，当代小说写作一直与现实保持着适当的距离，我们以为这样的写法体现的是作品的"文学性"。随着商业消费时代的来临，小说的通俗化趋势明显。至网络自媒体出现，现实主义彻底消弭了与现实的距离，成为当下时代的翻版和镜像，社会事件成为小说必要的构成，再加上通俗化的语言表达，小说文本的祛魅得以完成。可以看到，小说文体的变化与时代变迁密不可分。目下小说家面临的难题是：在这样一个碎片化、物质化的繁复世界里，如何在海量的社会新闻事件面前保持必要的理性，而非像《第七天》那样产生文本与现实无条件的、庸俗的和解。文学源于生活而高于生活，因而文学的高度很多时候是相对于客观现实而言的。在"浅阅读"的时代，如何保有这种高度，实在是对作家良心的一种考验。显然，市场已经令文学显露出不可逆转的颓势，但是，这又何尝不是一个契机？喧嚣的时代，恰恰需要文学平复焦虑的心情。当文学开始就"社会事件如何升华为小说艺术"展开讨论时，潜台词就是：文学与现实曾经合法化的关系产生了问题，这不能不说是一个危险信号。归根结底，作家要看到事件所揭示出的时代生活本质，以及它所带来的关于理想和想象的前景，而不是着眼于其传奇性。

照此看来，那些主张当下现实的复杂性已经超越了想象，文学只管讲述现实发生的事件即可的论调是站不住脚的。而那些复杂的、超出想象的社会事件如果能够离开作家的个体创作而自动地生成为小说，那只能是活见鬼。只有作家用独特的视角审视社会事件，并将之按照个人的思想和观念进行艺术加工，社会事件才能升华为小说艺术。

当代乡村书写中的农民生活问题

消除贫困是中华民族伟大复兴最重要的基础性和阶段性目标,也是中国社会当前最核心的集体目标。在经历多次政策调整后,"精准扶贫"被作为核心举措加以实践,而这一措施只有当贫困人口逐步减少到一定程度之后才有效。自20世纪80年代以来,中国社会财富的积累和分配一直沿着"允许和鼓励一部分人先富起来,先富带动后富,最终实现共同富裕"的路径进行,精准扶贫正是在改革开放成果的基础上提出来的,其最终目标是实现"共同富裕"。在这一过程中,数量庞大的农民群体是脱贫攻坚的主要对象。

文学作为现实生活的反映,忠实地表征着社会变化。中国人民从"一穷二白"到逐步解决温饱问题再到"奔小康",这一伟大的民族自强过程丰富地反映在文学书写中。乡土文学之所以是中国当代文学的主流,根源在于中国有着深远的农耕文明传统,是一个以农业为主的大国,农村和农民是社会的主体;即使进入21世纪,"农业结构依然是中国社会的主体结构"。随着中国现代化程度不断加深,"传统乡土社会的生活方式和价值系统大面积解体了",有些学者提出乡土叙事已经"终结"了。① 但是关于乡村的书写显然没有也不可能"终结",农村题材或与乡村生活有关的作品仍然大量出现在作家笔下。

其中,农民生存问题一直是作家关注的焦点,也成为一些作品的叙事语境和叙事目标。从延安时期以来至"十七年"时期,中国文学力主反映"进步"的农村生活,通过新旧时代的对比,呈现新政权、新社会的

---

① 邵燕君:《新世纪第一个十年小说研究》,北京大学出版社2016年版,第83页。

建立给农民和农村带来的巨大变化,表明道路选择的必要性和正确性。受到"讲话"精神的指引和鼓舞,解放区出现了《太阳照在桑干河上》《小二黑结婚》《李有才板话》《暴风骤雨》《白毛女》《王贵与李香香》《漳河水》等一大批作品;新中国成立初期,社会主义现实主义被确立为文学创作的基本原则,在"阶级斗争为纲"的影响下,书写农村阶级斗争成为农村题材创作的基本选择,出现了《三里湾》《李双双小传》《山乡巨变》《创业史》等作品。这些作品在政治主题要义的背后,都隐含着另外一个命题,即农民的生存和生活问题;而在"三红一创""保山青林"中的六部革命历史题材小说里,也同时表现了这一命题,比如《红旗谱》中的"反割头税"运动,表现的就是旧时代农民的悲苦生活。进入新时期之后,一大批充满农村生活气息的作品出现在文坛上,如《新星》《李顺大造屋》《陈奂生进城》《哦,香雪》《古船》《白鹿原》等,它们无不全部或部分聚焦农民的命运。

  切入文本内部分析,在上述这些作品中,农民虽然获得了"当代文学的主体地位"[①],这只是因为他们的身份和贡献获得了肯定,但反映出的生活境遇并没有大的改观:在对他们旧社会生活的描写中,他们是社会的最底层,缺乏基本的生产生活资料,普遍没有土地,大部分乡土小说围绕着土地问题产生的矛盾展开故事;农民始终处在为温饱、疾病、人身安全等生存问题担忧、奔波的境遇中,命途多舛。进入新社会,由于社会生产力低下,又伴随城乡差距的不断拉大,他们仍然面临比较严峻的生存压力,由此也激发出改变命运的迫切愿望和行动。在铁凝的《哦,香雪》中,北方山村台儿沟的小姑娘香雪和凤娇,通过以物易物的方式用山里产的核桃、鸡蛋、大枣换回山村少见的挂面、火柴,以及自己喜欢的发卡、香皂等物品;香雪为了一个铅笔盒坐过了站,却没有钱买车票,不得不走三十里路再返回去。香雪这个形象表达了山里人对山外文明的向往,以及摆脱山村封闭、落后和贫穷的迫切心情,但人物的经济背景和经历也反映了当时农民的生活状况。

  近几年来,伴随着农村形势的变化和农民生活的改变,在有关乡村的

---

① 陈晓明:《中国当代文学主潮》,北京大学出版社2009年版,第94页。

书写中，对农民的描写出现新的趋势。

首先，对农民精神世界的探求让位于对新生活方式的表现。《哦，香雪》更大的价值在于借台儿沟的一角，反映进入改革开放的中国社会走出历史的阴影，摆脱封闭、愚昧和落后，迈向开放、文明与进步的痛苦与喜悦，小说旨在以唯美的风格探讨人物幽微而又热烈的精神世界。乡村的现代化显然不是一蹴而就的，而是经过不断尝试和探索，强大的传统力量使转变变得艰难，农民对新生活来临时的不理解、不适应也迟滞了这一进程，《陈奂生上城》里的主角陈奂生入住招待所一节堪称典范。在文学书写中，农民精神和心理的细微感受在他们与城市或新生活方式的接触中表现得最为明显和充分。因此，描写农民进城后的所闻、所感和所作所为的作品大量出现，这一主题几乎被类型化。"打工文学"中有大量这一题材的作品，王十月的《关卡》讲述农民进城的经历，以此质疑城市限制农民工进城的种种制度，作者借人物之口直白表现民工对幸福生活的向往："谁也无权指责我们这种行为，谁都有过上幸福生活的权利。"[①]这句话可以说表达了农民的心声。如果说新时期对农民面对新生活的描写侧重于探究精神层面的变化，进入21世纪以来，随着城乡一体化步伐的加快，无论从生活方式、生活条件和思想观念方面，城乡之间的差距不断缩小，农民在时代生活中的身份焦虑感在降低。尽管生活变化与传统伦理道德的要求并不一致，但他们仍然在精神矛盾和心理纠结中走向开放，表现在文本中，改变命运的强烈愿望被改善生活的日常实践所代替，更多地将视角转向他们对新生活的接受和顺从。

付秀莹的《陌上》将人物的日常生活行动作为小说的结构性支撑，将现实生活中人的生活目标作为人物的奋斗方向，从而使人物形象与现实生活中农民的理想保持了高度的统一性。农民持续增收是国家的大政方针，更是农民的具体追求。可以说，在当下的农村，发家致富是每一个、每一户农民的梦想，无论是经商办企业、种植养殖或者外出打工，农民莫不是围绕这一点来谋划自己的人生。在小说中，大全、增志创办了皮具厂，难看一家人则开了小饭馆，会开懂医术办起了诊所，秋保和国欣夫妇开了小

---

① 王十月：《关卡》，《天涯》2007年第6期。

卖铺,小鸾则利用自己的手艺揽裁缝活,香罗则在城里开起了发廊,每人皆在为了生计而拼搏。香罗在外开发廊,在村子里与大全保持着暧昧关系,小说并没有直写她如何经营发廊,但是笔墨之间隐隐透出她做一些见不得人的生意,"发廊白天做头发,晚上就神秘了",因此她在村子里并没有好名声。这样一个背离传统道德的女性,芳村人却不自觉地向往起她的生活:"芳村的女人们,鸡一嘴鸭一嘴的,是说笑的口气,听上去,仿佛是看不上,却又有那么一点酸溜溜的味道。香罗的衣裳,是领导芳村时尚新潮流的。香罗的头发,香罗的首饰,香罗的化妆品,都是芳村女人们学习的榜样。也不知道从什么时候开始,芳村女人们的语气,都渐渐一致了,话里话外,全是奉承的意思。"①

其次,用现代意识反思农民生活成为重要的价值选择。乡村题材写作极少有在乡者的表达,真正以农民身份从事文学创作的少之又少,大部分熟悉乡村生活的写作者已经是"农裔城籍",接受了城市现代生活的写作者"努力尝试探索新的城乡观念和叙述姿态"②。他们从乡村现场抽离出来,以历史的眼光看到了农民的思想变化,因此不由自主地为他们笔下的人物注入了现代意识。当下文学作品中的农民已不再是保守、愚昧、狭隘的形象了,他们在剧烈变化的日常中对环境、自我和传统表达着个人的意见。在很多文本中,这种反思主动而又明显,显现出作者对日渐衰败的乡村生活的痛惜和挽吊情绪。

经济发展、生活水平提高与农民赖以生存的自然环境之间的突出矛盾是社会发展中的重大问题,反思发展对环境的破坏成为乡村题材写作中的基本价值立场。叶炜的《富矿》有深刻的现实依据,毫无节制的矿业开发对农民赖以生存的土地造成无法挽回的毁坏,再加上开发者一味追求经济效益忽视矿工安全等原因,在前几年,"带血的煤炭"已成举国之痛。在苏北鲁南的煤矿被采挖一百年后,麻庄人深刻感受到了潜在的威胁:"那些密密麻麻的巷道,走也走不到头,像一个个巨大的迷宫和陷阱。咱们麻

---

① 付秀莹:《陌上》,北京十月文艺出版社2016年版,第24页。
② 贺仲明:《乡村伦理与乡土书写》,人民出版社2017年版,第104页。

庄人每天都生活在陷阱之上。"① 这种状况终于导致上天的责罚，连续几年干旱，连女人的乳汁也变成黑色的了。随之而来的，是极具象征意义的官婆在求雪仪式中倒地身亡。小说在表达乡村文化传统衰败的同时，深刻批判了"竭泽而渔"式的开发造成的环境灾难。蔡家园的《松塆纪事》是一部回忆故乡的长篇散文，作者在回忆童年的美好经历时将故乡现在的面貌作为参照系，由此看到乡村环境被破坏后的惨状："玉带一样的秀溪干枯了，河床上堆满了各种颜色的塑料袋、瓶子、罐子，就像一条又脏又皱的抹布。"上文提到的《陌上》也不乏对环境问题的关注，"庄稼变成厂房、树木变成汽车"一直被作者耿耿于怀。

乡村书写中的另一个重要方向是对乡村政治生态的反思。现代性思潮逐渐影响到乡村，农民的人本思想和自我意识不断提升，他们开始通过反思个人在社会尤其是在乡村基层权力结构中的位置来确认自我的权益，这反映在对基层政治生态的描写上。《陌上》将乡村权力运作纳入批判的视阈中，同时也表达了个体在其中的无力感。春米与村干部建信的关系事实上以"权色交易"的方式存在，为了维系与村干部的关系，公婆居然鼓动自己的儿媳与其他男人发生不正当关系，这是超出常人可接受范围、严重违反乡村伦理道德的行为。为了利益不择手段，弃人性与乡约而不顾，这从侧面折射出经济利益引导下的乡村变革面临巨大的道德危机。而作为春米个人，她之所以能够放下自己，除了自身的懦弱性格，还有建信可以满足自己作为女人正常心理和生理需求的一面，这似乎可以被看作人本觉醒的表现。

此外，乡村生活被纳入"文化化"的过程，对农民生活愿景的表达超越了对艰苦生活的记忆。在城与乡二元对立的观念框架下，对乡村的书写尽管有田园牧歌式的向往和怀恋，但农民生存的艰难和生活的艰辛是隐藏在优美画面背后的潜台词；在20世纪40年代至70年代之间出现的文本中，农民几乎是所有"苦难叙事"中的主角，对苦难的记忆和对造成苦难的原因批判彰显着对新的生活道路的信心。随着时间的推移和历史的进步，农村状况得到根本改善，饥饿、疾病和不安全感都不再对大部分农民

---

① 叶炜：《富矿》，青岛出版社2015年版。

的生存和生活构成威胁，贫困局限在了极少数人口中，社会对苦难和贫穷的集体记忆已经淡化。由于隔了时间和历史的屏障，作家对历史的想象已经脱离了个人经验和个人感受，更多地将乡村当作传统文化的承袭之地，乡村生活成为传统文化的象征，过去的苦难和贫困经历时间的沉积后一并成为"文化"的内容。

张好好的《布尔津光谱》和《禾木》借回忆童年时在地处边疆的故乡生活展开故事，作者使用了唯美、抒情的笔调，将边疆开发的苦难经历消解在优美的自然风光和尽管复杂但充满温馨的亲情地中。过去的贫苦生活被审美化，成为构成故乡历史和个人心灵成长史的文化元素。叶炜的另一部作品《后土》是展望农村生活前景的作品，书写了四代村干部带领群众脱贫致富的艰苦历程。小说通过不同人物之间的对立，反映了当下农村的复杂矛盾，并试图为新农村建设的政策增添注解。尽管有批判性成分在，但小说将农村当下的变化看作是历史作用的结果，四代干部之间存在着精神上的联系，进而在第四代身上将农村引向了新时代。刘青松是一个传统道义的维护者，曹东风则是一个投机主义和利己主义者，前任村支书王远是一个腐败分子；上一代的矛盾纠葛与异见在下一代得到化解，麻庄获得了无限生机。小说还通过知识分子的堕落（大学生生活混乱、小学教师道德败坏）和外来宗教在农村活动对传统信仰的冲击表达了作者的担忧，但最终作者通过旅游项目开发、新民居工程建设等提供了关于新农村的广阔想象。

脱离贫困，衣食无忧，像城里人那样过上小康生活是农民世代的梦想，如今这一梦想已成既定现实。这一伟大的社会进步实践为文学提供了丰富的"源头活水"，当代文学史也以其审美的方式反映和建构起了一幅中国农民依靠勤劳的双手改变命运的壮丽画卷。脱贫攻坚进入"精准扶贫"阶段，关于乡村的书写以现实主义精神观照现实生活和农民的精神世界，必将获得新的主题和内容，创作出新的篇章。

讲故事的启发：日常经验的拒斥与内化

本雅明在那篇著名的《讲故事的人》中，指出了这样一些令人遗憾的事实："讲故事的人已变成与我们疏远的事物，而且越来越远。""这种现象的一个原因很明显：经验已贬值。经验看似仍在继续下跌，无有尽期。""讲故事的人取材于自己亲历或道听途说的经验，然后把这种经验转化为听故事人的经验。小说家则闭门独处，小说诞生于离群索居的个人。此人已不能通过列举自身最深切的关怀来表达自己，他缺乏指教，对人亦无以教诲。写小说意味着在人生的呈现中把不可言诠和交流之事推向极致。"

这些话写于近百年前，但如此契合当下中国文学的现实。我们身处在一个用信息编织的牢笼中，连带着文学创作止于这些信息的壁垒——在我有限的阅读经验中，我读到很多为当下的日常生活提供合法性证据和对现状进行诠释的作品，但大多数叙事和抒情浮于对所闻所见的浅显理解，能够看到现象和事件背后的文化源流者并不多见。古代谚语说"秀才不出门，便知天下事"，而小说家在网络时代则更难以独处，事件和现象等信息形成风墙雨幕将小说家裹挟其中，那么在今天看来，本雅明的可信度又有多高？

我不是复古主义者，但是我梦想返回到古代中国的文学现场。那个现场首先是民间的，夜幕降临，老年人将一个个口口相传的故事讲给孩子，孩子从这些故事中学到最基本的是非、善恶和美丑观念；孩子长大了，他们到街头巷尾去听说书人讲故事；当他们变老了，又将这些故事讲给他们的孩子，并在讲述中加上自己的见解，为了使故事好听，又将故事情节编织得更加曲折，但从未改变那些故事的内核和寓意。这些零碎的、分散的、甚至逻辑并不十分严密的故事，在一代一代的讲述中变得日渐丰盈。那些脍炙人口的故事经由文人的升华，变成精细雅致的叙事，这就是中国古典小说传统的诞生，作为顶峰的《金瓶梅》和"四大名著"也产生于不断累加的故事中。

由此可见，我们的传统建立于对一代代集体经验的内化——吴承恩、罗贯中、施耐庵、曹雪芹、凌濛初、冯梦龙，以及那个不知身份的兰陵笑笑生等，正是那种能够把讲故事的人的经验转化为自己的经验的小说家。来自在场可见的、明确了讲述者身份的故事之所以能够顺畅转化为听众的经验，乃在于在这个场域中，听故事者本身已经变成故事中的一个角色，他们在倾听的时刻与故事中的人物建立了密切的情感联系，同悲欢、共命运，间接经验经过现场的转化成为情感上的直接经验。所以，那些体量巨大、人物杂多、结构复杂的经典作品尽管不是作家凭借个人经历写成的自传体文本，但其故事逻辑严密，丝丝入扣，情感真挚，感染力巨大，并通过诸多的细节传达故事从古而来所教谕的道德观念。传统由此而下，几无更改与断裂。

就我们当下而言，电子娱乐工具日渐取代讲故事的人的地位，成人用手机、电脑、点读机等播放工具代替自己的讲述，孩子在"电子父母"和"电子祖母"的陪伴下成长起来；上学后，他们开始拥有"电子老师"，先进的信息技术应用于教育教学——是机器养大了他们，"机器人"时代已经来临。人与机器之间的交流没有感情，没有在场感，也没有基于个人身份的诸如亲情、权威之类的附加影响，故事已经起不到原有的作用。因此未来的人群缺乏温情将是常态，我们只有机器的头脑和智慧，却没有人的感情，更无法形成常态的维系人类社会存在的人与人之间的伦理关系格局，靠族群认同感得以延续的文化传统出现断裂是必然的。

由此延伸到文学上，网络时代如何把日常生活内化为文学经验出现了问题。我们每天泡在网上，但是关掉网络好像什么也没有得到。即便是发生在同一座城市里的事件，大多数人也是从新闻网站和社交媒体上而不是现场得到关于事件的一切详尽信息，但无论事件多么严重，却总有与自己无关的感觉。为什么会出现这种现象？这是因为事件连同身份不明的、不可见的网友们对事件的反应进入我们的头脑，形成了二手经验。但是，与那些听故事者不同的是，二手经验激起的是头脑里的理性反应，我们会在潜意识里运用既有的知识体系去解释、分析、辨别和批判这些外来的、没有亲身经历的经验，它调动的是我们头脑里的逻辑运算能力，以此完成对事件的演绎、归纳和推理过程。但是，亲身经历的事情完全不同，我们对直接经验的感觉是直觉，是情感和审美的体验，正是直接经验给我们留下了潜在的文学形象。世界上每天会有很多见诸媒体的死亡事件，但在我们的记忆和情感之中，如此众多的人失去生命，远远比不上自己的某一个亲人的去世。这是因为面对亲人的去世，直观感受调动了对亲人以及与亲人一起亲密生活的场景的记忆，从而令悲伤铭刻于心。但是对那些不熟悉的人，我们就不会有这种感觉。

由此可见，网络或者媒体带给我们的二手经验，无论我们看了多少，都很难内化为我们自身的经验，充其量只为我们提供了认知能力的训练机会，而不能与自我的情感和审美发生关联。网上的奇闻怪事很多，看起来好像丰富了我们的经验，尽管这些事件是真的，但是对于我们自身来讲，它们却是模糊的、冰冷的、枯燥的、虚假的，它并不与以情感维系的传统文化和道德发生联系。这是非常可怕的事情，看似信息通畅、交流便捷的优势却带来了我们本能上对经验的拒斥。

文学，甚至一切文艺，都是对经验进行审美的艺术。假如经验变得虚假，我们的文学也会变得十分可疑。当下的写作，针对网络经验写作的作品十分常见。但是这些作品的通病也非常明显：试图用文学表达对日常的理解，阐释人性的善恶和社会生活的复杂性，但这种理解和阐释充满了逻辑的理性，充满了设计的精巧，没有与自身的情感发生联系，较少关涉主观的审美。所以，在我们当下的很多作品中，说理性、批判性明显强于抒情性。文学是情感的表达，但是我们没有用情感写作，用的是理性的分析，写作是无情的——基于对虚假经验的抒情成为"伪抒情"——这也导致了创作的同质化，自然界无法生长出完全相同的两朵花，但基于同一模型制作的假花一定会是相同的。

讲故事的人渐行渐远，我们需要在网络时代开辟将事件转化为经验的新途径。那就是，打破信息的牢笼，将自我解放到历史和现实之中，像路遥创作《平凡的世界》、陈忠实创作《白鹿原》那样，亲临文学发生的现场，为个人确立在历史语境和在日常生活中的伦理坐标，以在场的姿态体验人物的喜怒哀乐，并从中寻找我之为我、家之为家、国之为国、民族之为民族的历史文化基因，与人民、国家和民族形成审美共同体，将历史、现实和集体的经验内化为自我经验，为个人书写寻找文学史价值，也为当下生活提供来自文学的精神支撑。

文本为王

——小说批评中的文本与观念问题

从去年到今年,连续参加了几场有关小说的讨论。发言中经常会出现小说家和批评家"自说自话"的现象:小说家所谈论的创作话题,批评家并不关心;而批评家谈论的理论问题,小说家又不以为然。之所以出现这种错位,表面看是二者的出发点不同,小说家从创作和文本出发,而批评家则从理论出发。但究其根源,则是"文本观"的问题,即将小说文本置于文学批评的何种位置上。考察当下文学批评的现场,将理论作为"手术刀",把具体作品作为解剖对象纳入理论体系之中的小说批评方法颇为流行。文学问题的答案通常不是"非对即错",但在我看来,这种"理论先于文本"的批评方式违背了马克思主义认识论的基本原则,毫无疑问是错误的。它不仅无法为小说创作实践提供帮助,甚至在某种程度上还误导了小说家,不利于创作的提高,应当引起高度警惕。

一、小说史是文本史而不是观念史

小说文本与理论、批评的关系,归根结底是人类实践与理论的关系,这是一个已经被马克思主义哲学解决了的问题。理论源于实践并指导实践,是人类认识和改造世界的客观真理。文学创作是人类至高的精神活动,同时也是作家利用自己的经验书写现实和想象世界的实践,生活是艺术创作的唯一源泉,这是毋庸置疑的。相对于文学理论和文学批评来说,小说文本就是理论赖以生成的客观基础,更是文学批评得以进行的客观存在,

"皮之不存，毛将焉附"，假如没有文学文本，文学理论和文学批评就不可能产生。在我看来，所谓文学，即是"文本之学"，核心在"本"，"本"是文之所据。离开文本谈文学，是缘木求鱼，一定会出现南辕北辙的荒谬。

文本是可感可触的，它表现为一种客观实在；而任何理论都是只存在于人类意识中的观念，这种观念不会凭空产生，它或者来自对社会实践的总结、归纳或推理，或者来自对实践的文化形态即文本的阅读经验。纵观古今中外的小说史，它首先是一部文本史，一切关于小说的观念都是这部文本史的附庸。中国拥有悠久的文学传统，但这个传统是基于文本的传统，而非基于理论的传统。甚至关于"传统"的概念及其表述，也只不过是从文本而来的对文本特征的认识。魏晋南北朝以前，现在所言的"文学"实际上处于一种自发的状态，它仍然与其他文明形式诸如典章制度和实用类的文章搅和在一起，并没有文体观念上的自觉，更不可能得到理论上的指导。具体到小说，唐代传奇"作意好奇""尽设幻语"的写法才"令中国小说脱离史部，成为独立的文类"（陈平原语），自此才有了自发意义上的创作观念。但是作为叙事文类的雏形，《女娲补天》《夸父追日》《精卫填海》这些古老的神话传说和故事从史前时期就已经陪伴我们祖先的生活；而由唐传奇开始，口头文学与文人创作交相辉映，直至形成《金瓶梅》和"四大名著"所代表的古典小说巅峰时代。但是从小说理论上来看，直到明代中叶的李贽时代，他们才"开始认识到小说在文学上的价值，并且开始把小说作为一种审美创造活动来作理论的研究和探讨"（叶朗语），并随之出现了小说评点这种鲜活的批评形式。

由此可见，中国古典小说批评和小说理论是基于具体的小说文本而形成的对作品的认识，它们远远晚于文本的产生。神话和传说故事、唐传奇和宋元话本中的名作也并不因为没有得到同期理论的确认就削弱了它们在后来的影响。而与此相似，西方小说从神话和史诗开始，经由罗曼司而形成长篇小说，也是当文学发展到相当的水平，足以形成一个独立的存在时才形成了文体的自觉，并最终出现了《神曲》《哈姆雷特》《战争与和平》和《复活》这样不朽的名著。而文学名著被经典化的过程是通过一代代读者自然阅读筛选进行的，尽管文学批评在其中起到了一定的作用，但绝非批评家根据某种理论"鉴定"首肯的结果。所有关于小说的理论观念，无论是古希腊的"模仿说",还是叶昼、李贽的"肖物""传神"说,都是以具体作品现象为基础归纳总结出来的。小说理论和批评有其自身的形成和发展史,但是当它们与小说史相对应的时候,显然它们是小说史的"副产品"。

小说史是文本史的另一层含义是,包括中国古典"四大名著"和西方文学名著在内的经典小说,它们虽然是作家个人对时代的反映,体现着那个时代的观念,具有与社会和文化相关联的价值和意义,但它们首先是一个自足而完满的逻辑体系,之后才是一个作家的精神凝结体和社会文化的对应物。这个体系是语言、结构、叙事方式等形式元素的完美结合,它是一切形象、主题、思想以及文学价值和意义的容器,只有当小说在文本形式上确立了对内容上的精到的美学表达,它才是一部优秀的艺术作品。基于历史的原因,传统的小说批评更多地进行政治的、历史的和道德的批评,小说研究成为社会学、历史学或伦理学的一部分,小说史被写成了一部社会观念史,连带着影响到了小说家的写作:小说家们惯常于社会观念的表达,而在很大程度上忽略了作品的美学追求。当下这种状况已经有所改变。

二、批评之"病"与小说之"痛"

理论来自实践,这个不言自明的认识论原则为何不能在文学批评中得到坚持,反而出现了如同"本质先于存在"式的"理论先于文本"的怪现象,这是值得我们深思的。理论作为人类认识世界的有力工具,它首先反映客观规律——并不存在先验的理论,其次才能够用于指导实践,这个顺序是不能倒置的。按照这个顺序,对于小说批评来说,理论一方面不能脱离文本产生,另一方面,理论不应该成为单向度的阐释文本的工具,它要观照的既有文学理论自身,更要有文学现场,而且主要应当着眼于后者。当下小说批评中存在着的两个问题特别突出,一是批评疏远文本成为理论的"自循环",二是缺乏对文本的审美批评。

以理论为标准,将小说置于既有结论之下进行"对号入座"的解释,小说不再是独立的文学文本,而成为用来丰富理论体系的论据,甚至以理论为依据进行过度阐释,这是久已被文学界诟病的批评"恶行"。但为什么媒体上仍然不乏这样的"研究成果"出现？首先是功利目的在作祟，这是一种省时省力而且没有风险的批评写作，因为各种成熟的理论模式已经有了固定的结论，所以批评的结论是先验的，是未经论证即已存在的"本末倒置"，甚至不用耗费精力阅读文本就能写成；其次，这是一种畏惧权威、缺乏理论创新勇气的表现，研究者不是从自身的阅读感受和阅读经验出发，而是把西方的文学理论（甚至是我们的古代文论传统）奉为圭臬，只有用它们来解读具体作品才觉得自信。而事实上，文学现场是一个历史场，时代的重大变化也必然引起文学的变化，应用旧的理论解析新的现象，刻舟求剑的错误就在所难免，也就更谈不上理论创新。网络小说的出现就是一个明显的例子，网络小说已经成为大众文化的重要形式，但时至今日仍然争议不断，缺乏有效的文本批评和理论建构是阻碍其发展的重要因素。当然，上述问题的存在与文学教育和学术评价机制也有直接关系。显然，这样的小说批评方式是无法指导小说创作的，因为任何好的小说都不应该是按照理论体系打造的"定制产品"，它应当是作者个人经验的个性表达。

对小说文本进行审美批评，是当下文学批评应当着力的方向。小说作为艺术形式，对它的批评和研究应该回到本体，即考察它的文学性。什么是文学性？也许这是一个因为不断变化而莫衷一是的概念，但我认为，小说是语言的艺术，因此语言的审美特质是不可或缺的，这也是使文学区别于非文学写作的主要标志。从某种角度讲，只有针对文本的审美批评才是真正意义上的"文学批评"。对小说进行审美批评，既要防止理论的先验性，也要明辨具体文本之中存在的创作观念的先验性。事实上，我们的现当代小说创作一直存在一个问题，即小说常常观念先入，在写作之前就已经确定了主题，过去的小说家以政治意识形态为标准，而今我们书写商业消费时代里的拜物和自利的意识形态；过去的人物是"高大全"，现在的则是迷茫、颓丧和堕落的一代。本来最为个体的创作活动被纳入所谓的集体经验或统一性的前提之中，这是需要批评家提醒小说家加以防范的。尽管这种"图解观念"的写作仍然存在，但小说家们已经开始有意识地书写个体丰富多彩的人生命运和现实可能性，批评家要看到这种变化，还原小说的真实面目，不用"以不变应万变"的方式对待具体文本，摆脱用先验的理论阐释或者过度阐释文本的急功近利，才能获得新的力量。

三、呈现直观阅读感受

假如小说是一个王国，小说文本毫无悬念地位居王者位置，它是使小说作为一种艺术形式得以存在的唯一根据，这是已经被文学理论证明了的观点。在艾布拉姆斯那里，文本是作家和读者与世界发生关联的桥梁和纽带，而在赛义德那里，"文本存在于世界之中，是世界之物"。因此，小说批评的关键在于抓住文本，也只有依据文本，以文本的语言、结构和内在逻辑为对象，分析文本的审美特质，在此基础之上，才能深入发掘阐释作品与世界、作者、读者的关系。

一个完整的小说文本保持了从情节到结构等诸方面的自洽，如同一个规整的盒子。但是，当一只真正的盒子摆在面前时，我们感受到的是颜色、形状、品质等直观的质感，而不是盒子表面及其空间的构成关系，使用盒子的人，不需要明白它的几何构成原理，面向大众的小说批评也同样。普通读者读一部小说，并不关心批评家依据理论阐释得出的佶屈聱牙的结论，只需要感受到作品中特色鲜明的语言表达方式、丰富多彩的生活背景、跌宕起伏的故事和情节、有喜有悲的人物命运等引起的审美就够了。苏珊·桑塔格说："现在重要的是恢复我们的感觉。我们必须学会去更多地看、更多地听、更多地感觉。"在批评过程中，批评家要倡导鲜活的、有针对性的、朴素的，特别是感性的批评方法，将批评文章从云山雾罩的概念和冷酷的理论牢笼中解放出来，改变批评文章只有作者自己、被评论者和媒体编辑"三个读者"的怪现象。而从文本本身来看，小说家将自我的感性经验通过形象化的手法直接呈现给了读者，而不是向读者兜售某种社会实用的或文学技术的观念。当下纯文学意义上的小说有一种"技术至上"的趋势，陌生化、荒诞性、意识流的写法只有通过理论阐释才能被读懂，创作与理论之间形成了"恶性循环"。这也许有利于小说自身的所谓"进步"，但在客观上导致了读者群体的缩减，因为没有谁想看只有在批评家帮助下才能看懂的小说，这也恐怕是通俗浅显直白的网络小说为什么会获得发展机遇的重要原因之一。

总之，小说批评亟须回到文本这个本体上来，抛弃理论的条条框框，发掘其中蕴含的内在美感，呈现批评家对文本的直观审美感受，同时建立起具有独立特色的话语和批评体系。只有这样，才能为作者和读者提供有效的阅读及创作引导，真正实现文学理论、文学批评与创作实践的相互促进。

长篇小说评论

谁向中流是主人

——评刘醒龙《黄冈秘卷》

以家族史折射社会史,一直是中国长篇小说自诞生以来十分重要的叙述方式。古代的《金瓶梅》《红楼梦》,当代的《古船》《白鹿原》《穆斯林的葬礼》等,都是循着这一路径展开的。这一特征形成的前提,是我们拥有以家族为核心的积淀深厚的乡土文化传统。一个在男权力量主导和支撑下的家族系统,在繁衍生息、绵延迭代的过程中需处理的紧要问题,往往与不同代际成员在时代变迁中面对生活的不同态度,以及由此而导致的观念冲突相关。新与旧、老与少、变与不变、现实与未来、个体与群体之辩,似乎构成了自晚清以来中国文学全部的主题范型。这就奠定了中国现当代文学以"写实"为特征的总体风格,因为作家在历时性的叙事中,要面对和解决的始终是历史与现实的关系问题,尽管它们被溶解在多样化的个体命运中。也是在这个意义上,文学从细部入手但又在整体上反映了社会的变迁,通过阅读晚清以来的中国小说来了解中国社会的趋势性变化,是不会出现太大偏差的。

"五四"以来,社会在向现代化转型过程中,中国传统一直是西方现代性视角下的批判对象。在"现代性"视域下谈论"传统",过去我们可能忽略了一个重大问题,即被视为落后的东方传统是西方现代性出于自身的需要建构起来的:"传统的观点是欧洲现代性的一个发明,欧洲现代性需要一种被标示为静止的文化以便将自己界定为不断前进的",而事实上,"现代性的发展道路不是唯一的。不同文化将以不同的方式发展"。①——这很可能是"五四"预设的启蒙任务至今无法彻底完成的重要原因：文化传统自身的强大力量使中国不会按照西方的"路线图"前进。许倬云认为"中国文化真正值得引以为荣处"，是在于对外来文化"有容纳之量和消化之功"。②我们可能发展出了本土化的现代性。在这个背景下，文学叙事如何对待包括革命史在内的历史和文化传统，不仅关乎对时代生活的合法性确认，还反映出作家的历史观和审美趣味，更体现出作家处理经验的能力。进入21世纪以来，刘醒龙不断将笔触探入历史与现实的交界地带，通过《弥天》《威风凛凛》《圣天门口》《蟠虺》等长篇作品，触摸历史的神秘律动，感知传统文化中的人性和道德，探寻决定现实相貌的文化根源和精神基因。《圣天门口》通过家族史反映革命史，以中国传统中的"常"的观念和西方基督教中的"圣"的观念合力解释革命的动因③；《蟠虺》更被誉为具有"从文学寻根到文化自觉"的文化史意义④。对传统精神的追慕与弘扬，使他的作品散发出特有的历史韵味和文化气息。

作者一直被视为新时期以来现实主义写作中的实力派，"在'现实主义冲击波'的浪潮中，刘醒龙也是代表人物"⑤。尽管他个人并不在意这个标签，他曾说："要用新的写作为中国的现实主义文学正名。"⑥2018年，他出版了长篇小说《黄冈秘卷》，这部作品一方面衔接《圣天门口》里形成的"家族史+革命史+个人史"的叙事范型；另一方面，则以向传统史观回归的姿态和革新现实主义传统的表达方式，给读者带来虽不陌生但又充满新鲜感的阅读体验，堪称一部实践着作者创作理想的作品。

---

① 〔英〕阿雷恩·鲍尔德温、布莱恩·朗赫斯特等：《文化研究导论》，陶东风等译，高等教育出版社2004年版，第197—198页。

② 〔美〕许倬云：《万古江河：中国历史文化的转折与展开》（序言），湖南人民出版社2017年版。

③ 邵燕君：《新世纪第一个十年小说研究》，北京大学出版社2016年版，第25页。

④ 徐勇：《从文学寻根到文化自觉——刘醒龙长篇小说〈蟠虺〉的文化史意义》，《百家评论》2015年第3期。

⑤ 陈晓明：《中国当代文学主潮》，北京大学出版社2009年版，第570页。

⑥ 朱小如、刘醒龙：《血脉流出心灵史》，《文学报》2005年7月21日。

一、现实主义写作中的现代派"圈套"

《黄冈秘卷》虽是一部现实主义作品,但其中的叙事"圈套"使之有着异于传统长篇小说的文体形态。作为一个特定术语,"叙事圈套"这种说法似乎只适用于现代派文学,与现实主义写作不大能扯得上关系。但一个不争的事实是,现实主义作为一种文学精神、创作思潮和写作技巧的"神圣合体",正在经历全面变化。

如果说"五四"时期的文学中还存在着"现实主义"与"浪漫主义"、"理智"与"感伤"等对立统一的思潮和格调[①],但至迟到延安时期,"现实主义"已在革命意识形态的支持下获得主流地位。"十七年"和"新时期"到来之前,长篇小说中的典范作品已经为现实主义创造了稳定的表达范式,其特征统一于恩格斯所说的"除细节的真实外,还要真实地再现典型环境中的典型人物"[②]。高尔基进一步将这句话解释为:"现实主义是什么呢?简略地说是客观地描写现实,这种描写从纷乱的生活事件、人们的相互关系和性格中,攫取那些最具有一般意义、最常复演的东西,组织那些在事件和性格中最常遇到的特点和事实,并且以之创造成生活画景和人物典型。"[③]从这些经典论述中可知,现实主义的特征是在"客观地描写现实"的基础上形成的。所谓"客观地描写",即文学作品中所描绘的人物和环境以及二者之间的关系,反映的是现实世界的运行规律,是可以在读者直接或间接的生活经验中"复演"的现实。这是传统现实主义创作的技术性特质。

在此基础上,无产阶级革命文学塑造"典型环境"中的"典型人物",与中国革命实践形成了同构关系,"三红一创""保山青林"这些作品均

---

① 〔德〕顾彬:《二十世纪中国文学史》,范劲等译,华东师范大学出版社2008年版,第27页。

② 〔德〕恩格斯:《致玛·哈克奈斯》,见《马克思恩格斯选集》(第4卷),人民出版社1995年版,第682页。

③ 〔俄〕高尔基:《俄国文学史》,缪灵珠译,新文艺出版社1956年版,第207页。

是如此。20世纪80年代末90年代初,在传统现实主义基础上产生的"新写实"潮流成为小说创作的新方向,"新写实"的艺术特征被研究者概括为四点:一是放弃典型化原则,回到日常生活的原生态中;二是放弃英雄主义和理想主义,描写"小人物"的小叙事;三是刻骨的真实性;四是大量使用反讽的修辞策略。① 与先锋派相比,虽然程度不同,但"新写实"显然也受到了西方现代派思潮的影响。传统现实主义作品用平实的叙述方法、简洁的人物关系、明晰的叙述线索、线性的时间进程清晰地讲述故事的方法在"新写实"中被弱化,语言和叙事本身成为重要的审美元素,小说阅读从情感的体验变成考验思维能力的"智力活动"。

以俗世生活为原型的现实主义小说形式范畴上的艺术性上升,是与现代派和先锋派向现实生活"转向和撤退"相向而行的,二者出现了合流的趋向,一个极端的例子是先锋派的代表性作家格非、苏童的作品获得茅盾文学奖,而这一专门针对长篇小说的奖项历来是现实主义写作的风向标。在这一脉络中考量《黄冈秘卷》,我们不难发现,这部杂糅了个人回忆、艺术想象和历史事实的作品,在主题上既有对传统的继承,例如对"我们的父亲"和王朤伯伯两位"老干部"革命生涯的回忆、革命精神的塑造和对革命理想的坚守等方面,仍是传统现实主义所张扬的旨趣;同时,也有对"新写实"的发展和深化,比如对日常生活的重视、对现实的批判,如在描写基层政治生态时的反讽话语等。而从叙事方法上论,这部小说采用了带有意识流特征的非线性叙述和象征手法,这两种在传统现实主义书写中不常见的技法形成了叙事上的"新圈套",使小说具有了现代派风格和先锋小说的氤氲。

即使是"职业读者",《黄冈秘卷》读起来也"多少有些'烧脑'"②,黄州方言等"原生态"地方性知识的使用固然是重要原因,但在我看来,使阅读变得滞涩的首先是非线性的时间处理方式。小说提供的事件和情节是分散的、碎裂的,读者在阅读过程中以线性方向重新排列情节,才能使故事有整体感,不留心,就会陷入"圈套"之中读得一头雾水。综合分析,

---

① 参见陈晓明:《中国当代文学主潮》,北京大学出版社2009年版。
② 潘凯雄:《离别家乡岁月多近来人事半消磨》,《文汇报》2019年5月10日。

小说在为"我们的父亲"立传这条主线中,是以家族史为基础,以革命史和建设史为背景来描写"父亲"的一生的。作者并没有以时间先后为顺序记述青年、壮年和暮年的人生历程,而是在回忆和想象的闪回中跳跃。小说围绕对三份"秘卷"的寻找和记忆形成三条叙事线索,一是以寻找《刘氏家志》为标志的对家族史和传统文化精神的挖掘;二是对以《组织史》为标志的革命史的记忆和以"我们的父亲"为偶像的革命精神的追寻;三是以查找高考秘籍《黄冈秘卷》如何出笼为标志的对时代精神变迁的呈现。三条线索通过人物关系勾连在一起,常常在同一个叙事空间内出现,历时性的事件变成共时性的存在。例如在第四章中,父亲不准"我们"使用县里的小车回武汉,只能乘坐长途客车。写到此处,故事不再顺着这个线索进行下去,而是由"车"开始导入王颙伯伯的遭遇,回忆他为"我"改名的经过,以及他在"我们的父亲"帮助下拦截县领导的红旗轿车等情节;回武汉的事直到第十五章才再次出现,但仍然没有顺着线性方向进行下去,而是将车坏在黄冈以后"我"闲逛时的回忆变成主要情节,其中写到与"父亲"在黄冈的两次会面、"父亲"买鞋答谢姑奶奶的恩情、慕容要求"我"写文章、买鞋的故事被写成文章编入《黄冈秘卷》等。

除了叙述的时间、回忆的时间和事件发生的时间交错叠置外,叙述中的伏笔、隐线、暗门等关窍密布,这些都使文本呈现了纷繁复杂的面貌。我们惊讶地发现,这种结构方式与历史和记忆本身的神秘感形成强烈的呼应,小说的情节更加扑朔迷离。这种写法也使文本变成一个开放性的"事件库",需要作者和读者合谋才能完成整体构型;甚至读者依照不同的时序对事件进行组合搭配,还将会呈现不同的叙事效果:假如将"我们的父亲"对《家志》的反感按照时间推移的顺序排列起来,就会使他在极端重视《组织史》的思想指导下,难以接受回归故乡的命运安排,从而削弱人物在传统精神滋养下形成的主体性格形象。

编织"圈套"的方法还有一重,就是大量使用象征手法。象征作为一种修辞技巧,在不同文学流派对事物的描写中普遍存在。在现实主义写作中,由于所反映的客观现实是"本来面目的生活本身",与其在文本中的意义之间是一种直接的对应关系,并无需要借助象征修辞的必须。但在《黄冈秘卷》中,作者将作品所表现的不同情感寓于大量符号性质的意象上,赋予了这些符号以丰富的象征意义,从而加重了情节的陌生化和多义性。在开篇第一章中,一些贯穿全书的主要意象均已或显或隐地出现,如作为高中生辅导资料的《黄冈秘卷》,"我们的父亲"系念一生的"小福特"发卡和常常背诵的"绝命书",被誉为天下最好的巴河莲藕和巴河藕汤,对现实具有强烈讽刺意味的南门大桥等。随着情节的深入,《家志》《组织史》,刻有柳剑光名字的钢笔和笔记本等也反复出现。这些符号化的意象依据其象征意义,大致可以分为几类:一是与故乡有关的象征,如用《家志》象征以"贤良方正"为精髓的传统道德和精神品格,以巴河莲藕、巴河藕汤和苏东坡的地方文化意义表达对故乡的眷恋;二是与革命和信仰有关的象征,以《组织史》象征被"我们的父亲"奉为至高信仰并为之奋斗一生的革命事业,写有《诀别书》的白手绢和《诀别书》本身、红旗等则有着明显的革命象征义;三是与爱情有关的象征,"小福特"发卡作为信物,被用来象征"我们的父亲"对爱情的忠诚信义,钢笔和笔记本、"冰激淋"等也寓意着不同人物的男女情爱;四是与批判现实有关的象征,"南门大桥"和"小轿车"作为反映和批判现实的象征物而出现。

大量运用象征的修辞手法使阅读仿佛进入意象的"丛林"中,这些意象的象征意义拉大了与历史记忆或现实真相之间的距离,增加了故事的复杂程度,读者需要借助阅读技巧从枝蔓缠绕中跳出"圈套",才能廓清笼罩在形象和故事上的谜团;读者也只有围绕形象符号的意义不断展开思索,才能加深对主题的理解。这种陌生化现实的审美表达方式,对于现实主义写作而言是一种丰富和拓展,但也使阅读变成一项有难度的活动。

二、革命时代的信和爱

刘醒龙对反思和解读历史有着超乎寻常的热情。在《圣天门口》中,他将革命放在中国传统乡土文化和外来的基督教文化中加以考量,对革命的起源给予了新的阐释。《圣天门口》中的宏阔历史视野和独特的新史观被作为小说"史诗性"特征的重要体现而被广泛论及,西方史诗传统形成的对历史系统性、整体性表达,在这部作品中与宏大叙事结合在一起,加重了革命本身的崇高感和悲剧意识。刘醒龙曾言:"对史诗的写作历来都是每个作家的梦想,在当下,更是成为像我这种年纪的作家的责任。"①我们在《圣天门口》中看到的正是他对梦想的追求之路。到了《黄冈秘卷》中,叙述的现在时态使革命被作为记忆留存,同时也成为衡量时代生活的参照系;再加上现代派修辞手法的使用,历史在小说中已不具有整体性。但如何维系革命在现实中的价值?作者主要通过"我们的父亲"即老十哥的形象来实现。

尽管《黄冈秘卷》已经卸下了史诗性的沉重包袱,却延续了史诗塑造人物的方法。史诗的一个重要特征是小说中要有英雄人物,与《圣天门口》中的杭九枫、董重里、梅外婆、阿彩等不同,《黄冈秘卷》中"我们的父亲"作为英雄的形象更加纯洁和高大。老十哥对组织极度忠诚,以革命为人生信仰,在坎坷的一生中矢志不渝地坚守信念,"生是组织的人,死是组织的鬼",这是《黄冈秘卷》最重要的主题。老十哥在狱中结识了共产党员国教授,在他的影响下走上了革命道路,已经被打断双腿的国教授临刑前竟然站了起来,革命者的坚强毅力深深地鼓舞了老十哥。他牢记国教授口授的接头暗语和《诀别书》内容,出狱后想方设法寻找组织,在海棠的帮助下逃出黄州城,与第五大队会合,成为解放黄州的功臣。解放后,他坚决服从组织安排,"组织决定的事,容不得我们讨价还价";他担任过第一区到第八区八个区的区长,面对这种不能被提拔却辗转调动的情况,他把它当作"这是组织的安排,也是工作的需要"而毫无怨言;他九次跳进水库中,只有一次是为防守河堤,其余八次都是冒着生命危险潜入水中打开操纵钢索失灵的泄洪闸门,《组织史》上"善游泳"三个字被他看作一生的荣耀。

将信仰作为日常生活的"主旋律"来写,使革命者的形象获得了现实的滋养,而不是仅仅体现在形而上的观念主张上。一方面,除了坚决完成组织交给的任务,老十哥对组织的忠诚已经化为无意识的自觉,他处理家庭问题的方式是组织式、行政式的,口头禅是"家庭也是组织,是组织就要有核心";"为了表示对组织的感谢,他要将每月交给组织以象征自己身在组织的钱,由五角提高到一元。母亲没法阻拦,她只能捏着自己的鼻

---

① 刘醒龙:《写作史诗是我的梦想》,《新京报》2005年7月10日。

子吃下那些难闻的东西"。另一方面，当个人生活遇到困难时，老十哥首先要考虑维护组织的神圣性和权威性，哪怕是在自己的妻子儿女面前，"让母子们在餐桌上分隔得远远的原因，是父亲担心母亲不忍心看着孩子们餐餐挨饿的样子，而出现怀疑组织的念头"；"我们的母亲"因为"我们的父亲"是区长而不能改换工作，一直在供销社当售货员，退休后发出不工资，老十哥从自己的奖金中拿出钱来，伪装成组织给母亲发放退休金；而当老十哥离休后同样遭遇"离休费危机"时，"我们的母亲"如法炮制，令子女们拿出钱来，替组织给自己的丈夫发离休费。深入人物的内心世界分析这些做法，老十哥既是为了维护组织的权威性，也是在维护自己的信仰；而"母亲"无疑是理解丈夫的，不肯让丈夫遭受精神打击。党员对组织发自内心的热爱和维护，正是革命成功的关键所在。在组织面前，老十哥认为自己是卑微的，一切都应当以组织的意见为准，面对老十八多次前来商量续修《家志》，老十哥认为："我是上了《组织史》的人，不可以再进什么《刘氏家志》！哪怕在《刘氏家志》里写进一个有关我的字，也是对组织的背叛。""老十八想用在《刘氏家志》上大书特书来诱惑我，连蚊子进出的门都没有。"

在一个通过民族革命建立起的现代国家里，假如不能正确理解革命，就不能正确理解历史和现实。在看到新政权和新秩序这些革命的可见成果时，更要看到革命的人文价值和精神意义，革命同时提供了可供参与者、见证者和后来者进行历史想象、确认自我身份的家园。新时期到来之前的中国当代文学史，在某种层面上是与中国革命史的合流，在革命中走过来的前代作家将他们亲身参与和经历的革命保存在了文学文本中，为塑造民族认同和摹画时代心理提供了精神资源。老十哥这位年轻时的革命者、暮年后的老干部形象之所以打动人心，是因为在他身上集中了一代人的命运，回首现实，许许多多这样的人物曾生活在我们中间。

在革命历史题材写作中，描写个人情感与组织意见的矛盾是常规路数，个人思想在组织的教育引领下发生转变，是人物命运的基本走向。《黄冈秘卷》中，当个人与组织的利益发生冲突时，老十哥将组织摆在首位，并为此付出了巨大的个人牺牲，其中包括自己的爱情。从整体上看，小说延续的是"革命+爱情"的叙事模式，对革命主题的表达是和主人公的情感经历纽结在一起进行的。在特殊环境下,老十哥经历了两段男女情感,先是大华织布厂老板的哑女小娴曾经与老十哥互生好感,贫穷的他却被小娴看电影时要吃冰激凌的习惯吓到,但老十一满足了小娴的愿望,后来小娴因难产而死,在老十哥心上投下了阴影。令老十哥念念不忘、牵挂一生的是他与国民党黄州守将的女儿海棠之间的爱情,他们因革命相爱,却也因信仰而分离,昙花一现的爱情在历史的阴差阳错中凋零,老十哥对海棠的深情凝结在那只伴随他一生的"小福特"发卡上,令人不胜唏嘘。作者将人物的感情放置在历史理性和乡土伦理中加以描写,尽管"祖父"也不同意老十哥娶海棠为妻,但组织的意见才是使他不得不终止爱情的最终判决。人物的情感走向呈现了作者的价值立场:信与爱始终居于道德的最高点上——这也是老十哥晚年生活的信念支柱,并成为他评判世道人心的法则。

"革命和情爱是描述中国现代文学特征的两个非常有力的话语。爱情至少包含个人的身体经验与性别认同,男人和女人之间的关系,以及个人的一种自我实现;革命指称的则是进步、自由、平等和社会解放的轨迹。"[1] 在刘醒龙的笔下,这二者之间存在着一致性。在《圣天门口》中,个人情爱被作为革命的驱动力之一加以描绘,更有研究者认为在这部作品中"历史的严正性却往往抵不过涌荡全篇的情欲力量"[2];《黄冈秘卷》则与此相反,爱情被革命慑服,老十哥将对海棠的喜爱、歉疚以及对救命之恩无以为报的遗憾深埋在心底。作者以叙述者的口吻评价海棠与老十哥的关系:"海棠是不是老十哥亲手奉献给自己理想的一份祭品,我们没有资格说三道四。"这里的"理想"当然是指革命。当得知老十一赞助县里给离退休干部发工资时,老十哥的反应并没有"我们"想象得那样大,原因只在于县里决策的主官姓"海",由此可见海棠在老十哥的一生中都是一个放不下的牵挂。

还应当注意到,海棠并不只是一个权贵人家的娇小姐,她还是作为表

---

[1] 〔美〕刘剑梅:《革命与情爱——二十世纪中国小说史中的女性身体与主题重述》,郭冰茹译,上海三联书店2009年版。

[2] 邵燕君:《新世纪第一个十年小说研究》,北京大学出版社2016年版,第28页。

姐海若这位革命者的遗愿继承者而出现的,当她将海若托付的红旗和写有《诀别书》的白手绢交给老十哥时,她的使命就完成了。因此,对他们二人来说,爱或不能爱,"革命"都是裁决者。"我们的母亲"作为与老十哥相伴一生的伴侣,是"有人代表组织"介绍给他的,他们的生活延续着一般传统夫妻角色本位,度过了既"斗争吵架"又相濡以沫的一辈子,很难再说得上是因为爱情而生活在一起。《黄冈秘卷》里的爱情被保留在对革命无比忠诚的革命者的生命记忆中,这种写法再度复活了理想主义和英雄主义,或许在某种程度上可以看作是对《圣天门口》中情欲和革命之间关系的纠偏。

三、"不嘿乎"的文化传统

在《黄冈秘卷》复杂的叙事结构中,如果说历史是推进情节的经线,传统文化则起到了纬线的作用,它们共同将叙述者的曾祖辈到下一代共五代人的经历织成了一匹巨幅的锦缎。隐隐感到有一只看不见的手,挥动着驱动人物行动和历史前进的巨大力量,指挥着老十哥为了革命事业奔走呼号,指使着老十一千方百计想通过续修《家志》恢复自己的清白,这股力量就是寓于黄冈这片土地上的传统文化。由于大量使用黄冈地方知识和文化元素,有研究者用"地方性秘闻与传奇"[①]评价这部小说,更有媒体将之宣传为"歌颂了黄冈人勇敢倔强、自尊自信的精神气质及黄冈文化的独特气韵"。其实,不独《黄冈秘卷》,在刘醒龙的写作中,乡土文化传统一直居于塑造人物和推进情节的基础位置上,从《天行者》到《圣天门口》再到《蟠虺》,无论从环境还是人物身上,我们都能清晰地看到文化的印记。

对于作者来说,这不是写作的技术性策略,而起自作者根深蒂固的文学观念:"文化传统下的生命血统和生命血统下的文化传统,是人类始终想摆脱又始终摆不脱的终极问题","文学的最高境界是创造,最基本的

---

① 於可训:《地方性秘闻与传奇——读刘醒龙的长篇新作〈黄冈秘卷〉》,《人民日报(海外版)》2018年9月12日。

要素是传承"。① 在这部作品中，地域精神、家族传统与人物性格之间互相影响、相互支撑和确证，使人物有文化血缘的根脉，使时代有历史的来路。在小说的末尾，"刘声志"的名字在"包含远大理想"的《组织史》和"可以用着追根溯源"的《家志》上处于同一页码，而续修的新《家志》也将如此，刻意的情节安排展示了作者的创造性发现：革命理想和文化传统具有惊人的一致性。小说确认了文化传统在历史发展中的作用，揭示了传统文化如何演进为现实生活的奥秘。

　　黄冈的地方知识和地域传统构成的生活环境，是故事展开的文化语境。地域文化主要体现在小说中的几个标志性意象中，在风物，是巴河莲藕和藕汤；在历史，是苏东坡在黄州的事迹、诗文及它们体现出的精神风骨；在风俗，则是"嘿乎"及其变体方言语汇以及将父亲称为"伯"的习俗。巴河莲藕在第一章中即出现，作者借"我们的父亲"之口对这一地方特产给予无限度的夸赞："天下的莲藕只有巴河莲藕为最好，刘家大塆的小秦岭下面那座藕塘里的莲藕又是巴河莲藕中最好的。"在此后的情节中，老十一试图化解与老十哥的历史积怨，所用的办法就是送巴河莲藕；凡是需要拉近自己与故乡人的关系时，老十一都会亲手熬制巴河藕汤。巴河莲藕成为故乡的美好象征，日军飞机炸毁藕塘也被作为侵略者的呈堂证供。无论老十哥对组织多么忠诚，但是每当提到巴河莲藕和藕汤，都会激起他对故乡的怀念，巴河莲藕寄托着他的乡愁，这为暮年回乡埋下了伏笔。又由对莲藕的贪恋，用"母亲"的说法表达"我们的父亲"对工作所在的"这个县"的厌恶："只要是这个县的东西，天生都不如黄冈，就差没有说天下万物都不如黄冈的，天下的人也不如黄冈人！"老十哥的态度可以解读为对"这个县"有多恨就对黄冈有多爱。在作者新近出版的《文学回忆录》中，我们得以知道《黄冈秘卷》中的很多背景和情节都是写实的，这就可以解释黄冈在小说中拥有至高无上的地理尊位，不仅是笔下人物念兹在兹的生身和活动之所，还是作者生命旅程的文化起点和精神家园。

　　在地方风物的实体意象之外，历史是文化传统的主要来源，与黄冈地域精神最有因果关系的是苏东坡诗作中的人文风骨。小说在不同章节中历

---

① 枊栎：《灵魂是个慢性子——对话刘醒龙》，《江南》2017年第3期。

数苏轼在黄州的逸闻韵事，借王朋伯伯在课堂上的讲述，由他在官场的失意落拓得出"想不到江山都改了，苏东坡的秉性却改不了"的结论，认为这样的性格与黄州人一样"执拗"；而苏东坡在黄州"大兴贤路，以五水蛮而闻名的黄州大地，变得倚重斯文"①，彻底改变了黄州的文化风貌，由此为黄冈的人文精神接续了历史脉络。苏东坡遗存在《弘治黄州府志》中的诗句"三江自此分南北，谁向中流是主人"是贯穿全书的"文眼"，被作者设置为解读全书主旨的密码：两行诗句不仅为当今长江中的叶路洲赋予了历史和审美的内涵，还是黄冈人爱憎分明、耿介爽直性格的象征和崇文重史民风的写照；同时，这两句诗更作为组织联络的暗号，经国教授的口授被老十哥不断咏诵，象征着革命者鲜明的立场和对信仰的不懈追求；诗句也是老十八的父亲来接"我们"回刘家大塆时与"母亲"接头的暗语，在外漂泊的游子返乡与革命者寻找组织通过共同的密约来完成，革命信仰与传统文化融会在一起，再次确证了作者的创作主旨。

黄冈地域性格和地方精神还体现在特殊方言中。"既表示很多、很大、很有分量，也表示惊叹、赞美，甚至还可以表示愤怒"的"嘿乎"以及由此变化而来的"不嘿乎""嘿乎嘿""嘿啰乎""嘿啰乎嘿"等，在小说中被作为黄冈人认乡亲的标志，"我"就因为少川能懂这些方言而在偶遇中产生了友谊，也为少川的身世设置了隐线。小说中交代，"嘿乎"这类说法过去只是黄冈一带人的口头禅，随着林家小弟领导的平型关大捷被广为传颂而普及到了外乡。从此，"嘿乎"逐渐成为乡愁的符号，林家老大到北京生活，只为了听听这"嘿乎"的说话声才让郑师傅前往；到了当下，老十一和紫貂竟然将"嘿乎"写成书法装挂在公司里，乡土文化、革命历史和时代生活发生了奇妙的反应。同时，革命也借助方言完成了向日常生活的演变，为黄冈地域文化增添了新的内涵。将父亲称呼为"伯"更为特殊，这个风俗是"五水蛮"时期巴人为躲避灾祸而形成的，作者据此设定了小说中两个主要人物老十哥和老十一的关系，传统风俗与叙事伦理之间遥相呼应，颇有同构的意味。同年同月同日生的老十哥"刘声志"和老十一"刘声智"是一对"冤家兄弟"，根源于传统的起名习俗导致了

---

① 刘醒龙：《黄冈秘卷》（后记），湖南文艺出版社2018年版，第478页。

老十哥在武汉被捕后走上了革命道路,也使兄弟二人产生了难以消除的隔膜。传统文化成为影响人物命运的决定性力量,如此复杂而精巧的情节设置体现着作者的实力和匠心。

以地方知识和地域文化为基础,对黄冈精神与地域性格做形象化和审美化的表述,说小说有为黄冈精神立传的意味倒也恰如其分。例如,林家的发家史是个秘密,"祖父"作为知情者对此守口如瓶,作为叙述者的"我"评议说:"看似由于执拗而百无禁忌的黄冈人,一旦认准某件事,哪怕用上美国佬攻打伊拉克的钻地炸弹,也无法撬开一条缝隙,给别有用心的人以可乘之机。"老十哥引爆汽车后回到黄州,用颇有传奇的方式找到海棠,作者对老十哥和老十一进行了一番对比后写道:"外面的人都说黄冈人特别执拗,恰恰是黄冈人情商太高所产生的副作用。情商太高的人,最大毛病就是没有办法为一时利益而低三下四,也会视嗟来之食为粪土,站在屋檐下还不知道低头。"面对"父亲"冒着生命危险排除水库泄洪故障,小说总结说:"整个黄冈,人人都在炫耀巴河莲藕比别处的莲藕多一个眼,真实的黄冈人,往往要比别处的人少一个心眼。"再回溯到老十哥对海棠的念念不忘和对革命的赤胆忠心,也与"少一个心眼"的执拗性格不无关系。

小说通过风物、历史和方言对地域文化和精神气象的表达,是以对家族史的书写为依托的,主要人物被看作家族链条上的个体而被塑造。以不同代际人物之间的关系呈现传统对个体的影响,是刘醒龙小说中的重要叙事特征,《天行者》中的新老教师,《燕子红》中的师徒,《圣天门口》雪、杭两大家族三代人,《蟠虺》中的三代学人,都是这样的人设。到了《黄冈秘卷》中,家族史扩展到了五代人,血缘固然是纽带,但自曾祖辈传承下来的家风才是凝聚后代的根本力量。小说中的刘氏家风似可用作者从祖父那里听来的"贤良方正"来概括①,个人德行莫不是"贤良方正"的外化。除了上述祖父和"我们的父亲"的言行,曾祖母更令人感佩,这位"方圆三十里人所共知"的苦婆靠讨饭养活孩子们,却从来不允许孩子们学她的样子去乞讨,她要他们从小就有不为斗米折腰的骨气,而且她从来要将

---

① 张玥:《刘醒龙:贤良方正,才可执拗》,《天津日报》2018年12月20日。

讨来的饭重新炒煮一遍才端给孩子们吃，以此保持人在生活面前的尊严。此外，姑奶奶、六师傅等人也具有这样的道德操守和精神品格，"我"从不为钱财写一个字的"执拗"性格显然也是在家风的影响下形成的。

在作者看来，黄冈人"执拗"的底气正来自"贤良方正"①，这不仅是传统文化的精髓，还是革命胜利的保证，也是《黄冈秘卷》的价值取向。

四、从"家志寓言"到"秘卷神话"

《黄冈秘卷》向后追溯可见的传统力量，向下反思现实世界里的精神蜕变，向前则建立起调和与超越诸般矛盾的生活模型。小说对家族史和革命史的回望，始终是在现实的坐标系中进行的，既呈现了传统精神与时代价值之间的紧密联系，又使二者同为鉴镜，互相映照，各自躬察到历史洪流中的衍生与异变。小说肯定了以乡土文化为主体的传统价值，将其作为现实生活的源流加以确认。被老十一和老十八苦苦寻找的《家志》是家族史的符号，也是传统文化的寓言化象征；被"我"和北童一心想搞清楚来历的高考秘籍《黄冈秘卷》隐藏着不可告人的世俗玄机，在现实生活中演绎着创富神话，作者通过它们的对比和卷入其中的人物命运，意在表明传统是厘定现实的圭臬，现实生活尽管令人眼花缭乱，但不过是传统土壤中长出的芽苗，终归摆脱不掉母体的特质。这与流行的"新历史主义"叙事对历史的颠覆式解释，或只看到社会生活与历史传统之间的差异性、对立性的历史观有很大的不同。

老十一是与老十哥伴生的形象，代表着文化传统中的另一重构成，表达着黄冈人在另外向度上的"执拗"。这位一生娶了六个老婆，暮年成为"王熙凤与刘姥姥的合体"式的"十一叔"刘声智，一出生就与"我们的父亲"刘声志有不同的性格，"智"代表着他的聪明，在后来的人生中，情商被智商掩盖，聪明逐渐演变成面对生活时的投机心理，比如在武汉不肯承认自己的身份导致姓名同音的堂兄被捕，为求自保与小娴结婚；在经济大潮来临之后迅速抓住商机，编印《黄冈秘卷》发财致富，成为县里的

---

① 张玥：《刘醒龙：贤良方正，才可执拗》，《天津日报》2018年12月20日。

成功人士等。老十一的性格和人生观并不是孤例,曾与祖父一同在林家大塆受雇的织工郑师傅、曾经担任过副县长的姜秀才等也是这样的人物。我们在老十一的命运中看到,尽管他打开人生的方式看上去无所顾忌、随心所欲,但他始终在传统道德与现时选择之间纠结,从而导致了矛盾的人生,老十哥被捕他不敢说明真相,但在抓捕过程中也不指认老十哥的身份,后来也想尽办法消除误会,甚至不惜成本赞助县里发放离退休干部的工资;他始终在意自己在《家志》上的记载,决心找到旧志,一方面想通过修志消除自己身上的"叛徒"污点,另一方面保证在自己还没有子嗣时他人不能续修新志,这些无不表明在他"反传统"行为的表象下,骨子里仍旧是一个传统的人。老十一忌惮的是以《家志》为象征的传统道德所具有的净化作用:"在《刘氏家志》面前没有人是彻底超脱的,任谁都会关心与自己相关的笔墨是正写还是反写","家志上写就的辉煌并不是后人的辉煌,家志上记载的耻辱却是后人的羞愧"。这正是传统文化在民族精神建构中最重大和最有效的意义。

作为高考秘籍的《黄冈秘卷》有着特殊的象征意义。当少川的女儿北童知道"我"是"秘卷"上的文章作者,就要扮作杀手杀掉"我",使"我"注意到了其中的蹊跷,从而揭开了谜团,老十一和紫貂的公司假借黄冈中学的名号出版了这个秘籍,其瞒天过海之术不免让人想到"伯"的称谓和取名的风俗。"秘卷"首先是一条沟通过去和现在的链条,将描写家族传统的文章嵌入其中,北童知道真相后与"我"和解,表达的是新一代对传统的接受,它串联起了海棠、少川、北童和老十一、紫貂与"我"等家族几代人的命运。此外,当王朤伯伯在父亲的帮助下打开县领导的红旗轿车后备厢,在名烟名酒之外发现的是已经被写满笔迹的"秘卷",说明在浮躁喧嚣的时代,黄冈人通过文化改变命运的希望仍在。其次,"秘卷"鉴照出世情百态,县里的主官海洋等人卷入了"秘卷"的推销工作,可见老十一和紫貂奉行的与传统道德相左的生意经畅通无阻;"秘卷"上那道无解的难题,连同妹妹的小女儿关于"白小黑兔"的无忌童言,以及没有被日本人破坏反而在抗战胜利后被当作日伪财产搬走的林家的铁织机,折射的正是历史和现实中的吊诡逻辑。

除了对传统价值的认同,对传统精神在现实中蜕变的批判也使小说具有批判现实主义风格,最典型的例子是王胤伯伯的形象和南门大桥、小轿车两个意象。王胤与父亲有着相似的性格和革命经历,他曾在解放黄州时抱着炸药包冲向城门,解放后又多次与父亲在不同岗位上搭档工作,他曾对"我"说:"我与你伯一个脾气,这辈子就交给组织了,任何小事上的放弃都是对组织的背叛。"但是,这样一位有着悲苦身世的老革命,离休后工资被拖欠,药费无法报销,逢年过节儿女都不来看望,过年时只得将药费单据贴成对联来表达无奈和愤怒。南门大桥作为进出县城的控制性工程,年久失修,每届县主官的施政纲要中都有重修南门大桥的计划却从不见实际行动,它始终作为对当政者的巨大讽刺而存在;王胤伯伯的遗体从大桥上经过,显然是对现实的无情批判和辛辣讽刺。小轿车也是威力巨大的批判武器,"我们的父亲"极度反感小轿车的态度首先来自国教授的影响。"不要去喜欢那些轿车,那是一具具活棺材!""哪个腐败贪婪的人坐上去,就会埋葬哪个腐败贪婪的人!""我们的理想就是彻底推翻这些坐在轿车上的贪官污吏!""什么叫革命?革命就是让这些坐轿车的人也和大家一样用两条腿走路!"小轿车也在他的生命中扮演了沉重的角色:他在小轿车里看到了老十一和小娴,也差点被炸死在小轿车里——出于对小轿车的憎恶,他帮助王胤伯伯截停了县里主官的红旗轿车。老十一和紫貂、海洋等人都知道他的脾气,从不敢开着小轿车出现在他面前。

批判也贯穿在全书中。老十哥担任第一区区长时,由于防火措施到位,全区没有发生森林火灾,而相邻第二区烧毁了万亩森林,但是,第一区的工作并没有得到上级表扬,反而是担任第二区区委书记的小冯因为救火成了模范人物,很快被提拔为副县长。另一个情节是,姜秀才担任了副县长,却将工资关系留在财政局,可保自己的退休生活无虞。这些例子有着双重批判作用,一是用以批判现实的不公正,二是用人物的结局警戒世人,贪图私利、投机取巧的行为都难逃历史的公道:小冯在火灾中被毁容导致妻离子散,虽获得提拔但最终只能在一家林场中孤独地走完自己的一生;姜秀才退休后悠闲自得,在财政系统的安排下畅游长江时呛水而死。人物形象的道德和命运之间必须存在因果联系,否则小说的价值导向就会出现问题。老十一的命运也在这个范畴之内,他具有"反传统"与"向传统"的复合性格,他的前五任妻子都未能给他生下一儿半女,第六任妻子紫貂在小说即将结尾时被查出怀孕,这固然令他欣慰,但他的漫长等待鲜明地表达了作者的态度,也是对读者的情感抚慰。

回到现实主义叙事中,雷蒙·威廉斯曾说:"在最高级的现实主义作品中,我们基本上是根据个人来认识社会,通过社会关系来认识个人的。这种一体化是居于支配地位的,不过它并非是想要达到就能达到的。如果它终于实现了,那将就是一种创造的发现,或许只能在现实主义小说的结构和内容方面创造出这种记录。"①《黄冈秘卷》中从"家志寓言"向"秘卷神话"转变的历史轨迹,正是基于对人与社会的关系的创造,这里的社会关系突出表现为人与历史(革命)和传统的关系。虽然没有采用新旧对立的简单立意,但内里仍然存在隐形的二元结构,尽管这种结构是松散的。在一些现代主义修辞手法营造的叙事圈套的遮掩下,试图呈现人在历史和现实的冲突与媾和中的情感变化,以及个体面对传统的姿态和这种姿态对命运的影响。勒内·韦勒克认为应当把"'典型'看作社会典型而不是普遍人性"②,在这部小说中,社会"典型"是强大的文化传统,无论是老十哥、王朤,还是老十一,他们的性格和道德形成仍然是以传统文化为基础的。

五、结语:以"父"之名"超父"

《黄冈秘卷》被称作是一部"向父辈、向传统精神致敬的作品",在小说的后记中,第一句话作者就说:"写《黄冈秘卷》,不需要有太多想法,处处随着直觉的性子就行。"之所以有这样的感悟,是因为小说里的祖父和父亲的形象,与现实生活中作者祖父和父亲的真实经历存在着很多重合的点位,这也是小说以"我们的父亲"为中心建立叙事伦理的根本原因。

---

① 〔英〕雷蒙·威廉斯:《现实主义与当代小说》,葛林译,见《西方马克思主义美学文选》,漓江出版社1988年版,第659页。

② 〔美〕勒内·韦勒克:《批评的诸种概念》,罗钢等译,上海人民出版社2015年版,第238页。

由于传统家族谱系是以男性血缘为纽带建立起来的,"父亲"一直在文学叙事中居于重要地位。有研究者将当代文学中的父亲形象分为《红旗谱》中朱老忠式的"革命型"、《创业史》中梁三老汉式的"传统型"和《青春之歌》中林道静的父亲式的"反动型"。① 在革命叙事中,《黄冈秘卷》中的老十哥无疑是个"革命型"的父亲;但是,面对新的时代生活,老十哥又成为一个"传统型"的父亲,处在了一个被子女引导和"改造"的位置上,从而成为一个超越了革命型和传统型父亲的"新父亲"形象。

在小说的结尾,老版的《刘氏家志》现世;王䎖伯伯的骨灰埋回了小秦岭,与他的生父王先生长眠在一起;老十哥接受建议,回到了刘家大塆被老十一修葺一新的老屋里;紫貂正式出现在乡亲们的面前,"十一婶"的称呼也意味着她被家族接纳;少川带领北童前来认亲,海棠的电话令老十哥一生的牵挂有了着落——那是早已超越了男女情爱的信仰之爱和生命之爱——母亲此时也超越了自己,她终于可以放下对海棠的嫉妒,热情问候曾经在内心深处潜藏多年的"情敌"。小说结束于极富寓意的场景中:"渡尽劫波兄弟在,相逢一笑泯恩仇",视《组织史》高于一切的父亲终于与高考秘籍《黄冈秘卷》的操盘手老十一握手言和,同意续修《家志》,革命信仰和家族传统在时代变迁中实现了完美的融合。老十哥回到故乡不是简单的叶落归根,是经历了革命洗礼后的再出发,他将会认同和接受新的生活方式,他的人生选择再一次证明了传统力量的强大。

小说通过人物命运呈现的主题走向和叙事策略,反映的也是作者一贯坚持的创作追求:忽略任何理论和实践技术的框架束缚,探索对传统文化进行符合中国人文化心理结构的审美表达方式,为拓展中国叙事经验进行创造性的努力。刘醒龙不因袭他人,也极少重复自我,在他的作品库中很难找到文本形态太过相似的作品,每一部作品都试图具有超越前篇的辨识度。他对乡土传统的重视使作品充满厚重的文化底蕴和经典特质,尽管《黄冈秘卷》中瞄准的是黄冈这个"小地方",主要人物形象也以熟悉的亲人为原型,但是思考的是传统文化精神何去何从的大问题。孟繁华曾说:"在我看来,不同地区、种族、群体中,那些具有'超稳定'意义的文

---

① 郑静:《当代文学中的父亲形象》,山东师范大学 2006 年硕士论文。

化结构,对族群的生活方式、行为方式、思维方式以及道德准则具有支配、控制功能的文化结构,就是文学应该寻找和表达的永恒主题。这种具有'超稳定'意义的文化,虽然也处在不断被建构和重构之中,但在本质上并不因时代或社会制度的变迁发生变化。"[1] 在《黄冈秘卷》中,刘醒龙以"家族史+革命史+个人史"的叙事脉络和"信仰+爱情+批判"的情感构型,通过"我们的父亲"老十哥的一生,将革命信仰和乡土传统统一于时代生活中,回答了苏东坡"三江自此分南北,谁向中流是主人"的"天问":以"贤良方正"为特质的传统文化精神才是历史的主人。

---

[1] 孟繁华:《新世纪文学论稿——文学思潮》,现代出版社2015年版,第102页。

山河之隐、俗世之私与灵魂之藏

——评迟子建《群山之巅》

先是《白雪乌鸦》，而后是《群山之巅》，读的时候是这样，谈论的时候也要是这样的顺序才好。这是因为我有理由相信，《群山之巅》里的人，都是《白雪乌鸦》里的人转世再生。在前者《白雪乌鸦》，是傅家甸，是周济、周于氏、王春申、翟役生、谢尼科娃；在后者《群山之巅》，是龙盏镇，是辛开溜、辛七杂、安雪儿、辛欣来，秋山爱子、季莫廖夫，如此等等。我不打算做二者的比较，但在对《群山之巅》的阅读过程中，这样的承接关系却时隐时现。即便真的没有文本上的连带关系，但在同一片土地上，也很难说相隔一百年后的两群人之间没有联系——只不过这种联系是隐秘的。《群山之巅》恰恰在用自身的逻辑证明充盈在山河、世俗和人的灵魂里的隐秘存在，以及它们与历史和当下的联系。

毛病就在于世事变迁之后，人人都成了无所畏惧的无神论者，睥睨一切的结果就失掉了对隐秘的禁忌与恐惧，于是言语行动失去了文化源流上的合法性，生活变得俗不可耐。《白雪乌鸦》写一场灾难，《群山之巅》中的世道沦丧是另一种灾难，但再大的灾难，也要像微小的鼠疫细菌那样击中每一个人、每一个家庭，才会造成巨大的破坏力。正是看到了同类的结局，潜意识中将自我命运的不可知结果与同类的遭遇联系起来，才形成莫名的惊恐。当命运来临时，恐惧已经不重要，本能则驱使心灵释放恐惧的压力。帕慕克说："文学最迫切的任务是要讲述人类的基本恐惧。"人类灵魂世界的世俗化过程就是这样找到这些秘密以及由此带来的恐惧，揭示它，然后打碎它。在《群山之巅》里，"白雪乌鸦"的后代们亦如此。

一、隐秘传统及其嬗变

《群山之巅》的调子落拓而哀沉，以至于迟子建本人在作品完结之后不是轻松，而是不得消散的拥塞："写完《群山之巅》，我没有如释重负之感，而是愁肠百结，仍想倾诉。这种倾诉似乎不是针对作品中的某个人物，而是因着某种风景……但或许也不是因着风景，而是因着一种莫名的虚空和彻骨的悲凉！所以写到结尾那句，'一世界的鹅毛大雪，谁又能听见谁的呼唤'，我的心是颤抖的。"我所关注的，是什么因素让作者感觉有"一种莫名的空虚和彻骨的悲凉"？而在小说的结尾，单夏在土地祠中强行抱住了安雪儿，安雪儿的呼喊固然是呼救，却充满抚慰孩子的善意和温情，又像是在向冥灵求助："单夏你快放开我，你不能欺负没有爸的孩子的妈！再说土地老看着你呢，你不听话，他会生气的！你放开我，我给你买奶糖，买新衣，买皮鞋，买帽子，买自行车！你要是不听话，我就给你刻块碑，让阎王爷把你收了去！"又是什么力量让安雪儿在某种危难的关头保持着女性本质中的善良和悲悯，以及对属于禁忌神灵之列的"阎王爷"的淡定信任？这牵涉到整部小说最初的推进力量，即对隐秘的尊重和推崇——在理想层面，是对传统文化中隐秘力量的展示；在现实生活，则是对存在于每个人身上的俗世之秘的追踪。屠夫辛七杂抱养的孩子辛欣来长大了，因为祖父和父亲"不光彩"的历史，辛欣来破罐子破摔的人生潦倒颓丧，竟至杀死养母王秀满，强暴了村子里能够预卜阳寿、沟通人神两界的"安小仙"后逃进深山。凶杀，强奸，逃亡，这些元素归结在一起，作者也破案、也追凶，但不把自己当作福尔摩斯，而自认是一个凭借看透神秘现象而揭示人世和人生真相的"占卜师"。因此她的叙事就带有半隐半明、半遮半透的诱人效果。找到并坦露中国北部民俗中无处不在的民间禁忌和神秘文化，以及当下社会里的人所具有的隐秘的内心世界和命运轨迹，是作者的叙事追求，也是人物消解命运压力的通关诀窍。

已经有学者指出过迟子建的小说中充满萨满教的文化观念[1]，在《群

---

[1] 霍玮静：《迟子建小说中的萨满教文化及其内涵》，《西江月》2012年第10期。

山之巅》中，我们再一次看到"万物有灵"的鲜活例证。大至山河天象，中至牲畜树木，小至花草都有生命和灵魂，都怀有比人高超的洞穿时空的能力。这是小说与民族文化传统发生紧密联系的重要方法，也是影响作品人物性格形成和推动命运转折的重要力量。开篇第一章中，作者写辛七杂与屠刀的关系，刀不仅是他的工具，刀自身要吃喝，有爱好，"屠刀也要吃喝，也要睡觉"，"在辛七杂眼里，它们最爱牲畜的油脂，所以屠刀越使越锋利，而放置久了，就会饿出锈来"。屠刀已完全跟人一样，具有了生命。动物也不例外，法警安平在枪决一个因继父酒后殴打母亲，一怒之下用菜刀砍死继父的青年时，安平满足了青年的要求，"收枪的一瞬，一只黄雀儿忽然从林中飞来，低低地盘桓在他头顶，发出鼓掌似的清脆叫声"，等到上了吉普车，"这黄雀儿竟一路追随"；而当一名谋杀情人妻子的女人要求行刑前去掉身上绳索的要求被拒绝后，一条老狼从林中蹿出，咬断了捆绑女人手脚的绳索，这头老狼曾经得到过女人的救助。而在鄂伦春人家里，马是家庭成员之一，作者写到当年安玉顺的母亲疯癫了，"夜晚到马棚和马说话，一说就是半宿"。

"在一切意识形态领域内传统都是一种巨大的保守力量"①，唯其保守，所以才有文化意义上的坚韧与顽强，上述泛神论思想才成为整个族群思维和情感习惯中的"集体无意识"，从而影响了个体的命运。也许可以看作这是作者采取的拟人化的文学表达手法，但它们首先是传统生活中真实的存在。而在此范畴中，关于某些具有异能的人能够通灵的说法也在传统或现实中屡见不鲜，而这些人也常常具有迥异于常人的外貌，"精灵"安雪儿就是这样的人物。她是一个侏儒，喜好刻制墓碑。除了这个奇异的爱好，她还有一个旁人无法达到的隐秘能力——能够预测阳寿的长短，因此被人称为"小仙"。但她的异能在童贞受到辛欣来的伤害后失效，这种伤害也带来另一个结果：侏儒长高了，异能消失的同时异貌也消失了，她成为一个正常的人。伴随安雪儿变化的，是整个龙盏镇人的浮躁不安。作者以此告诉读者悲摧的真相：隐秘消失于邪恶的侵入，在外力作用下，巨

---

① 〔德〕恩格斯：《路德维希·费尔巴哈和德国古典哲学的终结》，见《马克思恩格斯选集》（第4卷），人民出版社1995年版，第257页。

大的传统力量正在被世俗取代。

根深蒂固的隐秘传统，千锤百炼的传奇叙说，这是《群山之巅》原初的叙事动力，也显现出小说从故事背景到叙事方式都典出有据。传统中的秘密都是澄澈和温暖的，它们通过清洁人的灵魂来维护人间秩序。当人不再具有通灵神力，有生命的宰牲刀被用来杀人后，人与物均向僵死的物性看齐，一切神性不复存在，集体的神圣隐秘遽然而变为个人的秘密——隐私。

二、俗世隐私与道德颓败

到《群山之巅》，迟子建对人类个体命运的关注达到了一个新的高度。

通过主要脉络、中心人物和核心价值所支撑起的现实主义小说的整体性叙事，在这部作品中遭到了无情解构。散点视角之下，包含巨量信息的故事被像考古现场那样"打探方"后逐一解析，潜沉在中国北部松山山脉之下稳固的流脉已成涓涓，凶猛而至的则是传统破败之后混乱与嚣张的世事。尽管"一切已死的先辈们的传统，像梦魇一样纠缠着活人的头脑"[①]，但人群已绝少回望故园的沉静，传统的神圣隐秘已被俗世的隐私之乐所取代，个人的私生活成为维系彼此之间伦理关系的纲常。强调人物个体功能的叙事是文学民主化的表现，但当人类理想逐渐由内心趋向世俗时，这样的写法实则暗含了对传统道德和价值观念日渐颓败的隐忧，这是作者重要的意见立场。

依群山而建的龙盏镇有着作者理想中的盛大气象，只是这种气象在传统的裂变中变得七零八落。龙盏镇与林草深处的鄂伦春族群相隔并不遥远，但"镇"有了城的意味，"城"意味着陌生和等级，意味着少了淳朴而多了江湖。"南翼灿烂明亮，所居多是有头有脸的人物；北翼清冷幽深，住的多是生活底层之人。"作为镇长的唐汉成是龙盏镇最忠实的维护者，放火烧掉了建在龙头上的八角亭，以自来水工程的名义掘开了封住龙气的水泥路面，他还试图将安小仙打造成龙盏镇的招牌。只是唐汉成没有想到，

[①]〔德〕马克思：《路易·波拿巴的雾月十八日》，见《马克思恩格斯选集》（第1卷），人民出版社1995年版，第585页。

上述种种办法已经无力挽住"乌托邦"的颓势，辛欣来的凶杀和强暴率先开始了对理想主义者的诘难。原因在于，龙盏人已经不再安心做传统的继承人，他们在生活中强化自己的隐私，传统习惯与道德律令已经失去约束和教化能力，或者出于内心的渴望，或出于无奈的随波逐流，他们顺着欲望与利益的轨道走向传统的反面。

《群山之巅》写了龙盏镇上生活着的三代人，辛开溜、安玉顺、绣娘等算是第一代，辛七杂、王秀满、安平、安泰、唐汉成、陈美珍、陈银谷、陈金谷、单尔冬、单四嫂这一辈算是第二代，辛欣来、安雪儿、唐眉、唐志、陈庆北是第三代。三代人各自有着不同的命运，而他们的命运与土地和历史之间的关系，呈现了从神圣隐秘到世俗隐私的渐次衰变。第一代人对传统仍有强烈的崇拜，那个信奉"补丁是衣裳的花瓣，每个花瓣都有故事"的辛开溜在用一生的力量打一场保护孙子的秘密"战役"，以此洗刷自己"逃兵"的罪名；绣娘至老不离鄂伦春的白马华裳，她死后的风葬仪式宣告了传统的覆亡。第二代人则深陷于传统与现实的撕扯中，面对风气的转变，他们的心中渐渐有了属于自己的隐私，每个人都呈现了不为人知的那一面。辛七杂为不让父亲"不洁不义"的血脉流传，发誓找一个不能生养的女人，王秀满居然就偷偷做了结扎投奔而来，王秀满被杀，辛七杂恋上了榨油坊的金素袖；法警安平厌恶自己的一双杀人手，却与丈夫瘫痪在床的理容师李素贞惺惺相惜；单尔冬有了些名气便当起了"陈世美"。及至第三代人，他们日常的隐私已完全脱离了曾经的传统，毫无道德顾忌和怜惜。辛欣来因为自己身份的卑贱而倍感屈辱，为泄私愤冲动弑母并强暴安雪儿；唐眉因感情受到威胁而向竞争者下毒，给陈嫒造成了终生的残疾。

可以看到，第一代人对外在传统和内心生活有着强烈的感情，他们的精神世界依附于习俗和历史，就像那些无法接受火葬，宁肯早死也不想做第一个被火化的老年人。而后来者对隐秘的传统再无敬畏之心，悬在他们头上的"达摩克利斯之剑"则换成了欲望和名利的香蕉，集体的隐秘和道德的隐忍让位于个人的隐私。辛欣来被诬为纵火犯而入狱；有家室的汪团长贪恋风月，而唐眉又甘愿做他的情妇；陈庆北搜捕辛欣来的动力竟然来自为给父亲陈金谷找到合适的肾源；安大营开车接送林大花到汪团长处过夜的路上跌入江中，却被宣传为英雄，入葬青山烈士陵园，与那些浴血奋战的真英雄们平起平坐……这仿佛是整个乡村现代化进程的缩影，农耕或农牧时代形成的观念和生活方式遭遇现代性的冲击，传统反倒变得怪异起来。一个显著的例子是唐汉成这个龙盏镇最重要的保护者，为了防止矿藏开发破坏了这里的环境，竟然在斗羊大会上安排了一出令李来庆"羊挑工程师"的阴谋，但弄巧成拙撞伤了辛开溜。这正如费孝通所说："在我们社会的激速变迁中，从乡土社会进入现在社会的过程中，我们在乡土社会中所养成的生活方式处处产生了流弊。陌生人所组成的现代社会是无法用乡土社会的风俗来应付的。"[1]惧悼于这种变化，人的灵魂被埋藏在日益浓厚的世俗氛围中，作者并在小说中展开寻找和救赎。

三、找寻灵魂的秘藏

《群山之巅》中辛欣来杀人潜逃是一个引子，并没有成为贯穿全书的主线，因为围绕逃与找的书写没有形成连贯的脉络。龙盏镇上的人们，很难说哪一个主要哪一个次要，他们每一个人都是丰满的个体，每个人都是一座山，每个人都卓尔不群地行走在龙盏镇的街道上。但是，后来者已然不及前代的坚守，他们的人生朝向复杂的分裂，犹如群峰攒聚，却又各自为巅。在这人群之中，总有那样一些人具有强烈的自我意识，不随波逐流。仿佛格罗江一定有一个源头，松山山脉一定也有一个主峰，他们在繁芜的俗世生活中固守着超越了时空流逝而积淀下来的永恒之物，那是灵魂的秘藏，更是对平庸的俗世生活的反对。迟子建通过作品中的"身体叙事"和"灵魂忏悔"来实现对秘藏的寻找。

在迟子建的写作中，身体始终居于叙事的重要位置，它既是人与人之间发生关系的纽带，又是揭开灵魂之秘的工具。辛七杂首先厌恶自己"母亲是日本人、父亲是逃兵"的身体，因此他"成年后找对象，对媒婆开出的唯一条件，就是这个女人不生养，他不想让不洁不义的血脉流传"。而"身上散发着一股咸腥气"的王秀满，正是通过对身体功能的改变来

---

[1] 费孝通：《乡土中国》，中华书局2013年版，第8页。

实现对辛七杂的迎合。安雪儿命运前后的变化完全受制于身体，具有灵异功能时，她的身体是侏儒；当她成为一个正常人时，首先是身体长高了。安平的情人李素贞有一个身体瘫痪的丈夫，而丈夫也通过让李素贞对自己身体的抚弄，实现畸形的报复心理。陈金谷肾脏的病变，厘清了辛欣来的身份。而龙盏镇对传统的态度几乎都依赖对身体的处置，死后火化尸体、执行死刑由枪决改为注射死刑等。

除此之外，身体的构成部分特别是"手"常常在作品中具有神奇化的作用。法警安平和理容师李素贞因"手"得祸，也因"手"得福。安平曾处决过四十多个死刑犯，"好像他的手和他的手碰过的东西，附着冤魂，一经触碰，就会厄运临头"，他的妻子全凌燕因恐惧于他的手而离婚，"你都枪毙人了，就是以后不干了，我也害怕你手不干净"。但"有一个女人不怕安平的手"，她就是李素贞，而他们的畸恋也始自一次握手，"他们的手被人群冷落惯了，一经相握，如遇知音，彼此不愿撒手"。无独有偶，向前追溯，在《白雪乌鸦》中，她写到一个流落民间的太监翟役生的手，翟役生丧失了男性功能，但他的手大、绵软，不仅能空手捉鼠，还用以爱抚情人金兰。这双手还成为他命运的象征，当人们发现躲在教堂里的翟役生时，"熟悉他的人发现，他那随意拿取傅家甸人吃食的大手，原先胖乎乎的，每根手指都圆润得如一杆通明的白蜡，可现在它们失去了水分，跟鹰爪一样，瘦骨嶙峋的"[1]。

在身体的状态和反应中，迟子建深刻地表现了人物内心和情感世界的复杂性。在丧失了对集体隐秘的崇拜后，人成为孤立的个体，身体成为唯一的个人财富，人在道德和价值观念的支配下实现对身体的支配和使用，世俗的隐私在很大程度上是关于身体的，人的社会属性与自然属性发生了不可分割的联系。

在"身体叙事"的基础上，《群山之巅》还通过人的忏悔与反省缅怀传统，实现对灵魂秘藏的寻找与救赎。这在两个人物的身上有充分体现，一是李素贞，她在一个暴风雪之夜去找安平，她的瘫子丈夫被锁在屋里，因煤气中毒而亡。她"因过失致夫死亡，本来被法院判二缓二，无须入

---

[1] 迟子建：《白雪乌鸦》，人民文学出版社2010年版，第227页。

狱服刑，可她坚称自己有罪，居然不服一审判决，上诉要求执行实体刑，轰动了青山县"。二是唐眉，她下毒加害了陈媛，但她深陷罪恶感之中，为了赎罪，她将生活不能自理的陈媛带在身边，甚至为了照顾她而打消了结婚的念头；同时她作为安雪儿遭遇强暴的鉴定者，不肯作伪证，也坚持了真相和良心。李素贞和唐眉并不具备道德纯洁性，她们自负罪感的十字架，试图以更多的牺牲来弥补过错从而洗刷自己的灵魂，以获取道义上的谅解。

在此二人身上，隐含着作者关于道德救亡和灵魂救赎的崇高理想。而在小说的结尾，作者将安雪儿与单夏发生的纠葛安排在土地祠中，再一次加深了作者对传统覆亡和灵魂堕落的担忧。这是一个巨大的隐喻，土地祠是祭祀地神的场所，而地神在民间神谱中居于高位，同时地神又是承载世间万物的神灵，朱大可说："地神是对原始记忆的第一次反叛。人类开始认知置身其中的大地家园，它是一个巨大的托盘，支撑着所有沉重的事物——高山、河流、村庄、森林、庄稼、房屋、动物和人类自身。"①毫无疑问，在小说中土地祠是传统观念和神圣隐秘之力的象征。但当安雪儿遭遇侵犯时，她的呼喊只唤来"一世界的鹅毛大雪，谁又能听见谁的呼唤"。微弱的传统隐秘及德行力量再也无力阻挡当下生活中愈来愈烈的隐私产生，人的灵魂终将在喧嚣而浮躁的俗世生活中变成秘藏。

结　语

小说这种东西一上升到学理上，就很复杂。复杂的原因有两种，一是生活复杂了，当生活复杂到一定程度，小说一定会复杂，否则小说就无法反映和容纳生活。二是技术复杂，从认识论上说，小说的复杂技术多半是小说理论造成的；从实践论上说，是因为小说家在创作中对生活和理论的集中归并，才导致了"小说"这个文体如此硕大无朋。中国当代小说的发展，是一个从简单到复杂的进化过程。从1949年至"文革"结束，基于整齐划一的意识形态，小说书写的只能是生活的必然性，鬼子汉奸卖国贼

---

① 朱大可：《华夏上古神系》（上），东方出版社2014年版，第79页。

就是要失败，正义力量就是要取胜，"好"与"坏"的二元对立无可更改。必然性导致的结果一定是封闭，这些逻辑性、条理性、脉络感分明的作品，或平面化，或"高大全"，或"一边倒"，在某种角度上看就是简单。但从"先锋小说"以降，过去简单化的小说叙事方法已经无法适应时代思潮的嬗变，现实生活的种种可能性进入小说，"可能"意味着无限和开放，叙事取向的变化直接导致了小说向复杂化方向发展。在这样一个"进化之轴"上看《群山之巅》，以及《白雪乌鸦》《额尔古纳河右岸》《晚安玫瑰》等，就看到迟子建坚持不懈的努力已经为中国当代小说的发展做出了卓越贡献。

生命因为仁慈和坚韧而神圣

——评胡学文《有生》

胡学文的长篇小说《有生》皇皇上下两大卷，甫一问世就成为"现象级"作品，引起文坛广泛关注。这部小说深入乡村内部，融合了历史和乡村这两个中国传统文化精神的生发场域，是一部关于百年来乡村生活伦理的"百科全书"式的作品。小说通过一位半人半神的百岁老人一个白天和一个夜晚的回忆性讲述，把毛根、如花、喜鹊、罗包等数十位不同人物的命运糅合在一起，在作为主流的乡村叙事溃散之后①，重新构建起了一个全息的、活态化的乡村世界。这也预示着，胡学文正转向从传统中寻找长篇小说创作资源的新方向，《有生》至少在两个方面标志了他的创作达到了新的高度，一是从内容而言，在巨大的时间跨度之内对乡村生活做了整体呈现，对文化传统及其变迁进行了巨细无遗的表现，为以乡村生活方式为代表的传统文化赋形；二是从叙事上看，通过独特的叙事视角和结构方式对乡村生活所做的总体性表达，在延续日渐式微的乡村叙事传统的同时，虚实同构的表现方式对于现实主义写作来说也是创新性的探索。无论是作品的厚重程度还是成熟的艺术光泽，在作者的作品中都是前所未有的。在复杂的文本结构和情节线索中，《有生》不仅贯穿着作者对生命、人性和命运的独特理解，更隐含着中国乡村及其涵育出的传统伦理的多彩风貌，也显示出中国风格的乡村叙事中所蕴含的无穷魅力。

---

① 孟繁华：《新世纪文学论稿——文学思潮》，现代出版社2015年版，第54页。

一

"乡土文学或农村题材,是百年中国文学讲述的主要对象"[1],其间却有着乡土、农村和乡村等不同模式的变化,这些变化的根据来自小说反映的主要对象和叙事目标的不断调整。新时期以来,伴随农村社会变迁,乡村小说主要表现外部力量冲击下的传统乡村生活和农耕文化的衰变,以及新生活方式的确立。这些主题反复出现在《古船》《白鹿原》《尘埃落定》等作品中,而进入21世纪以后的《上塘书》《秦腔》《湖光山色》《麦河》等作品则不断将其放大。借由乡村变迁与乡村叙事之间的互动关系,我们得以窥见小说这一文体是如何对现实世界做一种"总体性"呈现的。

与上述作品专注于乡村与外部世界的关系不同,胡学文的《有生》以对乡村生活本体的书写呈现个体与现实的关系,核心旨趣是对存在意义上的生命价值的重视与阐释。这显然是一个形而上的命题,小说的叙事目标已经从生活中的经验世界抽离出来,经由精神的体验进入了理性的、哲学化的生命世界。所以《有生》的厚重,不仅仅在于篇幅体量和描写了苦难与生死,还在于它重建了生命与乡土,并由之延展到存在与世界的联系。也就是说,社会学意义上的乡村的整体性变化并不在《有生》的焦点处,而只是作为生命活动的背景和环境。作为小说标题的"有生"二字,据学者考证,"有两种语义。其一是有生命者,专指人类。其二是'活着的时候'",这两种含义"都切合于胡学文的这部长篇小说"。[2]小说故事情节的主线是被称作祖奶的乔大梅关于自己一生的讲述。祖奶是一位乡下的接生婆,她一生共接生"一万一千九百八十六人",其中也包括参与讲述的"五个视角人物",即毛根、如花、喜鹊、罗包和北风。祖奶及其家族的命运与五个视角人物以及数十个性貌各异的角色交织在一起,在回忆

---

[1] 孟繁华:《新世纪文学论稿——文学思潮》,现代出版社2015年版,第54页。
[2] 王春林:《坐标系艺术结构与叙述视角的设定——关于胡学文长篇小说〈有生〉》,《扬子江文学评论》2021年第1期。

与叙说中铺陈为乡下草民们艰涩的生存图景,而生命与生存、人与现实的博弈成为风云百年中生生不息的动力。对生命的仁爱和敬畏、对每一个生命个体的尊重和对生存意志的珍视和颂扬,是小说极为重要的主题取向。

祖奶是一个在文学史上不多见的艺术形象,既不是真人也不是亡魂,而是一个人神各半的形象。她拥有全知的智慧,但不会说不会动,只会在意念中讲述自己的思维和感受,而宋庄人有了难解的事,却都来她床前倾诉和祈祷。在乡下人的心目中,年老后的祖奶是通灵的,已与神无异。她之所以被神化,乃在于对生命无边的仁慈和敬畏。我们需要追问的是,祖奶的生命观是如何得来的?作者一是为其赋予了先验的预示,乔大梅作为一个一只脚先出来、"差点儿要了母亲性命"的"踩地生"的孩子,在已被放弃时才发出了一声咳嗽,因而被接生婆评价说"命大"。所谓命大,不过是在与刚刚开始的命运的搏斗中偶然成了获胜者,这仿佛也注定了她以后艰难坎坷的生命旅程。二是个人经历的死亡事件,使她感受到了生命的脆弱和活下去的艰难。铜匠父亲带着全家逃荒,不断有人倒毙在路边,"那些死去的独行者没人掩埋,任由日光暴晒,发臭发干"。而母亲也在逃难的路上难产而死,她和父亲一起亲手将母亲埋葬。这些都在她幼小的心灵里埋下拯救生命的种子。后来她因奸受孕,在公爹和丈夫的宽宥以及小姑子李二妮的冷嘲热讽下生产,精神和肉体的痛楚在孩子响亮的哭声中得到释放,未来的师父、接生婆黄师傅半巫半医的接生技术给她带来了重生的希望,成为她将来矢志以接生为业的直接动因。

前现代的中国乡村医疗技术落后,妇女生育是一道鬼门关,被称作"稳婆"的接生婆向来被寄予拯救"一身两命"的希望。经由"苦其心志"的磨炼,乔大梅的职业选择为其日后"成神"启帷;而作为人物形象,她也背负着叙事使命开始了性格养成之路,"从业七十余载,接生万余人"的经历为这个形象投上了夺目的光环。祖奶"命比天大"的"职业操守"是《有生》里最重要的价值观。这套价值观的形成不但在小说中是自洽的,而且也暗合了农耕时代中国传统道德迭代赓续的规律:对于一个并未受过文化教育的旧时代女性,祖奶的观念来自黄师傅口传心授的忌贪、躁、怒、仇、惧五条规矩,祖奶对规矩的接受意味着对自我的立法。在"五忌"的指引下,她在实践中苦学技术、积累经验,她接生过的对象既有一贫如洗的乡亲和逃荒而来的难民，也有家财万贯的地主钱广万的姨太太以及县长的老婆，亦曾为临近的内蒙古牧民和侵华日军的女眷接生。在她的生活中，没有比接生更重要的事情，不论时间和境遇，无论自己在忙何事，凡是因妇女生育来请则必然前往。去孟家坡接生，主家拿不出喜费，她说："我是接生婆，接生是天道，有了就给，没有就算，我不计较这个。"她被接往张北城接生，当得知是为日本人接生时，她有一丝犹豫，但看到产妇后就改变了态度："突然有一丝痛惜，我为刚才的迟疑而羞愧。作为接生婆，对所有的产妇都应一视同仁。"在乔大梅的眼里，所有的生命都是平等的，这种平等不附带任何条件，"产妇没有贵贱，没有不受疼痛的生产"。凭着对生命超越身份、地位、种族的慈爱，乔大梅在十里八乡拥有了"活菩萨"的口碑。她的名声令她备受敬仰，甚至多次因声誉而免遭土匪的毒手，但她也因此付出代价，自己的孩子白杏在接生路上生下来；带着生病的白果去接生，孩子在产妇家病重，去宝昌求医的过程中死去；她的做法引起第二任丈夫白礼成的反对，他带着白花出走后下落不明；而她为日本人接生的事则成为她日后的罪状。

从逃难到垦荒，从天灾到兵燹，《有生》里历史生活的主基调是苦难，这使得小说在对生命和生存的书写中弥漫着死亡的气息，有研究者据此认为胡学文创作《有生》受到了余华《活着》的影响[1]。除了祖奶本人，她的家人都在艰难世事中一步步走向死亡，这反衬出生存的艰难和生命的宝贵。祖奶的生命观不仅与"生死事大"的民间生命哲学一致，在生命平等的意义上也颇具现代性。而其后来被神化，成为宋庄一代现实的信仰被乡民顶礼膜拜，更与传统生命伦理观念一脉相承："中国人的宗教情绪，并不一定依附在建制性的宗教系统及其有关仪式，而是普遍地融合与包含在日常生活之中。"[2] 将祖奶的生命观放置在漫长的历史时空和动荡的时代变迁中，愈加显示出不凡的价值。

祖奶的经历是具有写实感的记述，但作者的现实主义手法并未沿袭传

---

[1] 王春林：《坐标系艺术结构与叙述视角的设定——关于胡学文长篇小说〈有生〉》，《扬子江文学评论》2021年第1期。

[2] 〔美〕许倬云：《中国文化的精神》，九州出版社2018年版，第144页。

统的老路,而通过兼容超现实的想象使小说具有了浪漫的色调,这是《有生》最明显的叙事特征之一。对作为视角人物的如花和喜鹊(树枝)形象的刻画也凸显了尊重生命这个主题,但为她们设置了脱离日常经验的行动。其一是对生活怀有美好愿望的如花,她喜欢花,在她看来花是她生命的一部分;因为花而与同样有着理想情结的钱玉结缘,婚后的生活浪漫而甜蜜。钱玉在矿难中不幸死去,如花却固执地认为丈夫变成了一只乌鸦,喂养乌鸦成为她生活的主要内容。其二是羊倌花丰收的女儿树枝因为救治一只受伤的喜鹊而被喜鹊报恩,鹊群甚至能够听从她的召唤飞来飞去,成为宋庄的一大奇观。我们在这两个人物身上看到,花和鸟被人看作了生命的另一种存在形式,仍然延续着人的意义。值得注意的是,这不但是一种移情的表达,而且有着现实的依据,胡学文生活的地域位处农耕文化和游牧文化的交会地带,是古老的萨满教流传的地区,万物有灵正是萨满教的基本教义。生命在不同风物之间的转换与萦绕在祖奶身上的神秘光环和意念讲述里的奇妙氛围统合在一起,共同构成了《有生》的独特气韵,无疑增强了对主题的表现力。

二

《有生》对生命的仁慈与尊重,除了通过用祖奶接生来直接表达外,还通过人物为了生存和信仰而与现实的纠缠和搏斗来表现。这部小说对历史的苦难叙事,一方面呈现旧时代因为社会生产发展水平低下而导致的物质生存条件的匮乏,例如饥饿、贫困、疾病等,另一面则是对物质基础之上由于权力、人性和社会境遇造成的生存艰难的书写,例如贫富不均、弱肉强食、巧取豪夺等。如果说肉体意义上新生命的诞生充满了偶然性,带有成长意味的命运在现实中的走向却与个人的意志有着必然的因果关联,因此后者在小说中的意义更加重要。

胡学文在后记中直言这部小说采用的是"伞状结构",而除了祖奶之外的五个视角人物每个人的经历都是一条次要线索,等于围绕着祖奶这根"伞柄"的五根"伞骨",共同支撑起了小说叙事的"伞面"。如花、毛根、喜鹊、罗包和北风是五个性格各异、棱角分明的人物,作者是爱他们的,以至于为每个人设计了区别于众人的鲜明标志,例如如花的花与乌鸦、毛根的枪、喜鹊肩头上的喜鹊、罗包的豆腐、北风的幻听等。面对生存的困境,他们都有着坚守自我、坚持理想与信仰、不与现实媾和的精神;犹如块块顽石与现实抗争,在倔强中显示出了生命意识的觉醒,是令人无奈却又不得不钦佩的形象。如花生活在一个"爹和娘三日一小吵五日一大吵,谁也不让谁。动手更是常事"的家庭里,她盆栽的花便一次次在打斗中遭殃。这些花仿佛是她的第二条生命,养花所费的心思远胜于打扮自己,母亲因此认定这是她嫁不出去的原因。当她烫头回来在集市上遇到宋庄卖花和杂货的钱玉,本以为玩笑的对赌将二人的心连在一起,那是她天作之合的丈夫。婚后的如花没有陷于鸡零狗碎的日常,造过风力发电机和飞翔机的钱玉满足着她的理想生活,在田野里看闪电、看雪,倾听花开的声音。他们的"胡来"招致钱庄的批评教育,但钱玉以自己的道理回复哥哥:"各人有各人的念想,各人有各人的活法,人活成一样的,就成机器了。"这无疑是来自主体意识的本真呼唤。为了完成丈夫的遗愿,如花无微不至地照顾弟弟钱宝,甚至选择嫁给钱宝;毛根误射乌鸦,她认为毛根射死了她的"鸟丈夫",她将鸟埋葬在钱玉的衣冠冢旁;乔石头要承包垴包山,面对宋品、钱庄和嫂子宋丽华的轮番攻心,如花也坚决不同意在换地协议书上签字,她的理由是:那块地是她和钱玉耕种过的。认真分析,与其说如花是在思念丈夫,毋宁说是在守护自己的内心和生命中的梦想。从世俗角度看,她的做法是偏执的,这种面对生活的态度并无实际意义,但唯其如此她才能生活下去,她才不是"机器",这让人看到了生命的光华。

与如花相似的女性形象还有喜鹊。喜鹊的父亲是羊倌,一辈子窝窝囊囊,但他能把几百只羊当作自己的孩子一一区分开来,熟悉它们、爱护它们,"羊倌宁可让狼把自己吃了,也不让狼伤了羊"。他的妻子白凤娥与供销社售货员勾搭成奸,差点将其谋杀,但他没有勇气选择与她彻底了断;虽然最终他杀死了出狱后的白凤娥,但他的形象已无可改变。值得庆幸的是,在这样的家庭环境下成长起来的喜鹊并没有遗传父亲的性格,反而成了一个孤傲、泼辣、刁蛮,像斗鸡一样的姑娘。她无视乡间的观念羁绊,当白凤娥入狱后她张罗着给自己的羊倌父亲买个媳妇;当她在出行的路上被恶人在莜麦地里奸污,而"她放弃报案,白凤娥与羊倌成了宋庄乃至营盘镇的公众人物，她绝不让自己步他们的后尘"。她还试图将弟弟培养成一个有骨气的男子汉，不让人们喊小名，而必须称呼大名"花志钢"。但她的精神世界是需要补偿的，因此十分欣赏那些有阳刚之气的男人。小时候暗恋敢捅马蜂窝救人、单身制服惊马的乔石头；成年后去张家口的鞋城打工，下班途中遇见黄板打架，黄板的男子汉气概一下子打动了她的心，以至于后来黄板在垴包山中打洞挖宝直至在洞里生活，她都是支持的。她像如花一样，不肯让出埋葬着喜鹊尸体的地块，坚持让乔石头亲自来跟她谈；但旧日的情分让她成了乔石头心上越不过的一道坎，乔石头选择了在夜晚砍掉这道坎，喜鹊为自己的坚强和坚持付出了惨重的代价。尽管喜鹊与如花都有着固守自己内心的偏执性格，但这两个人物形象是有差别的，如花是一个没有得到启蒙，也没有融入现实的人；钱玉在世时是她生命的领路人，但当她孤身一人时她就成了无头苍蝇，混混沌沌地沉迷在自我的世界里，自己成了命运的敌人。喜鹊与她截然不同，喜鹊从小就有一个坚毅的信念，那就是让自己和家庭摆脱因为父亲和母亲导致的固有形象，她一生都在为实现这个目标而与现实斗争；尽管她的命运以悲剧结尾，但明明白白地活出了一个灿烂的自我。

　　在乡村传统伦理格局中，男性占据主导地位，是一家之主，女人是男人的附庸，以至于"牝鸡司晨"乃不祥之兆。但《有生》并未选择男性视角，而透过女性形象观察乡村伦理和农民与生存困境的抗争，在与男性的对比中更有利于呈现其作为生命代言者的典型性。尽管小说中的男性形象有积极的一面，但普遍缺乏通常意义上的男性气质，且不乏懦弱、感性、优柔寡断和孤注一掷的性格；作者让他们的人生陷入困局，以此来表现生命意志与人生命运之间的复杂关系。毛根、罗包和写诗时笔名北风的杨一凡是作者着力塑造的男性形象。毛根是猎人的后代，以父亲没有继承爷爷的好枪法为耻，他在报复食品公司过秤员王保对自己父母的欺侮时表现出了男人应有的血性；但他又为情所困，沉湎于对帮助自己照看病孩的邻居宋慧的暗恋，在深陷遭拒后的苦闷中又心心念念难产故去的妻子，并在亡妻的坟地里搭建房屋阻止对垴包山的开发，其做法与如花、喜鹊如出一辙。罗包似乎是个成功男人的形象，这个害怕母猪但熟谙豆子属性的豆腐坊主被麦香的香味征服，他不介意她与南方侉子私奔的恶行而向她求婚，但婚后麦香的自私和狭隘渐渐表现出来，这使他们之间出现了难以弥补的情感裂隙；豆品事业发展到镇上，他的仁义之举很快使产业独霸一方，安敏的出现抚慰了他孤单的心，他违背道德与她同居，但麦香坚持不肯离婚。一个勤劳善良、为人敦厚的男人就这样在情感与道德的罗网中束手无策。北风作为乡镇干部的正面形象出现在小说中，但他毫无来由地患上了幻听症，上班路上与养蜂女的交流和一场火灾联系在一起，他想尽一切办法都无法找到真相，精神世界濒临崩溃；尽管从方鸿儒那里接受了一番关于信仰的启迪，但他只能以诗歌的方式对抗内心深处无尽的焦虑。

除了"伞骨"，小说也塑造了另外一些在性格和德行方面不符合社会对男性期许的角色，最典型的如宋慧的男人杨八叉，他经营的磨坊倒闭，又被南方侉子坑了一次，从此就垮掉了，整日以酒浇愁，靠打老婆出气。其他还有带着属于自己的孩子，抛下乔大梅一走了之、杳无音讯的白礼成；利用祖奶的威望，看似建祖奶宫修善积德，实际却企图借机敛财的乔石头等。这些人物既有无助和迷茫，也有投机和权宜，但也不乏生命中爆发出来的真性情，是一群从现实中可以找得到原型的人物。显而易见，这些形象被用来与女性对比，代表着生命的另外一面。像如花、喜鹊和毛根这样保持了生命的倔强和坚韧，与现实为"敌"的形象经常出现在胡学文的中篇小说中，也是他小说里最重要的精神价值之一。《麦子的盖头》中的麦子、《飞翔的女人》中的荷子和《一棵树的生长方式》中的姚洞洞等都是如此，这使我们意识到他在这些人物身上寄托着自我对生命的理解。"胡学文的小说深刻且彻底地表现了农民的生存绝境、他们的仇恨和无望中的抗争。他写出了农民的主体性，写出了他们确认自我的独特方式，那是乡土中国在现代性的尽头表现出的强大能量。"[1]显然《有生》延展并深化了这些特征。

---

[1] 陈晓明：《中国当代文学主潮》，北京大学出版社2009年版，第583页。

三

  《有生》虽不志于描写地理上的乡村本身，但客观上仍然以人做主轴为乡村伦理和传统文化精神立传；《有生》关于乡村所做的总体性叙事，使之与百年来的乡村生活形成了同构关系。祖奶和其他五个角色的经历犹如经纬线穿插往复，结构出了一个以营盘镇宋庄村为原型的中国传统乡村生活模型。借助作者的叙述，我们不仅能够体悟到黄土地上"生远比死艰难"的残酷逻辑，还能窥见乡间风物、世情民俗和乡下人的喜怒哀乐、爱恨情仇，了解已经在某种意义上构成了民族无意识的传统思维方式。"《有生》几乎可算作乡村版的'清明上河图'，所有在乡村发生和可能发生的在这部阔大的书中都可寻见影子，我们熟悉的人和事件都可在这里寻到，更重要的是，他们的固执、冲动、善良、奸佞、虚荣、忐忑、怯懦和欲盖弥彰的欲念，都在其中有所展示。"①

  《有生》中体现出的民间立场在当下的文学现场弥足珍贵，"作家没有明确的民间立场也就没有明确判断生活的尺度，价值观念也难确立"②。读罢《有生》会知道，假如作者不是在乡村长大，并且对乡村怀有特殊的感情，是写不出这种绵密的质地来的。当下乡村叙事的衰败固然跟乡村生活本身的变化有关联，但很大程度上却缘于作家乡村经验的稀薄和处理乡村题材能力的弱化。站在城市立场上，纯然以唯物主义的进化和进步为标准俯瞰和审视乡村，看到的可能只是愚昧和落后，却看不到乡村民间伦理中温暖的文化、人性和情感韵味。因此，"胡学文的叙事所具有的亲历性，或许是现代性乡土叙事最后的景观"③。作为全景式书写乡土的作品，《有生》中的乡土生活具有标本意义。

---

  ① 李浩：《胡学文〈有生〉："体验"的复调和人性百科书》，《文艺报》2020年8月28日。

  ② 关仁山：《我心中的雪莲湾——与关仁山谈〈白纸门〉》，新华网河北频道2007年4月13日。

  ③ 陈晓明：《中国当代文学主潮》，北京大学出版社2009年版，第583页。

例如，民间神秘文化为《有生》涂上了一层特殊的光晕。中华传统文化源远流长，其中的主流健康、进步，是促进中华民族数千年来不断繁荣发展的根本性力量。但是受到古代生产力发展水平和统治者为了维护利益的需要，也有一些反科学的、反理性的、蒙昧的东西存在，这是需要我们加以鉴别和批判的。不得不说，民间的诸多因素共同影响了中国人的思维观念，其中之一就是多与天命、神鬼、术数等相关的神秘文化，"对传统民间生活的书写，是发掘、检讨或继承传统的一部分"。在小说中，祖奶这个形象之所以立得住，除了她所具有的人格和道德感染力，还体现在附着在她身上玄奥的神秘现象。小说从民间神秘文化那里借来了力量，暗通了传统观念和中国人寄托情感的方式。首先是作为叙述者的祖奶，不会说不会动，但有灵敏的耳朵、敏锐的嗅觉、顺畅活跃的思维，我们犹对她靠嗅觉闻吸味道获得生存的营养和将意念中的感觉表述为像蚂蚁一样窜动的能力记忆深刻，麦香给祖奶做饭主要是制作有味道的食物，而当"蚂蚁在窜"的陈述句式出现时，表明祖奶进入了具有全知视角的神的境界里回忆过往。其次，作为接生婆的乔大梅从黄师傅那里继承来的接生过程亦具有神秘感，书中记述乔大梅跟随黄师傅去西大营的产妇家时写道："与前几次一样，她剪了几个8字形符号，点燃后将灰烬与清水搅拌，含在口中冲产妇喷了三次，并念念有词。"在这套仪式中，符咒、喷水与道家法术一般无二——在古代，医和巫是重合的身份。但我们并不能将这套仪式全都理解为迷信和糟粕，实际上，连同将祖奶塑造成为一个半人半神的形象，也有着非常明确的实用意义，即能为当事人带来强烈的心理暗示，从而发挥实际作用。在分娩过程中，产妇被三口符水喷过，往往会减轻疼痛。仪式只是一个形式，具体过程和所用的"法器"并不重要，这在乔大梅的一次疏忽中可以得到证明：乔大梅独自去接生却忘了带黄表纸，甚至师傅都未曾教给她咒语的内容，但她直接用水喷了三口，只是动着嘴巴，并未念出什么，但"刘旺媳妇的疼痛减弱了"。祖奶是宋庄人的信仰，他们向她倾诉和祈福，多半都能从心里得到来自祖奶的回应，以至于想杀人的杨铁匠也来祈求祖奶保佑自己杀人顺利，但因为跪得时间长了，他腿麻了，出门时跌了一跤，他由此认为祖奶在规劝自己从而打消了杀人的念头。这是胡学文极为高明的地方，他为祖奶这个形象注入了传统文化的诸多内涵,使之成为乡村道德和精神的代言人。

　　肯定和认同传统民间生活伦理,是《有生》表现乡村的重要内容,例如农民与土地的关系。费孝通在《乡土中国》中说:"靠种地谋生的人才明白泥土的可贵。城里人可以用土气来藐视乡下人,但是乡下,'土'是他们的命根。"他还讲过一个语言学家的事,而其发生地恰恰就在胡学文写到的张北一代:"村子里几百年来老是这几个姓,我从墓碑上去重构每家的家谱,清清楚楚,一直到现在还是那些人。乡村里的人口似乎是附着在土上的,一代一代地下去,不太有变动。"《有生》亦可看作一个关于人与土地关系的宏大寓言。父亲带着乔大梅和母亲逃荒的原因,是"父亲吃了场官司。按父亲的说法,他中了别人的圈套。房屋没了,地契没了",从而失去了生活的根基,只能成为流民。而他们之所以去塞外,是"听说塞外一个烧饼就能换一亩地"。父亲带着女儿按照李贵的指引来到营盘镇宋庄,先是寄居在李富家里,在这里了解到了李富如何用五年的时间"啃"出了六亩地,于是也决定要在坛包山上去开垦土地。当父亲看到乔大梅和大旺辟出的一块席子大小的地时,作者用细节描写:"父亲抓起土块,在手里捻捻,又闻了闻,撮了一点搁到嘴里嚼了嚼,眼睛突然湿了。"一个从内地流浪到塞外的农民面对属于自己的土地时的激动心情赫然在目;而后来父亲的话则更加明确了土地与生命的关系:"父亲后来说,他闻到了虞城的气息。那气息混杂着麦粒、玉米、豆子,或许他还听到了水塘的蛙鸣。"虞城是乔家的故乡,这段话表明,在农民看来,哪里有自己的地,哪里就是养活自己的故乡。在后来的故事中,乔石头意欲开发坛包山,宋品挨家挨户做工作,动员人们签换地协议,重要的补偿条件就是用宜于耕种的滩地置换坡地。如花、毛根、喜鹊等不同意置换土地固然有各自的特殊原因,但隐喻的仍然是人对土地的眷恋与不舍。具有修辞意义的情节还有黄板在坛包山上挖洞探宝等。

　　在农耕时代,土地是最重要的生产资料。在这部小说中,胡学文抓住了乡村题材写作的"牛鼻子",罗包离开村里去镇上开豆腐坊和饭馆,乔石头承包坛包山,宋庄的根本性变化就是从改变人与土地的关系开始的,这为村庄变迁奠定了物质和历史的基础。在生活境遇和精神文化层面上,《有生》写出了百年来中国农民的生存情态,近现代史上的苦难生活表现在作品中，主要用来与生命的脆弱或坚韧产生对比，以增加叙事张力。此外，传统乡村道德也是作者着力要表达和弘扬的内容，体现着作者的价值立场。祖奶的善良、慈悲、仁厚以及敢于直面生活的勇气令人钦佩；尽管作者对乡村生活是"亲历性"的，但祖奶的形象体现的仍然是美好想象中的传统精神和人格的化身。其他角色如李富、李大旺、白礼成、宋慧、安敏等人物，尽管百人百性，但身上的某一隅都保有道德和人性的光辉；甚至李二妮、宋丽华、王大翠等这些功能性角色，也并非一无是处的"坏人"，时而也会闪现动人的光芒。由于背负了太多的历史遗产，中国乡村文化的启蒙转化是困难的，就像费孝通所说："从土里长出过光荣的历史，自然也会受到土的束缚，现在很有些飞不上天的样子。"因此文学叙事"唱衰"乡村也成了一种流俗，但《有生》回望民间和传统并未陈陈相因，而既有有节制的赞赏和叙说，亦有反思和批判，这构成了小说在主题上的丰富性。

结　语

由于极广大的地域和极多的人口，多样性似乎是中国乡村的最大特征，因此有外国研究者认为，"一般来说，对中国的任何事情都很难进行可靠的概括"[①]，《有生》似乎对此做了某种回应，它借助对时间和叙述视角的巧妙处理，将宏大叙事与日常经验、传统文化与个体精神、家族传奇与家国情怀统合在一起，因而被誉为"一种文学的大气象，一种艺术的大营造。捍卫了长篇小说这一伟大文体的尊严"。回到文体意义上观察这部作品，大跨度的时间，具有"根据地"意义的、写实化的地理空间，琳琅满目的人物群像，以及结实坚硬的语言和故事质感等，都昭示出其在高难度上实现了高完成度。小说在对乡村进行整体性、现代性观照的基础上，通过祖奶等高度艺术化的人物形象，写出了辽阔时空中生命的卑微与崇高、脆弱与坚韧、平凡与神圣，充盈着乡村传统透射出的质朴与温暖，具有洞达人性和人心的情感穿透力。在叙事特征上，胡学文已在后记中把"秘密"

---

① 〔美〕明恩溥：《中国的乡村生活》，陈午晴、唐军译，电子工业出版社2016年版，第109页。

说破，即祖奶的虚构身份和"伞"状结构，虽然这对于理解小说的审美价值是有帮助的，但同时也会将读者对文本的判断导向狭窄的路径，尽管未作为小说正文出现，但我也认为这种自我坦白式的"交代"并不足取。当然，作者的考虑是在文学正因为媒介变革而发生革命性变化的背景下做出的，我们亦能理解他的苦心。由于使用了"伞"状结构，在对时间的处理上就显得从容不迫，回忆与叙述杂糅，历史与现实交错，这就有效解决了"一日长于百年"的叙述难题。

沉默的闪电，或"70后"的有限性
——评徐则臣《耶路撒冷》

新书《耶路撒冷》里夹着一张小书签，上印一句话："上帝或许不在，但上帝的眼必定在。"这句话听起来有点"扯"，有种"皮之不存，毛将焉附"的怪异。但谁又说它没有道理呢？将宗教归结为怪力乱神似乎大不敬，但无论是本土的"人在做天在看"，还是这句附会《圣经》教义的话又有多少差别呢？倘若刨根问底，则人世间只有两种东西可以成为它们的具象：时间和历史——除了霍金那样的物理学家，其实在普通人看来，这两样东西是一回事，没有人，就无所谓时间，时间是由人来定义的；没有人，也就没有历史，历史或者时代，就是有了人之后时间的历史。照这个角度再看书签上的那句话，或者读《耶路撒冷》，就很有意思了。

一

现在网络上流传一种"架空"小说，一个故事可以发生在任何时代，像碑帖里的"石花"，漫漶了背景，"宋人唐装"或"夷人汉服"也不算怪事。这不能说是对历史的不尊重，或者在他们看来这是另一种处理方式。我没有做过调查，写"架空"小说的是哪类作者，是否具有代际特征。但是，"架空"应当不是"70后"作者的首选，徐则臣和他的《耶路撒冷》直接揭示了两种原因，一种是"70后"作家是有历史感的，因为他们从懂事起就在历史的严肃中而不是在娱乐的轻浮中浸淫；另一种是"70后"作家认识到了自身的有限性，当他们面对当下时，缺乏脱离公共历史和个人经验的自由飞翔勇气，他们身上或缀满来自历史的铅块，或被心理和性格上同型号的镣铐所牵绊，这是他们的局限性。

看过《耶路撒冷》的文本，就知道这个题目很文学化，很有人生性和信仰性；但也会发现，徐则臣并不是要兜售什么耶路撒冷的文学地理学，他念兹在兹的却是运河边上的花街诗学。同时也会发现，小说并不是在进行人生和信仰的教化，更不适宜套用当下流行的"张三李四的奋斗史"这样的句式，将其简化为"初平阳"或"易长安"的奋斗史。它到处充满年代感，初平阳、易长安、秦福小、舒袖、天赐、铜钱等，他们的出身和出生，他们的成长与死亡，他们的过去和现状，他们的出走与回归，他们看待和处理问题的方式，都带有鲜明的年代烙印。他们是不是"时代"的产物也存疑，因为"时代"这个词总归是一个用来对时间进行限制的术语，无法将初平阳"每天都在琢磨三十到四十岁之间的这拨同龄人"限制在哪个时代。固然霍布斯鲍姆对"时代"有精确的提炼和命名，但跨度太大了也就失去了准确性。是"集权时代"还是"启蒙时代"造就了他们？都不好说，只能说他们是"跨时代"的。

一牵涉时间问题，就容易给作家造成麻烦，因为时间的保鲜期很短，转瞬就是历史，写当下往往就会变成写历史。而一旦牵涉历史，就不是"教化"和"奋斗"那样简单了，它就要有纪传表志，就要有礼乐仪制，也就要有庙堂与江湖，那就将是庞大的、驳杂的、丰厚的叙事。这对任何作家都是一种考验，因为假如不选择"架空"，那么你就不可以忽略历史的要素，就不能露怯，就不能出现丢人现眼的硬伤。《耶路撒冷》的叙事有一个显著的特征，就是它将个人成长与历史经验很好地结合在了一起。应当说，小说的虚拟性很差，它做的是一个重述历史的活儿。或许花街、运河的史志或大事记上，不会出现杨杰和他的水晶，不会出现翠宝宝纪念馆的开馆仪式及那个隆重而热闹的研讨会，甚至也不会出现初平阳、齐苏红、吕冬他们的名字。但是，作为读者，我不敢断言在那个年代里，花街上走过或者当下正在花街上走着的人就一定没有叫这些名字的，也不敢说徐则臣不是把那些人换了一个名字写到了小说里。

二

《耶路撒冷》没有办法概括成一个故事，也很难说得清其中谁是主角谁是配角，它不是一个事件性和人物性的小说；说它是一个观念性的小说吧，似乎也没有哪种明显或主流的观念被置于叙事之上。这就如同一段历史——哪怕那段历史是非常短的——很难用单一化或扁平化的人物、事件或意识形态指代，它必然是立体的、丰富的。毫无疑问，丰富性是《耶路撒冷》的重要叙事取向之一，而这种丰富性又显示作者站在高处，对历史以及伴随着历史成长、发育起来的人性有着理性的把握，或许可以称其为用文学方式展开的关于历史与个人经验的回忆。当然，面对文本，可以用居高临下、全知全能这样的语汇对其给予某种角度的批判，但是，我相信张清华在《中国当代先锋文学思潮论》序言中的话仍然适用于徐则臣和他的《耶路撒冷》："假如没有对于中国当代'大历史'或'历史的大逻辑'的整体思考认知，那么也就很难获得最终有效的历史建构与文学史叙事。"

初平阳是小说里的叙述者，他有时出现在文本之中以第三者的口吻讲述自己的故事，更多的时候隐在文字背后讲述别人的故事；他也跳出文本来通过《京华晚报》专栏文章的方式与读者展开对话，交代他们关心的事或生活观，甚至给读者揭示故事的来龙去脉。比如，在作者"引用"的第一篇专栏文章里，初平阳说："为了免掉各位读者的猜谜之苦，需要告诉大家的是，此番回故乡我是为了卖房子。我将去耶路撒冷念书，那个有石头、圣殿和耶稣的地方。我不信教，只是去念书。耶路撒冷，多好的名字，去不了我会坐立不安。"他出生于70年代，北大博士，出生在花街，在运河边长大，故乡产水晶；在北京有一帮同龄乡党，其中一个叫易长安，是个做假证的；凤凰男，乐于助人，有情有义，能写能说。我没有考据癖好，但也不能不在初平阳身上看到作者自己的影子。其实这也难怪，与那些架空的、纯然虚构的、隔山打牛似的写作不同，《耶路撒冷》这样的作品必然不是单纯靠想象能写得出来的，作者不能置身事外，他必然要从中寻找一个代言人以完成并深化叙事，也正如此小说才得以保持鲜活性和丰富性，而作者的个人经验以及处理经验的能力则是叙事成功的基本保证。

　　《耶路撒冷》是丰富的，也是复杂的，复杂的另一个说法就是丰富。在小说中，文明的变迁、精神的断裂、心灵的回归纷至沓来，人物千姿百态也千变万化，他们身上都具足了那个年代的特征，显得饱满而沉重，纷繁却又孤独。这些人可以有这样一种分类方法，走出花街的人、留在花街的人以及走出之后又回归的人，前者是初平阳、杨杰、易长安、秦福小、舒袖；中间是天赐、铜钱、吕冬、齐苏红，回归者则是舒袖、秦福小。他们有着近乎相同的童年经历和青春记忆，一同在运河边上的花街长大，关于"文革"，关于知青，关于生产队，关于穿解放鞋的耶稣，关于大和堂的初三针，关于秦环和她的斜教堂，等等。他们无论男女，都是童年的玩伴，"三个朋友去寻找一个女孩"的经历直到三四十岁还是会让他们的心跳加快。他们甚至有着相同的理想追求——走出花街，到世界去。初平阳、杨杰、易长安相对地、暂时地成功了，但是铜钱、景天赐、吕冬失败了，铜钱只得固守一个残缺的梦，天赐杀死自己失去了生命，吕冬就在和齐苏红的争吵中一遍遍想福小跌坏的尾椎骨。秦福小和舒袖中途退却，前者缘于内心对天赐的愧疚和怀念，而后者则是面对生存的艰难不能掌控自己。他们身上带有那个时代的诚实和坚韧，我们得允许有这样的人物出现，因为他们就真实地存在着。

三

　　《耶路撒冷》一直在诱使我产生这样的阅读期待：揭开初平阳和耶路撒冷之间的关系，或者这个问题用另外一个方法表述，即揭开花街、大和堂与耶路撒冷之间存在的叙事联系。同时，我也在给自己设疑，在这群"70后"的人物群像身上，是否可以像海登·怀特那样问一句"究竟发生了什么"，以便揭开他们的行为是这样的，而不是那样的。"究竟发生了什么"并不难回答，尽管徐则臣的叙述使用了较多的修辞，搅乱了事件和时间的连续性，但并不难总结出发生在这些人物身上的事。但我想知道的，不是这些事情本身，而是隐藏在背后的发生机理，以此才有助于理解历史、时间与人物的关系，以及作者在作品中所秉持的伦理立场。

"70后"的出生和童年时期,生活没有现在这样丰富,可变的东西是有限的,处处可见的规则和不能超越的想象规定了这一代人的出身和成长。"70后"的抱负,很大程度上是本能对现实的反抗,就如同小说里的这些人。看看初平阳专栏文章《恐惧》中的调查就明白了,没有一个人肯对外在的制约表达过恐惧,他们只恐惧那些与自己内心有关的东西。易长安是个典型的例子,对父亲易培基的逆反从小持续到大,甚至这种逆反成为他成长的动力:"他的数学一向很好,但高二分班选了文科,原因很简单:他爸让他学理科,他只好选文科。"他爸说你学文科也行,但"只要别当老师就行。臭老九最没出息"。高考填志愿时,从头到尾他填的都是师范院校。毕业后他爸希望他在市里找个好学校,但毕业前夕他找到学生处主管分配的副处长,主动要求去最困难的乡下中学教书,被误以为真要献身祖国的教育事业。校长在大会上公开表扬他,还授予他"优秀毕业生"称号,但易长安自己明白,"他没有那么高的觉悟,他只想让易培基不舒服"。教了几年书,他辞职不干,"他爸让他考公务员或研究生,他辞职去了北京,成了个办假证的"。

无独有偶,吕冬也亦然,只不过他的逆反对象是母亲,那个钢铁厂的党委书记兼厂长,在家里说一不二,无论吕冬身在何处,"都能听到十七年来一直让他肝颤的声音",小时候他还被当女孩养,以至于习得了一手好女红。而杨杰出改名杨杰,秦福小计划与吕冬私奔,舒袖辞职跟着初平阳到北京,都来自青春期对父母"管教"的逆反。"70后"的父母在政治运动中度过他们最辉煌的人生,家国不分的习惯让他们对子女带有先天的控制欲。"哪里有压迫哪里就有反抗",父子、母子关系也遵从这个规律,"70后"的家庭关系是社会的微缩,同样充满斗争性,有弑父情结的人屡见不鲜。"破"是第一步,接下来就有个"立"的问题。挖知了猴、看《水浒传》连环画、藏猫猫这些"70后"熟悉的童年生活不是一种人生态度,充其量只是一种游戏,他们还需要找到工具性的理想,来当作刺破现实铁幕的武器。这些人在跟现实打游击战,打过了就打,比如初平阳他们;打不过就跑,比如秦福小、舒袖;还有些人有点儿犬儒。这些人有力使力,无力使智,但有些人则不行。被猪踢伤了脑袋,又被雷电惊吓了的铜钱最坚韧,一心"我想坐火车到世界去"。六岁还在吃奶,恐惧于汽笛一类声响的景天赐不具备与世界对话的勇气,因此他只能选择杀死自己。铜钱、景天赐是另外一类人物,他们的精神和心理是低于正常人的,但并不一定低于那个时代,他们残缺的人生就是社会的一个缺口,他们是作为反讽的形象出现的。他们非常符合现实,我相信每个从农村里长大的"70后"都会记得村子里那一两个"疯子",他们仿佛是那个时代的疤痕,偶然形成,不能消除。

《耶路撒冷》自定为是"70后"一代人的心灵史、成长史,写的是一代人的乡愁。既然写心灵、写乡愁,他们内心之"灵"在哪里,所"愁"之乡又在哪里?小说也告诉我,乡愁不是一个具体的所指,它可以是时间,也可以是地域,或者不是这样单薄,而是那个时代的那个地域,被记忆之手摩挲出包浆来的地域和时间。在《耶路撒冷》,乡愁也是他们企图从心理上弑掉的父母,是他们企图离开又渴望回归的花街,抑或是被秦环一个人的宗教支撑着的斜教堂,也是教堂里那个穿解放鞋的耶稣。"70后"是一群理想主义者,他们都是易长安,没有多么崇高,只是想用理想跟这个世界逆反。初平阳也是,一个通过高考走出来的"凤凰男",他向往耶路撒冷,也想舍掉花街,但并不那么容易。我是否可以这样看花街和耶路撒冷:后者就是前者的延伸,它们统一于深潜在"70后"的心底,时不时伸出手来拉拽或者撩拨一下他们的理想主义。

四

或因为上述种种,这些人物群像所呈现的"70后"的性格心理特征里面,有理想主义和道德感的一面,也使他们因为有父辈的威严而引起的对历史和乡愁的敬畏,后者或者成为某种性格弱势,这几乎成为"70后"的某种集体无意识。所以初平阳也好,易长安也好,三四十岁时也不狂妄,他们有所为有所不为,在有可能的情况下,他们会主动寻求自身行为的合法性。易长安的选择性造假和在"业界"良好的口碑,杨杰生意上的条理性和规范性,初平阳作为知识分子的责任感等,或都可做此解。他们不是张扬的一代,内在和表象完全在两个方向上呈现,内敛或许也是他们的另一个特征。他们仿佛是一个隐喻,就像作者在叙事中始终牵挂着的运河上空的闪电，只有雷声响过，黑暗的天空才有刺目的光出现，那光就是他们的内心世界，黑暗才是他们的表象，他们是一团沉默的闪电。

这个隐喻同时还来自《耶路撒冷》所体现的关于乡土叙事和城市叙事的对立与统一。这群"70后"是乡土中国所养育的最后一代人，在他们之后，运河风光带开发，翠宝宝纪念馆落成，划船的人穿着像太监服一样的衣裳，大和堂和斜教堂面临被拆的噩运，乡土在经济大潮下变得面目全非，传统消失殆尽。费孝通说："乡土中国，并不是具体的中国社会的素描，而是包含在具体的中国基层传统社会里的一种特具的体系，支配着社会生活的各个方面。"花街的生活曾经饱含这种传统体系，春风十里，船帆渔棹，猪鸡猫狗，甚至那带有魔幻现实性的占筮用卜，等等。《耶路撒冷》中作者一再强调这些人物"到世界去"的理想，这只不过更加显示出他们对乡土中国的偏爱，因此他要写乡愁，写对乡土的回归。乡土也在变，但与城市相比，它是稳定的，是相对真诚和温暖的，是宽阔和宁静的。作者的城市叙事则带有深深的"异乡人"的感觉。花街的人到城里，北京也罢，淮海也罢，是寄居，是暂住，所谓"此心安处是吾乡"只存在于乡村，而不会是城市里，所以秦福小和舒袖要回乡，易长安要劳苦奔波，杨杰也要在运河边上发展他的水晶事业。可见，《耶路撒冷》里写城市是为了写乡土，写耶路撒冷是为了写花街，这样顺理成章的对照，普通也特殊，作者在用城市的陌生性诠释乡土的熟悉性。

对于作者和花街上的这些人，尽管曾经的乡土回不去了，城镇是他们的脸，但乡土才是他们的心。乡愁真的会让他们望乡发愁，王德威说："'想象的乡愁'特色之一是时间的错置。作家以现在为基准来重构过去，他们在此刻当下的现在看到了过去的余留。另一方面，'想象的乡愁'的底层也隐藏着空间错置，指的不仅是作家本身远离了家乡后才能思乡，也指向他的社会地位和知识/情感能力的重新定位。"初平阳、易长安、杨杰、吕冬，包括作者本人，甚至整个"70后"这一代人，时间变了，生活也变了，但他们的乡愁似乎还没有变，那里面有他们童年的基因，有他们从记事起就得到的自由和不自由，有他们情窦初开时的心跳，这是他们之所以是他们而不是别人的遗传密码，应该永远不会变。

除了乡土叙事和城市叙事，《耶路撒冷》不能忽视的身体叙事，也从生理和心理的角度阐释着"70后"独特的生命体验。荷尔蒙和多巴胺与生俱来,但社会规定了"70后"的青春期不能谈论爱情和性。表面上他们违背着弗洛伊德的力比多规律,但在内心和行动的纯粹性上,"70后"从来就不是表里如一的人。所以,在《耶路撒冷》中,身体是情绪的直接载体,身体或者可以成为寄托情绪之物,甚至扩大化到成为乡愁的寓寄之物。姑且不论初平阳的耳朵、秦福小的尾椎骨、景天赐能控制的体温以及割破血管时喷薄的血流,只那些不断出现的男女之爱,或者伦常之爱,或者不伦之爱,各种各样的场合,各种各样的姿势和体位,就足以将身体抬升至叙事策略的核心。在初平阳、易长安们看来,"伦"这个规定性的词语,只存在于规定性之中,它像父亲一样,也像他们童年时所见到的社会规则一样,但他们从来只是强调压抑之后的反抗,宁肯顺从水占的法术,也不肯顺从来自社会通过父母所给予的忠告,所以他们就不会在意他们的身体是否应该遵守情感伦理法则了。初平阳与已为人妻的舒袖,易长安与各种不同的女人,身体的使用在他们眼里没有善恶,没有对错,甚至没有责任与担当的考虑,他们完全不是冲动,只是用身体表达对世界、时间、历史的淡然或敬畏,以及对规则的蔑视,甚至表达对逃离、回归、乡愁的体验和纪念。《耶路撒冷》用身体叙事将个体的人转变成一个主体的人,通过人对身体的操控变成人对时间和空间的把握,殊为奇异。

关于《耶路撒冷》,我有一个疑问,初平阳为什么要卖掉大和堂?看不出这一行为是叙事逻辑的必然需要,难道是用这个做法表示对耶路撒冷破釜沉舟的向往?但作者是否考虑过它的另外一个副作用,即失去大和堂,初平阳就将失去花街,他的乡愁又寄托在那里,他是要孤注一掷吗?这样的写法有些残忍了。

"70后"是一个标签,当这个标签被牢牢地贴在这代人身上时,就表示他们成了历史。"70后"成长到2013年,最小的34岁,已过而立;最大的43岁,也已不惑。但他们本身就是多重矛盾的构成体,假如叛逆是青春期的重要特征的话,他们仍然在青春期,初平阳还要去耶路撒冷,吕冬还在想念秦福小的尾椎骨;假如沉稳、疏淡是成熟的标志的话,他们已经成熟,铜钱很早就怀揣了到世界去的梦想,景天赐小小年纪就有了自杀的"壮举",易长安淡定地将财富化整为零躲避风险。

由此,《耶路撒冷》告诉我们,所谓的"70后",一生都将是青春期,一生也都在少年老成中度过。他们看到了自身的有限性,他们只好做一团沉默的闪电。

美好的东西立地而生
——评冉正万《天眼》

乡土叙事曾是百年中国文学的主流,在一个宏阔的视野上审视革命和发展给中国乡村带来的变化,自20世纪40年代乡土文学转向农村文学就开始了,并由此形成了有关乡村中国的整体性叙事。进入新时期以来,长篇小说呈现了新的景观,现代性思潮全面进入小说的艺术和价值层面,形成了多元化的、开放的叙事格局。在中国社会由革命走向改革的巨大转变之中,小说脱开了图解同一性或前提观念的窠臼,以张炜的《古船》等为标志,书写鲜活的日常经验和时代精神的作品琳琅满目,小说的丰富性得到极大拓展,显然这种丰富性也是文学与社会生活同构的结果。

小说作为历史文本,毕竟是以小见大、从局部看整体的艺术,作家也无法在具体的创作中像历史著述那样对历史经验进行条分缕析的总结,只能通过形象表现历史的变迁,因此小说对乡村中国的整体性观照常常通过家族命运来实现,以家族历史反映民族史。洪子诚在总结20世纪90年代的长篇小说创作时曾说:"在90年代,所谓'家族'题材的长篇在数量和艺术质量上也引人瞩目。对中国现代历史变迁作'全景式'的'史诗性'描述,仍是不少小说家难以解开的情结。作为对'十七年'单一的'阶级'视角的改写,这个时期的'家族小说'竭力融入政治、经济、党派、宗族、文化、欲望等复杂交错的因素。这一类型的作品,有《白鹿原》(陈忠实)、《九月寓言》(张炜)、《旧址》(李锐)、《第二十幕》(周大新)、

《缱绻与决绝》（赵德发）、《茶人三部曲》（王旭峰）等。"① 陈忠实、张炜、赵德发等在他们的上述作品中以其百科全书式的复杂性和丰富的历史感反映着中国乡村的变化，可见对于小说家来讲，在历史和家族"情结"的驱使下，规模宏大的史诗性作品一直作为创作理想被不断地实践着。

中国的现代化进程是以传统文化衰败为代价的，以家族变迁为主线的乡村叙事几乎都在围绕现代性力量的入侵和传统的衰落来进行，尽管其结果深不可测，但这是现代中国乡村最大的整体性。随着城镇化和全球化时代的来临，依靠血缘纽带构成的家族传统在当下的中国已经几近崩溃和断裂，所以关仁山在《白纸门》中直面传统的崩塌，孙惠芬在《后上塘书》中将家族关系转变为利益关系。随着传统家族关系的日渐零落，文学中的乡村中国整体性叙事也在21世纪第一个十年发生了变化。孟繁华曾说："当孙惠芬的《上塘书》、贾平凹的《秦腔》、阿来的《空山》等作品发表之后，我曾断言，乡村中国整体性叙事已经彻底崩解，现实的乡村中国将成为一个支离破碎的叙述对象。"这些作品的叙事方式发生了重大变化，不再遵守传统意义上小说线性的时间框架和故事的完整性，《上塘书》俨然成为一个地方志架构的文本，而《秦腔》和《空山》几乎没有完整的故事，不连贯的、碎片化的和平淡的情节混杂成奇异的文本形态，这是与传统长篇小说有着重大差异的作品，与中国乡村现状特别是文化结构的裂变有着明显的连带关系。

但是我们也看到，文学在人类文化中是一种保守的力量，其文本形态存在稳定性，创新需要时间。在当下，我们更习惯在小说中使用有头有尾的故事作为情节的架构。与中国现代化进程伴生的乡村文明的溃败过程是小说家取之不尽、用之不竭的资源，相信对拥有完整故事形态的家族小说的偏好仍然会不断地出现在作家笔下。在叙事形态之外，长篇小说另外的新变是在对价值的传导方面，基于新的时代观念和新历史观，小说对历史的认知不再依据一个既定的结果或标准，而呈现个体化和私人化趋势，贵州作家冉正万的长篇小说《天眼》在这方面有着特殊的表现。虽然《天眼》一如他的上一部作品《银鱼来》，仍然延续了以家族史反映民族史的叙事

---

① 洪子诚：《中国当代文学史》，北京大学出版社2007年版，第348—349页。

传统，但在对于当代史的反思方面，特别是在现代性力量造成乡土文化传统的断裂上，较之前者有更明晰的形象化表达。与《白鹿原》那样的百年史不同，《天眼》以陈绍种家族的历史及个人的一生为线索，写出了中国近五十年来地理和精神意义上的乌托邦被毁的伤痛，折射出新中国成立后社会主义改造开始至改革开放初期曲折艰难的发展道路。田瑛说《天眼》是"近年来中国文学难得的重要文本，它几乎具备了好小说的所有元素：故事、人物、结构、语言，等等"。无论从艺术形式上，还是思想价值和文学史意义上，《天眼》都显示冉正万的写作达到了一个新高度。

一

冉正万的写作像极了他这个人，外表沉闷但腹含珠玑。从《洗骨记》到《银鱼来》再到《天眼》，他一步步趋近现实主义小说的核心地带。《天眼》的基调是悲剧性的，这是因为冉正万亲手创造了燕毛顶这个封闭的乡村世界，然后又亲手把它毁灭，借由乌托邦叙事表达了一个代表着中国传统乡土文明的"理想国"怎样消亡的悲剧。尽管作者说"小说中的地理、人物，都是真实的,其他都是荒诞的"，"燕毛顶这样的地方在贵州有很多，地壳运动与石灰岩构造共同造就了悬崖上的村庄"，并且作者还曾亲上燕毛顶，[①]但对于小说来讲，燕毛顶就是一个乌托邦，只是地理意义上的真实让这个乌托邦有了具象性。在科技落后的时代，这样高悬在悬崖上的村庄，天然成了外部力量难以进入的堡垒式地方，无论是善意的教化还是敌对的入侵都被挡在村外。历史上的燕毛顶"不出夫差、不抽壮丁、不交厘金，不入户籍"，俨然是另一个"不知有汉，无论魏晋"的桃花源。燕毛顶与梁鸿《中国在梁庄》《出梁庄记》里的"梁庄"、周大新《湖光山色》里的"楚王庄"等都不同，更不是莫言笔下的"高密东北乡"，它不是某个位居改革开放大潮漩涡中的村庄，它的出现是寓言化的产物，被放置在地理偏远、与世隔绝的地方，在外部力量进入村庄之前，它一直延续着自给自足的自然经济形态，传统乡土文化在这里得到保存。

[①] 冉正万：《我写作是为了去毒出痧》，《长篇小说选刊》2015年第5期。

相对于中原文化来说，燕毛顶的地理背景设置是异域书写的变体，这是冉正万擅长使用的方法，或许与他曾经做过地质队员有一定关系，而且他所生活的贵州也的确偏居西南，超出被历代奉为正朔的中原文化圈之外。同样作为异域，《银鱼来》中的村庄叫"四牙坝"，与此相比，四牙坝并未与世隔绝，燕毛顶更封闭、更接近原生态。异域是自有文学以来就有的写作母题，它显示了人类对自身所处以外世界的探索和认知愿望。文学所反映的外部世界如果符合客观真实的逻辑，可被归入异域书写之列；如果完全来自玄想，后来沿袭柏拉图和托马斯·莫尔的说法称之为"乌托邦"，以上在传统文化中均被称作"桃花源"。《天眼》回到这个母题上，冉正万的叙述再次彰显了人类的好奇心和对安定、自由生活的向往。革命的力量进入燕毛顶之前，作者一再讴歌这里自给自足的自然生活及其影响之下的民间传统伦理道德，并为燕毛顶的存在寻找历史的合法性。从带刀侍卫"在十万大山丛中逃亡了三年，最终找到燕毛顶"，到"自卫队把黄豆铺在首魁崖不多的平路上，天黑时铺，天亮后收回来。黄豆又硬又圆，踩在上面会摔跤。一旦摔下首魁崖，就是摔进地狱"。作者用第三章整整一章的篇幅讲述这个乌托邦的前世今生，虽然这部分内容是为罗品在得知耕牛被杀后的反应做铺垫，但在仪式感之外仍然体现了作者对这一方土地的感情——更是对传统乡土文明的情感。

作者通过乌托邦展现向往自由生活的另一个例子，是陈绍种对"天坑人"的寻找。新的革命力量进入燕毛顶，独悬于世外的桃花源发生前所未有的变化，对此陈绍种无法理解也极不适应，多次萌生出寻找传说中"天坑人"的世界以躲避灾祸的念头。"天坑"是冉正万乌托邦想象的另一种形式：

> 天坑下面最吸引人的地方，是他们不愁吃穿，他们在坑底种瓜种豆种荞麦，不受天气影响，虽然长得又慢又不好，但种出来不用上缴，全都留着自己吃，和燕毛顶一样，也不入户籍，不缴皇粮。

陈绍种寻找"天坑人"的愿望以失败而告终，却有了一个意外的收获：

当他在割漆途中遇到因麻风病逃到森林深处的文久泉一家并在饥饿状态下受到款待时，他惊喜异常，在以后的日子里，他甚至产生也将家搬来森林深处的想法。文久泉一家在小说中是一个谜一样的存在，作者为他们赋予了奇幻的命运。他们是人世的弃儿，现实社会愚昧的偏见将他们赶出村庄，让他们丧失家园，但他们因祸得福躲过了种种政治灾难。尽管他们有离群索居的孤独，但在混乱的现实中有了安静的生活。当陈绍种再度去寻他们时，这一家人不知所终的结局更加深了当下纷乱的俗世与陈绍种的理想生活之间的对立，给他留下了无限怅惘，找到这一家人成为他终生的愿望；而文家特别是么么的命运更成为一直会被读者记挂在心上的情结。如果说在陈绍种看来"天坑人"还是一个传说的话，而文久泉则让他相信：人真的可以逃避世间的纷扰，躲避在一个幽静的世界里生活。燕毛顶是现实社会里的乌托邦，而当这个乌托邦遭遇毁灭时，文久泉一家的生活又作为乌托邦的乌托邦而出现。由此可见，作者的乌托邦叙事一方面表达了人对于安宁生活的向往，另一方面则深刻批判了现实的荒谬性。

在《天眼》中，我看到了小说家作为创世者的权力。在大地的上方，创造了高居于悬崖上的燕毛顶；在地面之下，是神秘的天坑世界；在地平线上，则是远离尘嚣的密林深处。立体化的想象世界成为作者寄托理想的美好所在。《天眼》的乌托邦叙事与对现实社会的书写形成了强烈的对照，通过陈绍种这个人物的行动，从上述不同视角虚拟出没有被外界力量打扰的、自然的、理想化的生活，在不同方向上为自由生活探寻出路。但是，这种探寻以悲剧而告终，燕毛顶被新修的马路与外界连为一体，渐被同化；天坑一直未曾被找到，密林深处只剩下空荡荡的"偏厦"，连那鸟叫声都充满了讽刺。一直到小说的结尾，弥留之际的陈绍种仍然在牵挂他久觅不得的天坑，以至于恍惚之中自己还走到天坑里面，乌托邦成为他用尽一生却也无法抵达的地方，也是他悲剧的宿命。《天眼》所描述的时代是新中国成立至改革开放初期那一段历史，以今天的视角做批判式的回首，作者选择燕毛顶这样一个乡土文明发育和保存完整的地域展开乌托邦叙事就丝毫不显得奇怪了。雷蒙·威廉斯就曾说："乡村生活传统上就是野心、动乱和战争的一种纯真的替代物。"[1]这种替代物的毁灭将会更加令人对前途丧失希望。可见为人类赖以生存的自然世界和精神世界的坍塌唱一曲挽歌,或许是《天眼》最为重要的叙事追求。

二

有研究者在谈到20世纪90年代的乡土小说时说:"代表乡村文明的人物往往被置于叙述中心和话语主导。因为对城市文明从心底的拒绝,他们宁愿'虚化'或'悬隔'乡村生活中并不美好或完善的一面。"《天眼》里的陈绍种就是这样一个人物,尽管他有小农意识,处事固执,坚守传统道德观念,但作者还是在他的身上倾注了无限的美好。以陈灯高、陈绍种为代表的燕毛顶过去的生活为什么重要而美好?以此来自传统的美好之物与强硬的外部现代力量进入后的遭遇形成前后、新旧的冲突,这是《天眼》元初的叙事动力。

特殊的地理位置和地质结构影响了人与外界的交流,也影响了人与土地的关系,西南地区形成了与中原完全不同的异质文化传统,燕毛顶这个在历代中央统治中都鞭长莫及的地方具有标本意义,它是西南民间社会的典型。作者一开始就写到陈绍种的父亲、老寨守陈灯高的葬礼,这场展示了独特的丧葬文化传统的葬礼是燕毛顶社会变迁的分水岭。在这场葬礼之前,燕毛顶绝少变化,"寨守"这个称谓是一个重要证明:这里是一个远离王权的法外之地,寨守是这里的最高领袖,陈灯高当初继任寨守是在家族内部完成的权力更替。但是陈灯高死后,代表燕毛顶接受政治招安的郑少财、罗景朝等人成了实际上的掌权人。从此,这批掌握着权力的新生力量与老寨守的儿子陈绍种之间发生了尖锐的矛盾对立,而后者正是民间传统文化的代表。陈绍种显然并不具备他父亲陈灯高的实力,他不可能具有与新势力斗争的资本和勇气。以家族位置来看,陈灯高是《白鹿原》里白嘉轩式的人物,但是小说中隐隐露出的点点滴滴都说明,即便是陈灯高,

---

[1] 〔英〕雷蒙·威廉斯:《乡村与城市》,韩子满等译,商务印书馆2013年版,第33页。

其自身也不具备靠文化人格形成的威信，更多地表现为乡间伦理的惯性。到陈绍种这一代，更不具备乡绅的威严和气势。《天眼》以陈灯高的死作为开端，真正的乡土传统在这里中断，陈绍种的悲剧命运已经悄然被历史注定。

  人看待历史一贯是厚古薄今的，我们常常对那些遥远的、与当下生活没有任何功利关系的事物施以审美的观照，但是对近在眼前的、我们经历过或置身其中的事件给予好恶判断，所以我们总看到过去的美好和现在的丑恶，以此展开对历史的怀念和对现实的批判。史前的"三皇五帝"时期一直是想象中政治最开明的时代，而百余年的"半殖民地半封建社会"的中国则无比黑暗，莫不是遵循此理。《天眼》也在传达这样的认知方式，尽管燕毛顶人在知识体系上与外界有着巨大的隔膜，比如他们不知道"地主"是什么，也不知道"手电筒"的零部件叫什么；他们没有文化，不会读书写字，所以也不懂得"打牙祭"这样颇为文雅的词义，但是这丝毫不影响作者把这里当作桃花源。作者在小说中表达了自己对土地、传统、历史和生命的欣赏与敬畏，他为上述观念设置的最重要的一个意象是"落气袋"，而另一个传统的象征物则是家家都有的"定根老祖陈桂之位"的牌位，但显然"落气袋"与人物命运和传统道德的关系更加密切。在此我们不免想到迟子建《群山之巅》里的土地祠，在那部小说中，土地祠是传统观念和神圣隐秘之力的象征，在小说的结尾，作者将安雪儿与单夏发生的纠葛安排在土地祠中，加深了小说对传统覆亡和灵魂堕落的担忧。或许土地祠的公共性、神圣性较之"落气袋"要强烈得多，而像后者这样更具体、更个人化、更生活化的意象，也不乏其例，比如在胡学文新近的抗日题材小说《血梅花》中，象征物被设定为一根竹竿，作者写主人公柳东风在父亲的带领下到柳秀才家中拜师，看到了一根竖在屋角的竹竿，柳东风猜测那是用来关天窗的。事实上，小说家笔下的每一样事物都不会是一件简单的实用之物，在接下来的情节中，竹竿就成为柳秀才所坚守的民族大义的化身，时时被用来拷问柳氏兄妹。

  落气袋与土地祠、竹竿这些遍布南北乡土生活中的事物，在小说家笔下却都是乡村传统文明的物化载体。作为纵贯全书的意象，落气袋的作用显而易见：

最后滚进落气袋的，并不是一团空气，而是死者的魂魄。谁家的落气袋多，就越受人尊敬。受尊敬者并没因此占便宜。有那么多落气袋盯着，行动坐卧都得讲规矩，不讲规矩，被阴间的眼睛看见，不但不保佑你，还会惩罚你。落气袋多的人家既有可能被当成道德模范，也有可能成为被鄙视的对象。一旦有利益之争，即便是清白的，也有可能遭到对手攻讦。对手有可能是村里人，也有可能是亲兄弟。他们喜欢以落气袋为出发点，先把你捆绑在道德的圈椅上，然后对你进行无情的指摘。加上夸张的表情和乡村幽默，受攻击者越辩白越容易陷入道德的泥潭。

所以，当陈绍种不明就里地被选为地主，他试图以新身份重新担纲起传统的代言人角色时，他是在父亲的落气袋前抽烟深思，并得出了"不柱道、不作恶，做人要仁义"的结论。尽管先辈并未向他讲授过这些概念的所指，但来自落气袋的暗示使他的理解大致没有产生偏差。落气袋挂在房顶上仿佛是一只只"天眼"，是冥冥之中能够明辨善恶是非的神器。陈绍冒和罗品发生男女私情，罗品用小筛子把前夫的落气袋遮住，以此掩饰内心的羞耻；二人结婚时，在堂屋向陈绍冒家所有的落气袋磕头。由此可见，落气袋是道德的化身甚至就是民间律法本身。但它的实际用途绝不只是隐含的神圣，也是日常生活的实用之物：

> 年轻一代成家立业，分出去独住，要从老家分一口气挂在新家，否则就没有"起头"，没有"起头"就得不到另一个世界的亲人的庇佑。

来自传统的庇佑并非只是运气上的，而是含有丰富的道德教谕。陈绍种打扫堂屋时，刚把扫帚举起，三十一个并排挂在柱子上的落气袋全部掉落，这成为他个人和燕毛顶命运转变的凶兆；新的社会运动来临，落气袋成为封建迷信，民兵勒令陈绍种把落气袋丢进茅坑，还要用打粪的长木勺把它们搅到坑底去。当陈绍种这个燕毛顶唯一没有地方可挂落气袋的人用落气袋接住罗景朝的最后一口气时,我们痛心地看到传统所遭遇的摧残。至此我们明白,冉正万《天眼》里的乌托邦之美好,乃在于那里是一个遵守了不作恶、不枉道、做人仁义的良好道德规范的乡村社会。但这个美好的乌托邦,在新的革命力量和社会意识形态形成的狂潮中,终于走向了毁灭的命运。

三

《天眼》自设的另一个命题是,乌托邦的美好生活是如何走向毁灭的。同样是写南方中国,与沈从文《边城》展现自然和人文的美好意境不同,《天眼》直面的是乡土文明的衰落,对于燕毛顶自然生活的描写,是一种怀念式的想象和凭吊式的抒情,或者只是一种批判的对照系。小说的要义是,为有着良好道德前景的乡土中国怎样在以意识形态面目出现的现代性力量催动中一步步走向价值崩塌提供文学解释。在这个角度上,《天眼》是对历史进行反思之后的书写,它所倡导的是传统农耕时代师法自然、无为而治的乡村生活,在某个层面上是站在乡愁立场上对现代化进行反思的结果,但并不反现代性。尽管作为一部优秀小说,它的价值不容置疑,但是在处理革命化的意识形态与文化和人的关系方面,或许流于概念和形式是一个问题。在我们习惯了宏大叙事下的现实主义写作之后,《天眼》的新意油然而生,却有着从一个极端走向另一个极端的嫌疑。有研究者提出:"对于乡土小说家,还必须破除城乡间简单粗暴的二元对立和非正常错位,追寻乡土中国的自然生命与精神生命的融合,饱蕴感性、灵魂和血肉,从现代性的立场重构人类生命永恒的家园。"而在《天眼》中,冉正万在某种程度上并未能有效克服这个"简单粗暴"的问题,城与乡的矛盾被现实矛盾与传统文化的对立所代替,是另一种形式的城乡冲突,二元对立的问题仍然非常明显。

与"落气袋"这个传统象征物相对应的,是作者设置的另外一个意象,即"两张画像"。作为一种艺术手法,作者试图用这种方式重新解构历史,并建构属于自己的历史想象。重新认识历史,展开对历史的合理想象一直是作者小说创作中坚持的方向,在《银鱼来》中,红军的形象被重新建构,在英勇顽强之外,作者也写出了他们在险峻环境中躲避反动力量和不明真相的民众追杀时,衣衫褴褛、疲于奔命的生存状态,这也是客观的历史事实。冉正万的写作也不是孤例,早在张炜的《古船》中,这样的写作态度就已经出现了:"它不再把权威历史话语奉为圭臬,不以把诠释主流历史图景当成文学写作的最高法则。"[1] 到了冉正万的《天眼》里,"两张画像"掀开了燕毛顶新的生活,也像镜子一样鉴照燕毛顶人传统的、封闭的生活方式。陈绍种家族所代表的燕毛顶的命运变迁,从作为外来力量的"两张画像"进入燕毛顶就开始了。先是刘乡长在岩壁上和陈灯高家的大门上贴上了画像,这一举动使老寨守"他缩手缩脚,像做了一件心虚的事情,走路咳嗽都不自然",甚至"几个月过去了,他仍然没有适应两张画像带来的不适"。而且这种不适也给未来有可能成为寨守的陈绍种带来了阴影,使他无论在哪里看到画像,内心都感到不安。寨守之死也在当下和未来加深了燕毛顶人对外来力量的忌惮心理。陈灯高被牛挑死,本来是一个悲剧,但在他发丧的路上,寨民们都发现了贴在偏岩穴上的画像,作者说:

> 崖壁上的画像提醒每个人,燕毛顶不再是以前的燕毛顶了。后来,有人说陈灯高死在这个时候,其实"死得好",因为有几个和他同样身份的人被斗被关被打被枪决,他在高高的树上多好,没有受罪。

无独有偶,这样看似荒诞的事例也出现在当下其他历史叙事作品中,在金宇澄的《繁花》中,姝华写给沪生的信中讲下乡插队送别的情景:

> 南市区一个女生,从月台跳上火车,发现车门口全是陌生男孩,想回到月台,再上最后一节车厢,没想到一跳,跌进车厢与月台的夹缝里。我当时就在这节车上,眼看她一条大腿轧断。火车紧急刹车。女生的腿皮完全翻开了,像剥开的猪皮背面,有白

---

[1] 杨匡汉、杨早主编:《六十年与六十部——共和国文学档案》,生活·读书·新知三联书店2009年版,第266页。

颜色颗粒,高低不平,看不到血迹。女生很清醒,一直大叫妈妈,立刻被救护车送走了。火车重新启动。我昨天听说,她已经痊愈了,变成一个独脚女人,无法下乡,恢复了上海的户口,在南市一家煤球店里记账。几个女同学都很羡慕,她可以留在上海上班了。①

眼看着一个花季少女被火车轧断了腿,同行的姐妹没有任何同情和怜惜,而是羡慕她恢复了上海户口,可以留在上海生活。将一场性命攸关的悲剧当作自己的愿望,现实对生命的伤害令人恐惧。应当说陈灯高之死在当时即有预言意味,但燕毛顶人并未读懂,直到生活被打乱,特别是经过多次社会运动之后,他们才反思被架在树上的陈灯高,并得出了"死得好"的结论,这与《繁花》里的描写异曲同工。

革命力量进入燕毛顶后所发生的事情,超出了几百年乡村社会可理解的经验边界,燕毛顶人在懵懂之中就面对了强大的变革性能量。这种变化是猝不及防的,所以新旧冲突在所难免。尽管新任农协干部们经过了培训,而且言明"新社会用不着寨守和寨佬"了,但他们没能做好立即接班的准备,新旧力量短时间内并未完成交接,所以燕毛顶出现了短暂的权力真空,以至于当罗品的牛被杀死时,"以前寨佬和寨守会立刻安排人调查",但如今无人能管,只能等凶手在罗品的咒骂声中现身。而政治培训显然也未能改变人性,在随后抓捕张绍华的行动中,郑少财就作为一个投机主义者卑鄙地冒贪了陈绍种之功;郑少财将被选为地主的陈绍种借给龙峰坳批斗,违背自然规律和燕毛顶的承受能力修建"超英水塘";藤伯轩也借机施展自己的阴谋将陈绍冒裹挟进去送了性命……陈绍种的命运经历了"从地主到反革命家属再到匪帮家属"这样"过山车"般的变化。陈绍种最后被作为反革命家属锒铛入狱,出狱后就面临了新的时代,但与之萌生情愫的苏冬辉随着学校离开了燕毛顶,公路的修通结束了燕毛顶与世隔绝的历史,也同时结束了在外界看来蒙昧落后的生活。这显然不是巧合,而是时代进步的结果。从这一点上说,《天眼》虽然钟情并向往传统的乡村自然

---

① 金宇澄:《繁花》,上海文艺出版社2014年版,第193页。

生活，但并不反对进步。作为"60后"作家，冉正万的写作也彰显了这一代作家的历史责任感。

四

读罢《天眼》中的精彩故事，可以感受到文本中透射出的某种不可轻慢的威严所在——这是一部关于时代与人的命运的大书。作者切入西南边地乡村文明的衰变过程，着眼于新的社会潮流对传统乡土文明和人性的影响，写出了普通人在时代变革中无法自控的悲剧命运。区别于《银鱼来》那样按照血缘辈分纵向书写家族百年史的方式，《天眼》的家族形式以陈灯高为点，陈绍种兄弟三人为股线，叙述重点放在陈绍种身上，从而构成了一个扇形的叙事结构，联结成扇面的则是陈氏兄弟与他人之间错综复杂的关系。如同南帆所言："在20世纪初期的中国文学中，'父亲'的威严形象开始遭到冒犯。相当长的时间里，父亲的威严植根于家族体系结构。……当初或许没有多少人预料到，威严的父亲形象很快消失了。父亲在文学之中的声望一落千丈。家族解体所带来的一个后果是，父亲权威的寄存空间急剧压缩。"①冉正万在小说的开头即让父亲的形象死去，早早地结束了家族的历史任务，从而为传统文化与外来力量的正面冲突腾出空间。儿子成为父亲的替代形象，而与新的革命力量合作的郑少财、罗景朝等都是陈绍种的同代人，家族小说中常见的父子的矛盾转变为兄弟之间的矛盾。经此转化，小说中矛盾双方的对峙从时间进入空间，现代与历史的线性冲突转变为传统与当下的横向矛盾，作者似以此告诉读者：乡村文明的急剧败落并非都是历史的"天灾"，也是当下的"人祸"，不切实际的现实荒谬性和传统文化衰败的悲剧性得到双重突出。

应当说，当外部力量进入燕毛顶时，与普通人相比，陈绍种、陈绍轮、陈绍冒兄弟这些有着家族背景的人在新与旧的对抗中首当其冲，也就注定了他们一生的命运悲剧。作为寨守的子嗣，老大陈绍种率先被卷入了权力

---

① 南帆：《文学、家族与革命》，见《中国文学理论批评文选（2013）》，中国作家协会理论批评委员会编，文化艺术出版社2014年版，第310页。

争斗的漩涡中。受到新政权支持的郑少财、罗景朝取代了已经故去的寨守陈灯高的位置，成为新社会下燕毛顶公共权力的把持者。陈绍种是传统的守护者，他不肯顺应上级的要求去做违背意愿的事，但是他已经不具备与新势力抗衡的力量。父亲死后郑少财们迅速撕去伪善的面具直至无视他的存在，此后的几十年，陈绍种陷入了盲动之中，用作者的话说，叫作："不承认归不承认，生活却一直被盲目的力量推动着走，没法转身，也没法躲避。"所谓"没法转身"，乃在于他不肯丢掉内心"不枉道、不作恶，做人要仁义"的信念。所以当他在割漆途中发现蒋荣辉与女人的苟且之事后果断与他分道扬镳；他信守"知恩图报的古规"答应给幺幺介绍一户人家，这个意愿尽管因为客观原因没有实现，但在生命的尽头他还念念不忘；他没有因为兄弟们的过错就丧失人伦，依旧尽到了一个做兄长的责任，比如为了讨到给陈绍冒结婚用的布票，他忍气吞声答应被外借批斗；出狱之后，陈绍种与苏冬辉产生朴素的感情，他费尽千辛万苦发誓修一条路。此外，他不甘被选为"地主"的屈辱，执着地为清白而奔走。可以说，在陈绍种身上，集中体现着善良、坚强、隐忍又固执的传统农民性格，同时也体现出他深受传统乡村道德浸染之后形成的人格、心理和受此驱使的行事方式。

　　陈绍种和罗景朝之死充满了戏剧性。当罗景朝在弥留之际拿出当年选陈绍种为地主不合法的证明，了却了双方的心愿后，陈绍种试图用落气袋接住罗景朝的最后一口气时双双死去，他们用传统的方式回归了自我的身份。陈绍种失势、丧亲、挨斗、入狱、伤情、无望的悲苦命运画上了句号，而这又何尝不是那个混乱年代里的人常有的遭遇呢？陈家的另外两个兄弟的命运亦令人可叹。陈绍轮是一个理想主义者，他试图用迎合新潮流的方式获得自我价值，却深陷风向多变的各种运动中无所适从，丧失了正常的思维能力，比如用桐油在悬崖之上书写不明其义的巨幅标语，虽能倒背"老三篇"但终以"反革命罪"被枪决。他的命运直接揭示了现实的荒谬。与陈绍轮相比，陈绍冒是个具有民间草莽气质、游走在民间伦理和道德边缘的人。他敢做敢当，少年时即杀牛为父报仇；他亦敢爱敢恨，与罗品的一场情恋动人心魄，超出燕毛顶人已往的生活经验，也在作品中具有强烈的冲击力，是整个故事的重要环节；但他头脑简单，受到老兵即藤伯轩的怂恿和利用，荒唐地另立"朝廷"，最终走上了不归路。陈绍冒的命运是传统文化中的边缘性力量被新的革命力量冲撞后，从进退失据到无所适从，最后铤而走险的结果，这条叙事线索是《天眼》传奇性的重要构成。

小说中另一些人物的下场更加显示了作者的立场。在燕毛顶，作为乡土文化传统的对立面，新的意识形态被一些投机主义者所用，郑少财等人正是通过对革命力量的拥抱攫取了权力，从而彻底改变了当地延续几百年的自然状态。郑少财在新政权来临后的表现与他的个人出身有着重要关联，郑家是燕毛顶的外来户，"燕毛顶姓郑的就我们一家"是他的口头禅，"他家的落气袋最少"，可见并不能得到他人的尊重，有着"担心被强大的姓氏踢出燕毛顶"的忧虑，因而养成了热情好客、小心谨慎的生活方式。但是在新政权的支持下，他获得了扬眉吐气的机会。但这样一个热情拥抱新政权的人，妻子在饥荒中饿死，他自己在"反瞒产"运动中被打断了腰，为医治孙子的烫伤，他上树采摘药材被卡住冻死。而另一个投机者黄雀有着更悲惨的命运，这个只上过三年学的人被提拔为基干民兵排长，指挥集体的生产劳动，后当上了通讯员，负责燕毛顶与乡里的联系，他向郑少财传达上级文件时摆出一副"皇家使臣向官员宣读诏书"的样子。但当集体食堂解散时，饥饿难耐的黄雀"心满意足"地暴食一顿撑破了胃，成了那个年代的牺牲者。人是历史的创造者，但是个体命运却在时代面前孱弱无助，《天眼》通过上述人物与时代的媾和或博弈，写出了荒唐的现实给人带来的悲剧性命运。

作为小说中最重要的女性角色，相比于其他默默无声的女人，罗品的性格最为鲜明。作者在她身上费尽心机，将其塑造成了一个与不善言谈、心思内敛的陈氏家族的人完全相反的形象，凌厉、泼辣、张扬，性格火暴，言谈举止一切随性随心而为，仿佛她是燕毛顶最自由的人。当她的牛被陈绍冒杀死之后，她挨家挨户申诉；她勇敢地冲破世俗的观念与陈绍冒结为夫妻；陈绍冒造反后，罗品听不惯嫂子唐化银参与别人的议论，与之从中午对骂到晚上，凡此种种不难见她的性格品质。尽管这样，作者也并未将她男性化，而是通过细节写出她的女性心理，事实上她的火暴脾气不过是虚张声势，恰恰反映出她内心的柔弱。她在燕毛顶之外的任何地方都很有安全感，甚至"男女之间的玩笑再怎么露骨，她也没有生过气"，"可是一回到燕毛顶,她在短短几分钟就会变成一只神经质的母猫,叫声乍乍的,连走路的样子也难看起来"。究其原因,一方面,她是少有的外来者,是从一个叫磨子顶的地方嫁过来的,人单势孤;另一方面,显然她也被燕毛顶的环境吓到了:"嫁到燕毛顶后,她最难以忍受的是回娘家或者从娘家回来都要扛梯子。她讨厌梯子,讨厌悬崖峭壁,进而讨厌燕毛顶的人。"《天眼》的世界是一个男性的世界,而罗品恰恰以一己之力支撑起日常生活中的平衡,使小说在历史叙事之外不空、不假,以日常的温度给读者提供可信度。而对于在燕毛顶本就缺乏安全感的女性来说,荒诞的现实不但加重了她的不安,而且毁掉了她自由追求的本可以幸福的生活。罗品的形象显示着作者操控故事和掌控叙事全局的能力。

五

在关于《银鱼来》的创作谈中,冉正万说:"……觉得近百年来所发生的事,用现在的眼光去打量,不过是一桩桩傻事。彼时彼地,真实地发生的事情,其实是盲目的、幼稚的。正是这份盲目与幼稚,才极大地体现了当事者的赤子之心。也正是这份赤子之心,才久久地让人难以释怀,让人感慨万千。"[①]在《天眼》之中,"赤子之心"仍然鲜活地跳动在文本之中。文明时代,我们已经相信没有真实意义上的上帝,所以历史不可能是设计得来的。历史最初的轨迹或许充满了自然规律的偶然和盲动,但当人类作为一个共同体出现时,冉正万所言的"盲目"和"幼稚"却深受共同体各部分之间相互关联的影响,因而也成为规律性的必然。威廉·麦克尼尔说:"社会变革常常是与其他社会接触后的产物,采取的方式要么是模仿,要么是应对。"[②]在《天眼》之中,可以对乡土文化传统进行再造的现代性力量以意识形态的面孔出现,传统对现代的应对和模仿呈现严重的暴力化倾向,那份"赤子之心"也浸满血和泪。但作为文学叙事,其与

[①] 冉正万:《银鱼活到我心里来了》,《长篇小说选刊》2013年第3期。
[②] 〔美〕威廉·麦克尼尔:《西方的兴起——人类共同体史》(上),孙岳、陈志坚、于展等译,中信出版社2015年版,第2页。

历史的不同在于"陈述"与"表现"的差别，冉正万正是在小说中表达了"赤子之心"感受到的疼痛。小说是一个自足的世界，它并不依赖外在的逻辑而存在。在《天眼》中，作者无权决定人物的命运，是人物自身的性格和叙事逻辑决定了他们的宿命。陈绍种和罗景朝同时死去不是作者自造的巧合，是他们经历混乱年代后，灵魂背负着的传统道义仍然得以幸存而获得的必然解放；那个荒唐的年月里，陈绍轮、陈绍冒及黄雀等人的性格只能让他们在传统生活方式与意识形态的对抗中成为炮灰。我们说文学是现实的反映，这一功能的实现是通过作者对上述逻辑的发现并加以文本化的结果。在今天，文学强调对中国经验的想象和重建，事实上正是对当下潜隐在日常生活中的精神脉络和思维习惯的发现和抵达，而这又显然是在对历史经验进行扬弃的继承和批判的自省中实现的，我们因此也对《天眼》所表达的理想敬重有加。

冉正万之所以建构起"燕毛顶"这个新的乌托邦，我相信与社会的世俗化和浮躁戾气有直接关系。敬文东曾经引用阿兰·图仑的观点谈论格非的小说，他说："只有当一个社会完全抛弃乐园隐喻时，乌托邦才开始了它自己的历史。乌托邦是世俗化的产物之一。"敬文东强调："因为通常情况下现实生活太让人失望、太令人难以忍受，才导致了无神的、世俗的社会极度仰慕桃花源，才造就了桃源梦的传染性。"[1]《天眼》的出现似乎也正是如此。每个时代都不缺乏那些拥抱现实或粉饰现实的小说作品，并不是每个作家都有反思的习惯和能力，以现实为"乌托邦"的"现实主义"写作从未中断。与此相比，《天眼》的创作没有顺从潮流，没有认同并图解他人总结出的历史结论，而从侧面进入历史，其独特的视角和独立的精神使小说本身的品格值得称赞。

上述种种，在理清《天眼》的文化和时空背景的同时，我们看到了作者在小说中提供的有关并不久远的历史生活的想象，这更是人物赖以生存的完整世界。小说的叙事动力和作者的情感、抱负紧密相连，杨义说："地理环境以独特的地形、水文、植被、禽兽种类，影响了人们的宇宙认

---

[1] 敬文东：《格非小词典或桃源变形记——"江南三部曲"阅读札记》，《当代作家评论》2012年第5期。

知、审美想象和风俗信仰,赋予不同山川水土上人们不同的禀性。"① 冉正万一直生活在贵州,深谙西南地区的风土民情,所以表达起来得心应手。正是拜经验之所赐,《天眼》才获得了不俗的叙事呈现。冉正万在小说中说"所有美好的东西立地而生",正因为他对土地怀有深厚感情,熟悉那一带人在地域文化中所形成的独特的文化心理结构,所以在进入人物的内心世界、表现群体和个人的思维方式上就极为精到,这与他对语言的重视相结合,使小说的价值追求和叙事形式臻于精致典雅,而人物也在扎实的修辞和绵密的叙述中获得了旺盛的生命力。

---

① 杨义:《文学地理学的渊源与视境》,《文学评论》2012 年第 4 期。

怎样烧造或毁坏众神之像

——评叶炜的"乡土中国三部曲"

叶炜的"乡土中国三部曲"（《后土》《富矿》《福地》）有关乡村和乡土，在当下谈论它们是一个不小的难题。当人口向城市聚集，城镇化成为方向，连带着文学潮流迭变，对工业和信息化时代城市文明的关注已经取代对农耕文明的重视。文学一再被鼓励书写日常性，但大多数作家都生活在城市里，他们笔下当下的日常性只可能是城市的日常。而弥漫在城市生活中的物质和技术气息也将文学之中的现实主义简化为写实主义，有关传统精神和信仰的书写丧失了合法性。这意味着文学远离土地是一种在客观规律中因循而至的潮流，所以，如何在当下的新语境中言说这种反顾土地的书写就不那么容易了。

"乡土中国三部曲"是"不忘本"的作品，所不忘之"本"，就是千百年来绵延不绝的乡土，费孝通说："从基层上看去，中国社会是乡土性的。"系列小说在立意之初就着眼于乡村文明的衰败，无论是《富矿》还是《后土》，或者是卷帙浩繁的《福地》，都是凭吊之作。所吊者何也？是绵延千百年的乡土文明传统，而作者的凭吊，又以这个久远的传统遭遇现代化冲击之后的裂解为形式，因而三部书又是伤痛之书。《福地》以家族史映射民族史，写百年来民间伦理的失序过程和士绅阶层对乡村文明的意义，是民族伤痕的记录；《富矿》讲述面对工业文明与农业文明冲突时人的慌乱和异变，《后土》则直白书写土地的损毁、荒芜和新农村面临的诸多问题。《后土》仿佛是愿景表达，但这种步"农村题材"后尘的书写缺乏顺畅的逻辑性，因为支撑小说的是失控的权力阶层与农民之间无尽的矛盾——尽管刘非平在土地庙里上了三炷香，但在"后土地时代"，即便麻庄的远景规划美妙焕然，但在土地被破坏殆尽后，民间诸神已无庙被奉，农村或整个民族的前途远非建一座"小康楼"那样明朗。

据说叶炜写作"乡土中国三部曲"花了15年，作为"70后"作家，过去的15年是人生最美好的年华，叶炜积此之功做一件逆向的事，可见他对乡村的情感没有丝毫矫饰。故而在"70后"写作由被"遮蔽"而走到台前的时候，叶炜的出现是这一代作家中的一个"事件"，这令我们有了回望传统、重估农耕文明或乡土文学流变格局以及这种流变与"70后"关系的由头。这样回望和重估的结果，或者可以得出这样一个结论：牢居于中国人头脑中，被民族集体记忆顶礼膜拜的众神之像来自大地上的泥土及其令它们发生焠变的烈烈火焰，而叶炜的"乡土中国三部曲"似在有意无意之间解答泥土是如何烧造众神之像的，以及神像又是如何塌毁在荒芜的土地上的。

一

我在"乡土中国三部曲"中，看到作者对民间信仰的崇敬以及面对信仰衰败时的痛心和不舍。

事实上，"民间"这个词约定俗成指向乡村，当你说"民间"的时候，基本意味着在说"农（乡）民中间"。用作与精英或官方相区别的阶层时，你很难将城市的底层称作"民间"，因为在九州之地上现代化城市的历史还是太短了，其文化积淀尚不够丰厚，而支撑"民间"这个概念的一定是因为农民中间流布着亘古而来的文化传统，这就是民间风俗。钟敬文说："风俗本身是一种生活方式，又是一种文化样式，是人们最熟悉不过的一种文化形态。"他又说："风俗是一个民族在生产、饮食、居住、婚姻、丧葬、节庆、娱乐、礼仪、信仰等物质生活和文化生活方面广泛流行的，经常重复出现的行为方式。风俗与其他文化形态区别之一，就是具有现实的直观可感性，即便是精神风俗也是如此。"① 所以在当下的城市日常性

---

① 钟敬文：《汉族民间风俗·序》，徐杰舜主编，中央民族大学出版社1998年版。

中看到可感的风俗的机会并不大,那些大多数人的生活形态往往受制于官方的规约和为贪图生活之便利而形成的规则,并非真正的民间风俗。

"乡土中国三部曲"的故事读起来就像说书人在讲过去的故事,这一"过去",一定是久远的。我们常常将遥远的东西看作美好的,谈到施仁政,要追到"三皇五帝";谈到施教化,要以孔孟为圭臬,他们才是我们心中的道德完人。这是因为,历史已经过滤掉了这些人物与主流价值不符的言行,且作古的人与己无关,而眼下的情形正与你我有利害冲突,所以必有"厚古薄今"的现象出现。这不只是历史规律,更是民间法则。"乡土中国三部曲"对传统的凭吊,正是建立在这一法则之上的。作者用欣赏的眼光看待历史,而用批判的观念概括现实,借以形成以古鉴今的资治效果。作者久写不厌的过去的麻庄,是作者的乡愁之所,是他的文学地理学上的王气之地。深扎在麻庄人精神里的"集体无意识",为麻庄人做人做事提供合法依据的,是依附于民间风俗的古老民间信仰。民间信仰笼罩着强烈的神秘主义气息,而其道德教化作用和对俗世生活的守护性功能又显示了它的宗教性。作者在小说中对民间信仰及其与现实的关系所进行的深度挖掘,决定了小说浓郁的"民间气象"。

《后土》中的土地庙是将传统民间信仰具象化的载体,是有神像可见的民间祭祀性建筑。在麻庄,一个至关重要的民间风俗,就是村子的东南角有一个土地庙。不仅仅是麻庄,"在苏北鲁南的小山村里,差不多每个村子的东南角都会有一座土地庙"。围绕这座土地庙,展现出因对超自然力量的敬畏而形成的民间信仰和乡村生活禁忌。《后土》中开篇即追述土地庙的来历,那几乎远至神话时代;而土地庙的兴废也颇耐人寻味:"麻庄的祥和曾经被兵荒马乱打破过三次,一次是在明末,一次是在民国,还有一次是在'文革'。前两次,土地庙只是被毁了一角,到了'文革'那次,就全部被铲除了。"可见土地庙与麻庄人的生活密不可分,甚至其存毁也与国家和民族的命运形成某种隐秘的联系,地域文化借由作者的表达成为整个民族传统的组成部分。接下来,作者即在小说中不厌其烦地书写土地庙与麻庄的关系。土地庙是麻庄人的精神信仰,村里的大事小事、红事白事,都要问问土地神。曹东风的砖厂选址考虑的一个重要因素就是要远离土地庙,洪灾之后刘青松第一反应就是因为砖厂动了地气,而在结尾刘非平与黄莉莉的婚礼之后,刘青松带着刘非平去到土地庙上香祭拜,以此求得未来事业和人生的平安。土地神以神像的形式静态存在,它如何主动影响麻庄人的精神和信仰,这对小说创作来讲是一个门槛。如何越过这道门槛,怎样将土地神请进麻庄人的心中?作者使用了托梦这种神示的形式,山洪暴发前,土地神托梦给刘青松;王忠厚反对砖厂占地前,又是土地神托梦给刘青松。这样的托梦情节还有很多,而这也是中国民间故事常见的启示方式。

以托梦为桥梁,作者冲破了横亘在现实与虚幻、物质与精神、传统与当下之间的壁垒,为"乡土中国三部曲"的叙事提供了来自传统文化中的神秘动力。在《富矿》中,屡屡给麻庄人托梦的不再是一个泥塑土地像,而是一个官婆。《富矿》中也有庙,但作者已将其称为"破庙":"麻庄庄头有一座破庙,庙前有一棵大树,树荫下蹲了一溜儿小老头儿。"显然这座庙已经丧失了信仰的作用,而代替庙宇行使宗教功能的,是人神一体的官婆。官婆本是真人,但她的灵异出身和通神功能令麻庄人相信她是"大仙转世"。官婆本是官氏生下的野种,怀孕二十个月出生,一出生就会说话,而且说的第一句话是:"我怎么会到麻庄这个鬼地方来?"官氏生下孩子即离家出走,官婆吃麻庄的百家饭长大,十岁那年麻庄人发现她能通神。官婆所提供的保护不像土地神那样完全是精神上的,她还能给麻庄人的日常生活带来实际的帮助:"谁家的孩子有病赤脚医生看不好,让她一摸保准行;谁家招鬼缠身,她一去就灵。"官婆因是人身,遵循生命轮回的规律,死后转世为小说的主人公麻姑,但麻姑并不再具备官婆的仙身,她只以神示的领受者身份感受世事的变幻。但麻姑所梦并非完全来自代表天道的官婆,代表人世道德意味的过世祖先也在通过她警告当下。二姥爷丧毕,胡列与麻姑做爱之后沉沉睡去,梦中二姥爷斥责她不守妇道,但随即飞来的官婆却以命数为由阻挡了前者的批判;而麻姑置身经济开发的现场,官婆多次通过梦境预言麻庄的灾难,中间并混合着二姥爷的警示之梦,以此加重信仰败落对乡土文明的影响。

与上述土地神像和人神合一的崇拜物不同的是,在《福地》中庇佑麻庄的麻姑化身为麻姑庙前一棵与山西洪洞大槐树有直接渊源的老槐树,老槐树除了树的意义,还成为麻庄最有势力的大地主老万的代言人,因而这棵大槐树成为神、物、人三位一体的化身。作者在三部作品中屡次提到"萨满",可见萨满教万物有灵的主张也在影响着作者的观念。但大槐树显然在麻庄人的生活中没有土地神和官婆那样的影响力,它更多的是一个见证者的身份,神对麻庄的保护转移到了老万这个现实生活中的人物身上,力量自然大减。从对土地神的单一崇拜到官婆这个人神合一物出现,再到《福地》中大槐树的形象,民间信仰变得日渐脆弱,直至《后土》中在经济和外来宗教的双重冲击下完全崩溃,民间信仰对社会和人的决定性影响让位于欲望与利益。民间信仰中隐含着民族的基因密码,《后土》《富矿》和《福地》中所揭示的信仰衰变过程,正是整个民族乡土文化传统在工业和信息化力量冲击下发生异变的过程,也饱含着作者对传统败落的痛悼心情。

二

《福地》这部写尽中华民族百年苦难史的鸿篇巨制在"乡土中国三部曲"中具有它自身的特殊性。

尽管《福地》的后半部分内容写得有些匆忙,一些情节草率推出,老万几乎被赋予近乎全知全能的视角显得虚假(比如小说中写他对抗战中各种抗日力量的认识,以及对中国革命走向问题的分析,尽管有读书人的帮助,但这不是一个乡间的地主所能达到的认知程度),这些都对作品的整体性造成了伤害。但这部作品通过"老万"这个人物,在三部书中独自揭示了乡绅阶层在传统中国农村控制和乡土文明传承中的重要作用。《后土》和《富矿》中麻庄也有首领(村长、支书),但他们在作者笔下基本上成为试图平衡个人利益与集体利益之间关系的人,并不具备实际的个人威望、领导才能,更无守护传统的责任感。

老万是一个典型的旧时代乡绅。"所谓'乡绅',就是乡间的绅士,即士大夫居乡者。这主要由两部分人组成,一部分是有官职而退居在乡者,此即所谓的'绅'或'大夫';一部分是未曾出仕的读书人,此即所谓的'士'。"[①]对照来看,老万可以归到第二类中,他虽没有在外做官的经历,

---

① 刘毓庆:《乡绅消失后的乡村命运》,《中华读书报》2015年12月16日。

但他是一个读书人。作者借大槐树之口说"（老万）肚子里有了一些四书五经"，可见他不仅仅是粗通文墨，还是一个真正意义上的读书人。他与秀才王二的关系也反证了他的读书人身份，"王二是麻庄唯一一个参加过童子试的人，是麻庄第一个秀才，也是唯一一个秀才。不幸的是，他考了几次乡试都没有通关"。王二也是一个读书人，且中过秀才，老万对他一直高看一眼，大力支持他办私塾，他也成为老万接收外界信息的重要来源，老万也正是通过这位读书人的见识得以对时局有所判断，比如关于武昌起义的消息就是通过王二得来的。

萧公权论及乡绅在乡村的影响时说："他们由于读书识字，在家乡地区享有威望，的确常常成为乡村中具有决定性影响的中心人物。"[①] 麻庄人之所以肯将老万作为模范和依靠，一方面是因为他家族庞大，经济富足，是麻庄最有势力的人，"老万在麻庄是大户，有土地三百多亩，家里有好几个下人"。作者意在说明老万在某种角度上为麻庄人提供了生计方式，因为如此多的田亩要由麻庄人来租种，也要有人为他家提供服务。比如陆三、王顺子等人都是佃农的身份。另一方面得自于老万自身的道德修养。在作者的意图里，这首先与老万奉行"四书五经"的儒家教义是分不开的："老万这个人和他的爹老子一样，是个忠厚人，或许是肚子里有了一些四书五经，他对待麻庄那些租户和下人的态度一直都很温和。"正因为"他平时乐善好施，在村子里人缘不错"，所以当绣香因为难产而亡后，"村子里的人自然都来捧场帮忙"。其次，作者再一次在此追念乡村的家族传统对后代风气的影响："在这方面，他（老万）继承了爹老子的一些做法。爹老子临死前，一遍一遍地告诫他：忠厚传家远，诗书继世长；人敬我一尺，我敬人一丈。要好好经营家产，善待村里的每一个人。"其实老万领受的不只是他爹老子一个人的遗训，而是民族传统精神中最基本的道德准则。从这一角度上，老万事实上是儒家道德传统的继承人。当听陆三说孙大炮要绑架曲阜衍圣公逼迫围剿他的官军撤退时，他焦急万分，"老万瞪大了眼睛，连连摆手说：使不得，使不得，万万使不得，那可是圣人啊！是民国的守护神哪！"

---

① 萧公权：《中国乡村——19世纪的帝国控制》，九州出版社2018年版。

在老万这个角色身上，深刻地反映了作者的历史观念。老万是一个大地主，叶炜并未受制于过去的阶级分析方法，将他看作压迫农民当牛做马的剥削者，反而在其身上寄托了沉重的文化理想。乡绅对传统的护佑和对现实生活的保护，在《福地》中被大书特书。老万及其家族一直以来就自感对麻庄负有不可推卸的责任，老万的爹老子曾说："我们万家从建村开始就是麻庄的主心骨，今后要好好守着麻庄，千万别让人祸害了我们的安身立命之所！"有了这样的嘱托，老万对麻庄的守护不但师出有名，而且成为他的精神信念，每当村庄遇到危难，这个信念就成为他保护麻庄的坚强力量。捻军来袭时，老万父子带领麻庄村民躲进马鞍山抱犊崮，并组织民团武装抗捻；当孙大炮的匪兵和张培荣的北洋新军轮番骚扰麻庄时，老万百般支应，麻庄虽未免遭袭扰，但老万已倾尽全力；日寇侵华，老万组织民团直接对抗日军对麻庄的侵略；抗战胜利，老万恢复民团，防止土匪和国民党再杀回来；三年困难时期，老万冒着风险私藏粮食，在关键时刻拯救麻庄人民；苏北鲁南连年干旱，又是老万组织村民打井，进行生产自救。作者正是这样将文化传统变为人物的个人信念，对人物性格和心理的形成找到源头，从而为人物的行为提供基于道德的精神支撑。

当然，《福地》不是一部乡绅护国护民史，作者的叙事目的很明确，即要通过老万及其家族命运的书写，折射千百年来的道德传统是如何在世事变迁中衰落的，以此完成对乡土传统的哀悼。刘梦溪说："至于中国的家庭，自然是保存和延续传统的最基本和最核心的单位。"[①]作为士绅阶层，家庭成员应当恪守长幼有序、尊卑有别的儒家宗法伦理关系，自觉压制非礼的欲望以保全人伦。但是，作为麻庄第一大家族，家长亦是明白四书五经道理的读书人，恰恰在家庭关系上出现了问题。在万家当下人的滴翠本是佃户王顺子的妻子，与主子发生关系后直接被收房成为老万的妻子，依辈分而论，她本该是老万的大儿子万福的母亲辈，但二人之间发生了不伦之情，甚至生下了孩子万春。而对此，老万是知情的。于是，这个麻庄的"主心骨"就面临了窘迫的难题："他不知道让孩子喊自己什么，表面上，那应该是自己的闺女，该管自己叫爹；实际上，那却是自己的孙女，该叫

---

① 刘梦溪：《传统的误读》，河北教育出版社1996年版。

自己爷爷。"为了在村中保全颜面,老万不得不忍气吞声承认现实。老万家子女众多,此种情形在作品中不是一例,无须赘言再举。可见在老万家基于儒家道德的家庭人伦尽失,秩序已乱,那看似一派兴旺的背后则张扬着肮脏的欲望,家庭秩序的败坏成为社会道德败落的最直接反映。我们有理由相信,在《富矿》和《后土》中麻庄村风气败坏,与《福地》中所揭示的乡绅家族的道德败落有着千丝万缕的关联。

三

《福地》中乡绅阶层和家族传统的衰败可以单方面看作历史进步的结果,就历史进程来讲,中国革命加速了这种衰败到来的时间。但《福地》之所以不同于过去的无产阶级革命文学,在于它并没有坚持"二元论"和阶级斗争的观点,而是将人物置于多纬度的历史视域中,从而形成复杂的性格和命运。老万是其中典型的例子,他为了首先是麻庄、其次是个人的利益,游走在盗、匪、兵、官、民、宗教等各种势力之间。这样一个家庭成分和出身经历十分复杂的人物,之所以在历次革命斗争运动中得以善终,并非他在政治选择中"站队"正确,而在于其试图对传统文化道义坚守的努力,对麻庄的守护和对他人的善良与他的命运之间形成了"善有善报"的因果关系。从这一点上看,叶炜在《福地》中遵循了中国传统小说的叙述方式,在批判社会现实、揭示人与历史之间关系的同时,也使其具有了教谕功能。在《富矿》和《后土》中,导致传统文化和社会道德发生更深刻变异的原因,已从革命的意识形态让位于商业化的意识形态。具体说来,农耕文明与商业文明的冲突和对立,加速了传统文化和道德体系的崩塌,人的欲望受到蛊惑失去道德和法律的约束,民间信仰里的诸神之像终于坍毁于日渐荒芜的土地上。

《富矿》的故事有深刻的现实依据,即毫无节制的矿业开发对农民赖以生存的土地造成无法挽回的毁坏,这样的例子在改革开放时代不胜枚举,再加上开发者一味追求经济效益忽视矿工安全等原因,"带血的煤炭"已成举国之痛。对这一问题的认识固然体现着作者的良心,但在作者看来,比土地损毁、安全问题更加严重的隐性伤害,是商业化意识形态对乡土文明造成的毁灭性冲击，以及这种冲击对人心的改变。叶炜对传统的珍视也体现在小说的创作技巧上，比如他总会想到在天灾人祸降临之前动用信仰中的神秘力量对人加以警示，从而加重灾难对人的影响程度。在苏北鲁南的煤矿被采挖一百年后，麻庄人深刻感受到了潜在的威胁："那些密密麻麻的巷道，走也走不到头，像一个个巨大的迷宫和陷阱。咱们麻庄人每天都生活在陷阱之上。"这种状况终于导致上天的责罚，连续几年干旱，连女人的乳汁也变成黑色。随之而来的，是极具象征意义的官婆在求雪仪式中倒地身亡。《富矿》的故事就从官婆之死开始——也即信仰和传统死亡之日开始，通过官婆在麻庄的转世之身麻姑这个人物，探究丧失信仰引领及道德约束后的麻庄人如何开始人性和风气的异变。

麻姑的身世颇为引人注目。"有人在官婆倒地身亡的时候，听到从半空中传来一个声音：我还会回来的，我不会离开你们。"而麻姑是在若干年后以与普通人无异的方式出生的一个女孩，但她与官婆拥有相似的面容，麻庄人自然而然将她与官婆发生了联系，因此作者给予了她官婆转世再生的身份。国营麻庄矿开始建设，随着"吵得整个麻庄的人都睡不着觉"的巨大轰鸣声，陆续到来的南方矿工也成为打扰麻庄平静生活的因素——这些外来人给仍然处在农耕时代的麻庄带来了外界的信息，也带来了新的生活方式。麻庄真正的改变是从麻庄人进入煤矿工作开始的，钱和享受成为麻庄人人追求的目标，先行被招到煤矿食堂、娱乐厅等部门工作的麻庄女性在利益的驱使下开始了欲望的躁动，随之通往煤矿的乡间小路也成为灯红酒绿的商业街。作者并未武断地让麻姑从一开始就走上追香逐臭的人生道路，而以她的伙伴笨妮、宝妮、福妮、紫秀等为前驱，为她改变思想做铺垫。她最初对所谓新潮观念的拒绝和犹疑，是作为传统守护者官婆的化身所具有的传统道德观念与外来的新潮思想斗争的体现，她与六小淳朴、真挚的交往是传统道德下的甜蜜爱情。但向往美好生活是人的本能，当煤矿干部蒋飞通出现后，麻姑开始了她由"麻姑"的身份而向"大洋马"这个暗指欲望、堕落和淫荡形象的转变，并最终成为利益和欲望的牺牲品。"麻姑"形象至远的意义则是商业消费时代传统农耕文明遭遇的无情失败，也不仅麻姑，《富矿》中的人物群像都在暗示这一规律。麻姑作为"乡土中国三部曲"中塑造的最好的形象之一，体现出作者扎实的叙事功底和良苦用心。

《后土》是"乡土中国三部曲"中是唯一一部展望农村生活前景的作品。但这部作品的叙事受到"农村题材小说"的影响，我将其归到"新农村题材"之列。它的叙述框架由两部分构成：一为农村经济开发建设，二为农村政治权力更迭。在谈到"农村题材"时，孟繁华说："农村题材是一种政治意识形态，它要反映和表达的，是中国社会开始构建的基本矛盾——地主与农民的矛盾，它的基本依据是阶级斗争学说。这一学说有一个重要的承诺：推翻地主阶级，走社会主义道路，是中国和中国农民的出路。"[1] 社会主义改造之后地主阶级消失，地主与农民的矛盾今已不存，走社会主义道路的目标已经实现。但是，在改革开放之后的新形势下，这个问题转换为另外一个问题，即农村的社会主义道路怎样走的问题。当下着眼于乡土文明败落的小说中，迟子建的《群山之巅》是一个范式，《富矿》和《福地》与之有很多共通之处。而《后土》则立足于如何建设新农村并展望农村的未来，这种愿景式写作显然与上述是不同的。周景雷在《史诗与英雄：向正义回归的乡村叙事——从几部长篇小说看新农村题材写作的一种类型》中这样总结道："它不是要着力表现农村土地的破碎和人心的散落，而是要表达对这种恶化的救治和对未来的美好想象。它试图恢复和重建某些新质因素，不通过史诗性和英雄性的描写来实现对传统的回归和继承。"《后土》结尾对回归传统的强调，与这种类型并无二致。

《后土》中的人物形象没有《富矿》和《福地》中的鲜明，但作者通过不同人物之间的对立，反映了当下农村的复杂矛盾，并试图为新农村建设的政策增添注解。刘青松是一个传统道义的维护者，曹东风则是一个投机主义和利己主义者，前任村支书王远是一个腐败分子；上一代的矛盾纠葛与异见在下一代得到化解，麻庄获得了无限生机。小说还通过知识分子的堕落（大学生的混乱生活、小学教师道德败坏）和外来宗教在农村活动对传统信仰的冲击表达了作者的担忧。尽管作者在叙事逻辑中通过旅游项目开发、新民居工程建设等提供了新农村的广阔想象，但基于复杂的现实形式，小说对这种想象充满内在的狐疑，因而不得不通过刘青松带领刘非

---

[1] 孟繁华：《乡村文明的变异与"50后"的境遇》，《文艺研究》2012年第6期。

平再拜土地庙的方式,从乡土传统中寻找信心。

四

由民间信仰到乡绅阶层的衰落,再到两种文明的对立冲突,叶炜在"乡土中国三部曲"中通过乡村文明衰变的过程和形式,探讨人在大时代变革下的异变,以及这种异变的反向:如何尽力维护众神之像不轻易被丢弃和打碎。

除上述点滴论及的以外,小说一定也存在另外的问题,但"乡土中国三部曲"巨大的篇幅自然增加了它们的艺术复杂性。前文谈到叶炜对中国传统叙事的重视,最重要的还是在对故事和人物性格的塑造上。《福地》的传奇性可见一斑,而《富矿》中以人物关系为脉络形成的网状结构也使故事在人物性格的形成和命运转折中获得最大的效能。这些作品的故事脉络清晰,结构圆润,人物设置匀称,可读性强,爆发出中国传统小说的美学张力。但是,"乡土中国三部曲"又绝非僵化的模拟传统之作,各种人物各自在其角色中显现出不同于传统道德的崭新的灵魂观念和思想性格,即便是那些传统道德的卫道士也获得新生。《福地》中老万隐忍之外的仁慈与宽厚使人生获得了近乎完满的成功;《富矿》中的麻姑虽无法把持命运但始终心怀信念从而令命运走向悲剧;《后土》中的刘青松深陷多方力量的牵绊之中却懂得维护大局,形成了百年来乡村变迁之中的人物群像。

"乡土中国三部曲"也是"70后"一代作家在现实主义创作道路上的重要收获。叶炜直面当下的农村现实,三部小说皆由现实而起,并将故事建构在强大的现实基础之上,言之有物,理据俱全。当下农村问题已成制约改革开放进程的重要瓶颈问题,如何认识农村的历史和现状,从而探索农村发展更多的可能性,"乡土中国三部曲"对此提供了文学的理解。现实主义作为中国文学史的主流观念和创作方法,如何在新的历史时期应对新的文学思潮,拓展新的内涵和外延,叶炜的创作也提供了某种尝试。小说中虚实结合,客观现实与神秘魔幻交错,生活情境与迷蒙梦境交叉,既有真挚抒情,也有深刻批判,更有基于历史经验的重构,这些都为小说提供了宏阔的叙事空间,为读者构建了基于乡土传统的农村想象,其中复杂的主题和意象也显示了作者对乡土文明持续怀想、查考和思辨的结果。当然,"乡土中国三部曲"所提供的又远远不是简单的现实主义,它们是中国传统与现代技法杂糅的写作,比如《福地》中"大槐树"独特的视角,《富矿》中的花鼓、《后土》中的孟疯子这些疯癫形象的象征意义,欲望叙事如何加深了时代对人的影响,以及在现代性视域中如何审视传统神秘文化等,都是值得讨论的问题。

孟繁华在前述著作中也谈到乡土文学与乡土中国的关系,他说:"乡土文学与乡土中国是同构对应关系,是对中国社会形态的反映和表达,如果说乡土中国也具有意识形态性质,那么,它背后隐含的是知识分子的启蒙立场和诉求。"他又说:"乡村文明的危机和崩溃,并不意味着乡土文学的终结。对这一危机或崩溃的反映,同样可以成就伟大的作品,就像封建社会大厦将倾却成就了《红楼梦》一样。但是,这样的期待当下的文学创作还没有为我们兑现。"作为同代人,我无法判定叶炜的"乡土中国三部曲"是否伟大,但它们至少在"兑现"这一期待中进行了孜孜努力,集中展现了一位"70后"作家对土地和传统的深情。叶炜本身就是一个传奇,在当下,能够像他这样把目光长期盯在乡土中的作家是稀缺的。"乡土中国三部曲"也以宏大的格局和气象告诉现在的或者如我这样曾经的乡下人:有一个农村长大的作家,博士毕业,在城里工作,但他不忘本!无论是麻庄,还是麻庄之外的所有乡下人,见到一个离了家而不改乡音、不弃乡俗的城里人,认定乡土文明是道德的标杆,都会大加赞赏。叶炜自己就是这样一个人,他在《福地》中化身为一棵大槐树,站在麻姑庙门口,时时忆起一个老妇人的宣喻:"你本洪洞老槐树,移此重生根须壮!莫忘老祖在何方,日日夜夜守麻庄!"

用种庄稼的方式书写乡村

——评付秀莹《陌上》

因为熟悉小说里讲述的生活,读罢《陌上》,我有一种迷蒙之感,竟以为付秀莹写的是当下颇为流行的"非虚构"。置身于充满乡土气息的民俗风物和乡村伦理中,翠台、素台、喜针、香罗、小别扭媳妇、望日莲等等容貌、脾气、性格和行事方式各异的人物,就像是生活在我身边,日常生活里天天都能见到的人。有了人的真实,被支撑起来的"芳村""长家庄"和"东燕村"等诸村落,尽管不一定确有其所,但却是"真实"的存在。这种"真实"来自作者对乡村生活和文化的熟悉,在《陌上》的创作谈中,作者说:"……我清楚每一户人家的婚丧嫁娶、是非纠葛。甚至,我熟悉那个村庄的每一声咳嗽,每一声叹息。对于'芳村'的痛和痒,我了然于心。"[①] 因此,相对于目下常见的靠理念辅以故事而虚构出来的作品,《陌上》首先来自作者在乡村的生活经验和对乡村的情感体验,而不是以局外人的身份对乡村进行理性观察和思辨的结果——尽管小说存在一些问题,但由于饱满的情感介入,《陌上》对乡村生活的表达,是活态化的、丰富的审美呈现。

关于乡土叙事、农村变迁及乡村传统生活的衰落,文学界已经书写和谈论了近百年。时至今日,有学者提出,反映乡村或农村生活的书写已经失去了在文学叙事中的主流地位,"2012 年对于中国社会人口结构来说,

---

① 付秀莹:《唯有故乡不可辜负》,《文艺报》2016 年 11 月 16 日。

则是一个石破天惊的年代,从这一年开始,中国城市人口首次超过了乡村人口,乡土中国的性质开始发生了转折性的变化。这一现象不能不影响到文学创作","乡土题材的作品越来越稀缺,与城市相关的题材占有越来越多的份额。这种变化不仅在数量上,更重要的是,即便是书写乡土题材的作品,也难以表达或反映乡村的主流生活,破碎凋敝的乡村在这个时代仿佛只是剩余的故事,感伤哀婉的情绪弥散其间。2012年,可以说是中国文学内部转型的标志性年代——乡土文学作为百年中国主流文学的现象已经成为过去"。① 以题材而论《陌上》,似乎可见上述关于乡村异变和城乡冲突的场景——比如结尾处《小梨回来了》一章——但这不是小说的主旨,小说是在对当下乡村生活进行整体性观照,而不是片段或一角。

一、乡村伦理的结构性支撑

付秀莹在创作谈中说:"这部小说采用的是散点透视。确切地说,这部小说没有主人公。我的责编说,这部小说的主人公不是任何一个具体的人,而是芳村。他的眼睛真毒,一下子就看穿了我的内心。"② 采用散点透视,将一个村庄而不是人物当作"主人公",又没有拉开时空距离做新旧的对比;而且没有了将"芳村"当作发生地的一以贯之的故事,小说很容易丧失推进的力量。作者给自己摆了一个不小的难题。但是,《陌上》不但较好地实现了作者的叙事目标,而且在艺术形式上显示了独特的审美效果,作者是怎样做到的?我认为,这源自作者对乡村生活的熟悉和对乡土社会本质的深刻理解,从而准确地把握住了乡村伦理在日常生活中的关键作用,并为小说找到了结构性支撑。

数千年的农耕文明史培育了中国深厚的乡村生活传统,深刻地影响了中国人的精神状态和中国社会的发展,这是众所周知的。贺仲明曾指出:"在乡村社会中,维持乡村社会正常运行,为村民提供精神和信仰意义,

---

① 孟繁华:《新世纪文学论稿——文学思潮》,现代出版社2015年版,第54页。
② 付秀莹:《唯有故乡不可辜负》,《文艺报》2016年11月16日。

同时也作为乡村人际关系的基础，就是乡村伦理。"[1] 尽管中国的乡村在商业消费和信息时代受到了外来的冲击，但基于文化传统的稳定性，乡村伦理仍然对日常生活有着决定性的影响，张柠曾说："中国的主要问题，至今依然是农民或变种农民的问题。中国当代文化经验中，隐含着大量的农民经验，或者被扭曲了的农民经验。"[2] 革命和后革命时代结束后，农村的实际管理者已经由过去基层政府为主转变为村民民主自治的方式，但它们终究是一些外来的手段，真正起到黏合社会、协调人与人之间关系的，仍然是以血缘为纽带的家族制度衍生出来的乡村伦理。

将乡村伦理的主要现实表现和结体形式挪到作品中，作为小说的主要书写对象，不仅直接成为文本的内容，同时还成为文本的主要结构方式，实现了乡村生活由题材到内容再到艺术形式的转换，这是《陌上》最重要的艺术特征。我们不妨从人物关系入手做简要分析。

在设置人物关系时，把家族和姻亲之间的伦理关系作为建构人物关系的主要依据，将不同的人物牵连在一起，为"芳村"建立起人际网络。小说主要描绘了几组人物的日常生活，这些人物先是通过血亲形成家族关系，然后通过家族成员的婚姻扩展出姻亲关系，之后再因为家族或姻亲成员的旁系血亲、姻亲形成复杂的亲戚关系，由此而组成一个个生活和命运共同体，这种结构成为芳村最基本的组织架构。比如翠台与根来夫妻及其儿子大坡和儿媳爱梨，这个家庭一方面因为翠台的妹妹素台与妹夫增志发生关联，另一方面又与根来的堂弟根生和弟媳香罗结为家族关系；翟大全的妻子与小别扭媳妇银花是本堂姊妹，在本家即是同一家族，二人又都嫁到了芳村，所以自然又比别人近了一层；其他如村干部建信、村医会开、小饭馆老板难看、裁缝小鸾等尽管因为职业发展出新型的社会关系，但归根结底仍然是依靠传统伦理关系维系和巩固着个人所处的生活体系。

上述人物关系的设置方法，正是费孝通关于中国乡村社会伦理是"差

---

[1] 贺仲明等：《乡村伦理与乡土书写——20世纪90年代以来的乡土小说研究》，人民出版社2017年版，第1页。

[2] 张柠：《土地的黄昏——中国乡村经验的微观权力分析》（修订版），中国人民大学出版社2013年版，第4页。

序格局"的具体化:"在差序格局中,社会关系是逐渐从一个一个人推出去的,是私人联系的增加,社会范围是一根根私人联系所构成的网络,因之,我们传统社会里所有的社会道德也只在私人联系中发生意义。"①在"差序格局"伦理关系框架下,作者在处理人物的行动时,通过生活琐事、婚丧嫁娶、生老病死等可能使伦理关系中的人物之间发生联系的日常事件,使芳村生活呈现出丰富的人情味和道德感,写出了乡村俗世生活里的仪式感和乡下人骨子里善良、淳朴的品性,以及好面子、爱占小便宜、从个人利益出发等人性中的隐秘成分。例如,被小鸾称作"二婶子"的贵山的母亲从医院回到家里,小鸾带着礼物去探望,回来的路上遇到了小令,作者写小令与小鸾二人就此事的对话:

> 小令噢了一声,照说我也该过去看看,贵山家跟我婆婆这边,认的是干亲,早些年走动得勤,这两年倒不大走动了。小令说如今我这光景也过得巴结,人穷气短哪,都变成不出礼儿的人了。小鸾见她叹气,便劝道,过去看一眼,也是那么个礼儿,什么东西不东西的。小令说那倒也是。不过,哪有白过去一趟的?挺大个人了,空着两只手,看着也不像话。

这段细腻传神的文字中,暗含着乡村生活诸多的秘密。贵山家二婶子与小鸾的婆婆是妯娌,从小鸾的丈夫占良这里论,是典型的家族关系;而小令与贵山家则是老辈人的干亲,是靠着乡俗礼仪结成的非血缘、非姻亲关系,所以小鸾比小令更亲近。一方面,小鸾探望病人,对病人是一种慰藉,包含着乡下人之间善良的关怀,尤其是在二婶子受到儿媳妇虐待的情况下,她的安慰更加重要;另一方面,从小鸾劝小令的话里可以看出,小鸾的做法更多的是为了一个家族伦理的"礼儿",是生活中必需的仪式。这种伦理的约束在非家族关系的小令那里就没有效果,她借口是已经断了联系的干亲和家里困难两重原因拒绝了,这也显出了小令的吝啬和自私。

另一个显示人物性格和乡下人隐秘内心世界的例子,是关于喜针买月

---

① 费孝通:《乡土中国 生育制度》,北京大学出版社1998年版,第30页。

饼的描写，喜针是个出了名的"碎嘴子"，八月十二晚上她去买月饼，作者这样写她的心理活动："这个时候，街上麻麻黑，难得见到小孩子，也就省得白瞎了月饼。"言外之意，如果是白天，买月饼遇到小孩子，少不得要给小孩子吃一块，但晚上就没有这个问题了。这句话将乡下俗世生活里的人情事理写得纤毫毕现：隐写的是熟人社会中的温情，街头遇到小孩子，但凡手里有可吃的东西，总要拿出来给小孩子吃，这是乡俗；显写的则是人物不可与人言的私心。诸如此类的书写在文中还有很多，正是作者熟悉乡下人对待人与事的方式，才有了这样丰富而又有内涵的表达。

所以《陌上》的人物世界不是简单的、僵硬的和枯燥的，而是复杂的、立体化的和鲜活的。他们不是为了作者表达个人的观念而被刻意创造出来的，而是现实生活伦理的自然呈现。这在小说的视角处理上也可以得到证明，小说的"散点叙事"除了没有集中的人物和故事，还表现在"见人说人"的叙述方式上。在田间地头、街头巷尾相遇时热情招呼或者串门时闲谈是非，是乡下生活中最常见的场景，这种开放式的生活情态显然启发了作者的叙述方式。《陌上》的叙事视角犹如一双在芳村走门串户的眼睛，见到谁说谁，见到谁写谁。以第一章《翠台打了个寒噤》为例，翠台、喜针、大坡、爱梨、素台、香罗、根来、小别扭媳妇等众多人物依次出场，排定出场次序的是行动的发生和视角的移动顺序，每涉一人，或交代来龙去脉，或陈述生活情状，或褒贬品行脾气，或慨叹苦辣酸甜，营造出活态化的生活气息，在文字描写的场景之外升腾起无尽韵味。

二、自然环境作为文化的构成

我们再从自然环境与人的关系角度，分析《陌上》对乡村生活的文学归元。

在传统观念里，人类文明史的进步是以改造自然、征服自然为标志的，城市就是这样的产物。在城市里，树木被修剪成模式化的形状，河水按照人的规划流淌，动物被关在笼子里，凡物都是人类意志的体现。因此，"城市是人类文明的标志，同时又是人类文明进步的尺度，城市'表述'着人类的进步","城市是人类文明的尺度,城市以形象外化着人类的进步"。[①] 而乡村之所以为乡村,正是因为与城市有着相反的环境形成原理,在乡下,花草树木在房前屋后自然疯长,不用人为干预;树上鸟雀啁啾,蝶蜂飞舞,不受人的控制;原野更不必说,大河流淌山川静默,仰赖的是自然的伟力。

在这个基础上观察城市和乡村的生活,显然也与之有着一致性。城市充满了强制性规则,而农村则以乡规民约作为基本的道德准则。中华文明的发展一直以农耕文明为基础,农耕文化传统的强大超乎想象。这一传统不但保证了乡村生活的长期稳定与繁荣,而且成为中国从古代到近现代城市生活的基本遵循。事实上,中国的城市和乡村生活从来就拥有共同的文化根脉。由于现代城市在中国兴起的时间较晚,当下并没有形成有本土特色的城市文化,正如学者指出的那样:"当代中国的城市文化还没有建构起来,城市文学也在建构之中。"[②] 因此,在当下的文学书写中,从冉正万的《银鱼来》《天眼》到叶炜的"乡土中国三部曲",再到乔叶的《认罪书》、鲁敏的《六人晚餐》等很多作品,它们都有一个共同的文化大背景,即传统的变迁——传统的基础就是以儒家文化为主的农耕文化,城市生活的瞬息万变其基底也是儒家文化的传统发生了变化。

作为一个显著的时代性特征,传统变迁显然也是《陌上》的文化背景,但也只是一个"背景"而已。在文本中,几乎看不到关于这个"总体性"特征的观念性植入,虽然不乏像"如今这芳村,人心都薄凉了,遇上事儿,旁人是添言不添钱",或者"如今村子里不像早先了,一盘散沙似的,轻易聚拢不起来"这样直白的对比性判断,但观念性话语主要表达的是人物自身的感受,从未独立存在过。这就使得在人物形象的知与行、思与体和意象的物与情之间实现了和谐的统一。做到这一点,很重要的原因在于作者抓住了"人是环境的产物"这一马克思认识论对人的重要哲学认知,看到了乡村环境与乡村生活的一致性,把人物的个人身份、情感意识融入自然和乡村伦理环境中,使当下乡村生活的可表现性与被表现方式有机地统一起来。所以我们看到的人物身上的行动、情感和性格,都像植物一样,

---

[①] 沈福煦:《城市文化论纲》,上海锦绣文章出版社2012年版。
[②] 孟繁华:《新世纪文学论稿——文学思潮》,现代出版社2015年版,第237页。

是在乡村的土壤中自然生长出来的。

　　大量带有浪漫色彩的自然环境描写，对芳村的生活状态和芳村人情感世界的生成起到了重要作用。传统文化衰落有着许多或隐或显的表征，其中至关重要的是，随着工业文明的刺激，工具理性统驭人的思维，"天人合一""道法自然"等体现民族智慧的文化观念被抛弃。在文学领域，随着现实主义和现代主义思潮的影响，废名、沈从文、孙犁等作品中的诗性浪漫渐渐消失，代之而起的是一窝蜂地开始关注社会现实问题、人的精神问题和人性问题等，"有心的读者不难发现这种审美倾向：许多作家不约地对大自然的秀美与雅致失去了兴趣"，"作家在小说中按照自己的心意重塑江山时，那些娇媚、明丽或纯净的景致被有意无意地排斥了，一些通常认为富于诗情画意的闪光水色遭遇了冷落"。①

　　在《陌上》，我们很惊喜地发现，对自然的重视重新回到了叙事中，并且作为建立叙事背景、塑造人物性格、调节叙事节奏的重要条件以及体现某种主旨的隐喻而存在，从而使对庸常生活的书写变得有意境、有格调、有深度，脱离了庸俗感。自然作为乡村文化的生产基础和构成部分，在小说中显现出神奇的效应，以《向日葵又叫望日莲》一章为例，从情节上看，这一章主要以望日莲与大全的暧昧勾连和学军的情感纠葛，以及他人对此的反应为中心，写望日莲的生活经历。从叙述顺序上，由事件的中间写起，先写望日莲从大全办公室出来后对外界的感受，之后再写在办公室的经过，然后延伸到她的成长经历和日常生活。在记述事件的同时穿插着多处环境描写，望日莲从大全办公室出来，被"鸡屁股嘴"看破秘密后，作者写道：

　　　　这片厂子在村北，原是大片的庄稼地。这些年，庄稼早就不种了，树却长得盛，多是当初种在田边地角的。大片的厂房，卧在深的浓荫里，在阳光下，仿佛笼着一阵阵的绿烟。厂区门口泊着车，也有三轮车，也有自行车，也有电动车，也有摩托车，也有小轿车，各式各样。太阳透过树枝子，落在这些铁家伙上，反

---

① 南帆：《南帆文集》（第2卷），福建教育出版社2016年版，第21页。

射出一片白亮亮的光，直灼人的眼。

这段描写与望日莲的个人感受并无关系，却与文旨有着神气上的沟通。望日莲爱的是大全的儿子学军，但不能抵挡住学军父亲的调戏勾引，这是严重违背乡村伦理道德的事情。看似荒诞不经，但与上述环境描写嵌合在一起，我们就在其中发现必然性：伦理失序发生在种植粮食的土地如今被用来建造工厂的大背景下，似乎也就不是那么难以接受了。

在望日莲离开厂区回到家里之前，从时间上说这个过程是很快的，但是因为作者插入了大段的环境描写，不但形成了停顿的效果，而且使读者有机会在想象中建立起生活与人物之间的对应关系，从而触到了潜藏在浮华表象之下的幽暗真相。限于篇幅，仅引其中的一节：

> 草木眼见得越发茂盛起来了。在芳村，多的是各种树，杨树，柳树，刺槐，椿树，也有人家栽了枣树，石榴树，苹果树，桃树，却不大见杏树和李子树。都说桃养人，杏伤人，李子树下埋死人。人们知道杏和李子这东西不好，就索性躲着它们。

如此繁复的描写，作者并不是要在这里给读者展示乡村的树种，而是意在言外。如果将这段对树的描写与上文对厂区门口车的描写相对照，自然的生长与现实的变化形成了鲜明的对比。望日莲作为一个从小受苦、性格倔强、质朴诚实，又急于想改变个人命运的乡村姑娘，事实上就像一棵树，是在乡村伦理道德熏陶下自然长大的，但当乡村的树木、田里的庄稼都变成了工厂、汽车时，显然她并不具备应对的经验，她的情感变故也就顺理成章了。

就像面对一个真实世界里的人，付秀莹在塑造形象时注重环境、文化对人物的养成作用，把形象放在地域风物、道德伦理和生活实践交织成的场域中，作为文化的滋养物来看待，诸多人物都是这样塑造出来的。就像望日莲一样，在他们身上有着芳村特有的印记，是芳村乡土中自然生长出来的人。

三、生存境遇与道德焦虑

《陌上》所描绘的乡村生活图景，是千百年来乡村社会持续演进的结果。在看到传统文化的传承性、延续性的同时，书写与传统相比的变化性也是作者重要的目标取向。在传统乡村伦理提供的结构性支撑下，伴随着庄稼变成厂房、树木变成汽车，维系芳村社会正常生活的伦理结构悄然发生改变，体现在人物身上，就是人的理想追求、生活感受和生存状态溢出了自然经济时代传统道德规范允许的情感边界。在新时代面前，日出而作、日落而息、自给自足的自然生活发生了改变，它们作为文化环境与身处其中的个体成员发生着互为因果的衰变性影响，从而演绎着整个乡村文明崩塌的序幕。这一过程并不是明显的，而每一次变化并不一定有外在的社会性标志。《陌上》从人的境遇出发，以敏感的笔触感受到个体心理情态的微小变化，就像摸到生活细微的心跳，这似乎是文学独有的功能。

对于现代乡土小说的特征，丁帆曾将其总结为"三画四彩"，即内容上的风景画、风俗画和风情画，以及作为内核的自然色彩、神性色彩、流寓色彩和悲情色彩。[①]事实上，当代乡土叙事已经具有比之更丰富也更复杂的形态，其中"变化性"已经充斥在上述所有内容和内核中。尤其乡土小说所体现出的"悲情色彩"方面，由于农民自身的局限性，当与传统观念完全异样的外来思潮和生活方式进入农村，他们与命运的博弈比以往任何时候都更加剧烈而悲怆。在这一方面，《陌上》的人物群体为了改变自身的生活条件和生存境遇，一方面保持着农民淳朴善良、勤劳肯干的道德品质，另一方面也确乎陷入了道德困境中，很多人物都身处礼仪与利益、欲望与节操、坚守与顺从的选择性焦虑和良心痛苦之中。

相对于像王华的《花村》那样有着明确的乡村变异观念、周瑄璞的《多湾》那样以家族变迁为脉络等的书写，《陌上》的散点叙事难以形成推动人物行动的聚合力。如同将日常生活行动作为小说的结构性支撑，小说将现实生活中人的生活目标作为人物的奋斗方向，从而使人物形

---

① 丁帆：《中国乡土小说史》，北京大学出版社2007年版，第21—28页。

象与现实生活中农民的理想保持了高度的统一性。农民持续增收是国家的大政方针,更是农民的具体追求。可以说,在当下的农村,发家致富是每一个、每一户农民的梦想,无论是经商办企业、种植养殖或者外出打工,农民莫不是围绕这一点来谋划自己的人生。在小说中,大全、增志创办了皮具厂,难看一家人则开了小饭馆,会开懂医术办起了诊所,秋保和国欣夫妇开了小卖铺,小鸾则利用自己的手艺揽裁缝活,香罗则在城里开起了发廊,每人皆在为了生计而拼搏。

问题就出在这里。对于在乡村伦理中成长起来的乡下人,他们普遍缺乏处理来自商业活动里的陌生经验的能力,头脑中根深蒂固的传统观念使他们难以顺利适应新的社会伦理,这就导致从前的道德规范很快面临坍塌的危机。这在作者着力塑造的三个与男人保持着非正当关系的女性身上有集中体现,即香罗、望日莲和春米。以香罗为例,香罗在外开发廊,在村子里与大全保持着暧昧关系,小说并没有直写她如何经营发廊,但是笔墨之间隐隐透出她做一些见不得人的生意,"发廊白天做头发,晚上就神秘了",因此在村子里并没有好名声。她背离传统道德规则的原因,既有她对发财的渴望,也有新的生活方式对她的吸引,还有来自个人成长经历的影响——这也是作者始终注意让人物从环境和文化中脱胎的例证:

> 香罗的娘,在十里八乡名气很大。人称小蜜果。小蜜果长得俊,而且,小蜜果骚。苌家庄的男人们,有几个不想小蜜果的?也不仅仅是在苌家庄,整个青草镇,谁不知道苌家庄的小蜜果呢。做娘的名气大,做闺女的就难免受牵连。人们都说,上梁不正下梁歪。有什么样的娘,就有什么样的闺女。

对于这样一个人物,芳村人的感受和表现表明,过去的道德观念已经发生了非常明显的变化:

> 芳村的女人们,鸡一嘴鸭一嘴的,是说笑的口气,听上去,仿佛是看不上,却又有那么一点酸溜溜的味道。香罗的衣裳,是领导芳村时尚新潮流的。香罗的头发,香罗的首饰,香罗的化妆

品，都是芳村女人们学习的榜样。也不知道从什么时候开始，芳村女人们的语气，都渐渐一致了，话里话外，全是奉承的意思。

所谓"笑贫不笑娼"的俗语在香罗身上得到了很好的应验，就连她的堂妯娌翠台，也为了大坡去向香罗求助，请她跟皮具厂老板大全说情。对于大全姘头的身份，翠台对香罗是有所顾虑的，所以求助香罗时吞吞吐吐，但香罗却不以为然，直爽地说："赶明儿我跟大全递一句，愿意的话就去他厂子里干。"对于自己的尴尬身份，香罗真的能够泰然处之吗？显然不是，尽管香罗已经成为芳村的潮流型人物，但她和她的母亲始终无法摆脱内心深处的焦虑感。香罗回村后与母亲发生争吵，小蜜果先是骂她不孝顺，之后又骂她是"小骚货"，这个说法彻底激怒了香罗：

香罗一面哭一面笑，一面咬牙根道，好啊！骂得好！小骚货！我就是一个小骚货！没有你这个老骚货，怎么会生出我这个小骚货！

可见，在乡村传统观念的影响下，无论是香罗还是她的母亲，都感受着一种无形的道德压力和良心谴责。她极力掩饰自己的负面形象，有着好面子的虚荣心，即作者说"香罗是个好面子的，宁可叫人家骂十句，也不肯叫人家笑一声"。这种虚荣与她想改变自身境遇的强烈渴望交织在一起，就表现为反抗道德、现实和命运的力量，这也正是香罗这个形象的可爱之处。

相比较而言，望日莲的道德反思能力弱于香罗。她的父母是农村里的老实人，日子过得"脱茬露眼"的，对生活的看法更加传统，所以他们以道德标准衡量女儿的做派，冲突也就在所难免了。望日莲是"一个出名的泼辣货"，但她从大全屋出来，被"鸡屁股嘴"看到胸前的扣子系错了，她并无多大泼辣的表现，只不过"脸上就腾地红了，不由咬牙恨道，鸡屁股嘴"。可见她内心清楚自己做的并不是光彩的事，道德焦虑感是存在的。

春米与村干部建信的关系事实上以"权色交易"的方式存在，为了维系与村干部的关系，公婆居然鼓动自己的儿媳与其他男人发生不正当关系，这是超出常人可接受范围、严重违反乡村伦理道德的行为。为了利益不择手段，弃人性与乡约而不顾，这从侧面折射出经济利益引导下的乡村变革面临巨大的道德危机。而作为春米个人，她之所以能够放下自己，除了自身的懦弱性格，还有建信可以满足自己作为女人正常心理和生理需求的一面，这在她与小鸾的谈心中可以看到。

有研究者说，《陌上》有着《红楼梦》的笔法，但在这部小说里，"芳村这个'乡村版大观园'里，却全无当代乡村的和谐与生机。在此，传统乡村的淳朴美德早已消失殆尽，小说意境的辽远、苍茫，以及升腾的诗性背后，所有的故事都暗藏凶险与心机，一派优雅和谐的内里却是千疮百孔，一切都是以金钱和权力为核心的利益社会。那些混乱的性关系，以及围绕性关系展开的勾引、讨好与欺凌，也都是赤裸裸的利益诉求"[1]。尽管这种判断过于武断和简单，但在利益的冲击下，乡村伦理面临崩塌却是事实。但反观变化的原因，乃是农民在农村现代化过程中缺乏处理新生活经验的能力所致，并非心甘情愿地屈从于新的潮流，他们始终处在道德焦虑中。所以从这一点上说，乡村的道德颓势是可以"挽救"的。

四、一些遗憾——兼作结语

当下关于乡村的书写，作者的立场千姿百态。或站在精英的角度批判乡村文化的衰落，或以一个乡下遗老的身份哀叹人心不古、世风日下，更多的则是以"归来者"的心态将乡村摆在自我和外界的生活之间，乡村既是心灵的寓所，又是出走的驿站，还可能是被抛弃的脚印，心底自然五味杂陈。就《陌上》来说，虽然作者已经离开农村到大城市生活，但是她对农村有着入心入神的童年经验和少年体验，因此小说将女人生活里的"是非"写得活灵活现——重要的是那种能够打动读者每一根神经末梢的感觉，"是非"的内容则是另一回事了。

前文已经论及，来自乡村生活伦理的结构性支撑和起着文化作用的环

---

[1] 白烨主编：《中国文情报告（2016—2017）》，社会科学文献出版社2017年版，第25页。

境应用，使人物有了一种生长感。可以说，作者是用农业的、自然的方式创设人物及其生活的环境，而不是工业的、模式化的方式。从文本形态上看，每一章的主体部分都毫无意外地实践着这个目标。但是，每章结尾部分的文字与主体部分毫无关系，在我看来是一种赘疣一样的存在。那看上去充满诗意的"画外音"式的调子，其试图表达的含义与它所在的那一段主题内容没有必然的关联，更与所描绘的乡村生活没有情节上的连续性。类似"人们病了。/先生给人们看病。/村庄病了。/谁给村庄看病"这样的絮语是对当下乡村变迁的诘问，但这是持有现代性立场的人将自我的反思强加给乡村的，小说里的人物很难有这样的自省。同时，这些颇有现代意味的抒怀，与现实主义的写实风格大相径庭，无法衔接在一起。

作者的女性意识对创作有着直接的影响，对女性心理的准确把握是一个很好的例证。也正是在这个基础上，《陌上》的女性群像具有鲜活性，无论老少，每个人身上的细节都充满诗性的美感。但作者的批判意识明显强过了对人物复杂性的考量，因此，在大多数人物身上，都充满了与传统道德观念相背离的成分，有种将乡下人性格、品德中的阴暗部分放大到所有人身上的嫌疑。这种情况更存在于男性形象中，他们普遍缺乏正义、善良之心，一味贪恋金钱、权势和欲望，比如大全这个形象，这个"西门庆式"[①]的人物只有两个喜好，"一个是钱，一个是娘们"，而且在对待望日莲的态度上，更显示他是个无节操、无底线的人物，呈现出的是一个单薄的、单向度的形象；像开饭馆的"难看"、村干部建信等，作者虽写出了他们的身份和职业特征，但明显是符号化的人物。与细节丰满、形神兼备的女性形象相比，《陌上》里的男性普遍缺乏神韵。

就当下社会文化和时代精神而言，尽管潮流变化不断，但相对而言，乡村的道德根基和伦理生活是稳定的；尽管乡土文明面临被工业和商业文明取代的危险，但这个过程是漫长的，是循序渐进的。因此，在现实的农村，普通人的伦理道德逻辑起码在形式上大部分还在传统的轨道上。在当下的文学现场，对于乡村生活可见部分的描写并没有成为叙事的中心，乡村的

---

① 白烨主编：《中国文情报告（2016—2017）》，社会科学文献出版社2017年版，第25页。

真相被各种入侵性的观念——这些观念经常打着现代性、全球化、启蒙、文明等旗号——架空、畸化甚至妖魔化了。从这一角度观察《陌上》,作者关于美好的道德理想只存在于文字的背后,需要读者猜测和揣摩,从未在主观上被宣示。尽管批判性是小说的重要视角,但对于真实的乡村和生活在其中的淳朴、善良的乡民来说,在某种程度上这是不公正的。

猫与妖鸟：超越道德的悲忏
——评张好好《禾木》

> 我想说的是，我并不想把隐匿、隐瞒、遗忘了好几个世纪或好几千年的事物显现出来，也不想重新在其他人所说的话的背后找到他们意欲隐藏起来的秘密。我并不试图去揭示掩盖于事物或言说之中的另一层含义。不，我并不只想让即时即刻存在的，同时却又不可见的东西显现出来。我的言说规划是远视者的规划。我想让距我们的目光极近的东西显露出来，好让我们都能看见它，它离我们太近，但透过我们所见之物，我们就能看见另一样事物。让这样的密度成为一种氛围，让这种氛围环绕于我们周身，确保我们能看见离我们很远的东西，让这种密度和厚度成为像透明度那样我们没有体验过的东西，而这就是我们无时无刻不想着的其中的一个规划，其中的一个主题。
>
> ——米歇尔·福柯

一

读张好好的《禾木》，不免令我想起两个人——福克纳和金宇澄。我不是说《禾木》能比肩《喧哗与骚动》或者《繁花》，而在于这些作品中共同充斥着强烈的形式感，它们之间具有某种形式上的相近。为什么要谈到形式感，是因为阅读一部作品，我们首先要接触到的就是它的形式而非内容。形式就像一块篷布，我只有揭开这块篷布，哪怕是撩开一条缝隙，才能看到它之下覆盖的东西。对一部小说来讲，形式是先于内容的，我们通过阅读触摸到它的语言形式和叙述的表达方式，之后才可能进入它的意象和情节之中。在我的文学观念里，谈到形式，就会产生某种恐惧感，因为紧接形式感的就将是"为艺术而艺术""形式大于内容"这样的说法。在并不算久远的时代里，这些观念因为违背或弱化了文学作品被赋予的某种功能而被定罪。在这些观点的角度上，《禾木》就是"有罪"的——它选择了第二人称叙述方式，这显然是一个不常见的写法。关于第二人称，有人认为这并不存在，我也一直没有在各种文学理论词典中找到它的定义，在大名鼎鼎的艾布拉姆斯的《文学术语词典》中，它也是缺失的，以至于需要有人通过理论文章证明第二人称的客观存在[1]。这是阅读《禾木》遇到的首要问题，"你"是谁？而又是谁在称呼"你"？是作者在说，还是文中的某个人在说，他们又分别说给谁？

带着这些疑问进入《禾木》，我不得不说作者是个勇敢的小说家。放眼望去，以第二人称书写并进入文学史的作品为数并不多，很著名的一部是法国作家米歇尔·布托尔的《变》。布托尔是位哲学家，所以他选择第二人称叙事与其说是在写一部小说，毋宁说是在进行一种文学试验，来验证文学之中各种不同人称交替写法的可行性。他自认第二人称代表的是读者，用"你"在叙述，是在与主人公交心，对主人公规劝，表达自己的伦理。[2] 第二人称写作的难度是相当大的，而我们当下的写作，一贯在追捧顺畅和容易，使用通俗的语言形成平滑、圆润的效果。《禾木》是反潮流的，它的情感基调是出自内心最纯朴的流淌，甚至其"创作感"都不明显，与各种技术流派缺乏必要的关联；它的人称选择则更是一个异类，带给我的就是滞涩和陌生化，辅以绵密的回忆性叙事，整部作品就像一个质量巨大的球体，内里结体紧凑而外形朴拙浑厚。这种特殊的形式选择，决定了这部作品在当下长篇小说写作中的可谈论性。

---

[1] 王学勤：《论第二人称叙述存在的客观性》，《河南教育学院学报（哲学社会科学版）》，1995年第3期。

[2] 郑克鲁、董衡巽主编：《新编外国现代派作品选》（第3编），学林出版社2008年版，第55页。

《禾木》的第二人称写法显然给读者和作者都造成了困难，作者在实施一种"有难度的写作"。而作为读者，我首先感觉到无法在阅读中摆位，时刻在与作品本身以及作者和人物发生揪扯，我是谁？我是读者还是作者？我如果是读者，"你"显然来自作者的定名，我一面要阅读文本，一面要时时提醒自己，称呼主人公为"你"不是我的意见，而是作者的自作主张。而我如果承认"你"的合法性，则就会成为作者的"同谋"，但作者又有什么权力将作品中人物的身份称谓与阅读者联系起来，又代替读者对人物施以居高临下的姿态？而我揣摩作者在创作中和在文本中的境遇，也比我好不到哪里去，作者要克服的首先是作者与隐含的叙述者之间的关系难题，称呼"你"的那个人究竟是作者本人还是叙述者？假如是作者本人，作者就会完全取代叙述者，这是不妥当的，但"你"的称呼则时时让作者陷入身份的迷乱中。作品就在这样的纷乱复杂的伦理关系中被创作和被阅读。我因此有理由相信，作者之所以选择这样的写法，在于她在进行自我的"设难"：在有可能以传统方式书写的情况下自我设定难度并超越它，从而实现主题的深化——这种深化来自作者本人附身于叙述者对经验进行的独立批判，而并不与依靠经验成长起来的人物面对经验持有相同的态度。

由此可见，是作者的叙事视角决定了文本形式的选择，包括人称问题，也包括讲述和祷告式的叙述语言风格，甚至这种叙述形式本身就接近宗教忏悔仪式的调子。作者看起来置身事外，以一个见证者和"过来人"的角色向一个遗忘了身份的人讲述她过去的经历，但实质上作者的情感态度、道德坚持和审美取向无不体现在每一个词语和句子中。"设难"的另一个含义是作者对所针对的事物了然于胸，并明白读者的期待，所以才敢于独辟蹊径和知难而进。相对于惯常使用的小说表达方式，敢于为自己"出题"，敢于突破自我，《禾木》的选择是一种非常值得称道和讨论的方法。应当说，这种创作的勇气在"先锋文学"以来的小说创作中是缺乏的，作家太过于沉迷在自我修筑的金光大道上了，可能创新的荆棘之路上人烟稀少。

二

《禾木》从现实入手,讲述了一个寻找和揭秘的故事。"你"通过回忆一个家庭的经历来寻找一个叫"娜仁花"的女人和一个叫"巴特尔"的少年,揭开了萦绕在父母身上隐秘的历史。叙事的重点并不在寻找的过程和结果上,而是用"你"这一代的人生与上一代做对比,反映人性、情感和道德的嬗变。——假如"寻找"的过程用传统的方式当作通俗故事来讲,它再俗套不过:这只不过是一次成功的婚外情。但是,《禾木》在沉静、哀婉和隐忍的氤氲之下,透射出人生对情感的渴望以及对罪感真诚的宽宥和忏悔。这样"化腐朽为神奇"的效果,既来自叙事方式的选择对俗世经验的文学性提升,更来自作者所秉持的观念立场。

在我们当下的叙事中,婚外情的出现习惯用来表示人物道德的败坏,或者作为价值多元化、生活庸俗化的证据,但是《禾木》里的婚外情呈现为人性、情感和欲望的自然表达,尽管它应当受到道德的约束,但这种源自本能的情感优先于道德的存在,这是作品中的重要主题。事实上作者通过"你"的讲述触及了言说的禁忌,即谈论父母一辈的情感问题,何况牵涉并不光彩的婚外情。在传统小说的伦理建构中,这是一个"雷区",无论持何种态度,都将使写作陷入两难境地。作者煞费苦心地选择人称和叙事方式与此有直接关系,她的机敏之处在于,将自我的道德意见具体化为某些意象,以此作为自己的代言者,委婉地表达自己对世俗生活的意见,并以悲悯和忏悔替代情感和道德的批判。

《禾木》多次写到动物,实有其物并只作为自然的代言者出现的是真正的动物,但有两种动物的形象超出了作为动物的本身,一是猫,一是虚构的妖鸟。温暖的身体、灵巧的姿态和蔑视一切的神情,猫最大限度地代表着人对情感的向往,而它们对人类无时无刻的陪伴更让走出布尔津的"你"体验到世界的善良和关怀,所以当"你"将猫托运到母亲处,自己回到孤单的现实中时,"你几乎要失声痛哭,你想起十来年的流离辗转,它们一只一只地到来,让你无暇愁苦,让你安然抵达彼岸"。"你"收养流浪猫,一遍遍回忆如何遇见幼小的"六宝"并收留它的过程,它们作为人类感情的代偿者而出现在"你"的身边，它们是"你"情感的寄托。顺着这个思路，我就看到"你"眼里父亲的情感："如果不是因为爱情，因为一个别的女人慰藉了他的心，他不会成为一个快乐的人。"拥有过苦难和辉煌岁月的父亲因为承包工程而前往禾木，并在那里结识了图瓦女人娜仁花。父亲是善良的，爱家庭爱孩子，所以他不能选择离婚，而因为同样的原因，他也不能选择离开娜仁花，就在那样的牵扯中走完他的一生。"你"对父亲的评判是："小平原上你的父亲，他从来不够狠。他若狠点，命运一定会好很多。"显然，作为女儿，对父亲背叛母亲的行为是宽容的，"你"也不断说出"谁不热爱自己的父母"这样的话来表达对父亲的感情。在血脉亲情面前，道德批判退居其次，情感具有优先权。

人不是猫，世界也并非只被美化为浪漫的情感，作者也不是一个幻想家，因此妖鸟这个意象显示出特殊的意义。妖鸟呈现"鸟"的形象，并被加上了"妖"的属性限制。日常生活中，我们对猫头鹰和乌鸦有偏见的态度，觉得它们是不祥之鸟，而妖鸟的意象或许从此生发，它被用来指代欲望。作者数次强调，妖鸟凭借无声的咒语让温良的女性产生邪恶的堕落。一旦被这种咒语击中，"那有获取之心的妇人"就将在劫难逃。一个十五六岁的女孩与这个小平原上一个著名的小流氓做了那样的事而退学，成了一个坏女孩，连"唇边笑意里"都"含着毒"；"妖鸟横空飞过"时，"他（父亲）对他的妻说白日里撞见的事。一个妖媚的妇人坐在某个男人的腿上"，"他还说起某年石灰窑里钻进去一个男人，后来另一个女人也钻了进去"。纵然"你"对父亲的感情优先于对他的道德评价，但"妖鸟"这个形象则显示出了作者的道德立场。作者借由妖鸟对传统道德的败落展开了批判，而"世风日下"的社会情境成为父亲情感转移的借口之一，从这个角度上看，妖鸟的背后隐藏的是对父亲出轨行为的谴责——但这种谴责因为亲情的存在而很快化作心底的理解，从而谅解和宽恕了父亲——尽管这种理解充满无奈。

妖鸟的形象所蕴含的意义在猫的形象中得到清晰的对照，对温暖的渴望并不等同于现实可行的法则，我因此看到《禾木》并不是一部鼓励或宣扬非道德情感的小说，而是一部忏悔与宽恕之书。妖鸟作为猫的对等意象出现，虽然次数并不多，但其力量足以抗衡故事中非理性情感的漫延。叙事显然在这里故意走了一段弯路,以隐晦地表达以"你"为代表的作者的态度。如此繁复的书写令人费解,但将"你"放置在传统家庭伦理的位置上考量,就看到了"弯路"的必要性。

三

小说应当是一个自足的世界,它仅靠文本力量就能通达到现实世界里看不见的隐秘之所,以"发现那些只有小说才能发现的"。作家作为创世者,会站在高远之处为小说选择悬浮运转的宇宙以及它内在封闭的运行规律。所以一个小说世界的品性和温度,比如它是粗犷的苍凉还是精巧的繁密,是感人的温暖还是寂寞的荒寒,取决于它的创世者即作者自身对世界的感觉经验和愿望期待。《禾木》的开头写着三句话:"人类对大自然的悔罪;男人对女人的悔罪;女人对罪恶的悔罪。"我将其看作是作者对《禾木》的主题定位。人分男女,作家似乎不应该以性别区分身份,但是能够以忏悔的姿态面对这个世界,女性写作者一定优于男性,男性往往将"无怨无悔"当作自己的座右铭。关于人生罪感和忏悔的书写,这两年最好的作品一是乔叶的《认罪书》,另一个就是张好好的《禾木》了。《禾木》是温暖的,而且温暖的生发是无条件和无界限的。能够将历史的僵硬以情感之火淬炼为温润之珠,甚至将欲望的原罪消解为羞惭的宽宥,这背后作者的女性身份时隐时现——但是诚如陈晓明在论及新时期女性主义写作表征的文化与美学意象时所说:"很显然,父权制设定的历史动机和目的轻而易举就统合了女性话语。新时期的女性写作可能一开始就试图表现女性自身的感情(例如张抗抗、铁凝等),但是宏大的历史叙事所给定的意义改变了女性初始的意向,那些本来也许是女性非常个人化的情感记忆,被划归到历史化的语境中重新指认现实意义。"[①]《禾木》也深陷这种统合和改变之中。

《禾木》是一部女性之书,首先主角"你"是一位女性,所生活的家庭是女性主导的家庭。做裁缝的妈妈带着三个女儿生活在布尔津,唯一的

---

① 陈晓明:《中国当代文学主潮》,北京大学出版社2009年版,第400页。

男性是父亲，但是父亲在家庭生活中近乎缺失。计划经济时代，父亲是手工业联合社里的木匠，曾经与母亲同甘共苦，那时的家庭是完整的；市场经济时代到来后，手工业联合社解散，父亲去了禾木包工程。工程完工，父亲不回家，借口还有另外的工程，事实上最重要的原因是有了图瓦女人娜仁花。接下来，"你"的家庭就成为一个"母系社会"。在小说中，"你"观察历史和现实的目光呈现出的女性特征，主要在对待父亲和母亲的态度上。叙事焦点对准的是父亲，而将要被原谅的也是父亲，这是一个女儿因女性的本能而对男性父亲保有的无条件的亲切感。相对来说，母亲就成为一个特殊的存在。"你"看到母亲在有关父亲的传闻中一夜老去："她四十岁开始生白发，不是一根根慢慢生，是百根千根，一夜，她就老去了。"尽管这样，"你"看父亲时还是觉得"不会认为自己的父亲就是败坏的"，而看母亲时则变成"母亲的坏脾气，抱怨的语言"。事实上母亲是这场变故的最大受害者，但"你"对此视而不见，对父亲的宽恕是以对母亲的忽视（尽管也多次写到母亲的吃苦耐劳和忍辱负重）或误解为代价的。而对父亲没有离婚的事实，"你"也归因于父亲"不够狠"，而未从母亲的角度做一点考虑。甚至那个因为父亲不伦之爱而被谈论的孩子也被以"巴特尔"——蒙古语里英雄或神的名字命名，并视作生命的牵挂，可见对父亲无限度的宽容已近极致，母亲的感觉再次被忽略。

  显然，母女间的这种微妙关系明显区别于父女关系，这样的伦理结构创设形成了文章内在的矛盾，甚至导致与作者所宣称的观念的偏离，与"男人对女人的悔罪"这一被宣称的主题相左。父亲对家庭的忏悔表现在这样一句话中："所以你对他说，父亲的一生不圆满，在最后的时刻，他无人深情致谢，也无人对他深情致谢。"仅此而已。那仍然是男权社会里的伦理。作者依旧赞同男人的社会地位，男人是家庭的支柱，以至于父亲离家多年及至故去后，女儿仍要寻找母亲之外的那个女人以及可能是他们生育的儿子，事实上是对父亲的牵挂和对其行为的认同。甚至对娜仁花，"你"也没有丝毫的怨言，仍然设身处地地从她的角度为父亲爱上她寻找理由，"50岁的男人也可以内心是脆弱的，是需要人疼惜的"。由此而往，《禾木》中男性是被女性美化的对象，老冲大爷、小曾、和布克赛尔的蒙古男人、北戴河遇到的男编辑、"你"的前夫，他们是那么善良、淳朴、宽容、不计较一切得失，甘愿做"你"倾诉的对象，帮助"你"，在"你"想要时给"你"依靠，唯一有污点的男人是父亲——而且他也获得彻底的、宗教般的宽恕。"你"的弹吉他的丈夫与"你"和平离婚并保持友好的关系，这一情节成为父亲与母亲关系的反向对照：徒有虚名的婚姻悲剧没有在"你"的身上上演，这种自我的解放反映的是社会的发展对人性的促进，结束意识形态的禁锢，人是可以按照自己的情感意愿生活的。

我一直在想"你"对待父亲与母亲的态度，假如"男人对女人的悔罪"得以成立的话，那么只有一种可能："你"站在母亲的对立面，与父亲构成了命运共同体，共同向以母亲为代表的女人忏悔。但是因为"你"并不能认同母亲的生活，所以这种忏悔就变得很可疑。"你"这样评价母亲："她是多么好的妻子，无人能做到。如是你，你会怎样？你说，会离婚。""你"已离婚流落四方，而他并没有责怪你，在这场分离中"你"对他是心怀歉疚的。从另一个角度讲，父亲、母亲的情感遭遇也成了"你"为自我辩解的方式。作为自足的叙事，我看到其中存在的这些矛盾，但仿佛这些矛盾恰恰才是俗世生活的本来面目，正如福柯所说："我想让距我们的目光极近的东西显露出来，好让我们都能看见它，它离我们太近，但透过我们所见之物，我们就能看见另一样事物。"① 张好好在《禾木》之中显然站在现实的远方，与经验形成距离，才得以窥破屋檐下天天发生的无可言表的感情故事，这样由远知近的方法也许对于女性写作者而言是一种特殊的才能。

四

家庭生活和个人成长经历是张好好喜欢的题材，她的前两部长篇作品《布尔津的怀抱》和《布尔津光谱》也在处理发生在阿勒泰布尔津这个地域的历史和现实经验。《禾木》出现之后，这一组"布尔津三部曲"在反映时代与人的关系，讲述人生成长经历，书写边地童年、少年和青年生活等方面形成了同题异构。关于布尔津的书写也成为辨识张好好作品的重要

---

① 〔法〕米歇尔·福柯：《大师之声》（第一卷），译林出版社2015年版，第55页。

标志。在当下的生活中反顾历史，通过拉开现实生活与历史的时间距离和生活地理的空间距离，形成对成长经验的再认识，并在此基础上对经验进行解构和重建，是小说的必由之路和必然责任，也是张好好极为擅长的书写方式。布尔津地处新疆北部边陲，《布尔津光谱》就曾经将小说展开的背景放置在边地开发的历史大幕下，将个人史与民族史和西部的发展史结合在了一起，使得与作者人生经验有着紧密联系的私人化叙事具有了宏大的气象。而在《禾木》中，作者的视野进一步扩大，伴随"你"的成长与迁徙和父母情感变化过程的，是看到道德败坏和自然环境被破坏后对人类终极命运的思索。所以《禾木》整体上呈现了人类道德进化和生存发展的困境，其中的"寻找"主题则在困境下深化为回归的理想，但似乎小说中这些主题之间存在着矛盾。

在对社会生活的描写中，作者表现出博大的胸怀和博爱的情感，小说中的"你"对男性怀有美好的憧憬，而对同性也保持了足够的怜惜和仁厚。这一切有一个基础性前提，即在作者看来，发自人类本能的情感和意志大于以道德和法律为基础的社会规约，这在本文中已有论述。这是一种超越性的大胆的思想，并不符合传统道德观念和政治影响下的社会习俗，这也是《禾木》的特殊之处。在最为基础的传统启蒙读物《三字经》中，开篇第一句"人之初，性本善"，就已经在使用道德标准评判人性，认为人性最初应该是善的。但是人作为自然物之一种，假如不是后世的道德标准，其行为就将无所谓善恶。在人类的进化发展意义上，自然性先于道德性出现，因而人作为自然物的最本能的权利应当首先得到保护，虽然人性应当遵守道德律法的约束，但后世的道德和法律并不应该以违反人性为前提。从这个角度上看《禾木》中父亲的情感生活，它是一种天然生发的感情，如果不用道德条律去框定，则它没有罪恶，没有谴责，它甚至是男女之间必要的情感——作者已经在文本中为这种情感的合理性提供了周到的解释——也正基于此，作者才可能以宽恕和忏悔的姿态来对待"你"父亲的这段感情，而小说中所有道德视角下不伦的爱情都带有浪漫唯美的一面，甚至全部都是唯美的。在这种观念之下，符合道德要求但是违反人性的婚姻就成为罪孽，所以"你"的离婚就有了合法性。当时过境迁之后的"你"重新审视父母之间名存实亡的婚姻关系时，产生替父亲辩护、替男人向女人赔罪的想法也就不足为怪了。

　　张好好将情感置于道德之上的尝试并非空穴来风，这源自她从童年到青年时代就深受到的自然的影响，自然世界里的客观规律才是作者思想中的律令。从自然地理上看，布尔津仿佛是一个世外桃源，游牧民族信仰中的自然崇拜深刻地影响了作者文化心理结构的形成，所以在作者的笔下，自然永远是美的，而人类成为丑陋的化身。当"你"离开布尔津到内地闯生活，满目所及都是对自然环境的破坏。卡莱尔说："我想我有必要再次说明，自然法是永恒之法：人们决不敢不予理睬这来自我们内心深处的自然法的和平之声，否则将会受到可怕的惩罚。"① 但似乎人类已经忘记了这样的警示。这引发了作者深深的忧虑，很多时候小说就在环境被毁坏、草木被践踏、动物被虐待和屠戮所引起的作者的悲愤中展开。在这一点上，我看到作者通过不同的角度表达对自然法的尊崇和对当下人类生活的质疑。首先是动植物遭遇灭绝性屠杀和砍伐，"黄羊票"，乔尔泰鱼的洄游遭难，长江野生游鱼减少，圈养黑熊被活取熊胆，刺猬、青蛙被端上餐桌；"如果有一天大树全毁，即使有大树，但大树顶端全部锯齐，鸟儿无处落足"，"人的心可以坏到见了生灵就杀害"。之后是对物欲横流的人类发展现状的反思，作者说："人类进程的关键的一百年，文明到来得这样迅疾，大地的腐烂来得太快了"，而"人把九色鹿出卖后，这个世界的灵兽就绝迹了"，随后作者将西天山的美景自然和中原城市里做对比，"大家生活在概念里，一句宣言，就糊住了所有的不洁净、黏稠"。而比这更可怕的，是人类对自我的放纵和对自身责任的逃避，人类的狭隘和自私由此可见一斑："人们把信任交给了城市的创造者，这个'者'是谁呢？反正掉下去的不是你，不是他，不是她。反正别人的事，永远都是另一个星球的事。""大家都认为自己是无辜的，善良的，只是观众，'者'究竟是谁？"在所有的生态文学中，这样直接深刻反思自身，拷问人类道德上的"平庸的恶"的作品，《禾木》是我仅见。

　　从自然法到人间法，《禾木》宣扬一种"天赋之权"的自然法则，所以作者引用印第安人的古老歌谣来表达对人类终极命运的担忧："人类啊，

---

① 〔英〕卡莱尔：《文明的忧思》，金城出版社2011年版，第7页。

最后你只剩下银子,而世界的美好全部消失,这钱你能塞进嘴巴里当食物吗?"但作者所没有解决的,是如何调节人性与道德之间的关系。从娜仁花到纺织女工,从钻进砖窑里的女人到坐到男人腿上的女人,甚至到妖鸟的咒语对"你"的引诱,在作者看来,天然人性的舒张是以俗世生活中的道德败落为代价的。这是不能简单地用向往"自由"来解释的,因为按照斯宾诺莎的说法,"自由人,即只遵循理性指引生活的人",显然,他们谈不到理性指引,而是受到了"妖鸟的咒语",即欲望的引诱,这恰恰是道德所反对的。只有确证了对道德约束的认同,"你"的忏悔和赎罪才有存在的道理;但假如承认情感的超越是道德衰落的表现,对待父亲情感的态度和对父亲的宽恕就显得悖谬。《禾木》的写作显然陷入了二律背反的困境,所以通过"寻找"而"回归"的企望变得无所适从。

五

在我们身边,现实主义创作的一个问题是,小说常常被现实左右,现实生活里有什么,弘扬什么,或者反对什么,在小说里常常就会看见什么。当然,这里的现实既指当下,也指历史。文学对现实的反作用,除了隐含着的对现实的教化和规训之外,还表现在小说保存了现实的记忆。这种记忆也可能是零散的和碎片化的,而越是散碎的细节越能体现文学对现实的尊重,小说里那种毛茸茸的生活质感是史学文章所不具备的。毫无疑问,文学将能够体现它所书写的时代历史,我们因而在"五四"以来的新小说中看到不同阶段的时代变化。但是小说不应该是生活的附庸,小说要有独立存在的价值。小说不是要证明世界的荒谬或者正确,而是要通过自足的运行规则和建筑方式再造一个世界。小说里的世界与现实世界有重合的部分,但更多的是对原有世界的脱离和超越。正如纳博科夫在讲到福楼拜的小说时说:"其实,所有的小说都是虚构的。所有的艺术都是骗术。福楼拜创造的世界,像其他所有大作家创造的世界一样,是想象中的世界。这世界有自己的逻辑、自己的规律和自己的例外。"[1]《禾木》不是一个随

---

① 〔美〕弗拉基米尔·纳博科夫:《文学讲稿》,上海三联书店2005年版,第128页。

波逐流的小说，作者通过创设一个完整的文学世界保持了足够的独立性。它抛弃了故事的连贯性，深入人的内心幽暗之处思考人与人之间的关系，强调人作为自我意志的主宰者的身份，这都是小说特殊的价值。

透过《禾木》，连同《布尔津的怀抱》和《布尔津光谱》，我看到了张好好温婉、澄澈又饱含关怀与悲悯的叙事风格。而这种效果的出现，则来自阅读《禾木》的另外一个感受：小说仿佛是自作者心底流淌出来的，没有造作与矫揉，是完全起自自然状态的心灵表达，它或许是诠释人生经验如何升华为文学作品的非常好的例子。尽管第二人称的写法令阅读产生滞涩和陌生的感觉，但私语化的语言又能够对此有所减弱。而作为一部现实主义作品，它的故事性并不强，单从"寻找"这个情节本身来看，甚至都不足以构成一个故事，寻找对象的模糊性使这一行动的完整性受到损害。或者寻找本身只是一个框架，悬挂在这个框架上的部分是父母与下一代彼此不同的人生选择。在作者、叙述者、主人公和读者之间复杂的伦理结构之内，《禾木》开始从人性和道德的角度展开经验的批判性审美，因为当中牵涉了大量的成长经历，尤其是对幽微的内心世界的描写，使得作品与作者的关系发生了无可分离的贴近感，作者在其中借助"你"的身影而显形。尽管因为某些观念的混乱使得叙事逻辑稍有乱象，但保证了小说的客观真实感。在真实性的平台上，两代人无法理清、混沌囫囵的人生被小说浓缩并延展。

或者说，拜历史和时间所赐，仰赖于时代的发展进步，离开道德谈论情感和人性才成为可能，《禾木》由此而生。

革命湍流中的痴情人

——评陶纯《浪漫沧桑》

"五四"新文化运动以来的中国现代史，在20世纪80年代被用"启蒙"和"救亡"来描述，"革命"是拯救民族、国家和社会的主要方式，对自由爱情的向往和追求则是个体获得"启蒙"的重要方式。历史实践反映到文学书写中，以此为背景的革命历史题材小说确立了"革命＋爱情"的基本叙事模式。这个模式中的人物关系，又与中国古典侠义小说中"英雄＋侠（才）女"的传统是暗合的，但这一传统经过了现代性转化：

> 作为中国古典侠义小说的基本叙述框架，英雄和儿女、侠和情的结合在晚清新小说中被改头换面成现代的叙述模式。为民族国家而战的改良者革命者成为现代勇敢的、有英雄气概的、无私的、愿意为正义牺牲的骑士；女侠也经历了角色的变化，变成了女改革者、女革命者和女刺客，与男英雄一样，有着令人佩服的勇气和追求。①

从20世纪40年代起直到改革开放之前，小说对革命与爱情的关系描写，固定在爱情从属于革命的范式之内，几无其他的路径可走。这是社会现实为文学竖起的藩篱，美好的爱情作为自由的象征，无疑受到了现实的

---

① 〔美〕刘剑梅：《革命与情爱——二十世纪中国小说史中的女性身体与主题重述》，上海三联书店2009年版。

规训:"爱情在这些小说中好似英雄事迹的装饰品,它其实只是民族主义的表现形式。"①

进入新时期之后,这一状况有了很大改变,爱情拂去了附着在身上的政治化和道德化的伪装物,获得了主体的地位。这在陈忠实、王小波、苏童等的书写中都有不同程度的体现。没有人能够独立于时代之外,革命作为汹涌澎湃的社会洪流,对个体的命运有着巨大的甚至是决定性的影响,而爱情似乎成为最适宜显示复杂现实的参照物。部队作家陶纯的《浪漫沧桑》仍然是一部以探讨"革命时期的爱情"为主题的作品,但不同的是,作者顺着"启蒙"的路子,以爱情统合复杂的社会力量,书写爱情在革命的洗礼中对命运产生的重大影响,由此建构起了新型的革命与爱情的关系。

一、"歧路":新女性的"启蒙"与"救亡"

从抗日战争、解放战争到新中国成立,这一时期是历史上中国社会形势最为复杂的时段之一,敌我矛盾和民族内部矛盾错综复杂,个体的生活和命运被现实裹挟,每个人身上都"浓缩着一部中国现代史"。时过境迁之后回望历史,会发现对革命的记忆为我们理解"人是一切社会关系的总和"这一马克思主义关于人的基本定义提供了最好的场域。陶纯的《浪漫沧桑》脱离开既定观念的窠臼,将人物返回到"人"本身的位置上去探寻命运的可能性和合理性,一方面对历史做穿刺式剖析,通过女主角李兰贞跌宕传奇的一生,既展示了新女性对爱情的追寻和坚守,又折射出了时代对个人命运的碾压或救赎,写出了人面对历史时的无力感;另一方面,小说通过对汪默涵、江山、杨天龙、余乃谦、龚黑柱等革命者、反革命者、投机主义者的形象塑造和对不同力量之间激烈斗争的场面描写,以及他们对不同道路的选择,反映了历史的复杂性,也以此鉴照出复杂的人性。其中,余开贞的个人经历是贯穿全书的主线。在她的身上,既寄寓着经过现

---

① 〔美〕刘剑梅:《革命与情爱——二十世纪中国小说史中的女性身体与主题重述》,上海三联书店 2009 年版。

代精神启蒙洗礼的新女性对爱情的渴望和对原生家庭的反叛精神，客观上也表现了英勇顽强的革命毅力。

余开贞是国统区龙城公安局局长的女儿，"李兰贞"这个名字得自她进入我党游击区后汪默涵的命名。两个名字标志着她的双重身份，也代表着她生活的两重空间。她凭借特殊的身份，往来于革命阵营与反动家庭之间为革命做工作。她假装被绑架，写信给父亲索要枪支弹药，解决了游击队的燃眉之急；家中为她选定的未婚夫申之剑带队"围剿"，危难之际她挺身而出，使游击队免遭全军覆没的危险；国共合作抗击日寇，她带着五千银圆重回革命队伍；在收编天柱山的匪首龚黑柱的行动中，她不顾个人安危和道德责难执行上级命令，以身许匪等。她因为私放申之剑而受到处分，新中国成立后转业到地方，后随丈夫杨天龙返乡，在改革开放前夕终老于乡村。

若单从个人经历上看，余开贞貌似一个为了爱情背叛反动家庭，并且为革命事业做出重要贡献的女英雄形象。但深入到她的内心世界里就会发现，她最初参加革命，实际是受了爱情的"蛊惑"，是被迫随爱恋者汪默涵投身到革命阵营中来的。余开贞是礼贤中学的学生，而汪默涵是老师，余开贞之所以追求汪默涵开始一段"师生恋"，不是因为在老师的教育下转变了思想，而是因为家庭原因得风气之先，使得情窦初开的她产生了对男性的爱慕。彼时的汪默涵对所有女生都有足够的吸引力：

> 汪默涵毕业于南京的金陵大学，他外表俊朗，谈吐不凡，学识渊博，动作洒脱，朝气蓬勃，没有架子，与那些老气横秋、面容呆板、做事古板的男教员们一比，立马把他们比下去一大截。班上的女学生大多出身官宦富贵之家，受教育早，接受西式生活方式快，见多识广，她们中很多人并不像他想象得那么封建保守，有些人往往有惊人之举。汪默涵便成为她们最好的目标。①

余开贞只是众多女生中的一位。地下党员汪默涵尝试着发展余开贞为

---

① 陶纯：《浪漫沧桑》，湖南文艺出版社2017年版，第7页。

革命工作，他"试着给她讲共产主义，讲马克思，讲列宁，讲俄国十月革命"，但是丝毫没有引起她的兴趣，由此他断定"这些对时事一点也不敏感，对政治不感兴趣的读书人，尤其是家境优裕的年轻人，是很难拉进革命队伍的，他们身上缺乏革命的基因"。况且，汪默涵此时已结婚成家，无论是从道德上，还是从地下工作纪律的要求上，他都不具备与余开贞谈恋爱的条件。但形势所迫，汪默涵为了安全离开龙城，不得已通过与余开贞谈恋爱做掩护，欺骗了她的情感，占有了她的肉体。但汪默涵惦念的始终是结发妻子李雅岚，甚至回到营地后为余开贞取名"李兰贞"，在他自己看来是对妻子的怀念，但对余开贞来说是一种无情的移情。

很显然，作为知识分子形象，汪默涵并不是一个意志坚定的革命者，他后来离开队伍遁入空门也验证了这一点。他本不想将对革命没有丝毫兴趣的余开贞"骗进"游击队，但事与愿违，余开贞抱着一腔爱的热忱追随自己，从而开始了多舛的命运。可以说，余开贞对汪默涵的感情是单纯的，她想要的只是爱情。但是她的爱情之路刚刚开始就"误入歧路"，究其原因，一方面是她涉世未深，在情感慑服下不能自拔，以至于面对汪默涵浅浅的回应都不能自持；另一方面也是最根本的原因，混乱的现实使她无法实现爱的梦想，假如她留在原生家庭，她未来的命运走势同样堪忧，可见她的命运是时代造就的。

在以往革命历史题材作品中，女革命者常常因怀揣救亡的理想走上革命的道路。以《青春之歌》为例，林道静为了抗婚离家出走，在卢嘉川的启发教育下经过理论学习和斗争实践，实现了从个人"小我"到革命战士"大我"的转变。但在余开贞身上，这一切均不存在。首先优裕的家庭生活使她没有改变命运的想法，也没有抗婚的坚定性，反而对父母指定的"未婚夫"申之剑颇有好感。她甚至已经做好了与汪先生分手的准备，当汪先生给了她一个拥抱后，她的反应表现出一个情窦初开的少女天真的想法："和汪先生就此分手，哪怕一辈子不再相见，她也没有什么遗憾的了。"其次，她从未从个人信仰的层面获得革命的动力，她决定留下来的原因是复杂的——既有对汪默涵的爱，也有从短暂的营地生活体会到的新感受，同时也在江山、江母、杨天龙等的关心下感受到了集体的温暖。

人物命运的转折没有被作者纳入既定的成规中来，而是返回到人最朴素、最基本的情感层面上,刻画出了一个痴情的革命者形象,这在这类题材的写作中是有新意的。

二、传奇:革命的复杂性和可能性

文学作品中的历史观,与时代对历史的认知是同构关系,"一代有一代之文学"最鲜明地体现在历史书写中。《浪漫沧桑》与以往革命现实主义写作的不同之处,也在于面对历史时的立场和态度。尽管是作者在创作小说,但反过来看,也是当下的时代促成了小说的诞生。诚然作者很善于设疑,开篇讲述余家"三喜",先藏起一"喜",令读者形成阅读期待——但小说的诱人之处,不在于这些细微的技巧,而在于大开大合的丰富的历史传奇性。人类有喜欢故事的天性,"浪漫"的情感生活与"沧桑"的人物命运能让人反躬自省,有关此类的情节自身就会形成诱惑力。但是,《浪漫沧桑》不是一个简单的消费型文本,作者将"浪漫"和"沧桑"与历史结合在一起,在让人从传奇中获得阅读快感的同时,也不得不让人思考,小说中的故事在多大程度上更符合真实性。

文学真实与客观真实不是一回事,这是一个基本常识。但是在革命现实题材的写作中,文学作品中的真实性与历史发展的客观规律是有一致性的。通常而言,小说中"所谓真实性并不是如实描写生活本身,而是指作家所构思、所想象、所描写的对象的内在逻辑性"[1]。对于《浪漫沧桑》这样以革命史为背景的写作,其内在逻辑性往往通过历史背景、人物经历、道德立场等构成客观真实的要素来体现,而不是仅仅满足于建构起合理的故事。此外,随着时间的流逝和经过不同时代不同价值观念的选择,历史的一些片段和大部分细节已经成为谜团,小说的探疑过程既有建立文学真实性的一面,又有探求历史真实性的目的。在这个问题上,当代文学史上的一些作品是吃过亏的。比如对人物形象的塑造,某些阶段的某些作品,曾经受到当时时代认知的局限,为了突出或光辉或卑劣的形象,采用二元

---

[1] 童庆炳:《现实主义文学的审美范型》,见《童庆炳文集》(第一卷),北京师范大学出版社2016年版,第121页。

对立的方式塑造人物,好人天生根正苗红,完美无缺,所做的事无比正确;坏人则在娘胎里就坏,集众恶于一身,一无是处。事实上,这都是历史虚无主义在文学中的表现。

谢有顺说:"中国的小说传统,终归脱不了历史这一大传统,小说不和历史发生对话,它就很难获得持久的影响力。很多小说,当时影响大,过后就烟消云散了,因为时代一变,写作的语境一变,那些故事、情事就显得不合时宜了,读之也乏味了。小说是在写一种活着的历史,这意味着它必须理解现实、对话社会、洞察人情。"①除了有时代背景、革命阵营、历史大势等客观真实的基本框架做支撑外,《浪漫沧桑》的真实性又是以历史的可能性和当下的观念接受与情感体验为基础的,而不是演绎简单化和概念化的历史结论。余开贞的革命经历和思想状态是一个明显的例证,除此之外,从革命的复杂形势中对历史做可能性的探究也是重要方式。

余开贞的父亲余乃谦是一个投机分子,用他自己的话说:"我是善变,善于叛变,这不假。民国二十六年,我叛变党国,给日本人服务,宣誓效忠日本天皇;民国三十四年,我又算是叛变日本人,回头为党国服务;这一次,又要叛变党国,上共产党的船。"他的这些经历都表明这是一个没有政治底线的人物。驱动这个投机者行动的力量来自两个方面,一是贪图权势、名利和个人安全的本能,每逢时势变迁,他总要寻找趋利避害的渠道和方法;二是客观上他被迫为革命做过一些贡献,乃在于投鼠忌器,自己的女儿在共产党的队伍里,使他不得不顾及女儿的安危。他的所作所为既有作为政治人物卑劣的一面,又体现着人之常情。比如余开贞写信索要武器,余乃谦知道真相而且并无实力满足女儿的要求,但是他为保女儿而求助于四十七师师长郭炳勋。余乃谦的投机心态使其始终身处复杂的历史现场中,成为各方矛盾的扭结点,他的形象成为复杂社会现实的象征。

在革命阵营中,江山、罗金堂、汪默涵是作者着力塑造的人物。对于前两者而言,尽管他们是坚定的革命者,但显然他们同样是复杂的形象。江山作为游击队的首脑,对于被汪默涵利用而跟随进营地的余开贞,曾力主送其下山;但在余开贞写信"骗"来武器装备之后,他突然意识到了她

---

① 谢有顺:《小说是活着的历史》,《文艺报》2015年1月1日。

的价值,对于她的去留问题,"江山态度却来了个一百八十度大转弯,打算彻底留住她",事实上这种做法并不符合革命的政策和纪律,却有着现实的合理性。罗金堂这个形象同样如此,余开贞甫一上山,自感苦大仇深的罗金堂欲行不轨,幸亏江山及时制止才未遂。而接下来则上演了荒唐的一幕,江山居然同意以为罗金堂"去势"的方式惩罚他,冷长水也就真的找来刲猪匠欲为罗金堂"动手术";此外,在试图收服天柱山"九路军"的斗争中,江山竟然同意李兰贞以下嫁龚黑柱作为筹码。凡此种种,与过去我们对革命的认识大相径庭,事实上反倒是这种复杂性更具有历史的可能性:革命队伍里的纪律和革命者的思想观念不是一蹴而就的,而是来自长期的斗争实践。在过去的文学创作中,是不可能通过塑造这样的人物形象和安排这样的情节来折射复杂的革命形势的,《浪漫沧桑》无疑反映着当下的时代对历史新的判断和认知。

陶纯极善于呈现和处理小说中的复杂矛盾关系。他笔下的大部分人物像在迷宫中行走,他并不给定其正确的路线,而让人物自身做"摸着石头过河"式的自主尝试;他们深受各方力量的羁绊却不会中途"马失前蹄",一直依靠自身的力量向前行走,并最终走进读者心中。在他的另一部小说《一座营盘》中,他通过塑造布小朋、孟广俊、康又汉等新时期军人的复杂形象,以一位真正的军人的勇气揭开了和平年代部队精神蜕变和军营腐败的真相,作品所暴露出来现实生活的复杂矛盾丝毫不亚于《浪漫沧桑》所描写的革命斗争。

三、救赎:从忏悔到审判

尽管革命是小说展开的主要背景场域,但作者的目标并非为了书写宏大的历史进程,而是试图呈现历史洪流对身在其中的个体的影响,探查时代与个人的幽微关系。余开贞与汪默涵的爱情故事是整部作品最重要的叙事动力,豪门小姐余开贞转变为革命者李兰贞,既是革命的现实需要,更是被革命裹挟的爱情无果而终的见证。余开贞怀揣美好的爱情憧憬,追随汪默涵进入革命队伍,但是她的理想并没有实现,汪默涵的疏离使她的感情无处寄托。情殇促成了人物命运的转变,对爱情失望之后,余开贞一反理想主义娇小姐的性格，抱着接受现实的态度，无论是嫁给罗金堂，还是作为收编龚黑柱的筹码，以及最后与杨天龙成家，她都无怨无悔。

我们应该看到的是，李兰贞的转变并不是从政治和思想高度上树立起了坚定的革命信念，很多时候是朴素的个人情感所致。但是，革命斗争对于李兰贞来说，仍然有着双向的救赎作用。她曾以个人力量逼退申之剑的"围剿"，拯救了革命；而在对待天柱山"九路军"的态度上，她之所以同意嫁给龚黑柱，是因为先前的好感使她不忍看着他走向毁灭，因此抱着拯救他的态度做出决定："如果他真的如信上所讲，自此洗心革面，重新做人，等于她救了一个人。"当龚黑柱反复无常的土匪本性暴露出来，即将背信弃义投入敌人的营垒时，她毅然决定将其杀掉，而她对待龚黑柱手下人员的态度和方法，则表明她已经潜移默化地受到了革命的影响——尽管她进入革命队伍时不明就里，但最终是革命拯救了她。

前文论及余开贞是一个"五四"以后接受过新思想启蒙的女性形象，作者通过赋予她明确的自我意识，来为她的行为寻找合理性。她和父亲各自走了一条不相同的人生之路，但他们有一个共同点，即心中无坚定的"主义"，这也是导致他们性格和命运悲剧的关键所在。在情和义面前，余开贞的确常受到情感的左右，两次违纪私放被俘的申之剑即是证明。但从另一面看，无论对感情还是对革命事业，她又有着自觉的反思意识。应当说她与申之剑并无感情，却有着冥冥的好感，两次冒着政治风险对申之剑施以援手，是她自感愧对对方的表现，是一种忏悔的表达；而当她上山与龚黑柱成亲后被吸收入党，则令她倍感惭愧："别人入党，都是靠奋斗流血，她跑山上享福来了，啥贡献没做，组织上还能主动接纳她，实在令她不好意思。"而组织上的宽宏大量使她第一次有了为革命工作的信心和决心："她想，等下山之后，不能再像过去那样浑浑噩噩了，得像杨淑芳那样，以她为榜样，好好地干一份工作。"

以人物的反思和忏悔意识彰显革命对人的改造和救赎，是这部小说的重要立意，在这一点上作者可谓苦心孤诣。作为余开贞的参照系，汪默涵是一个被批判的形象。汪默涵虽然是一个革命者，却没有坚强的意志，"两年前，那个血流成河的地狱般的夜晚，深深刺激了他"；更重要的一点是，他受困于个人情感而不能自拔，是一个有性格缺陷的人。做地下党时的汪默涵对余开贞的爱情攻势并没有任何反应，但是当他身处危险境地无路可走时，就与余开贞展开了虚与委蛇的"恋爱"，他通过欺骗余开贞的感情而利用她的目的是明确的。在与余开贞有了肉体关系后，他的内心有过强烈的纠结和歉疚："他打算找一个合适的机会向党组织坦白这件事，请求最严厉的处分。"但从道德和人性上讲，这丝毫不能减轻他的罪孽。当他进入大阳山后，他向"爱情"借势的行动无法再进行下去，只得向余开贞坦白，由此形成了对余开贞感情的毁灭性打击，而他个人也备受煎熬，再加上内心无力走出与李雅岚的离别之痛，最终选择了离开革命队伍，皈依佛门。

余开贞与汪默涵命运的翻转凸显了作者的历史观：善良单纯、心怀憧憬的余开贞被裹挟进入革命队伍，在爱情破灭之后勇敢地回归现实和自我，走了一条与革命道路相一致的人生之路，在斗争实践中实现了自我救赎；而满腹革命道理的汪默涵贪生怕死，并且沉溺于已经不合时宜的个人情感，最终背叛了自己的信仰，被革命无情地抛弃，注定只能走向人生的毁灭。由于汪默涵对余开贞的伤害开始于他个人的恶德和对革命纪律的罔顾，他的纠结和忏悔与革命无关；只有大阳山营地的司令江山以革命的名义对余开贞表达歉意才是真诚的，当余开贞同意下嫁龚黑柱后，江山先是"红了眼圈"，说"兰贞同志，我对不住你，对不住老罗"；当兰贞说"因为我做得不够好"没有入党时，"江山眼圈又红了，背过身子，飞快地抬一下手，似乎抹去了眼角的一颗泪，转过脸来，道：'千万别说你不好。在你面前，我们都自惭形秽。'"

革命与个体的关系被以曲折、繁芜但又符合历史规律的方式建立起来。在反思和忏悔之外，作者的立场还体现在对革命敌人的清算上，李雅岚（冷眉）、冷长水（冷锋）、李二丑、梁守盘等这些叛徒或顽固的敌人在革命成功时都没有逃脱覆亡的历史命运，受到了历史的审判和惩罚；而地下党员苏小淘的冤案得以昭雪，历史终归站在了正义的一方。《浪漫沧桑》里有生动的群像，作者对人物性格的建构具有超越当代传统革命题材小说的特征，甚至在某个角度上与"五四"时期的战争小说相衔接，比如余家父女无"主义"的思想观念。"'主义'是战争的灵魂，它决定着一场战争的性质、意义及最终的价值实现方式。……'为谁而死'是他们首先面对的问题。自然除了'主义'这一高远的目标之外，每一个军人还有着更为切近的利益。"①余开贞在没有"主义"时盲目进入革命队伍，反而在"主义"的熏陶下找到了人生之路，获得了自救的机会；但她的父亲余乃谦一生追求的都是"切近的利益"，他们的高下是很容易判别的。

---

① 张全之：《火与歌——中国现代文学、文人与战争》，新星出版社2006年版，第111页。

私人化叙事中的先锋蜕变

——评夏商《标本师》

  夏商的《标本师》，是在当代小说繁复转变中出现的作品。当代小说在与意识形态的直接关联松绑之后，由先锋小说开始的一路深入展开对人类精神世界的探求，对现实世界陌生化、荒诞化的疏离和变形是其主要手法。这在中短篇小说中表现最为明显，可以说，后来在长篇小说中逐渐形成的文体的"向内转"，即"文体开始向小说的精神内核靠拢，形式和内容建立了一种生息相同的默契和对应关系"[1]，这在先锋写作中的中短篇小说创作中早已实现。由于失去了对以现实为原型的故事的依赖，这类小说的推进力量较传统意义上的现实主义创作有被弱化的迹象。

  相比于中短篇小说在先锋之路上的渐行渐远，受制于文体本身的规范，大部分长篇小说不可能完全依靠形式的技巧完成内在的架构，因此进入21世纪后，余华的《兄弟》、格非的《江南三部曲》、苏童的《河岸》，甚至较为年轻的作家刘建东的《一座塔》、李浩的《镜子里的父亲》等呈现了明显的"回归"态势，即重新启用故事重建历史和现实世界，正如陈晓明在总结20世纪90年代初先锋写作的变化时所指出的那样，"先锋派的外表形式被褪下，那些历史情景逐渐浮现"[2]，上述作品不过是这一趋势的延续。长篇小说叙事方式相对于中短篇小说的"向外转"与文体形式的"向内转"形成了对应关系，小说写作目标的调整逐渐引起了文本的嬗

---

[1] 雷达：《长篇小说"向内转"之后》，《人民日报》2014年9月12日。
[2] 陈晓明：《中国当代文学主潮》，北京大学出版社2009年版，第353页。

变。长篇小说在这一向度上的变化，表面看是文体本身的变化，但背后隐藏的是大众审美趣味的变化，即在多元化的、去中心化的社会思潮中，对意义和价值的重视被悬置，代之以消费型的、娱乐化的、碎片化的世界观。表现在文学上的例子是，催生了网络文学这一以类型化为主要叙事方式的文学样态，并成为社会大众最主要的阅读选择。

作为一直在先锋写作中孜孜以求的小说家，夏商在《东岸纪事》中完成了他的"现实主义转型"①，而《标本师》的出现却有着双重的意义，在语言和主题上，表明了一位先锋作家在泛娱乐化时代的文学坚守；而在叙事上，则又显示出他在这种坚守中的犹疑——这两者的融合，再加上日记体的叙述形式，使《标本师》呈现了较为复杂的文本形态和价值取向。

一、从私人叙事到知识小说

《东岸纪事》曾被誉为"黄浦江东岸的未开发的浦东的'前史'"②，而夏商自己也曾强调自己的书写意在用小说解读上海这座城市："我不是历史学家，我有自己的方式，就是用小说来解读这个城市，一个城市确实代表一种人类生活的形态，把一个具体城市的发展轨迹做一个诠释，是特别有意义的事。"③在《标本师》中，作者再一次把目光对准了上海的城乡接合部，故事展开的地域主要在被称作阴阳浦一带的东欧阳村、西欧阳村和海上的金堡岛上。但是，我们已经很难再在其中寻找到熟悉的地域文化对小说的支撑了，形成小说叙事动力的，也不再是人与时代和地域之间的紧密关系，而是曲折的、令人惊悚的、充满悬疑色彩的爱情故事。小说取消了与时代和地域的必然关联，个人化的情感纠葛成为故事的主线，呈现了人物带有特殊心理倾向的心灵秘境，这是一个具备完整要素的私人化的叙事文本。

---

① 王陌尘：《〈东岸纪事〉的先锋精神》，《小说评论》2016年第5期。
② 张灵：《论〈东岸纪事〉的结构艺术和思想旨趣》，《扬子江评论》2016年第3期。
③ 夏商：《一个小说家眼中的上海史》，《天涯》2017年第2期。

毫不隐讳地说,《标本师》是一个爱情小说,它所写的不只是一对男女的爱情,而是一群人的情感故事,推动故事和人物行动的根本力量也是爱情——当然,这里的爱情不是滥俗意义上的平庸之爱,而是关涉生命的生死之爱。任何小说都在一个自足自洽的虚构世界里运行,在《标本师》中,欲望与情爱是小说叙事伦理中的主导法则,舍此无他。主人公欧阳晓峰对焦小蕻的追求和交往成为故事的主线,但是这条主线先是牵带出焦小蕻与欧阳世阁的爱情,进而扩展到欧阳晓峰与前女友苏紫的爱情;而小说中的标本宗师敬师父与金堡岛上的女人羊一丹的情感关系也若隐若现,开歌厅的宋姐与欧阳晓峰、开咖啡馆的老郝和倪姐、卫淑红与欧阳晓峰的父亲,以及在日记之外作为叙述者的"我"和倪瑷瑷之间、倪瑷瑷与郝晓凌的爱情纠葛,尽皆有着不为人知的秘密。尽管这些人物之间有着复杂的关系,比如欧阳晓峰的后妈卫淑红即是他的同学,宋姐也是欧阳晓峰绰号"老鹰"的同学的表姐等,但是人物之间最紧要的关系是靠男女情感和性爱关系建立的。

小说的故事开始于一场诡异的偶遇:在河边钓鱼的标本师欧阳晓峰看到了一位女子,引起他注意的只不过是因为她像极了自己曾经的女友苏紫。抽丝剥茧之后,欧阳晓峰与这位曾是自己同学妻子的焦小蕻各自深陷在一场有关爱情的令人恐惧的死亡之中:欧阳晓峰在金堡岛瀑布背后将背叛自己的女友推下了深潭,而在因车祸致瘫的丈夫欧阳世阁的哀求之下,焦小蕻在鱼塘边松开了拉住轮椅的手……从偶遇开始,欧阳晓峰为了得到焦小蕻煞费心机,包括调动工作去焦小蕻任教的学校,在得知她只不过是临时在这里工作后也随即终止了调动,等等,由此形成了推动整个故事前进的动力。我们看到,欧阳晓峰这个人物工于心计,为了得到自己心目中的爱情(那是一种寻找爱情替代品的畸恋)不遗余力,甚至罔顾对方的感受,在如此"进攻"下,蕉小蕻尽管保持着高度的警惕,但仍然无可避免地陷入了"阴谋"之中,故事得以在看似常态化的心理诱导下进行,甚至有了"心理小说"的影子。

以一场"爱情阴谋"来建构小说中的世界,作者冒着极大的风险,这种方式极易拉低小说的道德感。所以,我们说《标本师》是一部私人化叙事的爱情小说,即指作者放弃对现实生活在人物关系建构和人物命运转折中的关键作用,转而走向对人的情感私欲和幽暗心理的表达。除了爱情这一因素,小说中关于标本的知识体系构成了叙事的另外一个基础。作者在该书后记中说《标本师》是一部"穿着爱情外衣的知识小说",这个自我定位在上述分析中显得颇为牵强,在我看来,爱情不是这个故事的"外衣",而是最主要的叙事动力和重要的内在追求,反倒是知识才是"小说的外衣"。

但饶是如此,知识在小说中仍然起着重要作用,甚至在某种程度上起到了弥补小说中因为爱情扩大化而导致的生命价值虚无的问题。作者自说:"所谓知识小说,除了要讲述一个有趣的故事,还能让读者额外获取一些有趣的知识,可以是风土民俗,可以是奇谈秘闻,也可以是一本标本制作的'百科全书'。"标本制作在现实生活中是一个因陌生而充满神秘的行业,也是一门与工匠技艺有着紧密关系的科学,小说对标本制作过程和文化意义的描述,的确实现了作者所言的功能。但在资讯时代,依靠知识对读者进行启蒙已不是小说的主要功能,因此《标本师》中有关标本的知识谱系在小说中的作用并不仅止于此,标本制作技艺与人物命运之间形成了因果关系,设若敬师父不是因为掌握着标本制作的独门秘技,仿制古代秘方的防腐剂也便不可得,那么焦小薇的命运就绝没有现在这样来得凄美悲怆;而欧阳晓峰若非是一位手法娴熟的标本师,其对生命的体悟也不会这样深刻,那么他对待苏紫和焦小薇的态度就未必是小说中的这种方式了。同理,正是因为标本行业的规矩,查师父上山打猎才引起了欧阳晓峰对"凤凰"的关注,从而使小说从客观现实中抬升起来,成为想象力的表达。尽管小说该当是自然生成的产物,小说里的人物一旦出场,就自有他的人生轨迹,并不受人为的刻意干扰,但是这些"自然",又莫不是诸多因素辐辏的结果,正是在这个意义上,《标本师》借助标本这个行业的秘密,实现了从私人化的爱情叙事到知识小说的自然融合。

二、残酷美学与人性悖论

不仅在读者这里,即便在人物心里,《标本师》里的爱情也刻骨铭心,以至于欧阳晓峰以爱的名义将出轨的女友苏紫推向悬崖，焦小蕻也以爱的名义让欧阳世阁坠亡鱼塘。而作为小说故事的主线，欧阳晓峰的狂情"阴谋"在焦小蕻开门见到那只耀眼的"凤凰"，即将被俘获芳心的时候，却以死亡戛然而止。接下来发生的故事超出了大众审美的接受能力：标本师欧阳晓峰一刀刀摘除了焦小蕻的内脏，将他千辛万苦追寻到的爱人制作成了人体标本。焦小蕻以这样的方式实现了自己的"涅槃"，也完成了欧阳晓峰的爱情理想："小心翼翼地将肠胃放入泥坑，我觉得埋在树下的不是内脏，而是焦小蕻的灵魂。随着她灵魂的感召与滋养，这棵小梧桐树将长得无比高大，成为河边的树王，凤凰将从虎皮山飞来，越过大海，停栖在它的树冠上。"[①] 爱情与死亡这两个永恒的主题，在《标本师》里合二为一，这段有融残忍、唯美和浪漫格调为一体的书写，揭示了小说在爱情和知识之外标榜的残酷美学。

夏商小说里对残酷场景的审美，这不是第一次。残酷向来与暴力合谋，成为暴力的过程形式。在《东岸纪事》里，"情节进展的直接动力来自不同人物的三次欲望暴力：一次是小螺蛳对乔乔的，一次是尚依水对刀美香的……而另一次欲望暴力事件比较特殊，欲望主体侯德贵在满足自身肉体欲望的同时最终毁灭了自己"[②]。如果说《东岸纪事》里的残酷美学隐藏在暴力之后，到了《标本师》里，则直接书写残酷的过程，使恐怖的场景被蒙上了一层柔美的面纱，从而获得了审美的效果。对于此，我们犹记得莫言在《檀香刑》里对义军首领孙丙受刑过程的描写，刽子手赵甲的施虐和孙丙甘愿受虐之间存在着某种共通的快感。

《标本师》里的残酷美学呈现两种形式：一种是以标本制作为主要描写对象的对动物和人类身体的破坏性审美，以两次人体制标本作为代表，一次是欧阳晓峰在敬师父的指导下学作人体标本，另一次是对焦小蕻服用了防腐药剂的尸体进行处理的过程。这种破坏性审美无疑符合标本制作行业的职业道德，即"最大程度还原它的姿态"。它们在文中被作为审美的

[①] 夏商：《标本师》，江苏文艺出版社2016年版，第238页。

[②] 张灵：《论〈东岸纪事〉的结构艺术和思想旨趣》，《扬子江评论》2016年第4期。

对象，加深着对爱情发生环境的典型化和知识作为故事支撑的意象基础。另一种是对死亡的审美。苏紫、欧阳世阁和焦小蕨，都是在爱情的名义下死去的，作者为这些人物的命运提供了源自爱情的合理性：苏紫死于爱人之手，更死于自己的背叛，死于爱情的排他性品质。欧阳世阁看似死于焦小蕨"故意的过失"，实则死于他在瘫痪之后不忍拖累焦小蕨的想法，死于自我精神的坍塌和对妻子的真爱；焦小蕨之死是丈夫之死的延续，她死于自己内心的挣扎。他或她为爱而死，或假爱之手完成爱情的殉礼，我们不免想到日本作家三岛由纪夫在《盗贼》中的死亡观，明秀和美子失恋，他们心中的阴影始终不散，明秀与同样被恋人背叛的清子殉情，将失恋自杀作为一种"快乐的游戏"。欧阳晓峰尽管在苏紫坠瀑的刹那动了"恻隐之心"，但他为这次谋杀进行了精心的准备和铺垫，并在之后编织了近乎圆满的谎言，显然其中隐藏着他在情感上的另类宣泄。欧阳晓峰的爱欲与死亡情结一直蔓延到焦小蕨身上，他就像敬师父、查师父这样亲力亲为的标本师，猎杀对象然后乐见其在自己手下变成毫无体温的标本——诚如小说中所言："必须忧伤地承认，标本是死亡的另一个代名词。"

或许我们不该以道德来评判人物，毕竟道德源自外在的社会规范，真正考量人物的则是人性。《标本师》的残酷美学事实上一直存在着不可回避的人性悖论：爱情中的背叛与坚守，难道就可以成为死亡的理由吗？显然不是。面对苏紫的最后时刻，欧阳晓峰曾有过瞬间的悔意，夏商这样写那场恐怖的死亡："将丝巾围在苏紫的颈脖上，她转过头来，我永远记得那眼神，恐惧中带着哀求，那一刻她醒悟过来，我早已洞悉一切。她想推开我，却来不及了，必须承认，我萌生了恻隐之心，试图抓住她手臂，却只抓住两米多长的丝巾。"但随后，对残酷之美的向往就超越了人性的"仁慈"："我是个仁慈的人，至少让她知道因何而死。"言称"仁慈"的人恰恰是致人死亡的人，夏商在这里对"欧阳晓峰式"的爱情的批判是一场人性的反讽。欧阳晓峰与焦小蕨都背负着爱情和生命的罪责，而令他们时时勾起"罪感"的正是深埋在爱情之下的人性，因为罪感的存在，欧阳晓峰试图将爱加诸焦小蕨身上，而焦小蕨对欧阳世阁的爱更怀有深深的歉疚和悔恨，最后不得不以特殊的方式殉情。

夏商有着卓越的文本把控能力，小说的视点在几组爱情之间、在爱情与知识之间、在情感与生命之间闪转腾挪，演绎着一个个看上去壮美却又惊悚和忧伤的故事。而在情节上，作品采用悬疑、解密的方式，各路线索逐条行进，互有交叉，矛盾点在最后得到解决，但开放式的结尾又让小说有了更为广阔的空间感。在文本形式上，日记夹在首尾两端的直接叙述之间，使小说看上去是叙述者讲述出来的一个故事，呈现出娓娓道来的味道，但在残酷美学与人性悖论里，萦绕在欧阳晓峰、苏紫和焦小蕻身上的爱情悲剧令人唏嘘不已，这样的意趣恰是作者小说观的表达："其实我认为小说是一种伤感的艺术，是对旧事物的还原，总体而言小说是一门怀旧的艺术。"① 或许这也暗合了作者选择"标本师"为主人公职业的原因。

三、先锋的类型之变与类型的先锋之变

关于《标本师》初版《标本师之恋》的源起，夏商在后记中说来自一家出版社的"同题作文"，"作业是七八万字与《廊桥遗梦》篇幅相当的大中篇，各写一个发生在中国的爱情故事"；而对于作品的知识背景的选择，作者说"已忘了为什么将主角设定为标本师，应是一种时髦驱使：借助冷僻职业来增加故事的猎奇性，初习小说者常用的伎俩"。"爱情故事"与"猎奇性"的说法提出了一个问题，即作者在写作之初就考虑到了读者的接受。与作者自己对小说的评价结合起来看，这个问题更加清晰："倒不是因为言情小说路数而低看一筹，无论是严肃小说，还是通俗小说，只有文本优劣，而没有类型高下。之所以对此作耿耿于怀，是因为乃仓促之作，起笔之初既然迎合市场，运笔之时必然有媚俗的矫情桥段，虽获些许赞誉，但在个人的创作谱系中，因为完成度不高，一直被排除在外。"

旧版《标本师之恋》写于多年前，旧版向新版的过渡，作者称为"写新版"，保留了日记体的形式，但"植入了全新的故事与思考"。尽管如此，对于新版，仍有人将其称作"类型化的反类型小说"②，"反类型"虽然是这个判断的重心，但这一说法也指出了该部作品的"类型化"之嫌。

---

① 夏商：《一个小说家眼中的上海史》，《天涯》2017年第2期。
② 西楠：《〈标本师〉：类型化的"反类型小说"》，《北京日报》2017年3月23日。

夏商多以先锋作家的形象出现在世人眼中，学者对《东岸纪事》先锋精神的探究可资证明。但"迎合市场"的《标本师之恋》经过重写转换而成的《标本师》中的叙事方式，却有违先锋的精神，因为"爱情小说"与"猎奇性"的标签，实在是从大众通俗文学中移揭过来的类型化小说的技法。作者根深蒂固的严肃文学观念使其不可能屈从于市场化的类型写作，夏商自己是反对将小说归入"类型化"之列的，认为这只不过是出版社吸引读者眼球的宣传噱头："我的小说属于严肃文学的范畴，从传播的角度来说，出版方可能觉得噱头不够，就往类型小说的方向去宣传，把一些并非是我的读者招揽了过来……"① 可见《标本师》"被类型化"是一种作者并不情愿的"误读"。

认真分析小说，我们将能发现引起这种"误读"的两种原因：一是小说的题材，传统意义上的"纯文学"作品常常是复合题材，单纯的爱情书写很难准确反映人物形象的整体性格和人与现实的密切关系，《标本师》的"言情"题材使之难脱类型化的印记；二是从小说的文本和叙事形态上看，这部作品大量使用悬疑、推理、惊悚甚至奇幻的手法，一方面让读者形成强烈的阅读期待，另一方面建构起了一个外化于现实世界的想象世界，为了配合人物的塑造，作者让小说中的世界发生变形，比如有关东、西欧阳村以及金堡岛地理风物的设定，看似真实的环境无不是为人物的活动而创设，这是类型化小说常用的方法。可见，尽管作者本人并不认同，但《标本师》被误读为"类型化"小说与写作源起有着直接关系。我们不得不承认，在泛娱乐化时代，类型文学获得了自"五四"新文学以来从未有过的繁盛局面，大众文学的复苏给读者接受和作家创作都带来影响。使用类型化小说擅长的叙述方式或者并不出于作者有意识的选择，而是无意识的潜移默化，终归这个故事最初是有意"迎合市场"的产物。

但是，探究《标本师》的内在表现形式，我们会发现，所谓类型化的特征，只不过是披在小说身上的"外衣"，小说所透露出的形式上的气象仍然是有先锋特质的，是"反类型"的。除了对死亡这一主题的探究

---

① 夏商：《知识小说的可能性——〈标本师〉文学讲稿》，《西湖》2017 年第 4 期。

和语言上所呈现的"类型化"外壳下的先锋气质,小说中对"凤凰"意象的使用也带有明显的先锋叙事特征。凤凰本是自然界不存在之物,但是从敬师父到查师父,无一不曾受到过"凤凰"的影响,"凤凰"亦成为欧阳晓峰追求焦小蕨的重要手段,正是一只看似真实却是靠着标本师的技艺制造出来的凤凰,让焦小蕨的情感发生转折。"凤凰"在小说中有着明显的隐喻功能:每个人心中都有属于自己的凤凰,每个人心中也有属于自己的爱情期待。完美的爱情理想就像这只凤凰,它华丽耀眼,满带神性,足以让人付出生命的代价去追寻,但它是虚无的。靠着其他鸟类尸身和羽毛经残酷的剪裁拼接而成的"凤凰",揭示的正是人性在残酷美学笼罩下陷于爱情魔咒中的虚弱感。深藏的隐喻出现在先锋小说中是自然而然的,但在类型小说中则成为异类。而"凤凰"这个意象的出现,也进一步彰显了知识作为故事的支撑力:标本师所具备的知识和技能最终通过"凤凰"这个支点撬动了男女主人公的爱情与命运。

《标本师》的成功或许正在于这种复杂性:很难简单地判定它属于类型小说还是严肃小说。其实小说就是小说,对读者来讲,并不需要进行怎样的分类。夏商说:"……小说就是这样的东西,就是你疼了一下,然后想把它写出来。"[①] 作为文学转型期的产物,《标本师》的复杂性既可表述为"先锋小说的类型之变",也可表述为"类型小说的先锋之变",只要我们从中看到对爱情、生命和人性之间关系的审美表达,感受到那种疼痛感,就丝毫不会影响它作为一个成功文本的存在。

---

① 夏商:《一个小说家眼中的上海史》,《天涯》2017年第2期。

在小山河里见家国

——评王跃文《家山》

王跃文在《文汇报》刊文谈《家山》的写作，他说小说里的很多人物和事件都有原型。这种事后的补述似乎可以增加故事的可信度，却不是必需的。《家山》的艺术真实感和感染力奠基于作者对传统乡村生活的细腻描摹，以及在此之上为人物及其性格变化创设出的生活情境、命运走向和道德面向，当然也有对民国初年到解放时期历史变迁的总体性观照。小说在具体地域和文化环境中写出了家事与国事之间不可分割的关联性，实现了合情与合理的高度契合，在张弛有度的节奏中迸发出了打动人心的情感力量。故事是一个近似"大团圆"的结局，但读者"长舒一口气"之后轻盈不起来，心上仍是沉重的。掩卷深思，佑德公与陈劭夫在"新天新地"中告慰祖宗，贞一在半个世纪后叮嘱留在台湾的念梓"勿忘故土，勿忘家山"，结尾的这些情节让我们为书中的每一个人物和家与国多舛的命运唏嘘不已。

如果没有记错，"家山"这个词只出现在了上述贞一写给念梓的信中，而且是在全书结尾的一句，"点题"意图相当明显。这个古词本作故乡讲，但在此处的意涵显然不止于此，王跃文赋予了它以新的更加丰富的语义。小说聚焦于湘西南一个名为沙湾的小村庄，表面上看是在描写陈、刘、朱等几姓之间既有宗族血亲又有利益冲突的复杂关系，似乎延续着《古船》《白鹿原》等家族史写作的传统路径。但细究起来，却又有很大的不同，最突出的是使用叙事空间几乎不曾转换的定格视角，在小地方、小人物的烟火日常中见历史、见时代、见家国，给绵密厚实的传统乡土生活增加了诗性。对于这样一部逾五十万字的"大长篇"而言,将以小见大这种并不新异的技巧扩大为整个故事的叙事追求,不仅见功力,也更见勇气。

《家山》的叙事在一个极其狭小的地理空间内展开,视点基本没有离开过西到豹子岭、东到齐天界的沙湾村周边,最远只到过县城。贞一、克文等在长沙读书,劭夫在外征战,人物离开故乡的活动几乎未曾给予正面的书写;贞一的丈夫郭书坤也只是一个活在众人口中的人物。但若从时间上看,算到结尾贞一给女儿写信,时间跨度长约百年。作者虽然在临近结束时留下了大段的叙述空白,但并不妨碍故事的完整性,因为熟悉当代中国史的读者有能力在想象中将其补齐。从民国初年到解放大军到来,作者的笔触犹如在沙湾上空安装了一台摄像机,在相对固定的位置观察这个"邮票般大小的地方"里百姓生活的变与不变,聆听"梆老倌"更梆声里的安稳与俏皮,触摸一双油鞋上的人情冷暖……四跛子被迫打死外甥,妻子桃香以一副出口成章的口才赢得官司从而得到"乡约老爷"的美称,但仍然将自己刚刚生下的孩子送给姐姐去顶门立户;逸公好心将空屋子给达公住,最终却落得个明卖暗送也换不来一句感谢的结果。如此等等这些乡土生活中常见而又重要的内容,不仅反映出传统伦理的复杂纠葛,更掩藏着每一个当事者内心深处难以言表的情感揪扯。

世俗生活是小说想象现实的根据,《家山》用带有田野原生气息的方言、百科全书般的地方知识和事无巨细的乡土经验构建起的民间性,使之显现出不同于以往此类题材作品的艺术质感。跨越巨大的时间鸿沟,依然能够令人信服地向网络时代的读者讲述百年前的乡土中国及其变化,是因为作者发现了"民间"这个可以承载精神的丰厚土壤。在普通话和网络话语大行其道的今天,选择方言不仅意味着用认同传统和乡土的方式来对抗今天程式化的生活秩序和消费美学,从而还原生活的生动性,还意味着找到了解开人物与他们身在的山川地理、村庄院落、习俗器物,乃至思维和情感方式之间关系的密钥。从"揸火"到"种阳春",从"吃橘子不知道分瓣瓣"到"吃橘子知道分瓣瓣",读者的阅读既有因为沉浸于想象和思考中的深沉向往,也有幽默与风趣激起的会心一笑。对于外界,作者笔下的沙湾是偏僻的,但在靠天地神明和祖先崇拜、宗法制度下的乡间伦理、以乡绅威权和保甲制度为核心的乡村自治、"媒妁之言"和"无后为大"

的婚育观念等建构起的带有总体性的乡村生活模型中，精准刻画出了农民情感世界里的丰富与细腻，也勾勒出了传统文化由封闭僵化而日渐走向开放的轨迹，"时代变了"是一句常被他们提起的话。可以说，在用扎实的现实主义手法反映传统乡土生活的深度和广度方面，《家山》堪称近几年长篇小说中的翘楚。

作者自言，"文学笔法即人间态度"，对社会道德和生活意义的价值判断也同样隐含在《家山》的笔法中。在小说里，传统伦理道德被置于至高的位置上，佑德公的仁厚、善良、智慧与顾全大局，有喜、四跛子和桃香等人的淳朴、勤劳，齐峰、劭夫、贞一等积极投身革命的勇气，以及沙湾人对知识的重视等都对此做了很好的诠释。佑德公和扬卿的形象令人记忆深刻，前者作为在乡耆宿，是传统道义的维护者，在沙湾人心目中有着崇高的威望；后者留洋学习水利归来，在县上主官频繁更换、地方兵荒马乱的时局中，不辞艰辛进行水文勘测，以科学的态度主持修建红花溪水库造福苍生，是富有理想主义的传统知识分子形象。其中，家国情怀作为沙湾人身上的重要品行被彰显出来，尽管佑德公声言"我做老百姓的，只盼好官府，只盼有太平日子"，但在这个朴素的愿望背后，他所信奉的仍然是国泰才能民安的历史逻辑。正是基于此，逸公临终叮嘱扬卿对抗日要有信心，要"王师北定中原日，家祭无忘告乃翁"；抗战胜利时刻，在佑德公的号召下，沙湾五百多人挑着新谷去劳军；解放前夕，五云寺的涤音师父和平日里"尖小"的修根都出粮出钱支持自卫队等一切行为都有了充分的合理性。

革命是《家山》的一条重要线索，但它摒弃了宏大叙事对革命的模式化，把革命与沙湾人的日常生活紧密地融合在一起。这不仅使家国天下的情怀有了坚实的生成基础，还写出了时代变迁、家族荣衰和个人命运三者之间盘根错节的共生关系。佑德公行动和观念的转变是一个典型。国共合作破裂的消息传来，他砍樟树雕菩萨为劭夫祈福；全县到处都在杀红军家属，他在齐峰的安排下冒险将沙湾十一户红军家属转移到齐天界，并在后来的生活中帮助他们渡过难关。彼时他的头脑里并没有革命的概念，只是认为"杀人总不是好事"；他曾经年年主动封柜缴税，日本投降后还把新谷交作军粮，但面对国民党强拉壮丁和缴不完的苛捐杂税，他喊出了

"我屋世世代代做顺民,今年我要反了!我领头做抗欠大户!"的口号,此时他自己已经不知不觉地成了一个革命者。看似距离这个偏居一隅的小山村非常遥远的革命,不期然改变了从佑德公到逸公,再到修根、齐树、朱达望等许多人和他们家族的命运。可以说,《家山》以人民的视角写出了革命的必然性。对于沙湾人而言,家事就是国事,国事也即家事,这无疑是"家山"不可或缺的词义。当然,小说里也不缺乏对革命的正面书写,并且塑造了齐峰、史瑞萍、胡珮、劭夫等职业革命家的形象;尤其是对齐峰的描写,他出人意料的真实身份被公开的过程带有谍战和悬疑小说的特征。

《家山》生动描绘了传统生活及其衰变的种种细节,时代变革加诸形形色色的沙湾人身上,每个人的内心又都是一个幽深而复杂的小世界。作者并不通过直接移植外来观念去生硬启蒙乡村传统,而是让人物在家族血脉和山河大地的滋养中,在他们所处的自然和文化环境中成长。在种种物质和制度的现实中涵育出的思想情感,构成了家国天下里的世道人心。仅凭这一点,《家山》就已经是一部优秀的现实主义佳作了。

灶王作为"新人"与先锋写作的"降维"
——评李浩《灶王传奇》

朴 樨

不论是他人的指认还是自称,李浩向来以"先锋作家"著称。当我们在他的创作中发现那些"唯有小说才能发现"的东西时,从西方现代主义大师那里继承来的创作方法和资源,相对于中国文学传统中对本土经验的处理,的确是充满了先锋意味的创造——尽管这种创造并非起自李浩,但将其推向更广、更深的层面上,李浩靠着倔强的坚持做出了贡献。从《等待莫根斯坦恩的遗产》《告密者札记》《会飞的父亲》等对西方文学资源的拆解与重构,以及《我们的合唱》《碎玻璃》《使用钝刀子的日常生活》等对中国经验的反思与再造,李浩的写作仿佛当下文学现场中的"平行世界",让读者见识了在实用主义、功利主义泛滥的文学叙事中,敬重带有某种本质主义倾向的"纯文学"的重要性,以及能够体验得到的作者本人在创作中散发出来的快乐情绪。

在豆瓣读书的介绍中,《灶王传奇》被称作是李浩"睽违多年的转型之作",这个颇有些商业意味的判断只说对了一半,因为作者不可能,也无法在"先锋写作"的路子上改弦更张,"转型"只是表象。就如同这位写出过《将军的部队》这样现实主义佳作的作者后来"转型"成为先锋作家一样,文学之"型"于他来讲是牢固的,是内核,不同作品所呈现出来的不同相貌只在于其塑"型"的方法和材料的区别。对于《灶王传奇》,我们多赞其将笔触伸向中国历史和传统文化之中,但这种褒扬可能是"高级黑",仿佛李浩过去只是"西方"的。其实,不仅是《将军的部队》,长篇小说《如归旅店》《镜子里的父亲》以及新近发表在《收获》上的短篇小说《影子宫》等有关历史和自身经验的讲述，已经证明题材并不能给李浩的创作带来任何限制。

毫无疑问，"灶王"这个主角是小说中最值得讨论的点位。在渴望作家们的笔下能生产出各种各样的"新人"形象时，在《灶王传奇》中，我们等来的却是一位千百年来始终与中国百姓生活在一起，为每一个中国人所熟悉的俗世老神仙。李浩的文学主张犹此也可见一斑。这样一个可以在天、地、人三界中穿梭游走的角色，一方面虽居于百姓人家和五行八作的灶台之上，却能上达天庭下接地府，接受凡间的供奉，"上天言好事，下界保平安"，作者部分地模仿了他在中国传统乡土社会里的存在形态、伦理关系和职能定位。另一方面，他明辨是非善恶，身怀悲悯之心，工作勤勉努力且面对仙界里的现实深具反思意识，但又无力挣脱规则的桎梏，是一个"被启蒙者"和深陷"现实"荒诞罗网之中的"失败者"形象——他一次次被权力（山岳系、城隍系神仙）重新任命和规训，命运被一只"盲盒"般的锦囊主宰着，堕入的是另一种轮回之苦。

显而易见，灶王的命运深刻诠释了"人生而自由，却无往而不在枷锁中"的启蒙真理。在灶王身上，现实的荒诞引发的道德坚守与命运行进间的错位加重了小说的批判性与悲剧性。这个形象因此也成了现代人极具符号化的象征——作者的"先锋之心"让灶王"重生"，这个被历史定型、被中国传统文化定性的神仙成了当下文学现场中一个不折不扣的"新人"形象。相比于那些丧失内心生活被现实裹挟的随波逐流者，或者被冷酷的现实击碎理想的堂吉诃德式人物，灶王这个形象更加接近普通人，因而更具有真实性和感染力。我们在这个说话絮絮叨叨，毫无能力拒绝别人请托的"滥好人"式的神仙身上，看到了人类个体对自我的认知与期待，也理解了我们自身的处境。

尽管有些作品化用域外的写作资源，但从《给母亲的记忆找回时间》《封在石头里的梦》到《N个国王和他们的疆土》，与所有的作家一样，李浩的写作从来不可能离开他所身处的文化经验的支撑。这些看起来与现实主义背道而驰的创作，只是用所谓"先锋"的技法将现实拆解和重构后变得陌生，现实并没有真的从中抽离。若细究《灶王传奇》在风格上出现的变化，则是作者对过去坚持的"高纯度"的先锋叙事做了"降维"处理，以现实生活为参照建构起具有完整结构的神话世界，在与现实世界形成镜像关系的"异界空间"展开叙事，从而为灶王的形象创造了"典型环境"。这一变化通过"重述神话"的方式大大提升了故事的寓言性。

"反故事"是先锋叙事的重要标志，但李浩在这部作品中重新拿起了故事的武器，可看作是"降维"的具体举措之一。而小说的高明之处，是在一条狭窄的民间传说缝隙中建构起一个新世界，对现实的描摹以"创世"的姿态出现，是以佐证作者并不缺乏反而十分旺盛的文学创造性。在民间话语中，灶王的传说支离破碎，只按照大众的愿望被灌注进明察人间善恶的神性，他的行动并不构成一个逻辑封闭的故事链条。作者将其引入小说中，虽然仍把他看作是一个没有真实历史身份的虚无神明，但将他罗织进了中国传统神话谱系中，从而使其成为有机的存在。于是我们便看到了灶王与天帝、城隍、山岳、龙王、地府等神祇系统的关系及其自身有血有肉的生活——创造一个自有秩序的神话世界并非终极目标，小说叙事在于使这一复杂的秩序与现实生活产生对位关系，从而在虚构的空间中产生意义。我们可以断言，灶王的世界折射的就是人的生存世界，灶王的命运就是现代人的命运。

以"先锋叙事"为标志的"文学性"在李浩不断问世的新作中被反复张扬，这虽然显现了他的执着追求，但也将他置于矛盾之中：他认为存在一种本质意义上的"纯文学"，却对"先锋"在文化圈层和历史过程中的相对性不以为然——而这种勇气主宰了他以更辽阔的视野对人类生存经验的理解与把握。灶王被借来充当审视和拷问现实的他者，客观世界里的市侩主义、官僚主义和形式主义被抽象化为神仙世界重要的运行逻辑和动力，无论是曹家的混乱还是灶王们视若性命的记录簿从罗汉崖下堆到山顶的荒诞，以及小冠在现实压榨下"触底反弹"成为一个毫无底线的纨绔子弟的悲哀，抑或在迎接上天来使时的荒唐与可笑，都是作者怀抱着对现实的理想所展开的反讽式批判。我们常常将"直面现实"看作现实主义的崇高品质，但李浩以先锋的名义对现实做"逃离"状，以灶王代替自己见证现实的荒谬和对具体的"存在"的遗忘，是否也可以看作另一种勇气？似乎是可以另外追问的话题。

从题材而论，《灶王传奇》确是对中国经验的处理，却没有沿用传统意义上的中国经验讲故事。我们需要承认,"中国故事"有无数讲法上的可能,先锋叙事当然是路径之一,而且这与中国文学传统并不矛盾。这既是作家的自主选择与创造,同样也源于中国传统自身的"降维"。从对菜谱、剧本、地方志的引用与戏仿,再到对话体的运用和从古典笔记小说中引申故事,《灶王传奇》有着复杂的文本结构。其中,注释构成了文本不可分割的一部分——当灶王、玉帝、阎王、孟婆汤这些中国民间耳熟能详的语汇,现在和将来只能凭借注释加以理解,便知小说的叙事绝不虚妄。

以人的转变为脱贫攻坚赋义

——评温燕霞《琵琶围》

作为时代生活的亲历者、见证者和思考者,写作者对于正在进行着的伟大的脱贫攻坚事业,用纪实文学的方式加以表现应该是最得心应手的。鉴于脱贫攻坚现场的丰富性和复杂性,选择一个角度观察一个贫困村,实录下扶贫干部与当地群众的所作所为、所感所悟和所思所想,或许就能得到一篇过得去的报告文学或散文作品。因为有正在发生着的、活生生的现实作为参照,用小说处理脱贫攻坚题材反倒是有难度的,在信息流通高度发达的今天,很多读者是极为熟悉现实的,就难免会用像与不像、真与不真来评判小说好与不好——不得不说,有些此类题材的作品是禁不住推敲的。温燕霞的长篇小说《琵琶围》却是一部不怕读者较真的作品,作品以赣南山区为背景,虚构了一个有着八户村民的小山村琵琶围,以扶贫干部工作的进展为主线,用扎实的现实主义笔法描写了山村脱贫致富的全过程。小说将对扶贫和脱贫现场的审美建构放置在富有浓郁地方色彩的文化和世情之中,在为时代精神和人物理想化的性格形象接续上文化根脉的同时,更以人的转变为脱贫攻坚赋予历史意义。

尽管是从"扶"的视角入笔,但《琵琶围》以扶贫与脱贫双线并行,将脱贫作为扶贫的目标,通过脱贫反映扶贫的成果,在群众脱贫的过程中彰显扶贫干部舍小家、顾大家的奉献精神和带着感情做好群众工作的热情;同时写出了群众在扶贫干部的努力下获得启发和鼓舞之后迸发出的主体性力量,在内容和主题上避免了"扶贫记"或"脱贫记"式的简化书写,给读者呈现了一个活态化的脱贫攻坚现场。从叙事而论,琵琶围是作者创造的一个孤悬于群山之中、住户不多的小世界,更有利于充分表现故事、人物和主题。进入小说中,会感受到有两股方向相反的力量左右夹攻,一股来自扶贫一方试图尽快让仍然留在山高路险、山多地少的琵琶围的八户村民搬迁和脱贫,以完成驻村帮扶任务的迫切心情;另一股源于琵琶围人因袭传统生活方式、不思奋斗,"等着别人送小康"的僵化思想和陈腐观念。作者让临危受命的何劲华和金彩凤将说服绰号"二斤半"的酒鬼加懒鬼石浩财作为扶贫成败的关键,即明确落实扶贫政策仅仅是脱贫攻坚的外部条件,彻底告别贫困的根本在于人的转变,因此小说将人对人的工作作为叙事的核心目标。石浩财因为被举报在临县有商铺而被驻村工作队要求退出贫困户行列,从而导致了扶贫主体和帮扶对象之间的矛盾激化;朱家三姐妹由于出身麻风病家族而被当成白虎星,从而失去了搬迁出琵琶围的机会。诸如此类张三李四家的问题在何、金二人耐心细致的工作中逐一得到解决。帮扶者将村民当作自己的亲人,收获了感动和信任,琵琶围人改变贫困命运、追求美好生活的原动力因此被激发出来,两股力量合成了一股力量,通过易地搬迁安置和发展特色产业摆脱了贫困。两股力量从最初的拒斥到最后的统合既是脱贫攻坚的真实过程,也在叙事中形成了打动人心的张力。

以"进入者"的身份来到琵琶围,扶贫干部如何走进群众心中并得到信任,是作者为凸显人物性格形象设定的"过关题"。何劲华和金彩凤是被单位紧急抽调的"编外"驻村队员,而真正的队员杨明和镇帮扶干部则被石浩财拿扁担赶出了琵琶围。作者的高明之处在于,选择了代表着传统价值,可以打通贫困户心灵壁垒的传统文化作为人物生存土壤和进村入户的"敲门砖",既为人物性格形成提供依据,也为人物完成扶贫使命奠定基础。小说所要表达的传统价值和时代精神分别寓托在两代人身上,琵琶围的老人橘子婆和哑伯是传统价值的化身,他们经历过红军时期的血雨腥风,为革命做出过贡献,因为身世成谜而一直生活在贫困中,但他们从未泯灭对信仰的坚守和对精神的守望。面对贫困户在股权分配会议上的争议,橘子婆搬出红军的规矩训诫石浩财:"江山都是红军打下来的。你们守江山的人就得照红军的规矩办。"不会说话的哑伯也在旁边比画,嘟嘟囔囔地声援。在两位老人的帮助下,扶贫工作队的难题化解了。何劲华和金彩凤无疑是时代精神的代言人,他们的出场带有身份转换的戏剧性,他们本不是驻村队员,而是在被琵琶围人点名要求后被单位派去解决问题的。但他们觉得这是一个无法拒绝的任务,因此自觉克服个人和家庭的困难进村入户,最终帮助琵琶围人实现了搬迁安置和脱贫致富。作者将何劲华作为万千扶贫干部群体的典型代表,着力赋予了他近乎完美的道德人格和理想情怀。

在扶贫与脱贫的进程中将传统精神和时代价值融于一体,在脱贫攻坚中实现文化意义上人的转变,也是小说最重要的叙事逻辑。石浩财赶走扶贫干部,堵死一线天后,之所以点名要求何劲华和金彩凤上山来才会开门,是因为何劲华是彩灯制作非遗项目的传承人,而金彩凤是县剧团的著名演员,他们都是县里的文化名人。正是凭借文化的力量,他们才深得群众信任;何劲华因为从小在琵琶围的外婆家长大,也更容易被群众接受。而在金彩凤和党史办常莉玲的共同努力下,廓清了笼罩在橘子婆和哑伯的身世谜团后,还了被冤屈一生的哑伯的清白;在琵琶围上建立纪念碑和陈列馆,昭示着新时代对革命传统的认同、继承和发扬。橘子婆手抚纪念碑告慰早已去世的丈夫时,说"我们大家都过上了当年红军讲的好日子",可见脱贫攻坚固然是困难群众的渴望和扶贫干部的责任,实现的也是革命者的夙愿;此外,赵董、薛总为了报恩投资帮助琵琶围发展产业,秉承的是知恩图报、忠诚信义的民间朴素伦理。将传统价值作为时代精神的立身之基,是小说核心的价值立意,正是基于由此而在群众心中形成的新的生活理想和思想观念,才促使琵琶围人告别先前的思维定式和陈旧生活方式,生发出摆脱贫困、走上小康的内生力量。其中,石浩财、许秀珍等形象作为扶贫叙事线上主要的"对手"角色,其思想和态度的转化佐证了扶贫工作策略的有效性。石浩财在何劲华的帮助下,从一个丧失生活信心的醉鬼、懒汉和"刁民"一步步走上正途,并在后期兴办产业的过程中发挥积极的力量,他的经历上演了一出由悲而喜的扶贫正剧;许秀珍亦是在新观念的影响下从"青皮寡脸、尖酸刻薄"变得"自信大方,甚至可亲起来";共产党员石养财更是受到感召主动提出让出贫困户指标。哑伯的写有"红军万岁"的搪瓷缸、何劲华挂在腰上不离身的笛子和他制造的精美彩灯,也分别代表着传统和当下的意象贯穿叙事的全过程;它们作为蕴含着强烈的情感和情绪指向的符号，承担着使人物行动向意义转化的功能，是极具艺术化的修辞表达。

作为乡村叙事的变体，脱贫攻坚叙事仍然建立在乡村叙事的基础上，只有熟悉乡村在新时代出现的新变化，了解脱贫攻坚战略的重大意义和具体政策，能体悟扶贫干部和贫困群众的情感和心理状态，才能写好这类作品。当下的乡村，既不是《创业史》时代的乡村，也不是《白鹿原》里的乡村，而是充满无限变化和生机的乡村，需要写作者以全新的视角和立场加以观察和理解。《琵琶围》在表现作者对这一题材的理解力和把控力的同时，也显示出作者对当下乡村的熟悉程度。曲折的故事和动人的情感建立在隐秘的乡村伦理、宏阔的地理风物和精微的习俗器物之上，大到山川河流，小到人的一颦一笑，作者深度切入了人在传统乡土文化滋养下的文化心理，以人的转变写出了困难群众对美好生活的向往，绘就了一幅党的政策、扶贫干部、社会力量和困难群众合力进行的充满豪情和火热干劲的脱贫实践画卷，勾勒出了步入小康社会后的美好生活蓝图，使人看到了乡村的希望和未来。《琵琶围》可谓是同类书写中的一部佳作。

中短篇小说评论

在生活深处寻找现实的可能性

——略论胡学文的中篇小说

朷椤

中篇小说因篇幅居于短篇和长篇之间而被名之，但就其对生活的反映而言，并不拙于短篇的灵巧和长篇的厚重。有研究者即提出，"就小说文体而言，中篇小说不是如短篇小说那样的'生活横截面'，也并非长篇小说那样人物线头众多的广阔的社会生活呈现，中篇小说最适合近距离地观察当前时代和社会，做出及时的文学表现，提出自己的思考"①。受限于篇幅和作家对社会生活的敏感程度与思想深度，中篇小说对艺术功力的要求甚至高于长篇。2020年，胡学文的长篇小说《有生》问世，引起了文坛内外的广泛关注。而在这部鸿篇巨制诞生之前，他的创作中影响最大的当属中篇，正是凭借中篇小说《从正午开始的黄昏》获得了第六届鲁迅文学奖。《有生》被认为"通过百岁老人祖奶的回忆与追溯，经由个体生命命运浮沉的血泪与酸楚，再现了百年乡土中国的历史苦难与生命褶皱"②，但小说中所反映的乡村生活经验和主题价值其实早已断断续续地埋在了《麦子的盖头》《命案高悬》等中篇作品中。《有生》之后，胡学文出版了《逐影记》《隐匿者》和《跳鲤》三部小说集，为我们较为系统地了解他的中篇创作提供了新的阅读契机。透过收入集子中的新旧作品，我们不难看出他从长篇到中篇一脉相承的叙事追求和审美风格，特别是在通过对

---

① 饶翔：《将艺术触角伸到时代生活的方方面面》，《文艺报》2022年11月18日。
② 刘志珍：《生的苦痛与死的伦常——评胡学文新作〈有生〉》，《中国当代文学研究》2022年第3期。

新的日常经验的艺术化处理探求人的精神世界、挖掘生活与命运之间的隐秘关联、寻找现实的真相等方面所具有的独到之处。

一、"小人物"的命运与具象化的现实伦理

城市和乡村生活曾是进入胡学文小说的不同切口，也构成了一种观察视角；他自己也曾从这两方面反思创作："我觉得写城市题材我的想象力会受限，还是写乡村更自然，更能发挥我的想象，也更容易有激情。"尽管如此，胡学文对于以此来区分自己的作品是不以为然的，他说："我对乡村有割舍不断的情结，我的主要经历还是写乡村，但城市的也涉足。变换是为了创新，我不会把自己的目光囿于一隅。文学要的是感觉，而不是题材划分。好的小说是没有地域、题材这些概念的。"[①]虽然所描写的具体生活不以城与乡的地理空间来界定，但是小说中的不同角色身上存在着更高意义上的现实共性，那就是人的身份及其生活情状——他们几乎都是一些生活在最基层、在社会秩序链条中被忽视的"小人物"，这些被边缘化的人群在胡学文小说中被置于中心位置。视点的调整当然是叙事的选择，但在对人物命运的安排以及心理活动的精微呈现中，小说张扬着作者的思想立场和价值判断。

关注"小人物"命运作为胡学文小说创作的一个重要特征早已被研究者注意到，甚至他直接被称作是"底层生活的发现者"[②]。在生活中被大多数人无视、对现实并不构成任何影响的人及其身陷苦难的生存状态，成为胡学文观察、把握和理解现实的锁钥。与大多数将环境征用为塑造人物性格的简单工具不同，普通人的生活本身构成了胡学文中篇小说中的主要表现内容。《跳鲤》采取的仍然是"乡下人进城"这样看上去老套的故事模型，"他"承包土地种菜失败，和妻子花在乡邻七和枣夫妇的引领下来到城里。"他"做保安、收废品，花做保洁。从居所到饭食，从辛苦劳动

[①] 胡学文：《麦子的盖头》，百花文艺出版社2005年版，第426—427页。
[②] 李云雷：《胡学文：一棵树的生长方式》，见《命案高悬》，花城出版社2010年版，第150页。

到仰人鼻息,从肉体之累到精神之困,此时的他们只想能够在城里立足,并不敢生出别的奢求。一个意外的机会让花走进了一位有着古怪脾性的老头家里做保姆,当夫妻俩因不菲的工资而欣喜时,却没有想到这是噩梦的开始,忍耐、尽心、讨好的生存策略导致了夫妻分手的恶果。《内吸》里人物的生存环境比《跳鲤》更恶劣,因而人物的命运也更凄惨。在这篇以旁观者视角讲述的故事中,身有残疾的花玉兰与丈夫花小春带着大儿子花社和尚在襁褓中的小儿子,千里迢迢来京北蔬菜种植基地打工。他们不辞辛苦,任劳任怨,哪怕因为特殊的身体条件而拿最少的工资也心甘情愿。但两次偶然的事故使他们的小儿子死去、大儿子中毒,最终他们被辞退,花小春遭遇另外的一场车祸成为小说的结尾。《麦子的盖头》的故事在麦子和她的丈夫马豆根以及第三个男人老于之间展开,马豆根赌输了钱,将麦子输给了老于。他们的经历尽管与人物的性格和道德不无关系,但同样也是现实的生存压力所导致的直接后果。与此类相似的还有《隐匿者》《白梦记》等。

在这些作品中,足够有耐心的铺垫不仅让所发生的一切事件自然而然,无从改变的现实更让读者体会到了人在走投无路时无望又无助的极度痛感。而铺垫主要靠对底层生活的白描来实现。在故事中,人物已经跳脱了"环境造人"这样的哲学逻辑所赋予的社会学属性,而变成生活的有机组成部分,甚至他们就是生活本身。在城乡之间辗转的艰难生计与美好的生活愿望之间的博弈,展现着人的倔强与种种因世风流变而让他们感到混乱和逼仄的现实境遇。现实的复杂性与人的复杂性隐约形成了同构关系。胡学文笔下从未有过对生活宏观、抽象的提炼和概念化的概括,只有细节的、具体化的、感性的和有温度的现实,这个始终面向生活深处的具象世界构成了人物生存和行动的疆域。他所谓的"文学要的是感觉",在小说中正是人物身在具体的日常生活中的感受,是《跳鲤》中烂掉后散发出阵阵臭味的蔬菜之于"他",是《白梦记》中吴子宽手中正编织着的筐,也是《内吸》中花社掉入农药坑中一场突如其来的事故。日常性的存在使胡学文的写作告别了传统现实主义创设典型环境、典型人物的方法,性格各异的角色只在属于他们自己的、琐碎的和庸常的具体生活情境中铺展开行动,命运在生活现场找到了使他们如此的根据。我们观察胡学文对现实的处理，他的高明之处在于：正是在"自然而然"之中，人物经由现实的导引而进入了无路可走的生存绝境，如何解困构成了叙事的核心目标，小说因此增加了艺术的张力。《内吸》中花家四口缘何到异地打工，又为何在遭遇不幸后被辞退？《跳鲤》中的花因何同意黎总的建议而选择与同甘共苦的丈夫离婚？《白梦记》中的吴子宽为何执意要将二十万元还给刚子？这些问题的背后隐藏着作者对于现实与生命真相的伦理思考。

现实在任何作者那里都是一种客观的存在，但当我们将"小人物"和"苦难"这样的标签用于标记胡学文小说中对生活的判断时，认同的是他将客观存在的生活社会化和个人化的结果，即在看到权力意志所制造的社会等级对生活在现实边缘的人给予歧视性定位之后，他以自我的情感认同来理解他们，这是基于善良之心而对弱者的悲悯和同情。在《跳鲤》中，花与丈夫离婚，有因为黎总的巨额财产补偿和新生活方式诱惑的表面原因，更有试图以这种方式来为丈夫和孩子换取更好生活的深层原因。但无论哪种，都需要面对与丈夫多年的感情。当花做出选择后，"他"在不解的屈辱和牵挂中放心不下她。尽管在得到明确警告后，"他终是怯了，没有'纠缠'花，也怕连累她"，然而时间不长，"折磨他的毒虫又复活了，而且变本加厉"。当"黎主任遛腿的时间快到了"时，纠结之后"他"终于还是选择去与自己曾经的妻子见面。在"咣"的关门声中，我们在一个失去了尊严、家庭和爱的男人孤苦的背影里感到了无限的哀伤。在《内吸》中，作者的同情一方面隐含在花家的苦难中，另一方面则通过叙述者"我"对待他们的态度来表现。"我"是种菜老板黄萍离婚、复婚后来又假离婚的丈夫，当黄萍和参与管理的远房舅舅老边与花小春就小儿子被"我"轧死签订远低于正常标准的赔偿协议后，"我"便背上了沉重的道德包袱。尽管黄萍一再阻挠"我"对花家哪怕一点点的好，但"我"依然善待他们，以此表达自己的歉疚。进入胡学文笔下人物的苦难生活中思考，"跳鲤"其实是一个生动的意象，每个人都像那条被端上餐桌的鲤鱼，被现实的热油炙炸后依然在跳，却始终无法跳出生活这只"深底瓷盘"，这便是命运的悲剧。

胡学文曾说："文学关涉情感、灵魂、精神、信仰、认知等，这些都是看不见的。看不见的却需要通过看得见的去实现或者说达到目的。这看得见的是什么呢？是时代、背景、环境、社会，而这看得见的也是相对而言，需要借助更具象的东西来实现。"① 那么，这种更具象的东西是什么？就他的中篇来看，是目光向下所见的具体的现实，是日常生活中鲜活的人、物与事中的种种细节和能让人意会的微妙感觉。有研究者以树做比喻，认为胡学文的创作在多方面"都出现出了一棵'树'的品质"②。但在他自己看来，恐怕只有向大地深处"生长"才能找到生活和文学的真实。

二、荒诞性与日常经验的叙事整合

呈现现实和命运的荒诞一面，以此表现人的精神困境，是胡学文中篇小说的重要主题。说到荒诞，会让人联想到西方的荒诞派。在马泰·卡林内斯库看来，作为后现代主义的重要审美特征，荒诞性是文学现代性的重要表现形式。③ 艾布拉姆斯在关于荒诞派的解释中这样说："指那些共同认为人类的状况在本质上已荒诞不经，这种状况只有通过自身荒诞的文学作品才能得到恰当表现的戏剧和小说作品。"④ 可见，在创作中使用"荒诞"的艺术表现手法，表明作家感知到了代表"人类的状况"的某个方面或具体现象是"荒诞不经"的。将此还原到现实中，"荒诞"手法的流行，反证了社会的后现代主义特征已经相当明显。在新时期先锋文学以来的中国小说中，此类写法已不鲜见，例如刘震云、莫言等人的寓言化小说。有学者认为，寓言化小说"建立在对现代社会叙事危机的充分理解和把握的基础之上"⑤，基于农耕文化和政治意识形态的传统叙事的消解使现实碎片化，生活在感觉层面上成为暂时性的生存幻象，"刘震云将这种生存幻想以狂欢的方式指向错综复杂的社会历史，强调历史进程中的偶然性和荒

---

① 胡学文：《物质与意象》，《扬子江文学评论》2023年第2期。
② 李云雷：《胡学文：一棵树的生长方式》，见《命案高悬》，花城出版社2010年版，第150页。
③〔美〕马泰·卡林内斯库：《现代性的五副面孔》，译林出版社2015年版。
④〔美〕M.H.艾布拉姆斯等：《文学术语词典》，北京大学出版社2014年版，第3页。
⑤ 李建周：《流动的先锋性》，花山文艺出版社2017年版，第76页。

诞感"①，这十分契合中国现代化进程中的社会变化。

胡学文关注小人物和普通人，以他们为主角，深入到具体生活的内部发现现实的真相，这种叙事策略正源于对社会的上述整体性认知。以映射现实的荒诞情节来折射传统与现代交织混合的生活图景，自然也带上了深刻的寓言性。在他的中篇作品中，荒诞性表现在两个方面，首先是失控的现实让个体的生活失范。《白梦记》里吴子宽执意送还在他看来来路不明的巨款，虽然这一举动看似是因为他遵循传统道德而导致的必然结果，但背离了现实逻辑的荒诞过程让他感觉到自己已经失去了对事情的把控，从而心生恐惧不得不做出这样的决定：没有正当职业、曾经多次与狐朋狗友合伙欺骗家人的儿子吴然杀了人，他的"同伙"刚子倒贴着钱财和时间去公安局"捞"他。官司结束，吴然不仅只被判了六年，吴子宽竟然还拿到了刚子送来的二十万元现款。这个结果完全超出了吴子宽和妻子的预想，从此开始，令他们更无奈的事情接踵而至：亲戚朋友、乡亲邻里都因此而认定吴家"上面有人"，否则杀了人的吴然不可能被判这么轻的罪，吴子宽也一定能够帮助解决孩子上学、从派出所捞偷牛贼这样的小事！在脱离了正常轨道的荒诞现实中，他们几乎被心理负担压垮。《落地无声》中的童小蕾接到乔先的电话时绝没有想到，这次通话会搅乱她的人生。乔先患有妄想症的神经质妻子朱燕要跳楼自杀，她怀疑丈夫有外遇，以死威胁乔先把那个实际上并不存在的女人叫来。为了救妻子，他不得已向在工作中认识、只见过两三次面的童小蕾打电话。为了救人，不明就里的她来到现场，从此开始了后来噩梦般的生活，人设尽毁不说，朱燕还屡次上门扰闹而任何人都无良策。最终，乔先为了安抚妻子试图让童小蕾写下保证书。一个本与事件无关的人竟然一步步走向了自证有错的荒谬结局，这便是我们身在的现实。

其次，因顺应失范的现实而失控的自我让命运变得荒诞。《河流》与《白梦记》一样，人物关系和事件的源起都不复杂。修自行车的老人吴小松被车撞伤，在输血过程中，儿子吴鑫发现自己的血型与父母双方都不匹配。"我从哪里来？"成了困扰他的魔咒，吴鑫开始了寻找自己真实

---

① 李建周：《流动的先锋性》，花山文艺出版社2017年版，第76页。

身份的漫漫长途。从祖母、妹妹到母亲曾经的同事，从父母这一对当事人到接生医院和公安局，他一路寻来，不仅没有得到答案，人生之路还因此而改变：三年过去，他的工作岗位和职位从未转好，曾经的女友李梅早已跟别人结婚并且诞下了双胞胎，继任的女友贾环也不辞而别……所有人都劝他不必这样，知道了真相又能如何？但他始终认为，"一个人只知去处是不完整的。首先要知道来处，来处在先，去处在后。如果自己的来处都弄不清楚，那么去处也将失去意义，至少是残缺的"[1]。临床医学专业出身的他完全失去了理性，持着这个信念"一根筋"地展开自己的行动。这还不算，更为荒诞的是，在故事的结尾，女友贾环去而复返，并且告知他"我怀孕了，想给孩子找个父亲"，这个有暗示作用的变故给他的命运开了一个十分苦涩的玩笑。像吴鑫这样的人物是胡学文中篇小说中常见的形象，《麦子的盖头》中的麦子、《飞翔的女人》中的荷子等都是，他们因为沉浸在自己的精神世界里不能自拔，命运因此而改变走向。《丛林》中的宋刚将自己的矿产转让后，本想与妻子马晓丽安静地生活，但父亲的续弦金枝却成了他的梦魇。父亲去世后，金枝不请自来并且宋刚再也无法让她离开。在日常琐碎的对垒与对话中，她编织了一张密不透风的情绪之网。久而久之，二人生出了特殊的感觉，渐渐地成了同谋，但理智又让宋刚厌恶、拒绝和逃避，只是他的自我意识已经被现实的秩序死死困住。从躲避到无处可逃，人已经失去了对自我的控制，成了生活蛛网中的猎物。在《隐匿者》中，一场阴差阳错的车祸之后，"我"被死亡了，从此不敢再抛头露面。渐渐地，丧失了身份的"我"也真的失去了自我，以至于怀疑起"我"到底是谁："我不是我，我已经'死'了，刚才和白荷做爱的是另一个男人，此时凝视白荷的也是另一个男人。"[2] 故事的荒诞性更加深刻。被"精神控制"过的人还有《落地无声》中的乔先、《审判日》中的乔兽医，以及《纪念日》中的毛敏和米高等。

常识意义上的"荒诞"是指不合情理的事，现实是否荒诞，得自自我的判断而非客观的存在。胡学文笔下的现实全部是烟火人间里的平常事，

---

[1] 胡学文：《河流》，见《跳鲤》，江苏凤凰文艺出版社2023年版，第240页。
[2] 胡学文：《隐匿者》，河北教育出版社2022年版，第303页。

就具体的情景而言没有一样是荒诞的,但当它们组合在一起便呈现出奇异的荒诞效果。荒诞之境的构建,是在某种观念指引下统合日常经验的结果,这个观念幻化为作者的批判性视角。正是借助荒诞的情节,我们得以通过审视生活和自我来批判现实和人性。换言之,在小说里的荒诞生活面前,无论是执拗的吴子宽还是吴鑫,抑或是宋刚和《隐匿者》中的"我",他们的内心之所以会被某种情绪控制,强烈的主体性依然是前提。荒诞,不过是让人类精神世界显影的镜子。

三、被悬置的真相与生活的可能性

区别于传统现实主义将现实理解为一种既定的结构性秩序,胡学文的中篇小说突出表现人的愿望,通过人的能动性来改造、消解和重构现实的客观性,将生活和命运看作主体性的表达。由小说叙事所形成的荒诞性可知,日常生活中的具体经验犹如散落的积木,作家依照自己对世界的理解搭建出各种形状,以此拷问人的存在意义。由于摆脱了总体性的桎梏,人物、生存环境以及小说叙事中的后现代特征悠然而入,这是个体特别是"小人物"从社会宏大叙事中解脱出来后的必然表现。胡学文因此塑造了许多个性鲜明、精神丰满、辨识度极强的人物形象,他们既在日常生活中常见,也来自作者对当下社会中此类人群中个体命运的可能性想象。但主体性变得强大并不必然给个体带来福音,可能性中既潜藏着可能的荒诞,也暗含着对生活和生命意义可能的消解。在这类人物身上,主体意识与客观现实的强烈对立反噬了主体自身,由此造成了人生的悲剧。

"寻找"是胡学文部分中篇作品中共有的主题,但因为对可能性的探求,导致很多事件并不存在真正的路径、答案或真相,因此人物的行动并不一定抵达目标或给出结果。也因此,他的中篇作品多是我们惯常所说的"开放式"结尾。《河流》中的吴鑫一直在寻找自己的真实身份,导致他与父亲不存在血缘关系的原因有可能在母亲身上,也有可能源于父母家庭生活中无法为外人所知的种种。真相究竟是什么?他需要逐一去排除和确认。于是,"寻找"成了生活的动力和目标,也成了他的宿命。但当贾环重新出现并提出为自己的孩子找一个父亲的要求之后,吴鑫付出青春的代价寻找自己身份的努力瞬间失去了意义。他如何对待贾环和她肚子里的孩子？又如何继续去寻找自己的来路？这些问题都悬而未解，而他的父亲吴小松和母亲白若，依然如过去一样生活着。世界并未因他的执着而发生过什么改变，自己生活中的不确定性随时出现，但在他人那里毫无波澜，生命的意义因此变得虚无。《白梦记》里的故事也是如此，吴子宽苦心想知道巨款的真相，可当他从儿子吴然那里得知这的确是属于自己的钱时，他并不相信，为此还与妻子杨红发生了激烈的争执。小说结束于吴子宽拨通吴刚的电话之时。但拨通之后怎么样，钱还没还，自己又如何应对那些找上门来的求助者，只能靠读者去想象，但钱的真相依然缺失，吴子宽并没有卸下精神上的包袱。"借助于吴然的过失杀人这一事件，把吴子宽由此而生成的那种虽然无以名状但又实实在在存在着的精神焦虑表达出来，这才应该被看作是胡学文写作这部小说的根本动机所在。"[①]《浮影》中的一条线索讲述了一个心有隐罪者马西的痛苦生活，上学时一同办文学社的白雪深夜在公园遭人强暴时，竟然发现马西袖手旁观，患上抑郁症的白雪不久自溺身死。阴差阳错之中，白雪的丈夫赵莫请马西帮助出版白雪的文稿，日记里无数个"他"直指马西灵魂深处的隐痛。他想探得白雪之死的真相，并通过完成出版任务告慰死者也救赎自己；但赵莫也想通过与马西的交流找到真凶，而马西自己正是凶手之一。另一条线索则讲述马西的好友、已经离异的一对男女苏文秀和老枪的故事，老枪用自己的诗歌吸引了众多爱慕者，私生活混乱不堪，但他身上寓托着马西的文学梦。当老枪剥下自己纵情声色的伪装后，马西的梦想坍塌，愈加令他感到自己的罪恶难赎。在形似白雪的影子的诱导下寻找真相、救赎自我成了人物的精神苦旅。在结尾处，当马西在凤凰阁的楼梯口缓缓踏上台阶，预示着他的寻找与救赎将不会有任何结果，他终将会像西西弗斯那样一遍遍在痛苦的轮回中挣扎。在《丛林》中，宋刚去给什么人汇款？又去晋城的乡镇里探望什么人？作者并没有交代，这些若隐若现的情节使对小说的理解也充满无限的可能。在这些故事中，真相被悬置起来，人的精神困境并未因寻找而得以摆脱，反倒有加重的趋势，这种写法进一步加强了人在现实中的幻灭感

---

① 王春林：《存在的焦虑或者以实写虚》，《文艺报》2021年4月21日。

和命运的悲剧性。

在寻而不得之外，胡学文的另一些作品写"找到"，即探察到生活表象之下的隐秘世界，通过揭示现实的另一重面向，来呈现生活和人性的复杂。《从正午开始的黄昏》通过一个枝蔓繁复的故事告诉读者，我们所见的现实只是冰山之一角，潜藏在海面之下的部分远远大于我们所看到的。乔丁、喜欢凤凰图案的女孩和岳母都有着双面人生和分裂的灵魂，乔丁与凤凰女孩夜晚穿行在楼宇间入室行窃，在众人看不见的空间里进行着只有他们能够享受的生活，这个从孤儿院长大的女孩成了他精神上的寄托与牵挂。而白天乔丁会回到和谐美满的家庭中，与妻儿、岳父母一起共享天伦之乐。凤凰女孩失足跌落身亡，他无法忘记曾经的一切，再往后的入室只不过是一种缅怀仪式。直到有一天，在一间陌生的房子里，他发现了岳母的婚外情，而岳母也发现了他的秘密，他们彼此揭开了对方的另一面。为了家庭和自我，他们只是互相诘难，各自隐忍着不去破坏宁静的生活，但内心早已巨浪滔天。暗夜里的轻灵与面具之下的沉重，人在其中难以选择。两重空间，两种人生，究竟哪一面才是真实和本质？我们似乎无以作答，但在胡学文细腻、灵动的笔触下，我们又仿佛得到了答案。《去过康巴诺尔吗》是一篇短篇小说，主角是表妹这个人物，她耿直率真、泼辣大胆，有一颗大部分人缺乏的正义之心。与此形成鲜明对比的是，笔名"老秃"的记者"我"为了生计不得不违心去做采访工作，甚至在发现领导有外遇之后，自己也伪装成有外遇的样子，通过互相保守秘密而获得了对方的信任。去康巴诺尔看遗鸥是"我"在世俗生活之余摘下面具、找回真我的唯一办法。当领导提出要"我"一起都带着女伴去康巴诺尔时，内心与现实的冲突骤然爆发，但懦弱的"我"仍然选择重新回到世俗之中，请表妹扮演自己的情人，但表妹一眼就看穿了我的想法。在康巴诺尔这片能净化灵魂的水面上，表妹因领导的庸俗而将其掀入水中。小说通过对比的手法用黑色幽默的笔调批判社会和人性，故事的结尾让小说的主题外露：每个人都应当通过守护自己的"康巴诺尔"，抵制"苟且"的生活对人的异化，生命的本真在于坚守自我。

小说家的任务不是实录现实，文学中的世界从来只是作家想象的世界，只不过是以现实作为依凭而已——但它仍然不是客观的，而以主体的实践经验的形式存在。我们身在的现实世界包括人的命运都依照客观逻辑和道德理性发展出相应的形态,但文学需要在此之外关注到更多的可能性,这是人类作为主体的想象使然。无论是《丛林》《浮影》还是《内吸》,小说对所谓真相和本质的悬置,使日常生活成为一个充满变化的"超文本",作者和读者将其拆解后重新组合,由此构造出世界的多重相貌。李敬泽说:"小说家是窄门最后的守护者,他在寻找进入世界的秘密路径,他不让我们对世界的想象因单调而干涸。这个路径在哪?我看首先是角度问题,世界在什么角度下展开,这在很大程度上决定着世界的面貌……"[1]在胡学文的中篇小说中,我们深刻体会到文学对现实和人生的重塑功能,而所有的这一切,不过是为理解人自身而搭建的模型。

结　语

常有研究者从先锋写作的角度讨论胡学文的创作,认为他的作品中内含着先锋气质并代表了先锋写作的某种变化。例如在他与《青年报》特约对谈人于枭的对话中,于枭曾说:"比如《从正午开始的黄昏》《奔跑的月光》《隐匿者》,再到去年的《天上人间》,在叙事方式和逻辑上都极具先锋色彩,但是我们也能感受到这种先锋性在流动中的内化与重构。"在与同为"河北四侠"的其他三位作家刘建东、李浩和张楚的对比中,郭宝亮认为:"他们将先锋小说的因素与河北文学的现实主义传统结合起来,使得这一传统具有了新的质素。"而与"传统的先锋"和与这三位作家相比,胡学文的创作凸显出的个人化特征,主要表现在对日常生活和以乡村为主的地域文化经验的处理上,在他的作品中我们直观感受到的主要是人和生活,而不是文学和叙事。"先锋文学如果说给我们留下了什么遗产的话,那么就是它在叙述上的这种哲学趣味所导致的寓言化,它用了看起来不那么可信的叙述,讲述了更为准确、深刻和可信的道理。"[2]胡学

---

[1] 朱小如:《对话:新世纪文学如何呈现中国经验》,北岳文艺出版社2014年版,第90页。

[2] 张清华:《狂欢或悲戚——当代文学的现象解析与文化观察》,新星出版社2014年版,第42页。

文的贡献则在于，由于大量加入了个人的实践经验，他在继承先锋遗产的基础上让叙述变得更加可信，正是由于持守着直抵生活内部的创作姿态，才得以让写作有了"向内"反躬人的内心机会——将之放在充满后现代特征的现实生活中观察，他的方法或许更加重要。

说出只有自己才能听到的话
——评王祥夫《等待父亲》

熟悉王祥夫的人都知道,他性格自由洒脱,言语不羁。但他写短篇小说仿佛给自己立了很多规矩,行句间隐隐透出谨慎来,唯恐多写了或者少写了哪句话破坏了韵致,可见其在创作上的讲究。在一篇创作谈中他曾说:"相对中篇和长篇小说的写作而言,短篇小说真是不看你写什么而是要看你怎么写。"当然,他这么说不过是想强调"怎么写",并不是"写什么"不重要,同行、内行要"看你怎么写",普通读者更在意"你写什么"——实际上,不存在只有"怎么写"处理得好却没把"写什么"处理好的好小说,内容与形式在好作品中必然是统一起来的。在王祥夫的写作中,从获鲁奖的《上边》到新近的《天堂唢呐》和《蕾丝王珍珠》等,其叙事视角的独特性和情感的丰沛度始终不减,这既仰赖于老道的语言、精心的结构选择和新颖的情节布局,更是由对现实经验极具辨识度的处理、对情感和精神世界的深度把握决定的。顺着这一路径观察,目下这篇《等待父亲》亦十分值得言说。

"等待"是王祥夫小说里常见的主题,《上边》和《天堂唢呐》是父母等待儿子;《等待父亲》中是儿子等待父亲,只不过等的是父亲的骨灰。父亲病故了,米格自己不想面对,而是委托朋友彭比去火葬场办理火化、选骨灰盒并把"父亲"带回来等一应的丧葬事务。因为排队火化的人很多,所以等待的时间会比较长,从上午到下午,小说就写米格如何度过"等待父亲"的时间。米格早晨去练了瑜伽,然后去洗了澡,洗完澡迷糊着睡了十多分钟,而且还做了梦;而后去看了电影,甚至又在电影院里睡着了,醒来后电影都散场了；从电影院出来，他并没有急着回家去看望已经被放在地下室货架上的"父亲"，而是直接去了饭店等朋友过来吃饭。这便是小说的主要情节。这样一个并不复杂也没有多少诱人看点的故事显然不是作者想要表现的主要内容，小说的意义隐藏在情节背后。表面上看，作者仿佛是在通过对人物的内心感受和外在表现的反复述说，表达米格对父亲的去世无所谓甚至有点轻松的态度；但真正的意图是呈现被遮蔽的潜藏在这无所谓的、轻松态度中的悲伤、孤独，以及裹挟在强烈的自我意识中的无助和不知所措，从而表现出人生的荒凉质感。这一表一里的递进，彰显的既有人类情感和内心世界里无比繁复的风景，更有作叙事的强大"法力"。

在惯常的生活经验中，父亲故去儿子连最后一面都不去见，是有违亲情和人伦逻辑的。正是这一反常的事件构成了小说的起因。如何让反常在故事中变得正常，是叙事技巧上需要解决的关键问题。作者用缜密的叙述为人物的言行寻找根据来使之合理化，首先用"父亲"的缺点来为人物的"无情"做铺垫。在等待的过程中，米格一边将父亲之死视作"很让他烦心的事"，一边不断回忆起父亲身上的毛病，例如父亲很烦他，把精力基本都放在女人身上，"米格记不住父亲到底有过多少姘头"，甚至还发生过姘头打上门来的事。这种童年的记忆影响到了他对父亲的看法，当他和父亲一起去洗澡，看到父亲极瘦的身体时，他羞于让人知道自己有一个纵欲的父亲。父亲去住养老院，在米格看来是因为他有一个女朋友在那里。父亲之所以被摔伤，"不过是想去吃一碗正宗的上海葱油面而已"，这在米格看来"可真是够蠢的"。而当米格在电影院看到一对母女讨论剧情，他想到的是从小到大父亲从未给自己讲过电影。如此等等，因为父亲身上有这些问题存在，整整两天的时间里米格心中一再响起"父亲终于死了"这句话，这成为他"下一辈子我也不打算再跟他做父子"的根由。不断钩沉出父亲留在自己记忆深处的缺点，这与"子不言父过"的文化传统完全不合，何况父亲刚刚故去。假如把这个故事主线当作小说的全部，至少在表象上好像要塑造一个"不孝"的"逆子"形象。"不孝"如上，"逆"还表现在人物的自我意识中，例如父亲有些自豪地对搓澡师傅说"这是我儿子"时招来了他的反感，他"觉得父亲这人其实一点意思都没有"；而他不想把骨灰马上处理掉,是想用这种办法"才能打击一下他的姐姐",这都是一个具有逆反心理的人才做得出来的事。

但"不孝"的"逆子"形象显然又被叙事中的其他力量解构了。在真实世界里,为人子者必有有情的一面,这是人的自然天性,小说不能不顾客观。换句话说,一个单面的、"不孝"者的恶人形象是无法坐到小说主角位置上去的。因此作者在另外的方向上展开米格的回忆和行动,一方面,父亲有一种只有儿子才能体会到的好,只是这种好被父亲的"没意思"遮蔽了,但并非毫无踪迹。例如当米格觉得父亲很烦自己时,他记起的还有自己考不好数学时来自父亲的宽慰和鼓励;父亲陪自己洗澡、看电影,也是一个尽责任的父亲。另一方面,尽管父亲存在诸般让儿子抱怨的缺点,但作为儿子,米格在内心里"弑父"的同时也在维护父亲。他准备把父亲的骨灰撒到他生前最喜欢钓鱼的地方,虽然那里已经盖起了楼房,这也算是满足了父亲的愿望;当看到父亲被人打成了"乌眼青"时,他马上就让彭比在纪检委工作的姐姐给民政局打了电话,为父亲出了气。因为"有情",米格对自己做出的让朋友代为送别父亲的决定始终是缺乏底气的,所以他不断陷入对自我的怀疑中。当他想到"父亲终于死了"这句话时,他觉得"自己根本就不是什么好东西",但很快他就给自己找到了台阶:也许是因为自己在疾控中心工作久了麻木了;当他想戴银镯子的时候,他想好了要搭配黑色衣服,因为"父亲刚刚去世,他正好穿黑色的衣服";当他想到自己"一点也不悲伤。甚至还一下子觉得轻松了许多"的时候,又想到"那个人毕竟是他的父亲。所以这让他多多少少觉得有点罪恶感,有点儿对不起父亲"。聚合在人物身上的人性、道德和情感矛盾使之成为复杂的形象,而唯其复杂才更加真实和鲜活。

就米格与父亲的关系而言,不仅表现在上述被直陈出来的事实层面上,还深藏在父子两人隐约的生命关联中,叙事在这一点上极为隐秘。父子角色在性格上是一种对位的存在,米格的情趣和行事风格不由自主地朝向了父亲:同为单身贵族,父亲戴手表与他想到戴银镯子和镀银戒指;父亲嘴上说不喜欢把脚指甲染红的老女人却为了她去住养老院,米格给自己的脚指甲涂药水又喜欢看小贺的白袜子;父亲为了吃一碗葱油面就飞到上海与自己不肯去火葬场送别父亲;父亲养的那只老肥狗不知所踪也仿佛成了已是孤儿的米格的生命隐喻（将动物引入人的生活伦理，这种方法在王祥夫的叙事艺术中占有重要地位，《上边》中是鸡，《蕾丝王珍珠》中是一只死去的黑猫）。尽管事件各异，却异曲同工地显现了两人相似的性格。当我们将这些还原到一个母爱缺席，被父亲抚养长大，也没有结过婚的孤单的人身上，且他的父亲刚刚故去，他的人生仿佛积满了无名的忧郁与哀伤，令人顿生同情和怜惜。在等待的过程中，他不断回忆父亲的种种不好，刻意疏离与父亲的关系并躲避父亲的死亡，一遍遍在心里为自己的决定寻找合理的解释，这些恰恰反证了他不肯承认但又挥之不去的悲伤和思念之情。及至结尾时"我父亲死了"一句，达到了情绪上的顶点。通过一个人的无情来写有情，用可见的事实呈现封闭在内心里的情感波动，作者用足了不把话说透、意在言外的高明手法。

与进入情感牢笼中不能自拔的王珍珠不同，米格的形象更加真实和深刻。假如再进一步讨论小说的意义，或许也不在于面对亲人死亡时是轻松还是悲伤的情绪，而在于通过人物内心的矛盾纠结和与自己的不断对话，突出和确认生命个体与现实的关系。作者意味深长的叙述夹缠着人物的行动与心理活动，刻画出的是一个记忆牢固、感觉敏锐，不断质疑和反思但又不得不隐忍自我的形象，其内心挣扎的过程正是认识、寻找和净化自我的过程。作者借米格对彭比说过的话确证了这一点："每个人的心里其实都还有一张嘴，这张嘴会说各种话，只不过这种话只有他自己才能听到，也好在别人听不到。"这种只有自己能听到的话，就像隐藏在这篇小说字面背后的意思，那才是作者想说的真话。

画像即叙事

——评刘建东《无法完成的画像》

中国当代小说对革命史的讲述,最常用宏大叙事。这一方面取决于革命本身内含的严肃和崇高的实践特质;另一方面则受制于表达的惯性,毕竟现实主义的某些创作原则在宏大叙事中表现得最为充分,而现实主义的主流地位又与对革命史的讲述存在着紧密关联。新时期以来,虽然宏大叙事并未被纯然消解,但我们在文学思潮的流变与社会观念变革之间的同构关系中,仍然看到了先锋写作和新写实主义对传统叙事方式的颠覆性改变。从格非的《人面桃花》到刘醒龙的《黄冈秘卷》,不断有佳作昭示"革命"作为极重要的文学资源,在后"革命"时代仍然存在被文学讲述的无限可能,小说家的探索让读者获得了新鲜而丰富的审美感受。这一状况也体现在中短篇作品中,刘建东的短篇新作《无法完成的画像》即可归入这一流脉,但与直面革命者传奇经历的书写不同,作者在历史理性中打捞个体的情感经验,既未附和以形式变革来消解崇高或重估价值的流弊,也未陷于宏大叙事的僵化桎梏,而是通过拆分视角和叠置时空,将现实主义与先锋叙事统合起来,在精巧的叙述中完成了对革命主题的一次诗意表达。

小说讲述了一位画师应邀为女孩小卿失踪的母亲画像的故事,时间背景从抗战绵延到解放后。叙述者"我"被设定为炭精画师的徒弟,他以旁观者的视角见证了师傅作画的全过程;师傅作为当事人既是被观察者,也以自我的视角揣度、审视和操纵作画的进展以及结果。小卿的孤苦身世和对母亲的思念,莫名烧掉的照片和离奇失踪的画稿,师傅一反常态的作画过程、蹊跷的神态和最终像女孩的母亲一样不知所踪的悬案等,都使小说充满诱人的悬念。解放后，因为一张照片的出现，这一切才有了答案，"我"也终于理解了师傅作画时所遭受的精神折磨：在危机四伏的特殊战场上，面对早已牺牲的战友的爱女和家人，他既不能选择拒绝画像，也不能说出真相，只能隐忍着巨大的悲痛，在强烈的情绪起伏中两次让画作功亏一篑，除此之外再无别的可选择项。这种通过将人物推向绝境来产生情感张力的写法，彰显了作者把握短篇结构和叙事节奏的高超能力。也正是在两难的境地中，作为历史理性的义薄云天的革命信仰和感天动地的牺牲精神才与革命者的个人情感合二为一，从而塑造出了极具艺术真实感的革命英雄形象。

寻找战争史上的失踪者，追忆革命友情和缅怀革命先烈是这篇小说的核心情节，这使得刻画人物和升华主题仍然走了一条写实的路线。但在对革命经验的处理上，作者舍弃了直接切入革命现场正面描写抗战的方法，而通过画像和照片避实就虚，钩沉出隐藏在背后的革命故事。小说中没有任何直陈革命者伟大与崇高的语词，但舅妈对小姑子的描述凸显的是女战士为了信仰背叛家庭、在革命斗争中离夫弃女的勇敢和大义；通篇没有一个形容抗战形势如何紧张凶险的句子，但师傅在画像时的一笔一画都仿佛是在枪林弹雨中穿行，令人感觉到的是大难临头的压抑和恐惧，而小卿母亲和师傅的先后失踪更将死亡危机上推到读者体验的最顶层；全文亦没有一段对革命战友之间生死情谊的歌颂，但在师傅作画时的神情和对待小卿的态度中分明透露出对战友的无尽思念。作者不跳出人物的行动逻辑宣谕某种主张，对待革命的道德和情感立场完全依靠角色来表达，在这一点上小说的技法堪称典范。这一写法巧妙地使小说出现了三重叙事景观：画师画像是被叙述的情节，是作者用来表达的材料和工具，这构成了第一重叙事；但画像这一行为又是人物的行为目标，师傅对于小卿母亲的肖像塑造，以及舅妈和小卿本人对肖像的意见也构成了叙事行为，未曾现身的革命者的形象因此被建构起来，这是第二重叙事；小说对革命行动和革命精神的呈现来自读者的补全，作者与读者的合谋构成了第三重叙事。极短篇幅内隐含着的多重叙事是靠不同视角来实现的，显著增强了主题的表现力和情节的感染力。

如果说多重叙事深化了主题，在叙述方式上的匠心设计则令小说变成一部既"可恨又可爱"的读物——一些依靠计算和理性分析才能理清的预设,让我们不得不停顿下来思考作者如何在文学想象中建立起革命生活中的伦理模型,这对于逻辑思维是一个挑战,但恰是在"叙事迷宫"中的探险为读者带来了审美的愉悦,这再次暴露出小说蕴含的先锋特质。一是在对时间的处理上,虽然故事情节主要是在抗战期间和解放后两个时段展开,但细部并没有按照线性顺序推进,而是通过不同人物对事件的回忆和记述打乱时间序列,让人物的身份和命运变得扑朔迷离,更增加了故事的神秘感。小说最早出现的叙事时间是作为叙述人的"我"交代的时间,"时间停留在 1944 年的春末。这一年我 15 岁,我师傅大约 40 岁",随后回忆师傅开画像馆的时间是"三年前",而舅妈和丈夫来寻小卿母亲及其失踪的时间也是"三年前",时间的相交意味着师傅开画像馆和战友的失踪存在着某种关联;当舅妈拿来泛黄的照片,告知师傅是"十三年前"拍的,而且说拍照之后没多久小姑子就离家出走了,从叙事开始的时间回推十三年是 1931 年,这自然会引导我们在"九一八"事变前后的历史背景下理解人物投身革命行动的动机,故事在历史中找到了生成的根据。如此等等,在时间的穿插回环中,我们得以理解革命者的处境和师傅作画时的反应,这愈加显扬了小说的主题。二是对摆放在烈士纪念堂里的四位革命战友合影照片的空间描述,对于这个揭开历史谜团的物证,作者以小卿的口吻对照片中的人物位置进行的详细介绍,似乎有意为辨识合影者的身份制造障碍:对"我娘左边"和"照片右首"的理解使师傅与小卿娘的关系不只存在一种必然的可能,小说因此而具有了多义性。小卿在照片上找到了自己的父母,而"我"竟然也发现了自己的师傅,这个超出叙述者设想的戏剧性结果却毫无悬念地落在了读者的期待中,因为唯其如此,才能满足我们对角色的命运和精神形象在历史与现实中的意义期待,这显然是作者深思熟虑的结果。

作者在这篇小说的创作谈中说,当我们回望历史的时候,"有的人你可能从唯一的一张照片知道他们的模样,而更多的人,他们的面孔是淹没在时间之中,淹没于我们熟知的故事,或者连他们自己和故事都已经随风而逝"。照片和画像是小说中被反复提及的事物,它们无疑不单是作为道具而是以修辞的意象出现的,从模糊不清的照片到"无法完成的画像",

其背后是波诡云谲的历史现场和淹没在其中的无数革命者的身影。但这并不意味着历史不可把握，小说对革命的重述以历史理性为基础，但触摸的是被历史忽略甚至遗忘的个体温度。以革命为背景和主题，通过复杂的现代叙事张扬人在历史中的情感体验，小说精妙的技艺和丰沛的感情蕴藉令人赞叹。

立在街心，就立住了人心
——评王方晨《大块伫立》

在短篇小说《大块伫立》精巧的故事结尾，人们站于街边，看铁匠大块被他的妻子曹凤娣当街追打，就像看一出精排的好戏。妻子在身后大声呼叫，大块莽莽撞撞向前奔跑，俨然就是一场有预谋的"双簧"，"那几乎成了一种仪式"。因而，无论是追的、跑的，还是看客，心头涌起的与期待着的，不是提心吊胆的恐惧，反而有丝丝酣畅的快感。

《大块伫立》的精巧在于，这样的"表演"场景不止一次出现，故事刚开始就已经上演过这样的"全武行"。那时的看客也是响水街上的居民，奔跑者是小时候的大块；不同的是，追打他的是他的父亲"响鲁"。排布在小说首尾两端的两个场面，情景几乎一模一样，连起来看，会发现它们形成了一个哑铃型的平衡结构。

追求结构上的平衡，一前一后或一老一少、一男一女等，是这篇小说在写法上最值得玩味的地方。随着情节的推进，父与子这组最重要的关系由明线转入暗线，尽管大块仍然是一个被打者，但实际上他的精神世界已经被父亲"附体"了，第二重平衡关系即体现在父子两代人安身立命的"响鲁锅"上。伴着幼时的大块被父亲追打，"响鲁"在开篇被命名，而在故事结尾时，打造"响鲁锅"的技术在"铁锤生风，大块嚎叫"中已达至境，"又比先前好了"！

这一副哑铃结构的中间手握处，是三十年的光阴。

三十年光阴，"响水街鲁智深"当街跌了狗啃屎后，一个时代结束了，大块从小长到了大，娶妻生子成家立业了；响水街长高了，铁匠铺的二层老店成了唯一;禁忌变了,过去父亲追打大块的一个原因是他"乱坐,工具摆放不整齐",尤其是坐铁砧更是大忌,而今不仅夫妻间"敲砧叫人",更常见"凤娣大咧咧跷腿坐在铁砧上"。诸多变化中,刻下了光阴流逝中的时移势易。

身处在日新月异的时代现场,写出生活中物是人非的变化并不难,甚至不用做什么艺术加工;真正的难度在写"不变"上,这是考验作者的地方。

《大块仁立》写出了如此丰富的"变",就要用"不变"来平衡,这是小说的第三组平衡关系。而这也直抵作者的立意,即试图写出"变"中的"不变",或者说是深处变化现场中的人,对那些"不变"的坚守与追寻。小说为此塑造了两个功能性人物——钟老师和李幺嫂。

钟老师正面出现了两次,两次都是补锅,第一次是找大块的父亲补,由于赞赏他的技艺而将铁匠那个啰唆的绰号简化为"响鲁",并以此来给自己的锅命名。第二次找大块来补,而且还是那口旧锅——正是这次,唤醒了蛰伏在大块身体里的铁匠父亲的灵魂,从父亲那里传承来的手艺成了他的精神信仰,打铁制锅由生活手段变成人生对技艺和精神的追求——给予平凡而神圣的"劳动"以生命。钟老师的这口"活锅"是作为意象出现的,是传统文化和大国工匠精神的鲜明象征物,这彰显着小说的诗学韵味;与之有着相同作用的,还有被大块用来藏锅的瓦子岭上的万年洞窟。

通俗一点说,钟老师是传统文化的代言人,大块被唤醒主体意识是接受了传统文化的启蒙而非外来的力量,人物的思想转变表达的是作者对待文化传统的立场。

此后,钟老师病故,大块在妻子的催促下不断送锅、偷偷藏锅,以及重新开始对行规禁忌的遵守,皆是对传统的敬畏与景仰和对信念的追寻与坚守。

如果把钟老师对大块父子二人的肯定和欣赏看作是向内的视角,那么李幺嫂则是旁观者的视角,她代表着俗世的伦理情感。

大块小时候是个淘气到有些"鸢儿坏"的孩子,常干的事有"拿荆棘扎老孃孃的屁股,把学走路的婴儿推倒,捉青花蛇吓女孩,在王大哥家窗下放火,砸刘二姊家门玻璃,堵下水道、剪电线、捅马蜂窝",其中向李幺嫂的锅里丢死老鼠也是重要"罪行"。父亲追打大块,因为大块"叫得那个欢畅",让人感觉它们就像"配合默契的一个节目";围观的人以此为乐,"每当他挨揍,街上几乎是人山人海",这一情景是通过世情生活所表现出的民间伦理的真实写照。

伴随城镇化进程,"老邻居们住进了小区,街上就少了人",大块仿佛觉得缺少了什么,于是他不断将目光投向街心,但那里什么也没有。揣摩一下他的心理,该是在迷茫中失去了存在感。如何让人物重新找回自我,这是叙事要解决的问题。

作者王方晨采用了多重办法,一方面,从钟老师和父亲那里得来激励,其中包括钟老师的儿子来拍摄打铁的视频;另一方面,变"多"为"单",将当年街上"人山人海"的围观者浓缩到了李幺嫂一个人身上,她常来打铁铺,"一来就坐大半天","爱听打铁的响声",而且还在凤娣不在时帮忙照顾门店,仿佛代替响水街人继续围观他们的生活,这也让大块有了存在感。当然,凤娣的作用也不可小觑。

在这些力量的综合作用下,大块一步步走出了精神困境。作者匠心制造了他的脱困过程:从站在铺子里向街心张望,到走出去伫立在街心,再到被凤娣拎着十二斤重的打铁专用锤满街追打,以独异的方式在响水街人的欢呼中,绽放出自我的光华,令无数人为这"华贵而质朴的铁匠之舞"心醉神迷。

与《老实街》等其他作品相类,对以工匠精神为代表的中华传统文化的继承与发扬是小说中一个显在的主题,但更重要的是为人物建造了成长环境、树立了精神路标。

大块可爱又可敬,这个颇具中国男性气概的阳刚形象之所以感人,是作者将其放在传统文化精神的感召下和世道人心的温暖中,写出了他从幼年到成年、从迷惘到回归的成长性。

大块被钟老师触动后,作者借凤娣的观察写道,"别看人在打铁铺坐着,其实是站在了街心",随后又由当街站立变成被妻子追逐,冥冥之中成了对父辈的呼应,"每个响水街的人,都觉得不能不看"。

当我们将大块的形象放在中国人的传统文化心理结构中来观察,不难发现:从他"高大大、直撅撅、昂昂然"地立在街心那一刻起,既立起了自我的精神雕像,也立住了响水街的人心。

关于自我与社会的冷峻寓言

——评三位青年作者的三个短篇小说

一、《彩虹骑着糖纸来》①：最深的理解是共情

当代中国社会以极快的速度迭代发展，一代人与另一代人的生活方式、思想观念、情感体验和表达方式为普遍存在的代沟所区隔——它们也是代沟的具体内容。这导致"命运共同体"通常建立在同代人中，只有同代人才能共享属于他们自己的秘密。"95 后"作家焦雨溪的短篇小说《彩虹骑着糖纸来》以对校园和青年生活的日常书写，借助青春伦理叙事打开了一扇窗口，使我们得以窥见一代人独特的心灵秘境和成长经验。小说对时间的处理表明作者的视角是回忆性的，只是这回忆的时空距离太过短暂，几乎与时代并行。与以往"忆青春"类的作品念念不忘成长的痛苦与残酷不同，这篇小说温暖明亮的情感色调动人心弦。

故事由校园生活而起，但人物的自我成长一直绵延到步入社会之后，这使叙事告别了校园小说里的单纯与浅白，产生了更加复杂的审美意义。小说中的人物可以分为两组，第一组是一个人，即颐粟中学普通班女生杨节；第二组是同一所学校国际部的同舍室友"我"、卷毛、高放三个女生——后来杨节的大学同学汤圆也可以归入这类。杨节是故事的主角，而第二组功能性人物有着双重身份，首先是杨节的观察者，读者透过她们的目光看到杨节的生活；其次她们组成了"对照系"，优越的生活条件和物质化的

---

① 焦雨溪：《彩虹骑着糖纸来》，《当代》2023 年第 5 期。

消费观念，使她们与在清贫家庭里成长起来的杨节形成了鲜明对比。故事的主线简洁明了：女孩们尝试接近特立独行、头上"脏到起皮痂"、像丑小鸭一样的杨节，想揭开环绕在她身上的诸如用肥皂洗澡、跑操背单词、在浴室洗衣服等秘密，而这一半出于好奇，另一半则出于不同"阶层"身份所引起的"不怀好意"。但面对杨节的坦诚，她们不得不真诚相待，屡次伴她实现自己的愿望。杨节无以为报，以三颗玻璃纸糖果作为馈赠给她们的礼物。升入大学和步入社会之后的杨节保持了在学校里的勤奋刻苦和专注，当"我"再见到她时，她已经是一个自信、乐观，有男朋友在旁的都市女性。通过坚守自我来实现对生存环境和命运的超越，作者在笔下人物艰难曲折的经历中寓寄的精神价值给读者带来人生启示。作为意象，那些后来杨节自己已经忘记、能够将阳光折射出彩虹光晕的糖纸，无疑象征着青春玩伴间的美好情谊和生活中的暖意与希望。

  家境贫寒、出身低微的杨节无视他人的眼光，面对学习和生活不服输的态度固然感人，但作者的目标显然不止于讲述一个从丑小鸭到白天鹅式的逆袭故事。"对照系"的人物在与杨节的接触中发生的变化——内心情感上的、微妙的和未曾言明的——更是小说着力表现的内容。青少年群体中的人际关系在青年作者笔下并不少见，其中校园霸凌最为常见，因为这种行为最易于表现青少年的性格，故事也最有可读性。从早年间的青春小说《悲伤逆流成河》到近两年引起社会关注的电影《少年的你》皆是如此。但《彩虹骑着糖纸来》走了一条与此完全不同的路，即尝试理解与自己的人生观和世界观并不相同的人。这显然是青少年主体萌发、理性成长的开始，小说敏锐地抓住了这一点。作者在叙述中的高明之处是，利用霸凌故事的前期套路，以对比的手法渲染人物之间的差别，但在悬念中开始的"冲突"行动最终变成一场场"友谊赛"，让人备感温暖。第一次卷毛以口红做礼物去接近"怯懦的雄心壮志埋在没见过世面的胆怯下"的杨节，试图在"杨节的不堪"中"表演无知、享受快乐"，但杨节率真的解释仿佛让她们憋足了劲的拳头打在了棉花上；她们结伴去浴室看杨节洗澡的笑话，当大家赤裸相见时，不仅有了"我们和杨节其实并没有什么区别"的体悟，还在有人举报杨节违规在浴室洗衣时果断出手，帮她化险为夷。尽管"我"们从未放下自己的姿态，但在这些行动背后，其实早已把杨节当作了"自己人",不仅理解了她的生活方式,也与她在精神世界里发生了深深的共情。将对自我的反思与批判和对他人的理解、同情与关心统一起来,显示了作者在主题处理上的独到之处。

二、《无价》①:关于自我与社会的冷峻寓言

打开短篇小说《无价》,首先会被它的结构所吸引。全篇被分成了十个小节,其中五个小节以叙述人相同的行动命名,即"自述"。叙述人只有两个,一个叫"阿庸",另一个叫"独一"。这种分角色的讲述,仿佛在给人观看一部舞台剧,读者被迅速代入画面和人物之中。读罢第一节阿庸、第二节独一的叙述,感觉两个形象像是性格完全相反的两个人物,只有都是三十岁的年龄让他们有了一点相同之处。到了第三节,当"精神清理中心"面对一个拥有双重人格的精神分裂症患者时,上述两个角色才合二为一:他们是一个人身上两重人格的分身。

作者设定人物和架构故事的办法,使这篇小说就像故事里的道具,是一个能够解剖人类精神世界的手术台。在这里,作者将一个人的自我意识剖成两半,分别赋予它们不同的主体性格和角色任务,最终通过对人格的"治疗"让"病人"变成一个社会期待成为的那种人。在小说的讲述中,作者对模糊的整体性的世界进行拆解,用以观察其中隐含的真相,再以重新组合的方式重构出一个能映照和象征世界的新现实。这种寓言化的手法是对现实的解构,让小说充满先锋性和设计感。

这些讲故事的方法不只体现了编织故事的能力,更反映出了自觉的文体意识——作者清晰地意识到,他所做的不是单纯地向读者讲述一个离奇荒诞的故事——将一个人头脑中的两重人格,通过不可能的医学方法清除掉一个而留下另一个,而是另有目的;并且,作者知道如何达到目的,而且在很大程度上实现了他所设定的目标——通过两重人格面对生活的不同态度和相互之间你死我活的斗争,来表现人如何在复杂的社会中自处,如何被社会秩序所规训,又如何看待和战胜自我——作者准确地把握了追求

---

① 郭佳玥:《无价》,《中国校园文学》2023 年 8 月青春号。

"言外之意"这一基本的文学修辞。从这一点来说,小说的完成度很高。

小说虽然篇幅很短,但进入主题层面,关涉的却是人生与社会深刻而复杂的命题。"庸"和"独"被刻意用来表示角色所代表的"人格",但庸常生活里常见的已经世俗化了的和桀骜不驯的"认清了社会的黑暗与残酷却不愿意妥协"的人生态度之间的对立与博弈,在精神世界中表现为自我的矛盾与纠结,但映射的是现实中人对生存方式的不同选择。作者在创作谈中说,"坐在地铁九号线上,观察蝈蝈相喧的环境中形形色色的人群,我发觉孩童让人想到明艳的鹅黄,青年人让人想到青葱的浅绿,老年人让人想到沉稳的深蓝,可唯独中年人蒙着一层沉闷的灰",这反映出正是凭借对生活深入的观察和思考,在自我与社会无法自行调和的矛盾中,作者看到了理想型人格所面临的困境与危险,这种警醒呈现的正是独立个体的现代性反思。

小说更深一重的隐喻,是对包括利益、习俗和权力等在内的社会秩序对人的捆缚与驯化的揭示与批判。"精神清理中心"无疑是前者的象征,它的任务是留下"最有价值"的,即社会所需要的人格。但作者显然认为,"独一"所代表的特立独行的人格才是最有价值的。当"独一"反抗"阿庸"的刺杀即将成功时,"医生们"在"主任"的指令下最终让"阿庸"虚伪狡诈的阴谋得逞,"独一"被除掉了——这个过程,揭示的正是人被世俗化的过程。对于社会而言,他们拯救了"最有价值"的人格,但对于"人"而言,却留下了最没有价值的部分。故事的结局以反讽的形式彰显了小说的批判立场。

将一个人身上的人格冲突化为两个角色之间的矛盾,这一主题和写法让我想起 19 世纪英国作家史蒂文森的长篇小说《化身博士》。在《化身博士》中,主人公因为自我意识在杰基尔和海德所代表的两种人格之间频繁转换,最终因为绝望和苦恼而自杀;《无价》则用一种外视角的方法,为人物和现实找到了一种和解的可能,尽管这种可能是被作者所批判的。当然,二者虽然有着相似的故事模型,在主题深度和艺术表达上并没有可比性,但对照起来思考仍有一些启发。

《无价》出自一位 21 世纪出生的高中生之手,小说的笔法和情节的圆润程度,凸显了作者在文学创作上的潜质;而在探索小说的写法和在人与社会的关系上所持的批判立场,则展露了可贵的青春锋芒。

三、《耐特的饭局》[①]:在折叠时空实验中探究人生

当我们判定一篇作品是"小说"的时候,是通过观察发现文本符合"小说"文体的特征而得出来的结论——创作小说的时候也会不由自主地服从这些特征。但是文学创作又是一种创造性的试图冲破束缚的活动,这样创新与写作规范之间就形成了矛盾,创作就是在矛盾双方的角力中进行的——同样的道理转换到人生中,生命的旅程也表现为自我与现实秩序的博弈。在《耐特的饭局》中,我们看到了睥睨写作成规的勇气和探索命运的渴望,对生命的思索和带有实验性的叙事手法彰显着作者朱宸颉的天分与实力,这是年轻写作者可贵的文学财富。

作者在创作谈中说自己是"一个情节大于情感的写作者",这个对自我的判断暗含着两重含义,一方面显现出对故事的浓厚兴趣和编织故事的能力,另一方面对情感的表达是理性的、冷峻的。首先,我们在这篇小说中看到了很强的故事性,以耐特的视角作为叙述者的视角,通过一场诡异的饭局中自己与一老一小(实际是老年的自己和小时候的自己)在同一时空里的交流,形成满带诱惑力的神秘感;读者阅读的过程就像解谜的过程,要不断猜测突然闯入耐特生活场景中的人物角色的身份,以及隐藏在人物对话背后的意味。悬疑感更表现在作者建立的虚拟世界的奇特属性上,在这个"四维空间"中,时间不但可以穿越耐特所在的当下时空进入未来时空,即老者柯尔(老年的耐特)所在的时空,而且还能够倒流,回到胖子和小男孩所在的时空(即少年和孩童时的耐特)。过去、现在和未来出现在同一时空中,这种情况在我们身处的现实世界中是不会发生的,但在这篇小说中,作者使用了时空折叠的手法,让时间和空间以现在为轴发生弯折,使过去和未来相遇在了同一个饭局中,并延展出了幼年时的另一场饭局。"历时性"事件变成"共时性"事件,有一定科学根据的雄奇想象使小说呈现出科幻色彩。

[①] 朱宸颉:《耐特的饭局》,《中国校园文学》2022 年 1 月青春号。

作者让人物生活在这样的生存环境中，是比较高明的叙事技巧。我们知道，客观世界以及生活本身是没有意义的，我们所追求的任何意义都要通过叙事来建构，即通过写作者的讲述来说明某物的存在和某人所做的某个行为的必要性。小说里的折叠时空作为叙事的产物，并非只是为了增加小说的趣味，而是为观察、思考和审视人生搭建的一个模型；把同一个人的少年、青年和老年拆分成三个角色，说穿了就是作者进行的一场剖析人生的实验。这就表现出了另一方面，即理性的叙事态度所表达出的冷峻情感。作者对生命的回望和展望，没有被裹挟进少年时的懵懂天真和年老后的清苦颓丧之中，而始终保持了一副淡定沉稳的心态，在这背后是耐特对自我的坚守和面对生命在时间流逝之中的无言况味——与情节相比，尽管情感在这篇小说中并不是第一位的，但我们仍能感受到在理性的叙述背后，思索人生意义、寻找自我价值的浓郁情绪，这是作者无意识流露出来的无法规避的青春烙印。

《耐特的饭局》不同于娴熟技巧下的常见之作，在语言方式、情节的必要性和合目的性等方面虽然有青涩的感觉，但其中借助想象对生活经验的诗化呈现、蕴含在主题中的思想朝气等，都使之具有较高的完成度，是值得被关注和讨论的。作为小说最重要的主题追求，对人生的思考和探求会启迪青年读者反躬自身，从而获得清晰而理性的自我认知。